成一文集

长篇小说·白银谷（中）

成一◎著

山西出版传媒集团
北岳文艺出版社·太原

图书在版编目（CIP）数据

白银谷：全 3 册 / 成一著 . — 太原：北岳文艺出版社，2019.1
（成一文集）
ISBN 978-7-5378-5656-0

Ⅰ . ①白… Ⅱ . ①成… Ⅲ . ①长篇历史小说 – 中国 – 当代 Ⅳ . ① I247.5

中国版本图书馆 CIP 数据核字 (2018) 第 189707 号

书名：白银谷
著者：成一
出 版 人：续小强
责任编辑：陈学清
书籍设计：张永文
印装监制：巩 璠

出版发行：山西出版传媒集团・北岳文艺出版社
地址：山西省太原市并州南路 57 号 邮编：030012
电话：0351-5628696（发行部） 0351-5628688（总编室）
传真：0351-5628680
网址：http://www.bywy.com
E-mail：bywycbs@163.com
经销商：新华书店
印刷装订：山西人民印刷有限责任公司

开本：787mm × 1092mm 1/16
总字数：3886 千字 总印张：271
版次：2019 年 1 月 第 1 版
印次：2019 年 1 月山西 第 1 次印刷
书号：ISBN 978-7-5378-5656-0
总定价：698.00 元（全 12 卷）

1985年作者在日本京都金阁寺

2002年作者在俄国圣彼得堡陀思妥耶夫斯基故居

2004年作者在韩国故宫

2011年作者在印度泰姬陵

电视剧《白银谷》海报

长篇小说《白银谷》海外繁体字三卷本（台湾尖端出版社2002年版）书影

目　录

中　卷

中　卷

第一章　过年流水

1

晋地商号过年，循老例都是到年根底才清门收市，早一日、晚一日都有，不一定都熬到除夕。但正月开市，却约定在十一日。开市吉日，各商号自然要张灯结彩，燃放旺火，于是满街喜庆，倾城华彩，过年的热闹气氛似乎才真正蒸发出来。跟着，这热闹就一日盛似一日，至正月十五上元节，达到高潮。

西帮票号的大本营祁、太、平三县，正月十一开市，铺陈得就尤其华丽。内中又以“祁县的棚，太谷的灯”负有盛名。

“棚”，就是“结彩”的一种大制作吧，用成匹成匹的彩色绸缎，在临时搭起的过街牌楼上，结扎出种种吉祥图案。各商号通过自家的“棚”，争奇斗艳，满城顿时流光溢彩。

太谷的灯，则是以其精美镇倒一方。与祁县的临时大制作不同，太谷的彩灯，虽也只是正月悬挂一时，却都是由能工巧匠精细制作。大商号，更是从京师、江南选购灯中精品。当时有种很名贵的六面琉璃宫灯，灯骨选用楠木一类，精雕出龙头云纹，灯面镶着琉璃（现在叫玻璃），彩绘了戏文故事。这种宫灯，豪门大户也只是购得一二对，悬挂于厅堂之内。太谷商号正月开市，似乎家家都少不了挂几对这种琉璃宫灯出来。其他各种奇巧精致的彩灯当然也争风斗胜地往出挂。灯华灿烂时，更能造出一个幻化的世界，叫人们放进富足的梦。

庚子年闰八月，习惯上是个不靖的年份。所以正月十一，商家字号照例开市时都不敢马虎。

初十下午，康家的天成元票庄、天盛川茶庄以及绸缎庄、粮庄和别家商号一样已经将彩灯悬挂出来。天盛川挂出一对琉璃宫灯，还有就是一套十二生肖灯。这套竹骨纱面的仿真生肖灯，虽然已显陈旧，但因形态逼真，鼠牛龙蛇一一排列开，算是天盛川的老景致了。天成元则挂出三对六只琉璃宫灯，中间更悬挂了一盏精美的九龙灯。这九龙灯，也是楠木灯骨，琉璃灯罩，但比琉璃宫灯要小巧精致得多，因灯骨雕出九个龙头而得名。在当时，也算是别致而名贵的一种灯。三对六只宫灯，加这盏九龙灯，三六九的吉数都有了。字号图的，也就是这个吉利。

商号开市，照例是由财东来"开"。而开市，又喜欢抢早。所以，十一这一天，康家从三更天起便忙碌起来了。因为这天进城的车马仪仗是一年中最隆重的。这一行，要出动四辆镶铜镀银的华贵马车：头一辆坐着康家的账房先生，做前导；第二辆坐着少东家，一般都是三爷；第三辆才是老东家康笏南；第四辆坐着康笏南的近侍老亭，殿后伺候。每辆马车都是一个执鞭，一个骖车，派了两个英俊车倌，另外还有一个坐在外辕的仆佣。在每辆车前，又各备一匹顶马做引导。顶马精壮漂亮，披红挂彩，又颈系串铃，稍动动就是一片叮咚；骑顶马的，都是从武师家丁中挑选的英俊精干者，装束也格外抢眼：头戴红缨春帽，身着青宁绸长袍，外加一件黑羔皮马褂。顶马前头，自然还有提灯笼的；车队左右，也少不了举火把的。

康笏南也于三更过后不久就起来了。起来后，还从容练了一套形意拳才洗漱、穿戴。去年虽有五爷一门发生不测，但他成功出巡江南，毕竟叫他觉得心气顺畅。所以,今年年下他的精气神甚好。此去开市,似乎有种兴冲冲的劲头,这可是少有的。不过,他并没有穿戴老亭为他预备好的新置装束,依然选了往年年下穿的那套旧装,只要了一件新置的灰鼠披风以带一点新气。

穿戴毕,走出老院,五位爷带着各门的少爷已经等在外面。康笏南率领全家这些众男主款步来到德新堂的正堂。

堂上供着三尊神主牌位:中间是天地诸神,左手是关帝财神,右手是列祖列宗。牌位前,还供着一件特别的圣物:半片陈旧、破损的驼屉子。驼屉子,是用驼毛编织的垫子,骆驼驮货物时,先将其披在骆驼背上,起护身作用,为驼运必备之物。康家供着的这半片驼屉子,相传是先祖拉骆驼、走口外时的遗物。供着它,自然是昭示后人,勿忘先人创业艰难。所以在这件圣物前的供桌上是一片异常丰盛的供品。

康笏南带着众男主走进来,先亲手敬上三炷香,随后恭行伏身叩拜礼。礼毕,坐于供案前。五位爷及少爷们才按长幼依次上前磕头行礼。这项仪式,虽在年下的初一、初三、破五,接连举行过,但因今年老太爷兴致好,众人也还是做得较为认真。气氛在静穆中透出些祥和,使人们觉得今年似乎会有好运。

礼毕,众人又随老太爷来到大厨房略略进食了一些早点。

此时,已近四更。康笏南就起身向仪门走去,众人自然也紧随了。

仪门外,车马仪仗早预备好。灯笼火把下最显眼的是众人马吞吐出的口口热气。年下四更天,还是寒冷未减的时候。

康笏南问管家老夏:“能发了?”

老夏就高喊了声:“发车了——”依稀听着,像是在吆喝:“发财了——”

跟着,鞭炮就响起来,一班鼓乐同时吹打起来。马匹骚动,脖子上的串铃也响成一片。

康笏南先上了自己的轿车,跟着是三爷,随后是账房先生老亭。车马启程后,众人及鼓乐班一直跟着送到村口。

不到五更，车马便进了南关。字号雇的鼓乐班已迎在城门外，吹打得欢天喜地。车马也未停留，只是给鼓班一些赏钱就径直进城了。

按照老例，康笏南先到天盛川茶庄上香。车马未到，大掌柜林琴轩早率领字号众伙友站立在张灯结彩的铺面前迎候了。从大掌柜到一般伙友，今日穿戴可是一年中最上讲究的：祈福，露脸，排场，示富，好像全在此刻似的。茶庄虽已不及票庄，但林大掌柜今日还是雍容华贵，麾下众人也一样阔绰雅俊。老太爷头一站就来茶庄上香，叫他们抢得一个早吉市，这也算一年中最大的一份荣耀和安慰吧。

老东家一行到达，被迎到上房院客厅，敬香，磕头行礼。礼毕，再回到铺面，将那块柜上预备好的老招牌拿起交给林大掌柜。林掌柜拿撑杆挑了，悬挂到门外檐下，鞭炮就忽然响起：此时，依然还不到五更。

这一路下来，那是既静穆，又神速，真有些争抢的意思。

天盛川客厅里供奉的神主牌位，与财东德新堂供的几乎一样，只是多了一个火神爷的牌位。因为商家最怕火灾。悬挂出的那块老招牌也不过是一方木牌，两面镌刻了一个"茶"字，对角悬挂，下方一角垂了红缨，实在也很普通。但因它悬挂年代久远，尤其上面那个"茶"字，系三晋名士傅山先生所亲书，所以成了天盛川茶庄的圣物了。每年年关清市后，招牌也取下，擦洗干净，重换一条新红缨。正月开市，再隆重挂出。

今年康笏南兴致好，来天盛川上香开市，大冷天的，行动倒较往年便捷。不过，他在天盛川依旧没有久留：还得赶往天成元上香呢。等鞭炮放了一过，他便拱手对林琴轩大掌柜说："林掌柜，今年全托靠你了。"

林琴轩也作揖道："老东台放心。"

康笏南又拱手对众伙友说："也托靠阿伙计们了！"

说毕，即出门上车去了。

到天成元票庄时，孙北溟大掌柜也一样率众伙友恭立在铺面门外隆重迎接。上香敬神规矩，也同先前一样，只是已从容许多：因为吉利已经抢到，无须再赶趁。敬香行礼毕，回到铺面，也不再有茶庄那样的挂牌仪式，康笏南径自坐到一张太师椅上，看伙友卸去门窗护板，点燃鞭炮。然后，就对一直跟着他的三爷说："你去绸缎庄、粮庄上香吧，我得歇歇了。"

三爷应承了一声，便带了账房先生，出动车马仪仗，排场而去。

开市后，字号要摆丰盛酒席庆贺。康笏南也得在酒席上跟伙友们喝盅酒，以表示托靠众人，张罗生意。所以，他就先到孙北溟的小账房歇着。

孙北溟陪来，说："今年年下，老东台精神这么好？"

康笏南就说："大年下，叫我哭丧了脸，你才熨帖？"

"我是说，南巡回来这么些时候了，我还是没有歇过来，乏累不减，总疑心伤着筋骨了。"

"大掌柜，你可真会心疼自己！咱们南巡一路，也没遇着刀山火海，怎么就能伤着你的筋骨？你说我精神好，那我教你一法，保准能消你乏累，焕发精气神。"

"有什么好法？"

"抄写佛经。自上海归来，我就隔一日抄写一页佛经，到年下也没中断。掌柜的，你也试试。一试，就知其中妙处了。"

"老东家真抄起佛经来了？"

"你这是什么话？我在上海正经许了愿，你当是戏言？"

"老东家，可不是我不恭，就对着那几页残经，也算正经拜佛许愿？"

"孙掌柜，你也成了大俗人了？那几页残经，岂是寻常物！那是唐人写的经卷，虽为无名院手笔迹，可写得雄浑茂密，八面充盈，很能见出唐时书法气象，颜鲁公、李北海都是这般雄厚气满的。即使字写得不杰出，那也是唐纸、唐墨，在世间安然无恙一千多年！何以能如此？总是沾了佛气。所以，比之寺院的佛像，神圣不在其下。见了千年佛经，还不算见了佛吗？"

"在上海，你也没这样说呀？早知如此，我也许个愿。"

"现在也不迟，你见天抄一页佛经，就成。《般若波罗蜜多心经》《大悲心陀罗尼经》都不长，可先抄写此二经。”

“老东家是抄什么经？”

“亦此二经。抄经前，须沐手，焚香。”

“我也不用亵渎佛祖了，字号满是俗气，终日忙碌，哪是写经的地方！”

去年秋天在上海时，沪号孟老帮为了巴结老东家，设法托友人引见，使康笏南得以见识到那件《唐贤写经遗墨》。这件唐人写经残页，为浙江仁和魏稼孙所收藏。那时，敦煌所藏的大量唐写佛经卷子还没有被发现，所以仁和魏氏所藏的这五页残经就很宝贵了。嗜好金石字画的名士都想设法一见。康笏南、孙北溟巡游来沪上时，正赶上魏家后人应友人之邀携这件墨宝来沪。孟老帮知道老东家好这一口，四处奔波，终于成全这件美事，叫康笏南高兴得什么似的。

孟老帮自然受到格外的夸奖。他见老东家如此宝爱这件东西，就对老太爷说：“既如此喜欢，何不将它买下来？只要说句话，我就去尽力张罗，保准老太爷回太谷时，能带着这件墨宝走。”

孟老帮本来是想进一步邀功，没想到，老东家瞪了他一眼，说：“可不能起这份心思，夺人之美！何况，那是佛物，不是一般金石字画，入市贸易，岂不要玷辱于佛！”于是，当下就许了愿：回晋后，抄写佛经，以赎不敬。

孟老帮真给吓了一跳，赶紧告罪。

下来，孙北溟才对孟老帮说：“这一向接连出事，老太爷心里也不踏实了。所以才如此，你也不要太在意。以后巴结，也得小心些。”

从汉口到上海的一路，孙北溟就发现康笏南其实心事颇重的，他大面儿上的那一份洒脱、从容、风趣，似乎是故意做出来的。在沪上月余，更常常有些心不在焉。孙北溟也未敢劝慰：接连出的那些倒霉事都与他自己治庄不力相关，所以无颜多言。从上海回到太谷，孙北溟又跌入老号的忙碌中，特别是四年一期的大合账，正到了紧要关口。所以，整个冬天，几乎没有再见到康老东家，也不知他想开了没有。不过，合账的结果出乎意料得好，这四年的赢利又创一个前所未有，老东家的心情似乎才真正好起来。

老东家年下有了好精神，好兴致，孙北溟心里也踏实了。抄写佛经云云是老东台心情好才那样说吧。

光绪二十二年(1896)至二十五年(1899)这四年间，虽有戊戌变法、朝廷禁汇、官办通商银行设立等影响大局的事件发生，西帮票庄的金融生意，还是业绩不俗。康家的天成元票庄，在这四年一期的大账中，总共赢利将近五十万两。全号财股二十六份，劳股十七份，共四十三股，每股生意即可分得红利一万一千多两银子。每股红利突破一万两，自祖上创立天成元票庄以来前所未有，康家怎么能不高兴?

四年合账，那是票号最盛大的节日。合账期间，各地分号都要将外欠收回，欠外还清，然后将四年盈余的银钱交镖局押运回太谷老号。那期间的老号，简直没有一处不堆满了银锭，库房不用说，账房、宿舍，地下、炕上，也都给银锭占去了，许多伙友半月二十天不能上炕睡觉。而与此同时，东家府上、各地分庄、号伙家眷，以至同业商界，都在翘首等待合账的结果，那就像乡试会试年等待科举发榜一样!

康家规矩，是在腊月二十三过小年这一天发布合账结果。届时，康笏南要带领众少爷来字号听取领东的大掌柜交代四年的生意，然后论功行赏。业绩好的掌柜、伙友，给添加身股;生意做塌了的，减股受罚。其仪式，可比正月开市要隆重、盛大得多。

因为这一期生意如此意外的好，康笏南在腊月的合账典礼上，对孙北溟的减股也赦免了，说不给孙大掌柜加股已经是很委屈他了。除了邱泰基，也未给任何人减股。天津庄口出了那样大的事，康笏南也很宽容地裁定:以刘国藩的死抵消一切，不再难为津号其他人。全庄受到加股的，却是空前的多。京号戴膺和汉号陈亦卿两位老帮都加至九厘身股，与身股最高的孙大掌柜仅一厘之差。

这四年的大赢结果，可以说叫所有人都大喜过望了。所以，那一份喜庆和欢乐一直延续到正月开市，那是一点也不奇怪的。

2

正月十二，康笏南设筵席待客，客人是太谷第一大户曹家的当家人曹培德。

去年冬天，康笏南从江南归来时，曹培德曾张罗起太谷的几家大户为他洗尘。他知道，曹培德他们是想听听南巡见闻，甚至也想探一探：康家在生意上真有大举动吗？那时，康笏南心存忧虑，所以在酒席上很低调，一再申明：他哪有什么宏图大略，只是想整饬号规而已。各位也看见了，他刚去了南边，北边天津就出了事。不是万不得已，他会破上老骨头去受那份罪？越这样低调，曹培德他们越不满足。可他真是提不起兴致放言西帮大略。自家的字号都管不住，还奢谈什么西帮兴衰！

等年底合账结果出来，康笏南才算扫去忧虑，焕发了精神。这次宴请曹培德，名义上是酬答年前的盛意，实则，还是想与之深议一下西帮前程。

十二日一早，三爷就奉命坐车赶往北洸村去接曹培德。曹培德比康笏南年轻得多，只是比三爷稍年长一些。见三爷来接他，觉得礼节也够了。没有耽搁多久，就坐了自家的马车，随三爷往康庄来了。他没有带少爷，而是叫了曹家的第一大商号砺金德账庄的吴大掌柜前往作陪。

账庄也是做金融生意，但不同于票庄，它只做放贷生意，不做汇兑。西帮经营账庄还早于票号，放贷对象主要是做远途贩运的商家。远途贩运，生意周期长，借贷就成为必需。此外，西帮账庄还向一些候补官吏放账，支持这些人谋取实缺。所以，西帮账庄的生意也做得很大。曹家的账庄，主要为经由恰克图做对俄贸易的商家提供放贷。曹家发迹早，又垄断了北方曲绸贩运，财力之雄厚，在西帮中也没有几家能匹敌。所以，它的账庄那也是雄视天下的大字号。除了砺金德，曹家还开有用通五、三晋川，这三大账庄都是同业中的巨擘。

只是票号兴起后，账庄就渐渐显出了它的弱势。账庄放贷，虽然利息比较高，但周期长，资金支垫也太大。票庄的汇兑生意，就不用多少支垫，反而吸收了汇款，用于自家周转，所得汇水虽少，但量大，快捷，生钱还是更容易。所以，西帮账庄有不少都转成票号了。可曹家财大气粗，一直不肯步别家后尘，到庚子年这个时候，也还没有开设一家票号。这次赴康家筵席，曹培德叫了砺金德吴大掌柜同往，其实是有个不好言明的心思：向康家试探一下，开办票号是否已经太晚？

这位年轻的掌门人显然被康家天成元的新业绩打动了。

因听说砺金德的吴大掌柜要跟随作陪，康笏南就把天成元的孙大掌柜也叫来了。三爷迎了曹培德、吴大掌柜一行到达时，孙北溟已经提前赶到。

这样，主桌的席面上，除了曹、吴两位客人，主家这面有三位：康笏南，孙大掌柜，加上三爷。席面上五人，不成吉数，应该再添一位。在往常，康笏南会把学馆的何老爷请来。他在心底里虽然看不起入仕的儒生，可在大面上还是总把这位正经八百的举人老爷供在前头，以装点礼仪。但自南巡归来发现何老爷疯癫得更厉害了，就不敢叫他上这种席面。管家老夏提出，就叫四爷也来陪客吧。聋大爷不便出来，武二爷又从不肯来受这种拘束，当然就论到四爷了。可康笏南想了想，却提出叫六爷来作陪："他不是今年参加乡试大比吗？叫他来，我们也沾点他的光。"

于是，就添了一位六爷，凑了一个六数。

席上几句客套话过去，曹培德就朝要紧处说："老太爷你也真会糊弄我们！年前刚从江南回来时，还是叫苦连天，仿佛你们康家的票号生意要败了，才几天，合账就合出这么一座金山来，不是成心眼热我们吧？"

三爷见老太爷正慢嚼一口山雉肉，便接上答道："我们票庄挣这点钱，哪能放在你们曹家眼里！"

吴大掌柜也抢着说："听听三爷这口气吧：'挣那么一点钱！合一回账，就五十万，还那么一点钱！'"

孙大掌柜就说:“吴掌柜也跟着东家哭穷?就许你们曹家挣大钱,不许我们挣点小钱?这四年多挣了点钱,算是天道酬勤吧,各地老帮伙友的辛劳不说了,看我们老东家出巡这一趟,天道也得偏向我们些。”

吴大掌柜说:“你们票号来钱才容易。”

三爷说:“票号来钱容易,你们曹家还不正眼看它?”

曹培德忙说:“三爷,我们可没小看票庄。如今票号成了大气候,我们倒一味小看,那岂不是犯憨傻!我们只是没本事办票号罢了。”

孙大掌柜说:“你们曹家还有做不了的生意?”

曹培德说:“你问吴掌柜,看他敢不敢张罗票号?”

吴大掌柜说:“账庄票庄毕竟不同。我们在账庄张罗惯了,真不敢插手票庄。就是想张罗,只怕也为时太晚了。”

康笏南这才插进来说:“晚什么!你们曹家要肯厕身票业,那咱太谷帮可就真要后来居上了。太帮振兴,西帮也会止颓复兴的。你们曹家是西帮重镇,就没有看出西帮的颓势吗?”

曹培德忙说:“怎么能看不出来?恰克图对俄贸易就已太不如前。俄国老毛子放马跑进来,自理办货、运货,咱们往恰克图走货,能不受挤对?所以,我们账庄的生意实在也是大不如前了。”

康笏南就说:“俄国老毛子,我看倒也无须太怕他。我们康家的老生意,往恰克图走茶货,也是给俄商挤对得厉害。朝廷叫老毛子入关办货,我们能有什么办法?走茶货不痛快,咱还能办票号呀!你们账庄生意不好做,转办票号,那不顺水推舟的事吗?”

吴大掌柜忙问:“听说去年朝廷有禁令,不准西帮票号汇兑官款?”

康笏南笑了笑,说:“禁令是有,可什么都是事在人为。巧为张罗一番,朝廷的禁令也就一省接一省的逐渐松动了。所以,朝廷的为难,也无须害怕。最怕的,还是我们西帮自甘颓败,为富贵所害!西帮能成今日气候,不但是善于取天下之利,比别人善于生财聚财,更要紧的,还在善于役使钱财,而不为钱财所役使。多少商家挣小钱时,还是人模狗样的,一旦挣了大钱，倒越来越稀松，阔不了几天，就叫钱财给压扁了。杭州的胡雪岩还不是这样！年前在上海，还听人说胡雪岩是栽在洋人手里了，其实他是栽在自家手里，不能怨洋人。亡秦者，非六国也。胡雪岩头脑灵，手段好，发财快，可就是无力御财，沦为巨财之奴还不知道。财富越巨，负重越甚，不把你压死还怎么着！”

曹培德说：“胡雪岩还是有些才干，就是太爱奢华了。”

康笏南说：“一旦贪图奢华，就已沦为财富的奴仆了。天下奢华没有止境，一味去追逐，搭上性命也不够，哪还顾得上成就什么大业！可奢华之风，在我们西帮也日渐弥漫。尤其是各大号的财东，只会享受，不会理事，更不管天下变化。如此下去，只怕连胡雪岩还不如。西帮以腿长闻名，可现在的财东，谁肯出去巡视生意，走走看看？”

曹培德说：“去年，康老太爷这一趟江南之行真还惊动了西帮。”

康笏南就说：“这本来就是西帮做派，竟然大惊小怪，可见西帮也快徒具其名了。培德，你们曹家是太谷首户，你又是贤达的新主。你该出巡一趟关外，以志不忘先人吧？”

曹培德欣然答应道：“好，那我就听康老世伯吩咐，开春天气转暖，就去一趟关外。”

吴大掌柜就问：“那我也得效仿你们康家，陪了我们东家出巡吧？”

曹培德说：“我不用你们陪。”

孙大掌柜就说：“看看人家曹东家，多开通！做领东，柜上哪能离得了？可我们老太爷，非叫我跟了伺候不可。”

康笏南说：“你们做大掌柜的更得出去巡查生意。孙大掌柜，你走这一趟江南，也没有吃亏吧？”

曹培德就说：“好，到时候，那吴大掌柜就陪我走一趟。”

康笏南见曹培德这样听他教导，当然更来了兴致，越发放开了议论西帮前景，连对官家不敬的话也不大忌讳。曹培德依然连连附和，相当恭敬。康笏南忽然想起自己初出山主政时，派孙大掌柜到关外设庄，扑腾三年，不为曹家容纳，而现在，曹家这位年轻的当家人，对康家已不敢有傲气了：这也真是叫他感到很快意的一件事。于是，康笏南故意用一种长者的口气，对曹培德说：

“培德贤侄，我看你是堪当大任的人，不但要做你们曹家的贤主，也不但要做咱太谷帮的首户，还要有大志，做西帮领袖！”

曹培德连忙说：“康老太爷可不敢这样说！我一个庸常之人，哪能服得住这种抬举？快不用折我的寿了！”

康笏南厉色说：“连这点志向都不敢有，岂不是枉为曹家之后？”

吴大掌柜就说：“看现在的西帮，有你康老太爷这种英雄气概的真还不多。西帮领袖，我看除了你老人家，别人也做不了。”

康笏南真还感叹了一声：“我是老了，要像培德、重光你们这种年纪，这点志向算什么！你们正当年呢，就这样畏缩？西帮纵横天下多少年了，只是在字号里藏龙卧虎，财东们反倒一代不如一代不衰败还等什么！”

一直没说话的三爷，这时才插进来说：“培德兄，我们联手，先来振兴太谷帮，如何？”

曹培德忙说：“那当然再好不过了！”

康笏南哼了一声，说：“说了半天，还是在太谷扑腾！”

孙大掌柜就说：“把太谷帮抬举起来，高出祁帮、平帮，那还不是西帮领袖？”

康笏南说：“由你们扑腾吧，别一代不如一代，就成。”

在这种气氛下，曹培德详问新办票号事宜，康家当然表示鼎力相助。康笏南一时兴起，居然说了这样的话：

“朝廷没有出息，倒给咱西帮揽了不少挣钱的营生。甲午战败，中日媾和，朝廷赔款。朝廷的赔款，由谁汇兑到上海，交付洋人？由我们西帮票号！孙大掌柜，你给他们说说，这是多大一笔生意！”

孙北溟说：“甲午赔款议定是二亿两银子。朝廷哪有那么多银子赔？又向俄、法、英、德四国借。借了，也得还。从光绪二十一年（1895）起，每年还四国借款一千二百万两，户部出二百万，余下一千万摊给各行省、江海关。这几年，每年各省各关汇往上海一千多万两的四国借款，大多给咱西帮各地票号兜揽过来了。多了这一大宗汇兑生意，当然叫咱西帮挣了可观的汇水。所以，我们天成元这四年的生意，还不错。”

吴大掌柜说：“我说呢，朝廷禁汇，你们生意还那么好！”

孙北溟说：“朝廷是不叫我们汇兑京饷，赔款没禁汇。”

曹培德说：“吴大掌柜，我们也赶紧张罗票号吧。”

康笏南对朝廷表示出的不恭，不但无人在意，大家分明都随和着一样流露了不恭。

但在酒席上，有一个人始终未吭一声，那就是六爷。

3

正月十三，康笏南设酒席招待家馆塾师何老爷。

这也是每年正月的惯例。康笏南心底里轻儒，但对尊师的规矩还是一点也不含糊。否则，族中子弟谁还认真读书呢？何开生老爷，虽然有些疯癫，康笏南对他始终尊敬得很，以上宾礼节对待。除了平日招待贵客，要请何老爷出来作陪，一年之中，还要专门宴请几次。正月大年下，那当然是少不了的。

今年宴请何老爷，二爷、三爷、四爷、六爷，照例都出席作陪了。敬了几过酒，二爷、三爷又像往年一样，找了个借口早早就离了席。四爷酒量很小，也没有多少话说，但一直静坐着，未借口离去。还是老太爷见他静坐着无趣，放了话：“何老爷，你看老四他不会喝酒，对求取功名也没兴趣，就叫他下去吧？”

何老爷当然也不能拦着。四爷忙对何老爷说了些吉利话就退席了。六爷当然得陪到底。每年差不多就这样，由他陪了老太爷，招待何老爷。

庚子年本来是正科乡试年，因这年逢光绪皇上的三旬寿辰，朝廷就特别加了一个恩科，原来的正科大比往后推了一年。连着两年乡试，等着应试的儒生们当然很高兴。

所以，在招待何老爷的筵席上，一直就在议论今年的恩科。加上老太爷今年兴致好，气氛就比往年热闹些。起码没有很快离开读书、科考的话题，去闲话金石字画、码头生意之类。

康笏南直说："看来，老六命中要当举人老爷，头一回赶考，就给你加了一个恩科。何老爷，你看我们六爷是今年恩科中举，还是明年正科中举？"

何开生竟说："那得看六爷。六爷想今年中举，就今年，想明年中，就明年。加不加恩科，都误不下六爷中举。"

康笏南就问："何老爷，老六他的学问真这样好？"

何老爷说："六爷天资好，应付科举的那一套八股，那还不是富富有余！"

六爷说："何老爷不敢夸嘉过头了，我习儒业，虽刻苦不辍，仍难尽人意。"

康笏南就问六爷："我看你气象，好像志在必夺似的？"

六爷忙说："我只能尽力而为。何老爷一再训示于我，对科举大考不可太痴迷，要格外放得开。所以，我故作轻松状，其实，心里并不踏实的。"

何老爷说："六爷你就把心放回肚里吧。你要中不了举，山西再没有人能中举了。"

六爷说："何老爷你又说过头了。我不中举，今年晋省乡试也是要开科取士的。岂能没人中举？"

康笏南说："何老爷说的'格外放得开'，那是金玉之言！你要真能放得开，中举真也不难。光绪十二年(1886)，祁县渠家的大少爷渠本翘，乡试考了个第一名解元，给渠家露了脸。你也不用中解元，能中举就成。我们康家也不奢望出解元状元，出个正经举人就够了。"

何老爷说："六爷为何不能中解元？只要依我指点，格外放得开，六爷你今年拿一个解元回来，明年进京会试，再拿一状元回来，那有什么难的！”

六爷说：“何老爷，我只要不落第，就万幸了。”

康笏南说：“何老爷的意思，还是叫你放得开。当年何老爷不过是客串了一回乡试，全不把儒生们放在眼里，也不把考题放在眼里，结果轻易中举。”

何老爷听了，眼里就忽然失了神，话音也有些变：“老太爷，你能否奏明朝廷，革去我的举人功名？”

康笏南没有看出是又犯了疯癫，还问：“何老爷，你是什么意思，不想给我们康家当塾师了？”

六爷知情，忙说：“何老爷，学生再敬你一盅酒吧！”

何老爷也不理六爷，只是发呆地盯住康笏南，说：“老太爷，要派我去做津号老帮，五娘哪会出事？孙北溟他是庸者居其上！”

康笏南这才看出有些不对劲，便笑笑说：“何老爷，酒喝多了？”

何老爷狠狠地说：“我还没正经喝呢！老太爷，我说的是正经话！”

六爷赶紧跑出去把管家老夏叫来。

康笏南便吩咐老夏：“把何老爷扶下去，小心伺候。”

何老爷却不起身，直说：“我没喝几口酒，我还有正经话要说！”

老夏不客气地说：“何老爷，识些抬举吧，老太爷哪有工夫听你胡言乱语！”

康笏南立刻厉声喝道：“老夏，对何老爷不能这样无礼！”说着，起身走过来。“何老爷，我扶你回学馆吧。有什么话，咱到学馆再说。”

听老太爷这样一说，老夏一脸不自在。

六爷也忙说：“我来扶何老爷回学馆吧！”

早有几个下人拥过去殷勤搀扶何老爷。老夏毕竟老辣，见此情形，就趁机将几个下人喝住，自己抢先扶起何老爷。受到这样众星捧月似的抬举，何老爷似乎缓过点神，不再犯横，任老夏扶着离席了。

六爷要扶老太爷回去，不想，老太爷却让他坐下，还有话要对他说。说时，又令下人一律都退下。独对老太爷，六爷不免有些紧张起来。

老太爷倒是一脸慈祥，问他："你是铁了心要应朝廷的乡试？"

六爷说："这也是先母的遗愿。"

"能不忘你母亲的遗愿，我也很高兴。可你是否知道，朝廷一向看不起山西的读书求仕者？"

"为什么？"

"我在你这样大年龄时也是一心想应试求功名。你的祖父却劝我不要走那条路。我也像你现在一样很惊奇。但你既是遵母命，我也不想拦你，只是将得失利害给你指明。"

"我也不敢有违父亲大人的意愿。"

"老六，你母亲生前对你寄有厚望，所以我也不强求你，只是将实情向你说明。我们康家是以商立家，我们晋人也是以善商贾贸易闻名天下。可你读圣贤书，有哪位圣人贤者看得起商家？士，农，工，商，商居末位。我们晋人善商，朝廷当然看不起。"

"那我们山西人读书求仕，为何也被小视？"

"人家都以为，有本事的山西人，乡中俊秀之才，都入商号做了生意；剩没本事的中常之才，才读书应试。所以，你就是考得功名，人家也要低看你一眼的！"

"这是市井眼光，朝廷竟也这样看？"

"雍正二年(1724)，做山西巡抚的刘於义，在给朝廷的一个奏片中写过这样一段话：'山右积习重利之念，甚于重名。子弟俊秀者，多入贸易一途，其次宁为胥吏，至中才以下，方使之读书应试，以故士风卑靡。'雍正皇上就在这个奏片上留下御批说：'山右大约商贾居首，其次者犹肯力农，再次者谋入营伍，最下者方令读书。朕所悉知。习俗殊为可笑。'你听听，对山西读书人，巡抚大人视为中才以下，皇上干脆指为最下者！"

"真有这样的事？"

“谁敢伪造御批！晋省大户，都铭记着雍正的这道御批。”

“父亲大人，那我从小痴于读书，是否也被视为最下者，觉得殊为可笑？”

“朝廷才那样看。我正相反，你天资聪慧，又刻苦读书，如再往口外历练几年，能成大才的。”

“父亲大人还是要我入商不入仕？”

“我只是觉得你入仕太可惜，自家有才，却被人小看，何必呢？”

“有真才实学，总不会被小看到底吧？”

“渠本翘在他们渠家算是有大才的一位。光绪十二年(1886)考中山西第一名举人，又用功六年，到光绪十八年(1892)才考中进士。顶到进士的功名，荣耀得很了，可又能有什么作为？不过在京挂了个虚职，赋闲至今罢了。本翘要不走这条路，在三晋商界早成大气候了，至少也成祁帮领袖。”

“但西帮能出进士，至少也是一件光彩的事。”

“我们西帮能纵横天下，不在出了多少进士举人，而在我们生意做遍天下。朝廷轻看西帮，却又离不开西帮。那些顶着大功名的高官显贵，谁不在底下巴结西帮？去年我到汉口，求见张之洞，不也轻易获准？我顶着的那个花钱买来的四品功名，在张之洞眼里一钱不值。他肯见我，只因为我们康家是西帮大户。但我毕竟老迈了，康家这一摊祖业，总得交给你们料理。你们兄弟六人，现在能指望的，只有你和你三哥了。我一向不想阻拦你走入仕的路，可去年你五哥竟为媳妇失疯，才叫我忧虑不已。本来还指望你五哥日后能帮衬你三哥料理康家商务，哪想他会这样？现在能帮你三哥一把的就剩你了。你要一心入仕途，你三哥可就太孤单了。”

“父亲大人，我于商务，那才是真正的最下者。”

“那么说，你还是要铁了心应朝廷的乡试？”

“如果父亲不许，我只得遵命。”

“我不拦你。你要效忠朝廷，我敢拦你？那你就蟾宫折桂，叫我们也沾沾光!”

说毕,老太爷起身离席。六爷要扶了相送,被老太爷拒绝了,只好把下人吆喝进来。

六爷当然能看出,老太爷对他是甚为失望的。可他也只能这样,他不能有违先母的遗愿。十多年来,先母的亡魂不肯弃他而去,就是等着他完成这件事。一切都逼近了,怎么能忽然背弃!很久以来,先母已不再来显灵。但去年夏天以来,又闹了几次“鬼”。是真是假,众说不一。但他是相信的:先母终究还是不放心他,在大比前夕,又来助他一把。他怎么能背弃先母遗愿!父命虽也不可违,但六爷更不想有违母命。幼小丧母的他,长这么大,感到日夜守护着他的始终还是先母。父亲近在身边,却始终那样遥远。

实在说,六爷对料理商事真是没有一点兴致。

4

正月十四,康家主仆上下又聚于德新堂正厅,举行了一次年下例行的祭神仪式。仪式毕,康笏南向全家宣布了一个出人意料的决定:

“我已老迈,一过这个年就七十二岁了,也该清闲活几天吧。从今年起,德新堂的商事外务,就交给你们三爷张罗了。家政内务,交给你们四爷料理。都听清了吧?”

这样的决定,连三爷四爷他们都没有料到,所以一时寂静无声。还是管家老夏灵敏些,见一时都愣着,忙说:“三爷、四爷,快给老太爷磕头谢恩吧。”

三爷这才慌忙跪下,可四爷仍愣着。老夏又过去提醒了一下,他这才跪下和三爷一道给老太爷磕了三头。

磕过头,三爷跪着说:“受此重托,为儿甚感惶恐,还望父亲大人随时垂训。”

康笏南说:“交给你,我就不管了。”

四爷忙接着说:“父亲大人,我是个无能的人,实在担当不起家政大任的。”

康笏南说:“你大哥耳聋,你二哥心在江湖,轮下来就是你了。你不接,叫谁接?”

四爷说:“三哥独当内外,也能胜任的。”

康笏南说:“咱家商号遍天下,你三哥初接手,也够他张罗了。你就操心家政,帮他一把。”

众人也一起劝说。没等四爷应承,康笏南就站起来,说:“你们也起来吧,我把祖业交代给你们了。内政外务都有现成规矩,你们就上心张罗吧。”

目送老太爷离去,三爷面儿上还是平静如常,倒是四爷难以自持,一脸的愁苦。

三爷心里其实也很难平静的。在没有一点预示的情形下,老太爷这样突然将外务商事交给了他,实在是太意外了。

当父亲过了六十花甲后,他就在等待这一天了。可等了十几年了,一点动静都没有。特别是去年,年逾古稀的老太爷成功出巡江南,仿佛永远不会老去。从江南归来,老爷子更是精神焕发。所以,他几乎不再想这件事。可你不想了,它倒忽然来临!

父亲为什么忽然舍得将祖业交他料理?三爷想来想去,觉得还是因为自己听从了那位邱掌柜的点拨,少了火气,多了和气,有了些放眼大事的气象吧。这次从口外回来,合家上下,人人都说他大变了。老太爷一定也看出了他的这种变化。

要是早几年遇见这位邱掌柜,那就好了。

他在口外时曾暗中许下心愿,一旦主政就聘邱泰基为票庄大掌柜。那时,他真是没有料到这样快就能接手商务。现在,他当然不能走马上任就辞去孙大掌柜。目前在天成元票庄,孙大掌柜还是不好动摇的。但他倚仗邱泰基洽商的意愿，那也不会改变。来日方长。

感奋之间，三爷就决定亲自去一趟水秀村，问候一下邱泰基的眷属。在口外时就听邱掌柜说，因为他的受贬挨罚，夫人很受了委屈。尤其自家一时羞愧，真的上了吊要寻一死，不是夫人激灵，他早没有命了。当时听了，三爷就想，等回到太谷，一定去问候一下邱掌柜的夫人。可回来后，只是围着南巡归来的老太爷忙碌，差不多将这件事给忘了。不过，现在去看望也好。自己刚主政，就去邱家拜访，消息传给邱泰基，他自然会明白：对他器重依旧。

当然，三爷也明白，他拜访邱家这件事，也不宜太张扬。

所以，三爷等年节热闹过去了，到正月十九那天，趁往城北拜客的机会才弯到水秀。

但邱家的大门，敲了半天，才敲开。

开门的，是那个瘸腿老汉。他当然认不得康家三爷，但见来客气象不寻常，忙赔不是，说自家耳朵不太好使，开门迟了，该死。

跟着三爷的随从也不领情，喝道："这是康家三爷，来见你们当家的，快去通报！"

瘸老汉一听是康家三爷，更慌了，嘴里却说："我们当家的，在口外驻庄呢……"

"我们还不知道邱掌柜在口外？三爷是专门来看望你们内当家的，还不快去通报！"

瘸老汉这才一歪一歪跑进去了。不久，年青的郭云生跑出来，跪了对三爷说："不知三爷要来，我们主家夫人回了娘家，还没有归来。三爷快请进来吧！"

随从喝道："娘家远不远？"

三爷忙止住随从："谁叫你这么横，就不怕吓着人家？"然后和气地问郭云生，"后生，邱家谁还在？"

郭云生说："就我们几个下人在。"

三爷又问:“管家在吧?”

郭云生说:“自邱掌柜改驻口外后,主家夫人就辞退了许多下人,亲自料理家事,没有再聘管家。”

三爷也早看见了邱家的一片冷清,就对郭云生说:“你家夫人既然不在,我们就不进去了。你转告夫人吧,就说我来拜访过。年前我刚从口外归来,见过你们邱掌柜。他安好无事,张罗生意依然出色得很,请夫人放心吧。我说的这些话,你能记住吧?”

“记住了,三爷的盛意,我一定说给主家。三爷还是进去歇歇再走吧!”

“不了。”

说毕,三爷就上了马车。他真没有想到邱家会如此冷清。宅院还是蛮阔绰富丽的,只是里面太凄凉了。邱家这样凄凉,是一向如此,还是因邱泰基受罚才失了生气?不论如何,日后他会叫邱家隆兴起来的。

三爷是去过孙大掌柜家的,那是何等气象!

望着三爷远去了,郭云生才算松了口气。他赶紧跑进去,告诉了二娘。

原来邱家的主妇姚夫人是在家的,但她哪里会料到东家的三爷来访?所以,她慌乱异常,无法镇静下来体面地出来迎接这样的贵客。郭云生只好跑了出去,谎称她去了娘家。幸亏郭云生现在已经老练些了,没露馅地应对了过去。

听了郭云生转达三爷的来意,姚夫人更连连询问:三爷真的没有生气?三爷真的没有起一点疑心?

郭云生一再说:“三爷和气得很,客气得很,兴致也好得很!”

“你不是表功说嘴吧?”

“我难道不怕三爷?”

郭云生这样一说,姚夫人才稍微放心了些。

姚夫人暗中将郭云生纳入自己房中,果然如愿以偿很快有了身孕。她仔细算计了一下,只是比男人离去的时间晚了一个月。一个月,那是太好遮掩了。所以，姚夫人确认自己有孕之后，只有惊喜，没有惊慌。她本来是下了决心的，即使一年半载后有孕，也要设法把孩子生下来。现在，几乎用不着费什么心机来遮掩，她当然只有惊喜。这样快就有了身孕，最好的遮掩之法就是公开了，叫世人都知道。因此，在别人什么都看不出来的时候，她已经在亲友间做了张扬，也捎信向口外的男人报了喜。

到正月，姚夫人已是身怀六甲，体态明显笨拙了，不过，她成天也是挺着这样的身体到处走动的。三爷来访，本来也无须遮掩，但姚夫人终于还是无法自恃，有些乱不成阵了。大正月的，东家三爷专程跑来，就送来有关男人的那一番话，这更叫她心里翻江倒海，平静不下来了。

对于以商立家的人家来说，财东那可是比官家还要令他们敬畏。她的男人就刚刚领教了东家的厉害！而在她的记忆中，康东家还从没有哪位老爷少爷来水秀登过邱家的门！所以，一听说三爷来访，就先心虚了：她有何颜面来接待这样的贵客？三爷为何来访，是不是听到了什么传闻？及至听了三爷的来意，心里依然不踏实：三爷破天荒登一回门，就为了来说男人如何好？是不是知道了她的什么事？姚夫人哪里能知道，三爷刚当家，心气正高？更猜不出，三爷是把自家的男人当作未来的大掌柜对待。三爷的突然来访，真使她惊慌了好几天。直到郭云生进城打听到三爷继位的消息，姚夫人这才松了一口气。

三爷新当家，自然要显摆一下。来看望一个受贬老帮的家眷，为表示这位少东家的宽宏大量，礼贤下士吧。可她哪能知道，倒给吓得心惊肉跳！

自家受些惊吓倒不怕，万一吓着未出世的孩儿，那可了不得！终于想到这一层，姚夫人才真正平静下来了。为了这个未出世的男娃，她真是可以什么也不在乎！有了这个男娃，她也相信自家能巧为应对一切的。她真该听了云生的话，从容出来见三爷。不要惊慌太甚，小心伤了身子，这也是云生提醒了她！

云生这个小东西，跟了她以后，好像忽然之间长大了。不仅把一切遮掩得那样好，人好像也变机灵了。尤其是他这样一个小东西，居然像有情的男人那样，真心细心地体贴她！男人的体贴，姚夫人得到的真是太少了。所以，郭云生对她的体贴，虽然有些像母子间那样，她还是感动不已。

这半年多来，日夜近侍在姚夫人身边的就是云生了。那个伺候姚夫人的女仆，本来就带几分傻气，机灵不了，加上姚夫人的有意为难，遭斥责哪能少？越挨骂，越发怵，也越机灵不了。这时候，云生就趁机替她把事情张罗了。云生因机灵得到赞扬，这个傻丫头也不忌恨，反倒很感激云生。当然，这个傻丫头更不可能猜到，其实主家夫人和云生是合计好了，这样来演戏。等到姚夫人公开了自己已有身孕，就干脆不叫傻女仆走近，叫她伺候好小姐就得了。伺候姚夫人的差事，就公开由机灵、细心的云生担当。这在邱家的几位仆佣看来也没有什么奇怪。

白天没人觉得奇怪，夜间就更无人操心了。不用说，郭云生是夜夜都在姚夫人房里度过的。

起先，姚夫人引诱郭云生，只是为了生养一个儿子，托付晚年。引诱成功了，怀孕也成功了，她对云生的感情也不一样了。像大多偷情的商家妇一样，刚毅而有主见的姚夫人并没有成为例外，她同年轻的小仆云生也生出了浓烈的恋情。拥着这个小男人，不再有那可怕的孤寂长夜了。度过了最初的惊慌和羞愧，也能从容来享受有男人的夜晚了。不再像以前苦熬三年后等回男人，先是为以前补偿，接着又为以后贪吃。相聚得越甜美，越叫人想到别离的可怕。现在，她终于可以一味沉醉其中，不再担忧那许多了。

因为云生也一样沉醉了，他一再说，他已经不想去住商号，只想这样永远伺候她。

“你是说嘴吧？”

“我说嘴，二娘就永不举荐我，不就把我留住了？”

“馋猫似的，我才不想留你。”

“撵我也不走！”

"你就不怕?"

"我情愿为二娘死!"

"又说嘴吧!"

"二娘这样待我,真是死也请愿!"

姚夫人知道云生不是说嘴。能不能把他长久留在身边,那真难以卜测,但他有这样一份心,姚夫人也很感动了。她庆幸自己没有看错人。尤其那样快就如愿以偿地有了身孕,她对云生就更喜欢不尽。她甚至相信,自己夜夜相拥着这样一个大男娃似的男人,足月之后,一定会生一个男娃。所以,她依然听任云生叫她二娘。

现在听到男人在口外的消息,他张罗生意依然出色。他或许还会受重用吧。可他无论得志,还是失意,都一样远不可及,一样只是她的梦。所以,三爷的来访,除了叫姚夫人惊慌了那么几天,实在也没有改变了什么。

只是在得知三爷继位的消息后,姚夫人备了一份贺礼,叫郭云生送到了康庄的德新堂。

5

每年正月十五,康笏南都要携同杜筠青老夫人进城做一次观灯之游。在康笏南冷落了杜筠青后,这成了一年之中他们仅有的一次相携出行。今年康笏南兴致好,当然更要依例进城观灯,但杜筠青却托说有病,不去了。

康笏南也没有多问,就带了二爷、三爷及一群下人浩浩荡荡地进了城。

在那一群下人中,今年有一个新人,那就是康笏南去年从江南带回来的一个女厨子。这个女厨子是松江人,三十出头了,烧的一手上好的淮扬菜。康笏南一直喜欢吃淮扬菜,去年到上海,感叹岁月无情,不觉就老不中用了,只怕以后再来不了江南,尝不到地道的扬州菜了。沪号孟老帮会巴结,就给老东家寻来这样一位女厨子。康笏南很喜欢,问了问,人家又愿意跟了北来,就带回来了。这位女厨子就放在康笏南的小厨房,专门伺候他一人。因为是初次北来，十五观灯，康笏南就特别吩咐："叫宋玉也相跟了，看看咱太谷的灯！"

宋玉，也是康笏南给起的名字，她本名叫什么都也不知道。

杜筠青看这位女厨子的情形，很有些可疑处。那三十出头的年龄，怕就不实：哪有三十岁呀，至多二十出头！他们都说，江南女人生得水色，所以面嫩。岂不知南地炎热，人也易老！如真是厨子，不过一个粗人罢了，哪会养得这么面嫩娇媚不显老？所以看这个有几分娇媚的女人，似也不像厨子。杜筠青的母亲，就是松江人，是不是地道的淮扬菜，她也能吃得出来。但这个宋玉自进了康家老院，也没有做一道拿手的菜送过来叫她这位老夫人尝尝。只伺候老东西一人，他说什么就是什么。

杜筠青曾经把宋玉叫来问过一些话。听口音，是江南人，但对松江似乎也不熟。所以，是不是松江人，也可怀疑。将她称为松江人，或许也是老东西有意为之？你不能叫他称心，他故意再弄一个地道的江南女人来！

他爱弄谁弄谁，杜筠青才不想为这种事生气。她早知道老东西是什么东西了。他内里以帝王自况，想谁是谁，外头面儿上还要装得像个圣人，多不痛快。明着放置一个三宫六院，谁又敢不依？

然而，杜筠青不想生气，康笏南似乎寻着让她生气。

康笏南带这个娇媚的女厨子回来不久，就将杜筠青身边的吕布改派到五爷的门下。五娘遇害，五爷失疯后滞留在津，家里丢下孤单的一个幼女。康笏南将吕布从老院派过去，名义上是对这个可怜的小孙女表示一种体抚。但在杜筠青看来，老东西分明是对着她的：吕布是她使唤最熟的女佣，老东西能不知道？她已经完全将吕布收买过来了，老东西偏给她支走，是不是已经知道了她和三喜的事？

老东西知道了这件事那倒好了：她做这件事，就是为了叫老东西知道。可看老院里的动静，不大像。老东西城府深，能装得住，别人怕不能装得这样沉稳吧？尤其那个冷面的老亭，他就是老东西的贴身耳目，什么事也瞒不过他。老亭要知道了这种事，他那一张冷脸上还不漏出杀机来？

可看老亭，也是冷脸依旧。往江南走了一趟，老亭似乎显老了。

老东西调走吕布，看来只是为了往自家身边安放那个娇媚的女厨子。他把贴身伺候他的杜牧，打发过来接替了吕布。杜牧显然不想过这冷宫来伺候她这个失宠的老夫人。

可哪能由你？

撵走杜牧，老东西说了，留在身边伺候他的，有老亭就得了，不再安放女佣。其实，那不过是说给面儿上听的话。

果然，杜牧一过来就说："哪是做饭的？狐狸精！"

杜筠青故意问："说谁呢？"

"给老太爷做饭的，能是谁！"

"你是说江南来的那个宋玉？"

"可不是她！"

"她怎么是狐狸精？"

"哼！"

杜筠青当然看出来了，杜牧生这么大气，显然是因为新来的宋玉取代了她。可她以为自己是谁呢！纵然你能铺床叠被，也不过一个女佣吧，老东西喜欢谁，不喜欢谁，能论得着你生气？这几年老东西一味宠着你，我这个做老夫人的还没有生气呢！

看着杜牧生气的样子，杜筠青真觉着好笑。

"杜牧，你也不用生气，谁不想讨好老太爷！人家孤身从江南来，不巴结住老太爷，还不得受你们欺负？"

"我们哪敢欺负人家？就是想欺负，也见不着人家！"

"你们都见不着？"

"成天只她守着老太爷，不叫旁人挨近！"

"老太爷是谁，她是谁，她能拦着旁人去见老太爷？"

"要不说是她是狐狸精！"

"哼，狐狸精，她再狐狸精，能精到哪儿？老太爷要是还爱见你，她敢拦？”

“可不是她拦着！”

“杜牧，你以为你是谁？你跟那个女厨子也一样，不过是下人，老嬷子！主家爱见你们，就受几天宠，不爱见你们了，就悄悄离远些。吕布还不是跟你一样？派来我这里，可没见人家生过气。我看，你是给惯坏了，忘了自己是谁！”

听老夫人这样一说，杜牧不再敢放肆了，低了头说：“老夫人，我哪敢忘了主家的大恩？只是怕这个宋玉从南方来，伺候不好老太爷。”

杜筠青依然厉色说：“这更不是该你操心的！老太爷身边有老亭，外头有管家老夏，更有老太爷亲生的六位老爷，还有字号里的一干掌柜老帮，能轮上你操心？连我这个老夫人都轮不上操心，能轮上你？”

杜牧不再敢言声了。

“都一样。还说人家是狐狸精，你也一样！老太爷他也一样，喜新厌旧，喜欢新鲜的，年轻的。杜牧，你看这个宋玉有多大岁数？”

“不是说她三十出头了？”

“我叫你看，不用管别人说她多大！”

“我看她不够三十……”

“够不够二十？”

“还能不够二十？老亭说，江南人面嫩。”

“你听他的？我母亲就是江南人，面嫩不面嫩，我还不知道？大户人家的女子，能养得面嫩，做厨子的，谁给她养！何况江南炎热，人更易老。”

“我看这个宋玉，也不大像当惯了厨子的，端个盘子都不麻利。”

“你吃过宋玉做的饭菜吗？”

“没有。人家只给老太爷做那么有限的几口，谁也尝不上。”

“那叫你看，这个宋玉既不够三十，也不像是厨子？”

“老夫人，这可是你让我猜的，猜走了眼，也不能怪罪我吧？”

“我怪罪你吧，你能怕我？”

“老夫人要这样说,那真比怪罪还厉害。”

“那叫你看,这个宋玉她是什么出身?”

“我可看不出来。”

“看出来,也不说了,是吧?”

“真是看不出来。”

“那我再问你,杜牧,你今年多大了?”

“老夫人,我在老院多少年了,还不知道我多大?”

“你又不伺候我,我哪能知道?”

“我四十多了。”

“那你也养得面嫩!”

“老夫人笑话我做甚?”

“哼,我笑你也是狐狸精!我初进康家时,都说你也是老嬷子,真把我吓了一跳:这么年轻的老嬷子!”

“老夫人快不用笑话我了。”

“哼,我哪敢笑话你!你说,你那时也不够三十吧?”

“老夫人,把我说成多大岁数,实在也不由我。”

“你也知道不由你呀?我还以为你至今没醒呢,以为自家是谁似的!你就是不够四十吧,也不年轻了,还想赖着不走,不是寻倒霉呀?跟了老太爷多年,就没看出老太爷也是喜新厌旧,也是爱见年轻的,新鲜的?”

杜筠青一开头就给了杜牧一个下马威,倒不是想吐出怄在心中的恶气。她早知道老东西是个什么东西了,所以也早不生那种闲气。她是见杜牧还那么惦记着老东西的宠爱,就故意格外难为她,不叫她和自己亲近。在她这里有受不尽的气,杜牧一定更惦记着老东西。这样,杜筠青就能利用她了。

利用她做甚?给老东西传话。

她对老太爷不恭的话,由杜牧传给老东西,那才算没白说呢。特别是她和三喜偷情的事,老东西知道不了,那就算白白害了三喜。她得慢慢把这事说给杜牧，说得叫她相信。她相信了，就一准会传给老东西的。

冬天过去了，杜筠青一直有意难为杜牧，给她种种气受。同时，又不断对她说道：自己也是喜欢年轻英俊的男仆，对英俊、机灵、会体贴人的三喜，是如何怀念不已。奇怪的是，她说的这些话，杜牧似乎并不在意！

难道杜牧也和别人一样，不相信她敢做那样的事？

怎么才能叫她相信？

你要说得再详细，她会以为你说疯话吧？

进了腊月后，杜筠青曾经带着杜牧坐车几十里到三喜家里去了一趟。明着就说，是因为喜欢三喜，想念三喜，所以备了一份厚礼，来看看。三喜有音讯没有？

杜筠青没有想到，三喜的父母、媳妇都不知道他失踪，却说他是给东家改派到外埠码头学生意去了。

有音讯来吗？

家信倒是还没有捎回一道来，可外出学生意，谁不是先专心伺候掌柜，一两年后才捎信回来报平安？

这个三喜，难道真是给改派外地，并不是为她赴死去了？

回来，杜筠青问了管家老夏。老夏说，也只能那样对三喜家中交代，不然，好好一个人，在东家就给丢了，人家能信？再说，传到外头，于康家也不好，连个车倌都管教不了，说跑就跑了？

谎说改派外埠，过三五年也不见回来，到时候又怎么交代？

缓三五年就好说了，三五年中总会有个下落，就是仍无下落，也好措辞的。咱祁太平一带，外出学生意下落不明的常有。

听老夏这样说，杜筠青也无意多问了。谎话也能编得如此练达，真是左右逢源，轻易就能说圆满。老夏既然这样擅长说谎，那对她说的这一切会不会也是说谎？说不定，三喜真给打发到什么边远苦焦的地方去了？

他们若撵走三喜，那一定是发现了什么。可老东西要是知道了那件事，还会装得这样沉稳？还会如此从轻发落捅破了天的三喜？

杜筠青就向杜牧打听，老太爷从江南回来后，说起过三喜跑了的事没有？杜牧说，没怎么听老太爷提过。一个小车倌，跑就跑了吧，也值得老太爷操心？这个杜牧，又以为她是谁呢！

三喜是跑了，死了，还是给打发走了？老东西是知道了，还是不知道？一切都是真假难辨，深浅莫测。她舍弃了自家的一切，就是想气一气老东西居然也这样难。说是近在咫尺，就是气不着他，中间隔着太多的遮拦。

所以，在今年年下，杜筠青的心情是格外不好。她再也不想陪了老东西，到外面给他装潢门面了。

6

年下的时候，太谷公理会的莱豪德夫人，专门来康家拜见过杜筠青。这也算是惯例了吧，每年年下，这位美国女传教士都要依本地习俗来给康家的杜夫人拜年。杜夫人虽然一直不愿入公理会，皈依基督，但她们还是不肯疏远杜夫人。她们知道康家在太谷的地位。

今年来康家拜年，叫莱豪德夫人感到意外的是杜夫人居然有了想入公理会的意思。莱豪德夫人当然是喜出望外了，连说夫人能皈依基督那真是太谷公理会的荣幸了，一定会有更多的大家贵妇效仿杜夫人加入公理会的。特别是在今年这样的时候，夫人能入教，那真是伟大的主在帮助我们。

杜筠青就问："入你们基督教，有什么戒规吗？"

莱豪德夫人忙说："什么戒规也没有，只是去爱所有的人就成了。"

爱所有的人？

杜筠青听了，心里冷笑了一下。她早就听父亲说过基督教的这种教义，也多次听莱豪德夫人宣讲过，只是现在听了觉得分外刺耳。她忽然想入西洋基督教，实在不是想行善赎罪，只不过是想气一气老东西。

老东西从江南回来，好像说过：外头的拳民正在起事，专和洋教过不去。入了洋教的中国人被唤作二毛子,也受拳民追杀。入了洋教,就成了二毛子,这使杜筠青大感兴趣:她要入了公理会,那老东西就有了一个二毛子夫人!传出去,那才叫人高兴。

杜筠青就是出于这种动机,才提出想入公理会。

莱豪德夫人哪里能看出杜筠青的这种动机?她还满以为自己坚持不懈传布了十几年主的福音,终于把这位康老夫人给打动了。所以,她当下连连问了几次:“真是想皈依基督?”

问得杜筠青以为看出了自己的什么破绽,就露出不高兴,反问莱豪德夫人:“怎么,嫌我心不诚?”

莱豪德夫人忙说:“不是,不是。老夫人通英法语言,在太谷,你本来就是离基督最近的人!实在说,我们早把老夫人看成自己人了。”

“我哪能跟你们一样?入了你们的洋教,顶多是个二毛子,对吧?”

“老夫人,那是拳匪骂街呢,绝不能这样说!皈依基督后,无论我们西洋人,还是你们中国人,在上帝面前都一样平等,四海之内皆兄弟!”

“入你们公理会,还得举行洗礼吧?”

“入公理会,那是神圣的事,当然要有隆重的仪式。”

“怎么隆重?能把太谷的上流人物、大户人家都请来?”

“康老夫人皈依基督,请他们来,他们一定会出席。现在,我们在城里已有宽敞的福音堂,典礼场面一定会很壮观。”

“那就好,洗礼越隆重越好!不隆重,我可不接受你们的洗礼。”

莱豪德夫人一口答应下来。像杜筠青这样的贵夫人,为她举行入教洗礼,那当然是越隆重越好了。公理会来太谷传教十六七年,真还没有得到这样一位豪门贵妇做信徒。太谷民风敬商,像杜筠青这样的商家贵妇皈依基督,效仿的妇人一定不会少。

一向脸面冷清的莱豪德夫人今天也有了灿烂的喜色。

送走欢天喜地的莱豪德夫人,杜筠青心里也很快意。她怎么没有早想到入洋教呢?初入康家时,莱豪德夫人就不断劝她信洋教,可那时老东西不许。后来呢，她自己对洋教也没有一点兴趣了。对父亲的失望，尤其使她对洋人洋教腻歪透了。将她丢进康家，父亲倒带了那个写有五厘财股的折子重返京城，东山再起去了。出使西洋多年，还不是一样！不过，为了气老东西，入洋教真还是一步可走的棋。你不是不许入吗？我偏要入，偏要给你顶一个二毛子的名声。

为了能气得着老东西，就得叫他知道！这事可是能张嘴就说的。

杜筠青心里一时充满快意，就决定立马去对老东西说。面儿上是向他请示，实在是为气他。他要不答应，就回答说：她已经答应了人家，人家磨了十几年了，不答应，也太无情。

但想了想，还是先叫杜牧去禀报一声，看老东西怎么说。要把杜牧骂出来，她自己再亲自出马。这样，她就有更多的话可说了。

可惜，她在客房院见莱豪德夫人时没把杜牧带去。她只得向杜牧细加交代：自己从小怎么向往西洋法兰西，跟着父亲又怎么学法国语、英国语，又怎么原本是要跟了父亲出洋的；到了康家，太谷的这些美国教士又如何磨了十几年，劝她信洋教；磨了十几年，还不答应人家，只怕也要遭报应：她虽不是洋人，但已会说西洋话，洋神洋鬼报应她，那也能寻着门户了；要报应，那也不只是报应她一人，只怕也要给康家招祸。

这个杜牧，似乎还听得有些不耐烦，老嘟囔："知道，我早知道。"

杜筠青立刻拉下脸，怒骂道："知道，知道，你知道你是谁？不要脸的贱货，你知道你是主，还是奴？在我这里，谁伺候谁，你得先给我分清！我说话，你就靠边听着！我吩咐你的事，还没有说几句呢，就知道，知道，谁惯下你这不知天高地厚的毛病？今天我给你说清了：以后再这样不懂规矩，趁早给我走人，爱去哪，你去哪，反正不用你不伺候我！"

叫杜筠青这样一骂，杜牧什么也不敢说了，呆呆听完，就赶紧去见老太爷。

骂了一顿杜牧，杜筠青心里更觉很快意。杜牧这样挨了一顿骂，到了老东西那里，还不诉苦？交代她禀报的事，也不会给你添好话。这正是杜筠青所希望的:杜牧这样一闹,老东西一准不高兴;他一不高兴,当然更反对你信洋教了。见老太爷是这种态度,杜牧一准会带了几分得意回来。你得意,那更好,正好再臭骂你一顿。

骂完杜牧,再亲自出马去见老东西?

或者,干脆不再见他!知道他反对就成了。她不动声色,照样等待举行洗礼的那一天。等进城参加完洋教洗礼,回来再去见老东西。木已成舟了,那才叫真气着老东西了。

杜筠青越想越觉着快意。

只是,杜牧去见老太爷,转眼间就回来了。看那一脸委屈依旧,好像是没有见着。

“没有见着老太爷?”

“见着了。”

“见着了?”

“真是见着了。”

“见着了,你怎么还哭丧着脸!老太爷不会骂你吧?”

“老太爷统共就说了一句话:老夫人想入,就入。别的,什么也没说。”

“他同意入洋教?”

“可不,他说,老夫人想入,就入。”

这太出杜筠青的意料了!老东西居然同意她去信洋教!既同意,那也就根本气不着他了,还入那洋教做甚!

“老太爷答应得就这么痛快?杜牧,你倒真会传话。你是怎么禀报老太爷的?”

“老太爷就没让我说几句。我一去,老太爷就问:有什么事?我就照老夫人交代的说。没说几句呢,就给老太爷打断:怎么学会啰唆了,有甚事,就不会干脆些说?我只好直说:是老夫人想入美国洋教。老太爷紧跟着就说:她想入,就入。就这事?我说,就这事。老太爷一摆手,把我撵出来了。”

“杜牧,你怎么不照我交代的说?”

“我跟老太爷说了:不是我啰唆,是老夫人交代我这样说的。可老太爷仍不叫我多说。”

“老太爷他正在忙什么?”

“我哪能知道,就只见那个女厨子在跟前,也没见别人。”

老东西迷那个江南女人,也不至于迷成这样吧?连他们康家的名声也不管不顾了?或者,他正想叫你走入这样的危途?

杜筠青真想再大骂杜牧一通,借以发泄心中的怒气,但她还是作罢了。

过了几天,莱豪德夫人又兴冲冲跑来,想向杜筠青说说公理会是多么欢迎她皈依基督,还想先给她布一次道,为洗礼做些准备。可一见面,杜筠青不耐烦了,说:

“我不入你们公理会了!”

莱豪德夫人一听,以为杜筠青是在开玩笑,就说:“康老夫人在说笑吧?可既想皈依伟大的主,这样的说笑就不相宜了……”

“我真是不想入你们的公理会了。”

莱豪德夫人这才一惊:“这是为什么?康老太爷还是不同意?”

“与他无关,是我不想入了。”

莱豪德夫人还想开始劝说,杜筠青居然发了怒。

莱豪德夫人还从未见过杜筠青发怒,不由说了声:“仁慈的主,宽恕她吧。”就匆匆告辞出来。

第二章　津京陷落

1

今次四年合账，业绩出人意料的好。京号戴膺老帮已得到太谷老号的嘉许：可以提前歇假，回家过年，东家要特别招待。受此嘉许的，还有汉号的陈亦卿老帮。在天成元中，戴膺和陈亦卿的地位本来就举足轻重，这次身股又加到九厘，仅次于孙大掌柜，所以康笏南就想将这两位大将召回来，隆重嘉奖一番。

戴膺当然很想回去过年，接受东家的嘉奖。他离家也快三年了，要到夏天才能下班回晋歇假。老号准许提前下班，那当然叫他高兴。他已经很久没有在太谷过过年了。但年前听到朝中的许多消息，令人对时局忧虑不堪，他哪敢轻易离京？

所以，他回复总号，只说京津两号的生意开局关系重大，年前年后实在不便离开，只能遥谢东家和老号的厚爱了。后来知道，汉号的陈老帮也没有提前回去。汉口局势虽不像北边这样吃紧，陈亦卿也想为新一届账期张罗一个好的开局。相比之下，戴膺所企盼的，只能是一个平安的开局而已。

在许多令人生忧的消息中，山东的义和拳已成燎原之势，最叫人不安。

鲁省巡抚毓贤，几年来对拳民软硬兼施，又剿又抚，结果还是局面大坏。义和团非但没有遏制住，反倒野火般坐大，连许多州县也落到拳团手中了。各地洋人教堂被烧无数，教士信徒死伤多多。列强各国对这位毓贤大人愤恨之极，美国公使康格已经再次出面，要求朝廷将他罢免。到去冬十一月，朝廷还真将毓贤免了，调了袁世凯出任鲁抚。

听说朝廷派袁世凯去山东，原是指望他收拢义和拳，将其安抚为效忠朝廷的乡间团练，以遏制洋人势力。可这位袁项城，带了七千武卫右军入鲁后，竟毅然改变宗旨，取了护洋人，剿拳匪的立场。初到任，就有“必将义和团匪类尽行剿绝”之言。不日，即发出布告，禁止义和拳，凡违禁作乱者，杀无赦。

戴膺和西帮的一班京号老帮，起初对义和拳还有几分好感的。义和拳在山东起事，仇教杀洋，专和洋教洋人过不去，那也是因为朝廷太一味纵容洋人了。听说西洋的天主教、基督教，几乎遍及鲁省城乡。乡间的土民，哪有几个能晓得天主和基督是什么神仙，洋教教义又有什么高妙？一窝蜂跟了人洋教，还不是看着人家的教堂教士，官家不敢惹吗？所以入了洋教的教民，就觉有了不得了的靠山，横行乡里，欺男霸女，夺人田产，什么坏事都敢做。一般乡民，本来过日子就艰难，忽然又多了这样一种祸害，官府也不给做主，那民怨日积月累，能不出事？一般乡民气急了，谁管你列强不列强？朝廷不能反，西洋鬼子还不能反？

乡民受洋人洋教欺负，揭竿聚啸，出口恶气，实在也没有什么不可。谁叫朝廷不能给子民做主呢！就说那些西洋银行吧，步步紧逼，欺负西帮，朝廷哪里管过？

只是，拳民敬奉的那一套左道邪术，实在愚之又愚。他们扬言天神附体，刀枪不能入。可信奉的天神，大都采自稗官小说中的人物，穿凿附会，荒诞不经得很。戴膺多次请教过武界镖局的高人，凡深谙武功的人，对义和拳都不屑得很。但也正因为如此，才叫人觉得十分可怕：愚民而自视为神兵，必是无法无天，什么都不顾忌！

教民依仗洋教，横行乡里，逼出一个义和拳；拳民更依仗了神功，无法无天。一边是横行乡里，一边是无法无天，两相作对，还不天下大乱啊？

可叹朝廷官府，对义和拳也是一样无能，令其坐大，成了燎原野火。现在袁世凯忽然如此大肆弹压，真能顶事吗？当年的太平天国，就是越剿越大，以至丢失了半壁江山。

西帮以天下为生意场，最怕乱起天下了。看今日义和团情形，还没有洪、杨那样的领袖人物。但这次生乱，将西洋列强拖了进来，实在也是大麻烦。朝廷既惹不起西洋列强，又管不住义和拳民，这才是真正叫戴膺他们忧虑不堪的！

听说朝中一班王公大臣，尤其军机处的几位重臣，很主张借用义和拳民的神功，压一压洋人跋扈的气焰。这不是糊涂吗？朝廷倾举国之力，尚且屡屡败在西洋列强手下，赔款割地不迭，靠乡间愚民的那点邪术，哪能顶事？袁项城他是不糊涂，手握重兵也不去惹洋人，倒是对拳民的神功不放在眼里，剿杀无情。

袁世凯能不能灭了义和拳这股燎原野火，一半在他的本事，一半还在朝廷的态度。朝廷当然怕义和拳坐大作乱，但又想引这股野火，去烧一烧洋人的屁股。自慈禧太后灭了戊戌新政，重又当朝后，西洋各国就很不给她面子，所以太后对洋人正有气呢。义和拳驱教灭洋，太后心里本来就高兴。她能赞同袁世凯一味这样护洋人、灭拳匪？

去年腊月，太后立端郡王载漪之子傅儁为皇子，俗称大阿哥。列强各国公使都拒绝入宫庆贺，以抗议太后图谋逼迫当今皇上退位。这一来，太后对洋人更是气恨之极了。得势的端王载漪，还有巴结他的一班王公大臣，更乘机大赞义和拳，说那既是义民，又确有神功。太后对义和拳也就越发暧昧，给袁世凯发去的上谕，仍是叫他按“自卫身家”的团练，对待拳民，不要误听谣言当作会匪株连滥杀。

袁项城会不会听朝廷上谕，谁也不知道。但就在庚子年大正月，京师就盛传：在袁项城的无情剿杀下，山东的义和团已纷纷进入直隶境内，设坛授拳。直隶的大名、河间及深州、冀州，本来早有义和拳势力，现在山东拳势大举汇入，这股燎原野火竟在京畿侧畔冲天烧起来了。当年洪杨的太平军就是从广西给剿杀出来，一路移师，一路壮大，一直攻占了江宁，定都立国。义和团看来比太平军要简捷，逃出山东，就直逼京畿了。

山东、直隶两省的义和团汇成一股后，更公开打出了“扶清灭洋”的旗号，讨好朝廷，避免被剿杀。这一来，局面就越发难加卜测。

到二月，已盛传京南保定至新城一带，义和团势力日盛一日，各州县村镇拳坛林立，指不胜屈。东面的静海、天津也一样拳众蜂起。在独流镇还出了个“天下第一团”，聚众数千。

不出几天，戴膺又听手下一位伙友说：在东单牌楼西表褙胡同的于谦祠堂，义和团已设了京中第一个坛口。那伙友是去东单跑生意，听说了此事，就专门弯进西表褙胡同。一看，真还不是谣言！祠堂里满是红布卦符旌旗，进出人众也都在腰间系了红巾。他只远远站着，望了片刻，就有一系红巾者过来，塞给他一张揭帖。揭帖，就是现在所说的传单吧。

义和团这股野火，已经烧进京师了？

戴膺接过伙友带回的义和团揭帖，看时，是编得很蹩脚的诗句：

庚子三春，日照重阴，
君非桀纣，奈有匪人。
最恨和约一误，致皆党鬼殃民。
上行下效兮奸宄道生。
中原忍绝兮羽翼洋人。
趋炎附势兮四畜同群。
逢天坛怒兮假手良民。
红灯暗照兮民不迷经。

义和明教兮不约同心。
金鼠漂洋孽，时逢本命年，
待到重阳日，剪草自除根。

——刘伯温伏碑记

这揭帖上传达的是什么意旨，虽也不大明了，但这揭帖是拳会所印发，却没什么疑问。看来，义和团真是进了京师了！现在虽只是听说于谦祠堂有这第一坛口，可拳会蔓延神速，说不定十天半月，京中也会香坛林立的。

义和拳进京，会不会生出大乱？朝廷容忍拳势入京，西洋列强会坐视不管吗？京中既有洋教礼堂，更有各国公使馆，拳民要往这些地界发功降神，京中不就大乱了？

戴膺越想越觉不安，就带了这份揭帖，赶往崇文门外草厂十条胡同，拜见日升昌的京号老帮梁怀文。在这种时候，戴膺最想见的，还是蔚泰厚的京号老帮李宏龄。李宏龄见识过人，又常有奇谋，尤其是临危不乱，越是危机时候，越有良策应对。可惜，李老帮下班归晋歇假，不在京中，所以才来见日升昌的梁老帮。

梁怀文接过那份揭帖，草草看了一过，说："京中有了义和团的坛口，我们也听说了。"

"那占奎兄你看不当紧吗？"戴膺见梁怀文神情平常，并不很把这份揭帖当一回事，便这样问。

"那静之兄你看呢？"

"我看还是不能大意。义和团蔓延神速，我们稍一愣怔，说不定它已水漫金山了。"

"静之兄，你把这帮拳民看得也太厉害了。京师是什么地界？你当是下头的州县呢，发点泼，就能兴风作浪？"

"这帮拳民，也不能小看。虽说都是一帮乌合的乡间愚民，一不通文墨，二没有武功，可一经邪术点化，一个个都以为天神附体了，那还不由着他们兴风作浪？什么京师，什么朝廷，他当天神当到兴头上，才不管你呢！”

“哈哈哈，静之兄，你是不是也入了义和团了？”

“占奎兄，我可是说正经的。”

“我看你还是过虑了。这帮义和团，虽说闹得风浪不能算小，可它一不反朝廷，二也不专欺负咱西帮，只是跟洋人过不去。我看朝廷还睁一只眼，闭一只眼呢，我们又何必太认真？”

“说吧也是，义和团作乱，也是乱朝廷的江山，我们认真又能怎样！只是天下乱起，我们还做什么生意？这两年，我们天成元在山东的几间字号，虽说没有撤庄，生意也清淡得很。”

“山东生意清淡，你们天成元合账还合出那么一座金山来，要是不清淡，再合出一座金山？”

“日升昌今年合账，也差不了。你们做惯老大了，我们挣的这点钱也值得放在眼里？当前时局迷乱，做老大的更该多替同业操心才是。占奎兄，你看用不用叫同仁到汇业公所聚聚，公议一下，义和拳进京是吉是凶？”

“叫我看，现在还无须这样惊动大家，静观一阵再说吧。我还是那句话，京师是什么地界？朝廷能由着这班愚民，在太后眼皮底下兴风作浪？军机大臣，兵部刑部，九门提督，步军统领衙门，顺天府，五城御史，有多少衙门在替朝廷操心呢！我们尽可一心做生意。以西帮的眼光看，京中要对付义和团这个乱局，必向各省加征、急征京饷，我们倒可以多揽一点汇兑的生意。再说，朝廷忙着打点洋人，管束拳会，对西帮禁汇的事，也不再提了。我们不是正好可放手做生意了？”

“但愿如此吧。山东情形，占奎兄也听说了吧？义和团不光是烧教堂，杀洋人，还砍电杆，割电线，扒铁道。弄得大码头电报不通，小地方信差不敢去，我们的汇票都送不过去。走票都走不通了，我们还能做什么生意？许多急需汇兑的款项，只好叫镖局押送。义和团折腾得厉害的地方，镖局也不大敢去，只好出厚资，暗请官兵押运。各地局面都成了这样，我们票号可就给晾起来了！”

“山东局面大坏，那是因为毓贤偏向义和拳。袁项城一去，拳会的气焰不就给煞下去了？”

“可义和拳倒给撵到了直隶、天津，眼看又进了京师！听说京南从新城到保定、正定一路，信差走信已不大畅通。信局的邮差常有被当作通洋的‘二毛子’，抓了杀了。这一路是京师通汉口的咽喉，咽喉不通，还了得吗？”

“听说朝廷已叫直隶总督裕禄管束拳民。”

“裕禄也是对义和拳有偏向的一位大员。不然，山东的拳势会移师直隶？”

“裕禄对义和拳并不像毓贤那样纵容的。再说，直隶不同于山东，毕竟是京师畿辅，他也不能太放任的。”

说了半天，梁怀文仍是叫他沉住气，静观一些时候再说。戴膺想了想，也只能如此了。自家再着急，其实也没有什么用，最多也不过是未雨绸缪。局面不好，就收缩生意吧。这种时局，就是想大揽大做也难实行。

庚子新年，本指望有个好的开局，没有想到时局会如此不济。也许真是自己过虑了？朝廷毕竟还是可以指望的，京师局面再坏吧，还会坏到哪儿？不过就是这样了。对西帮来说，北方生意不好做，还有江南，还有口外关外。但在心里，戴膺依然不敢太大意。驻京许多年了，还没有这点见识：朝廷也有指望不上的时候！

见过日升昌的梁怀文老帮后，戴膺还是给总号的孙大掌柜写了很长的一封信报，将直隶、天津、京师一带义和团的动向做了禀报。自己对时局的许多忧虑也婉转说了。对朝廷的忧虑，当然不能在信中直说。这些情形，他也向汉口的陈亦卿以及其他几处大码头的老帮做了通报。

孙大掌柜的复信依然是不疼不痒，多是相机张罗一类的话。对义和拳大掌柜倒明确说了：彼系乡民愚行，成不了气候。因为去年夏天在河南，他和康老东台已经亲自领教过了。大掌柜的复信，分明洋溢着一种喜气：太谷老号，大概还沉浸在合账后的喜庆中吧。

汉号陈亦卿的复信，竟也说不必大虑。湖广的张之洞，两江的刘坤一，两广的李鸿章，闽浙的许应骙，还有督办芦汉铁路大臣盛宣怀，都与山东的袁世凯取一样立场：对义和拳不能姑息留情！以当今国势，也万不能由这些愚民驱洋灭教，开罪多国列强。他们已纷纷上奏朝廷，请上头及早做断，不要再酿成洪杨那样的大祸。这些洋务派大员，在当今的疆臣大吏中举足轻重，朝廷不会不理他们吧？义和拳进京，正可促使朝廷毅然做断。吾兄尽可专心生意的。

陈亦卿所报的情况，倒也能给人提气。只是朝中围在太后四周的尽是偏向义和拳的端郡王那一伙。太后会听谁的，真还难说呢。

不过，读了陈亦卿的信报，戴膺也开始怀疑自己：谁都能想得开，就自家想不开？

2

但三月过去，进入四月了，朝廷虽也不断发出上谕，叫严加查禁京中义和拳会，拳会还是在京师飞速蔓延开了。坛口越来越多，拳民与日俱增，特别是周围州县的拳民也开始流入京城。在这个庚子三春，义和拳真是野火乘春风，漫天烧来。

一国之都，天子脚下，居然挡不住这股野火？

朝廷是不想挡，还是无力挡，依然叫人看不明白。

天成元京号驻地在前门外打磨厂。在打磨厂街中，聚有京城多家有名的铁匠铺。三四月以来，戴膺是亲眼看着这些铁匠铺生意一天比一天火爆：入了义和团的拳民纷纷来定制大刀。铁匠铺日夜炉火不息，打铁锤炼之声，入夜更清晰可闻。大刀的售价比往常贵了数倍，依然还是求购不得。

看着刀械这样源源流散到拳民手中，戴膺是忧虑更甚了。这样多的愚民持了大刀，就真是“扶清灭洋”，不反朝廷，只灭洋人，那也是要惹大祸的。京中也有西洋教士，但洋人聚集最多的地界，还是各国公使馆。杀进公使馆，去灭洋人？那岂不是要与西洋列强开战了？朝廷要依然这样暧昧，那班愚民，他们才不会顾忌什么。说不定哪天兴头来了，说杀就杀进公使馆了。

听说各国公使已不断向总理衙门提出交涉，要求朝廷弹压京中义和团。

就靠这班愚民，也敢跟西洋列强开战？结果不用猜，一准也是割地赔款！甲午赔款还不知几时能还清呢，再赔，拿什么赔？

更叫人害怕的是国势积弱如此，真要和洋人打起来，天下真还不知乱成什么样子呢！西帮生意，已日见艰难，再遇一个乱世，真要潦倒了。

只想一想，也叫人寝食不安的。

进入四月以后，日升昌沉着乐观的梁怀文也坐不住了。他终于出面，召集西帮各京号老帮聚会于芦草园汇业公所，公议京中义和拳乱事。到这个时候，已经没有人敢太乐观了，但也议不出什么良策，无非是收缩生意，各号间多加照应，并及时将京中危局报告老号。

只是，收缩也不容易。

京中局面眼看一天比一天乱，商界、民间，尤其是官场的权贵更纷纷来票号存银换票，其势简直锐不可当。纷纷来存银的用意，显然是怕乱中有失，存了银钱，握一纸票据，毕竟好匿藏。当此乱局，票号收存如此多的银钱就能安全了？但京中商、民、官，在这个时候简直一同铁了心，无比信赖西帮票号，仿佛他们也有神功似的，可以转手之间，将收存的银钱调到平安的江南。他们只知道西帮有本事将巨银调往千里之外，那是比匿藏在秘密的暗处，或由武卫把守还要保险。

你们只把账本守妥不就得了？

票号的异地汇兑，北存南放，哪是这么简单！可是，在此危乱之际，京中官、商、民如此信赖西帮票家，你也实在不能拉下冷脸，把人家推出字号吧？西帮百余年的信誉，总不能毁于此时。既没有撤庄歇业，人家找上门来的生意总是再三推拒也说不过去。尤其京师官场的权贵们更是得罪不起。

大家公议了半天，觉得还是以西帮百年信誉为重，不能收缩太狠了。当此非常时候，一旦自毁了名誉，就如覆水难收，再不用想修复。

公议中，祁帮大德通的周章甫老帮提出，是否可仿照当年太平天国起事时，西帮票行报官歇业，从京师撤庄，回山西暂避一时？

从京师撤庄，不是小举动。要撤，那得由祁、太、平的老号议定。京师乱局，大家也不断向老号报告了，东家大掌柜都没有撤庄的意思。再说，咸丰年间，为了躲避洪杨之乱，西帮票号纷纷从京师撤庄，携走巨资，弄得京中市面萧条，朝廷很不高兴。目前的义和团，能不能成了太平天国那种气候，还难说呢。所以，对撤庄之举，也没有多议，就一带而过了。

后来回想，这可是京师汇业同仁所犯的最大错误了！如果在庚子年四月间，西帮票号能未雨绸缪，断然从京津撤庄，那会是怎样一着良策：早一步就躲过塌天之祸了。当时分明已是风雨将来，可还是对朝廷有所指望，局面再坏，也没有预料到京师的天，国朝的天，真还能塌下来！

西帮再自负，也断然不敢公议国朝的天，是不是会塌下来。

那次集议之后，京号各家倒是纷纷求助于京师镖局，雇武师来字号下夜。听说有几家，还从山西招来武师。后来才知道，这些武师功夫再好，也挡不住洪水般的拳民。

四月中旬，听说正定、保定一带也发生了烧教堂，杀洋人的教案。后来又听说，从涿州到琉璃河，拳民已在扒芦汉铁路，割沿途电线，焚烧铁路的车辆厂、桥厂、料厂，铁路聘来的洋工住所更不会放过。驻京各国公使馆，更向总理衙门提出严厉交涉，要求尽快弹压义和团、大刀会，否则，要出兵来保护公使及侨民。

京中局面，真是眼看着一天不如一天，可朝廷似乎依然稳坐不惊。查禁拳会的布告不断贴出，可查禁的官兵却不见出来。倒是义和拳的揭帖也在满大街散发。京中义和拳坛口传说已有一千多处，拳民已有十万之众！铁匠铺的刀械生意，那可是千真万确地更见火爆。戴膺拜见了户部几位相熟的郎中、主事，他们说朝廷还是不断有上谕，命步军统领衙门、顺天府、五城御史，严厉查办义和拳会。可哪里能看见官兵的动静？

字号柜台上来存银子的客户也依然很多。收银很旺，往出放银却越来越难。京城四面几乎给义和团围死了，连官兵解押的京饷都只能勉强通过。戴膺极力张罗，四处拉拢，将利息降了再降，千方百计把收存的银子借贷出去。其中第一大户，就是户部。京饷不能按时解到，户部也正支绌。不过，各家都争着借钱给户部，天成元也无法独揽。所以，除了户部这个大头，其他衙门，以及钱庄、账庄、炉房也尽力兜揽。加上江南各号的勉力配合，揽到一些兑汇京饷的生意，又拉拢官家的信使，夹带了汇票，设法捎来。这样才抵消了一些存银压力，生意还算能维持。

四月二十二，柜上来了一位宫中的小太监。他是替管他的大宫监来存私蓄的。戴膺听说，赶紧把这位小公公请进后头的账房，上茶招待。这位小太监是常来的，所以戴膺与他早已熟悉了，他的小名二福子，柜上也都知道。说了一些闲话，就问起宫中知道不知道外间的义和拳。

二福子就说："怎么不知道？宫中和外间一模一样！"

"一模一样？"戴膺还不明白一模一样是说什么。

"可不是一模一样！宫中也练义和拳，也尽是头包红巾，腰系红带的，进进出出。"

戴膺听了，真有些瞠目结舌：老天爷，皇上宫中也练义和拳？

"宫中也都练义和拳？这是老佛爷的圣旨吗？"

"倒也不是老佛爷的圣旨，所以，也有不练的。可老佛爷信得过的那些亲王、贝勒，都迷上了义和拳，别人还能不跟着练？义和拳呢，也不大讲究尊卑贵贱，像我们这些宫监、护卫、宫女，也都准许跟着练。满眼看去，可不宫中也跟外间似的，红红一片。"

“喜欢义和拳的,有端郡王大人吧?”

“岂止端王呢!庆亲王、怡亲王、贝勒载濂、载滢、辅国公载澜都迷义和拳迷得邪乎呢!你们是见不着,载滢、载濂、载澜这些主子,多大人物,近来装束也照着义和拳的来,短衣窄袖,腰间系了红巾。精气神也跟平时不一样了,仿佛底气足了,人也凶了。我还亲眼见过一回,载澜大人呼来天神附体,两眼发直,一脸凶煞,一边呼叫,一边蹦跳,就像疯了醉了似的,真吓人呢。”

“小公公,真有这事呀?”

“我能哄您戴掌柜?可戴掌柜千万不敢对外间说。”

“小公公您还信不过我们?”

“信不过你们,我能说这些?”

“老佛爷、当今圣上,就由着他们这样在宫中练功?我们是外间草民,总觉在朝廷的宫禁之地,竟也如此做派,不伤圣朝大制吗?皇上贵为天子,老佛爷,当今皇上,本就是神命龙体,本就是天神下凡,还能再这样乱请神?”

“听说老佛爷也说过他们,他们还有理呢。有一回,载滢居然跟老佛爷抬起杠来,听说险些儿把御案给掀翻了!”

“这么厉害?”

“他们有他们的理呀!”

“有什么理?”

“说练义和拳的都是义民,又忠勇,又守规矩,法术神功又了不得。天神附体后,刀刃不能入,枪炮不能伤,那都是千真万确的。为嘛就呼啦一片,出了这么多神功无比的义民?那是上苍见洋人忒放肆了,派来保咱大清的。京外人心都一伙儿向着拳民,满汉各军也都与拳会打通一气了。要不宫里会有那么多人跟随了练义和拳?”

“小公公,您也常从宫禁出来,见着过外间练义和拳的吧?”

“碰着过。尤其近来,一不小心就碰着了。”

“那您看外间这些拳民，真像宫中传说的那样好？”

“我哪能看出来？只是那股横劲儿，凶样儿倒差不多。他们好不好，我说了也没用。今儿是到了你们字号，见了您戴掌柜了，悄悄多说了几句。在宫里，谁敢多嘴？就这，前些时还嚷嚷，说宫里也有二毛子，要一个一个拉出来查验。吓得有头脸的宫监、宫女都跑到老佛爷跟前，哭哭啼啼告状。”

“宫里也抓二毛子？那怎么个查验法？”

“听说是念几句咒语，再朝你脑门上狠拍一巴掌，要是二毛子，脑门立时就有十字纹显现出来。说是如何如何灵验，邪乎着呢，谁心里能不发毛？”

“这么在宫里查验二毛子，老佛爷就允许？”

“老佛爷说了，神佛也不冤枉人，你们就由他们拍去。”

“真拍出几个二毛子？”

“老佛爷这样放了话，谁还再真去查验？嚷嚷抓二毛子的，得了面子，也就糊涂了事。”

“小公公，我还是头回听说这么查验二毛子。劳驾您也朝我脑门拍一下，验验我是不是二毛子？”

“哈哈，戴掌柜，我哪有那本事！”

“那我来拍您一下？”

“干拍哪成？听说还得念咒语。”

“义和拳的咒语，我也会念几句：天灵灵，地灵灵，奉请祖师来显灵。”

“戴掌柜会念咒，我也不叫您拍。”

“为什么？”

“我还嫌疼呢！”

“哈哈哈！”

小太监给戴膺说了这许多宫廷中情形，临走戴膺特别提醒：“小公公出来跑这一趟够辛苦，敝号孝敬的一点茶钱，就写在您的折子上了？”

小太监说了句:“戴掌柜不用客气。”一边抬脚就走了。

西帮京号拉拢能出入宫禁的太监也有周到的手段。像这类跑腿的小太监也毫不轻视,每次都打点得他们心里高兴。他们收了礼金,也不敢带回宫中便给立了折子,存在字号,什么时候取,哪怕十年二十年,以至老迈出宫后,都认。所以,西帮票号在宫监中也信誉,许多不该说的他们也悄悄说。

送走小太监,戴膺心里才真害怕了。皇宫里居然也有那么多人信义和拳!愚之又愚的邪术,当今得宠的王公大臣们居然也深信不疑。满大街剿灭拳会,弹压拳匪的布告,看来根本就不用指望。真要如此,京师局面还不知要往何处动荡呢!

当夜,戴膺就将宫中这种情形写成隐秘信报寄回太谷老号。京中局面已经坏成这样了,撤庄,还是留守,老号也该早做决断了吧?

只是这封紧急信报何时能寄到太谷也叫人难以估计。以往私信局往山西走信是出京向南,经涿州、保定、正定,再西行入晋。现在京南一路正是义和拳的天下,所以只好由北路出京,绕到宣化,再南下入晋。可近来北路也渐不平静,义和拳已蔓延到京北,走信常有阻隔。

宁波帮开的私信局,与西帮票号是老“相与”了,承揽走票走信,历来所向披靡,很少出差错的。近来也大叹苦经,说出入京师简直就是出生入死,信差被当成二毛子遇害的事已经出了好几起。信局的生意也快不能做了,谁愿意去送死?

票号经营异地金融汇兑,全靠信局走票。信局一停业,票号也只好关门了。

3

进入五月,京号收到津号的信报也稀少了。京津间近在咫尺,邮路居然也受阻，这更不是好兆。

传说各国列强的军舰已经麇集于天津大沽口，要派兵上岸，由津入京，保护各国公使馆。义和拳民就扒毁了芦津铁路，阻挡洋人进京。京津间已成战场，邮路哪还能顺畅得了？

得不到津号信报，戴膺更是忧心如焚。

去年刘国藩惹祸自尽，津号就大伤了元气。年底大合账毕，本来应该派一位新老帮到天津及早扭转颓势。但老号的孙大掌柜却依然叫京号的戴膺代为照应；津号那头，叫副帮杨秀山暂时领庄。

其实，孙大掌柜已选定了新的津号老帮，那就是在张家口领庄的王作梅。俗称东口的张家口也是大码头，生意不亚于津号。王老帮驻东口已经多年，无论才干手段，还是年资功劳，也都远在刘国藩之上。孙大掌柜此次将王老帮调往津号，显然有自责忏悔的意思在里面。但王作梅接到新的任命却提出了延期赴津的请求：他再过一年才到下班的期限，所以想在东口干满三年，再离任休假，转赴津号。他铺开的摊子，怕别人不好半路收拾。不知王老帮是不是有意难为孙大掌柜，反正孙大掌柜居然准许了王作梅的请求。

这在以往可是从未有过先例的，不能说一不二，令行禁止，哪还叫领东的大掌柜！看来孙北溟在真心自责忏悔。

王作梅这一延期，倒叫他躲过了一场大劫难。

这中间只是苦了戴膺！京师局面已经够他招架了，还要多一个天津。进入庚子年，京津都闹义和拳，天津比京师闹得还邪乎。

津门是北方第一大通商口岸，洋行洋教比京师就多，紫竹林一带又早成了洋人买下的夷场，也即后来所说的租界。津门百姓受洋人欺负也就更甚，义和团一说仇教灭洋，响应者自然是风起云涌了。静海、独流、杨柳青都出了领袖似的大师兄，传说神功非凡，仿佛真能呼风唤雨。

天津还独有一种专收妇女的拳会，叫红灯照。入会妇女统统穿了红衣红裤，右手提红灯，左手持红折扇，年长的头梳高髻，年轻的挽成双丫髻。

红灯照的大师姐被称作“黄连圣母”,传说功法也了不得。入了红灯照的妇女,跟着这位大师姐在静室习拳,用不了几天,就能得道术成。一旦术成,持了红折扇徐徐扇动,自身就能升高登天,在空中自由飞翔。这时右手的红灯投掷到哪儿,哪儿就是一片烈焰火海,其威力宛如现在的轰炸机了。

在津号的信报中,副帮杨秀山不时写来这类情形。戴膺看过,自然对那些大师兄、大师姐的神功不会相信,但对天津义和拳的嚣张气焰却非常忧虑。京师义和拳朝廷还遏止不住呢,天津谁又能弹压得了?

果然,近来津号来信,连说天津已成义和团天下,神坛林立,处处铸刀,拳民成千上万,满大街都是,官府也只能一味屈辱避让。拳会的大师兄在街市行走,遇见官员,不但不回避,反要一声令喝,命官老爷坐轿的下轿,骑马的下马。官老爷们倒都听喝,赶紧下来,脱去官帽,站到路边回避。局面已至此,烧教堂,杀洋人的事件也不稀罕了。

只是局面危急如此,津号的杨秀山也没有提出撤庄的请求。从寄来的正报、复报看,津号生意做得也不比平常少。戴膺去信一再告诫,当此乱局,千万得谨慎做事,生意上宁可收缩少做,也不敢冒失。平常偶然冒失了,尚可补救,现在一旦失手,谁知道会引发什么灾祸?在今乱局中,拳民、洋人、官府,我们对谁也得小心,不敢得罪,也不敢太贴近。对黑道上的匪盗、街市间的青皮混混,也得细加防范。世道一乱,正给了他们作恶的良机。

可杨秀山似乎是处乱不惊,说津门局面虽然危机重重,但还能应付。义和拳势力高涨,洋商洋行只好退缩,尤其西洋银行几乎不能跟华商打交道了,正好空出许多盘口,由我们来做。

杨秀山说的那当然是个不寻常的商机。但这样的商机也不是寻常人能驾驭得了。

杨秀山以往给戴膺的印象并也不是那种有大才、有胆略的人,他也敢走这样的险招?或许以往在平庸的刘国藩手下不便露出真相?

戴膺对杨秀山处乱不惊，从容出招，当然不能泼冷水，只是叫他前后长眼，谨慎一些。但心里对津号是担忧更甚了。

现在，京津间的信报越来越不能及时送达，电报也是时断时通，戴膺哪能不着急？

到五月初九，终于收到津号的一封信报。这是进入五月后戴膺头一回收到津号的信件。急忙拆开看时，还是写于四月二十四的信！从信报能看出，津号依然平安，杨秀山也依然从容不迫。可是这封信件居然在京津间走了十四五天，实在也叫人不敢宽心。

戴膺打发手下伙友，给津号发一封问讯的电报，跑了几天电报局，还是发不出去：有一段电报线，又被义和团给割了。说是派了官兵护线、抢修，谁知什么时候能修通？

熬到五月十五，依然得不到津号的一点消息。就在这天午后，柜上闪进一个乞丐似的中年人，站柜的伙友忙去阻拦，那人已瘫坐在地，哑着嗓子无力地说：

"快告戴掌柜，我是津号来的……"

听说是津号来的，站柜的几个伙友都围过来，看了看，又不敢相信。义和拳入京以来，街头乞丐也随处可见。一伙友便说："你要是津号来的，那你用太谷话说。"

那人嗓音嘶哑，又疲惫之极，但改用太谷乡音说话却是地道的。

京号几个伙友听了，才真惊慌起来，有的赶紧搀扶这位津号来客，有的已跑进去禀告戴老帮。

戴膺一听，慌忙跑出来，见真是乞丐似的一个人，吃惊不小。

"戴掌柜，我是津号跑街李子充……"

戴膺是常去天津的，对津号的伙友都熟悉。只是眼前这个乞丐似的人，满脸脏污，声音嘶哑，实在辨认不出他是津号的李子充不是。但对方能认出他来，似乎不会有错吧——时局这样乱，他不能不小心些。

"你既到了京号，就不用慌了。"他转而对柜上的伙友说："你们快扶他进去，先洗涮洗涮，再叫伙房做点熨帖的茶饭伺候。”

“戴掌柜，我有紧急情况禀告！”

“我能看出来。还是先进去洗涮洗涮，喘口气。既已到京，不在乎这一时半会儿。”他极力显得镇静。

来人被搀扶进去了。戴膺心里当然镇静不了：要真是津号派来的人，那天津就不是出了小事！

果然，他回到自己的账房不久，这位天津来客就急急慌慌地跑来求见：他已经洗涮过，换了衣束，但只是吞咽了几口茶水就跑来了。现在，戴膺能认出来了，此人的确是津号的跑街李子充。

“戴掌柜，津号遭抢劫了……”

果然出了大事。

4

天成元的津号，是在五月十一凌晨遭到抢劫的。

那几天津门局面乱是乱透了，但国人开的大商号铺子还没听说谁家遭了抢劫。遭义和拳打劫焚烧的，主要还是洋人教堂、洋人住宅。洋行、银行早都关门停业了，货物、钱款也随之转移。津门是大商埠，商家不存，立马就会成为一座死城。所以，洋商收敛后，国人自家的商贸买卖依然在做。特别是银钱行业，似乎想停也停不下来。市面混乱，生计艰难，当铺、钱庄的生意，似乎倒比平素还火热一些：大多生计断了，靠典当、借贷也得活呀！而当铺、钱庄的资金，又一向靠票号支持。所以，那几天津号的生意也一直在照常做着。

副帮杨秀山见局面太乱，也从镖局请了一位武师，夜里来护庄。初十那天夜里，镖局武师恰恰没有来柜上守夜：他往五爷的宅子护院去了。

五爷失疯后，什么都不知道了，就知道不能离津。所以只好给他买了一处宅院，长住天津。原先跟着五爷五娘出来的保镖田琨，深感五娘的被害是自己失职，就留下来陪伴疯五爷。那几天，五爷的宅院忽然有了异常。白天，常有敲门声，可开了门，又空无一人。尤其到了夜晚，更不断有异响，提了灯笼四向里巡查，却什么也查不见。

女佣就说是闹鬼，怕是五娘嫌冤屈未伸，来催促吧。

田琨却说，真要是五娘回来显灵，倒也不怕。怕的是活着的匪盗歹人！现在外头这样乱，要有强人来打劫，五爷又不懂事，再出意外，我们也别活了。

田琨跟津号说了说这番异常，杨秀山就把字号雇的镖局武师打发过去了。因为字号一直还算平静。两位武师守护一处宅子，强人也该吓跑了吧。等五爷那头安静了，再回字号来护庄。

谁能想到，镖局武师只离开了两天，这头就遭了抢劫！

十一那天凌晨，杨秀山和津号的其他伙友几乎同时被一声巨响惊醒：那是什么被撞裂了的一声惨烈的异响。紧接着，又是连续的撞击，更惨烈的断裂声……晨梦被这样击碎，真能把人吓傻了。

老练的杨秀山给惊醒后，也愣了，还以为仍在噩梦中。定过神来，意识到发生了不测，急忙滚下地来，将自己房中几本字号的底账翻出，抱到外间一个佛龛前。这佛龛内，有一个隐秘的暗门，打开，里面是一个藏在夹墙内的秘窑。杨秀山拉了一把椅子，跳上去，移去佛像，打开暗门，飞速将那几本底账扔进了秘窑。随即关了暗门，又将香炉里的香灰倒了些，洒在佛龛内，掩去暗门痕迹，再放回佛像。

杨秀山在做这一切时，尽管迅疾异常，但外面已是混乱一片，砸击声、喝骂声如暴风骤雨般传来。他刚冲到院里，就见一个伙友满脸是血，一边跑，一边说："杨掌柜，他们撞毁门面护板，破窗进来了！"

杨秀山刚要说什么，一伙红巾蒙脸，手提大刀的人已经涌进来。

前头的一个喝道："爷爷们是义和团天兵天将，来抓二毛子！大师兄说了，你们字号的掌柜就是通洋的二毛子！哪位是掌柜？还不出来跪下！"

别的蒙脸人跟着一齐喝叫："出来，出来！"

杨秀山听说是义和拳的，知道已无可奈何了，正要站出来跟他们交涉，忽然发现：这伙人怎么用红巾蒙脸，只露了两只眼，就像强人打扮？街面上的义和拳也见得多了，都是红巾蒙头，趾高气扬，一脸的神气，没见过这样用红巾蒙了脸的呀？

正这样想，柜上账房的孔祥林已经站出来，拱手对那伙人说："各位师父，在下就是敝号的掌柜。各位可能听了讹传，敝号一向也受尽洋行洋商的欺负，对洋人愤恨得很，决不会通洋的……"

领头的那人立刻就喝道："你找抽啊？大师兄火眼金睛，能冤枉了你孙子？"

说时，已举手向孔祥林狠扇去。孔祥林比杨秀山还要年长些，被这一巴掌扇下去，早应声倒地了。

"去看看，是不是二毛子！"

领头的一吼，有两人就过去扭住孔祥林的脸，草草一看。

"不是他，不是他！"

杨秀山见这情形，就过去扶孔祥林，一边说："各位不要难为他，他只是本号的二掌柜，敝人是领庄掌柜。我们西帮对洋商洋行的确是有深仇大恨，早叫他们欺负得快做不成生意了！各位高举义旗，仇教灭洋，也是救了我们。能看出各位都有神功，敝人是不是通洋的二毛子，愿请师父们使出神功来查验。"

领头的那人瞪了杨秀山一眼，就又一巴掌扇过来："嘛东西，想替你们掌柜死？滚一边待着！"

杨秀山只觉半边脸火辣辣一片，两眼直冒金花，但他挺住了，没给扇倒下。

"搜，快去搜！他就是钻进地缝，也得把他搜出来！"

领头这样一喊，跟他的那伙人就散去了几个。

其实，自这伙人破窗而入以来，砸击、摔打、撕裂、破碎的声音就一直没有停止过。闯进来的肯定比刚才见着的这五六个多。现在散去几人，还留着三人，但不断还有别的蒙脸人押了柜上的伙友送过来。

很快全号的伙友都押来了，他们还在翻天覆地地搜寻。他们在找谁？找已经死去的刘国藩？

领头的还在不停地喝叫："说，你们的二毛子掌柜到底藏哪儿了？"

大家已不再说话，因为无论说什么，都只会遭到打骂凌辱。

杨秀山也希望，众伙友不要再冒失行事。这是祸从天降，也只能认了。别处的账簿，不知是否来得及隐藏？还有银窖！西帮票号的银窖，虽然比较隐秘，但这样天翻地覆地找，也不愁找到。只愿他们真是搜查人，而不是打劫银钱。

不久，就见匆匆跑来一个蒙脸同伙，低声对领头的说了句什么。领头的一听，精神一振。他过去一脚踢开了杨秀山住的那处内账房，吆喝同伙，挥舞起手里的大刀片，把津号所有的人都赶了进去。跟着，将门从外反锁了。

"你们听着，爷爷要烧香请神了，都在屋里安分待着，谁敢惹麻烦，小心爷爷一把火烧了你们字号！"

领头的吼完，外间真有火把点起来了。天刚灰灰亮，火光忽忽闪闪映在窗户上，恐怖至极。门被反锁，真要焚烧起来，哪还有生路！

外面，砸击摔打的声音已经没有了，忽然显得安静了许多。他们真要请神了。请了天神来，到底要抓拿谁？

渐渐的，听到外面有杂沓匆促的脚步，但听不见说话声。他们在举行降神仪式吗？

杂沓的脚步声，很响了一阵。后来，这脚步声也消失了。外面是死一般沉静，但火把的光亮仍在窗纸上闪动。

又停了一阵，见外面依旧死寂一片，有个伙友就使劲咳嗽了一声。

外面，什么动静也没有。

有人就走到门口，使劲摇晃了摇晃反锁着的房门。

依然没有动静。

杨秀山忽然明白了，慌忙喊道："赶紧卸门，赶紧卸门！"

几个年轻的伙友挤过去，七手八脚，就卸下一扇门来。那时代的民居门板，虽然厚重结实，但都是按在一个浅浅的轴槽里，在屋里稍稍抬起，便能卸下来。

门被卸下，大家奔出来，见火把只是插在院中的一个花盆里，似乎一直就没人在看守！

杨秀山又慌忙喊道："快去看银窖！"

奔到银窖，果然已被发现，洗劫一空！

西帮票号做全国性的金融汇兑生意，银钱的进出量非常巨大。因此，银钱的收藏保管成为大事。票庄一般都是高墙深院，有的还张设了带铃铛的天网。在早先，西帮还有一种特殊的保管银锭的办法：将字号内一时用不着的银锭，叫炉房暂铸成千两重的大银砣子。那时代法定流通的银锭，最重的仅五十两。所以这千两银砣子，并不能流通，只是为存放在银窖内安全：如此重的银砣子，盗贼携带也不方便。纵然是能飞檐走壁的强人，负了如此重的银砣子，怕也飞不起来了。所以这银砣子有一个俗名，叫"莫奈何"。不过到后来，西帮票号也不常铸这种千两银锭了：事业走上峰巅，经营出神入化，款项讲究快进快出，巨资一般都不在号内久做停留。

当然了，再怎么进出快捷，票庄也得有存放银钱的银窖，也即现在所说的金库。西帮的银窖，各家有各家的巧妙，各家有各家的秘密。外人不易发现，号内自家人存取时又甚方便。

天成元津号的银窖，处置得不算是太巧妙：只是将设银窖的库房，布置成为一处普通伙友的住房：盘了一条大炕，炕前盘了地炉子，火炉前照例有一个深砌在地下的炉灰池，池上嵌盖了木板。看外表，没有一点特别。津号的银窖，就暗藏在地下的炉灰池一侧，寻常的炉灰池其实正是银窖的入口处。当然，地面上嵌盖的木板，暗设了机关，外人不易打开。

这伙蒙脸的劫匪，居然把隐藏在此的银窖寻出来，打开了。他们没耐心破你的机关，砸毁盖板就是了。存在里面的四万两银锭，自然全给抢走了。

他们哪里是来抓二毛子？不过是来抢钱！

杨秀山忙赶到临街的门面房，那里更是一片狼藉，但劫匪早无影无踪。从被撞毁的那个窗户中已有晨光射进来。

开门出来，见门外撂着一根碗口粗的旧檩条。显然，劫匪们是举着这根檩条，撞毁了临街的窗户。

门外，还有牲口粪和分明的车轮痕迹。劫匪是赶着车来打劫？

看了这一切，杨秀山更断定，这伙人不是义和拳民，而是专事打家劫舍的一帮惯匪！

朝街面两头望了望，尚是一片寂静。这帮劫匪为何偏偏来打劫天成元？

京号的戴膺听了津号遭劫的情形后，也问李子充："当天，还有谁家遭劫了？"

李子充说："没有了，只我们一家。遭劫后，到我离津那几天，也没听说谁家又遭劫。"

"就偏偏拿我们天成元开刀？你们得罪义和拳了？"

"津门已经是义和团天下，我们哪敢得罪？看那活儿，也不像拳民所为。"

"那就怪了！"

"出事后，我们雇的武师和五爷的保镖都赶来了。他们依据抢劫的手段推测是江湖上老到的强盗所为。出事前，骚扰五爷的宅子，只怕就是他们声东击西。从破窗而入，到盗了银窖，活儿做得够利落。尤其他们只劫财，未伤人，更不是义和拳那些乌合之众所能做到。义和拳真要认定谁家有通洋的二毛子，不杀人能罢手？"

"江湖上老到的盗匪？那你们津号得罪江湖了？"

"没有呀？"

戴膺忽然拍了一下额头，说："我明白了！这次津号遭劫，只怕与去年我在你们那里演的空城计相关吧？"

李子充忙说："我们招的祸，哪能怨戴老帮！"

"你还记得吧？去年夏天，五娘被撕票，你们刘老帮又忽然自尽，惹得挤兑蜂起，眼看津号支持不住。不得已了，我由京师调了四十多辆运银的橇车，号称装了三十万两银子，前来救济津号。这四十辆银橇在津门招摇过市，还能不惊动江湖大盗？那一次，叫你们津号露了富，人家当然要先挑了你们打劫！"

"戴老帮，你也自责太甚了。我们杨掌柜，还有津号别的伙友可没人这样想。"

"这也不是自责。津号出了这样的事，我也得向老号和东家有个交代。你回去，也跟杨掌柜说，津号出了这样的事，不会全怨他，更不会难为各位伙友！"

"戴掌柜，你一向深明大义，待下仁义，我们是知道的。杨掌柜派我来，除了禀报津号的祸事，还特别交代，要向戴掌柜请罪：当此乱局，我们未听戴老帮忠告，生意做得太猛，号内防范也不够，才招了此祸。日后受什么处罚，都无怨言的。"

"你们也先不要想那么多了，京津这样的乱局，谁能奈何得了？津号遭此劫难，号内同仁全平安活着，已是万幸了。你回去对杨掌柜说，劫后如果难以营业，就做暂时撤庄避乱的打算吧。与老号联络不畅，我就做主了，日后老号要有怪罪，我来担待，与津号各位无关。"

"有戴老帮这句话，我们也好办了。不过眼前还能勉强营业的。"

"遭了这样的打劫，也没有再引发挤兑吧？"

"我们遭劫的事，杨掌柜尽力做了掩盖，没有怎么张扬出去。出事当时，盗匪前脚走，杨掌柜后脚就吆喝众伙友，收拾铺面，清除残迹。到天大亮时，铺面大致已拾掇出来，气象如初。只是被撞毁的那处窗户，难以一时修复，就将热天遮阳的篷布，先挂在那儿，遮严了。银窖被洗劫空了，我们在别处另放的不到一万两银子未被发现。所以遭劫的当天，我们津号不声不响地照常开门营业了。”

“也没有报官吗?”

“报是报了，官衙哪能管得了？杨掌柜也暗暗通报了西帮同业，叫大家小心。还向同业紧急拆借了一些资金。此外，柜上还购置了一些刀械，伙友轮流与镖局武师一道值夜。”

“你们杨掌柜这样处置，非常得当！忍住不张扬，非常得当。如张扬出去，说是义和拳抢劫了票号，那满大街的拳民会给你背这种恶名？他们真能一把火烧了你们津号！”

“我们也看出来了，杨掌柜这次真是临危不乱。我来京报讯，要不是听了杨掌柜的，装扮成乞丐，真还过不了这一路的刀山火海。”

戴膺又细想了一下，对津号这位杨秀山副帮，真是没有太深的印象。看来，在刘国藩这样平庸的老帮手下，有本事也显示不出本事。如果还是刘国藩领庄，遇此劫难，真还不知他会怎么处置。

戴膺送李子充返津时，也没有再多做交代，只是说:“一定告诉杨掌柜，津号该撤该留，全由他做主了。遇此乱局，损失什么都不要太在乎了，唯一要保住的是津号全体同仁的性命。一旦撤庄，就由天津直接回山西吧。只是无论走哪条道，都得经过拳会势力凶险的地界，叫杨掌柜再想些计谋，千万平安通过。”

李子充说:“戴掌柜不用太操心我们了，京师局面也好不到哪儿，你们更得小心!”

“你回天津真有把握吗？还是听我的，就暂留京号。京津间邮路、电报，总不会断绝太久，一旦修通，就能联络了。何必叫你再冒险返津?”

“戴老帮，你就放心好了。我已走过一趟，也算轻车驾熟了。”

送别李子充，戴膺感伤无比:这才几天，京津间往来就要冒生离死别的危险了！谁能想到时局会骤变如此?

5

李子充是五月十七一早走的。到这天下午，前门一带就忽然起了大火。

当时，戴膺正在查看京号临街的门窗，看如何加固一下。眼瞅着京师局面越来越坏，发生津号那样的劫祸也不是不可能。

昨天又听说，日本公使馆的一位书记生，在永定门外被义和团截住给杀了。也有人说，不是义和团杀的，是董福祥的甘肃兵给杀的。不管是拳民杀的，还是官兵杀的，都一样捅了大娄子了。两国交战，还不斩来使呢，公使馆的人敢轻易杀？日本东洋人跟西洋人本来就联着手欺负中国人，这倒好，正给了人家一个结实的借口！京师局面，真是不能指望了。

戴膺站在字号的门外，左右看看，见别家都没有什么动静。只天成元一家加固门窗，会不会叫人觉得你太惊慌了？

就在这时，街面上的行人忽然自西向东奔跑起来。

“怎么了？”

“火！着了火了！”

戴膺忙倒退几步，向西望了望：天爷，果然瞅见几团浓烟正滚滚而上，直冲蓝天！高耸的前门楼子，在黑烟中时隐时现。

那是起了战火，还是什么地方失了火？

问路上奔跑的人，没有给你说。但看那起火处，就在前门附近。天成元京号所在的打磨厂街，离前门实在也没有几步！

戴膺慌忙跑进店里，打发了一个年轻机灵的伙友往前门一带打探火情，一面就招呼大家，紧急收拾各处的账簿、票据。账簿、票据是票庄的命，大火来了，最容易毁的也是账簿、票据。

真是转眼间，就祸从天降，跌入一片危急之中。字号内，人人都神色凝重，手忙脚乱。

不过，应对这类突变，戴膺已有一些准备。适宜转移账簿、票据的轻便铁皮箱，已定制了一些。作为临时躲藏的寺院也秘密交涉好了。唯一不好应付突变的，是柜上的现银。尽量少存，尽量少存，那也得够维持生意。存了够维持生意的银锭，突然要转移走，总不是太好办。何况，来存银的客户，又总是推都推不走。

现在，柜上的存银大该还有七八万两吧？这七八万两银子怎样转移？装银橇，太惹眼。伪装在杂物中运走，数量还是太大了。

戴膺极力冷静下来，等待探听消息的伙友回来。

有伙友跑出去又望了望，西面的火势分明更大了。

大概过了半个时辰，探听消息的伙友才一脸黑污跑回来。他说，火是义和团放的。他们寻着烧洋人的教堂，路过前门外闹市，瞧见老德记洋货铺和屈臣氏大药房，就丢了几把火。火初起时，他们还不许邻近住户救火，扬言能使出神功，令火势听他们调遣，指哪儿烧哪儿，不会累及邻近无辜。可那火依旧无情，转眼间就漫天烧起来了，哪会听他们调遣！东西荷包巷、珠宝市、大栅栏、廊房头条二条、煤市街都已火烧连营，一片火海。

有伙友问："火烧大发了，也没人救？"

"起先义和团在，谁敢救？火一起，他们也跑了。到这时，店主住户想救，哪还能救得了？今年天这样旱，真是干柴烈火！人们能跑出来，不给烧死，就万幸了。"

戴膺就问："珠宝市也着火了？"

"珠宝市火势还大呢！京城炉房都在珠宝市，我本来想挤进去瞅瞅，已经进不去了。满街都是浓烟，什么也瞧不见，只能听见一片哭天喊地声。"

戴膺一听是这样的火情，更觉形势危急了：打磨厂西头，只隔着一条前门大街，就是荷包巷、珠宝市了。别说没人救火，就是有人救，只怕也救不了了：大火很快就要烧过来。

他只能做出决断：赶紧做弃庄的准备，越快越好！

拾掇账簿，紧急起银，在慌张中总算张罗得差不多了，但就是雇不到一辆车！马车、驴车、小推车，不拘什么车，全雇不到！水火无情，瞅见着了这么大的火，谁都是泼了命往远处躲，车马也不傻，能给你来送死！可是没有车马家伙，怎么撤庄？

打磨厂街中，还有几家西帮票号，有的已经雇了挑夫，往外挑账簿。其他大小商号，也都在转移财物，紧急撤离，一片兵荒马乱的可怕景象。

这样兵荒马乱的，将账簿交给陌生的挑夫去逃难，实在也是太冒险了。

戴膺再次站到当街，向西瞭望那头的火势，依然是浓烟蔽天，没有一点减弱的迹象。

看来是不能再等待了。车马雇不到，但也不能冒险雇挑夫。京号十多个人呢，将账簿票据每人分一份，不拘你使什么法子，设法弄出去就得，只要求你一条：人在东西在。那七八万两银锭呢，只能尽力就地隐藏了。即使过了火，一时也烧不着，就是烧化了，也能设法收拾起来吧。没有十全的办法，也只好走弃银保账这一步了。

戴膺正在心里做这样考虑，无意间发现远处的浓烟是在向西飘荡。是呀，浓烟要是朝东飘，打磨厂也早给浓烟罩住了！

他再看了看附近商号悬挂着的招牌幌子：的确是在刮东南风！

这也算是不幸中的万幸了。打磨厂在前门东头，也许大火不会蔓延过来？

戴膺心里稍有宽慰，又站在当街，朝前门那头静观了一阵，才回到字号。回到字号，仍是一脸严峻，紧急把全体伙友都叫来，很有些悲壮地做了弃银保账的安排。只是最后交代了一句：

“什么时候撤离字号，听我吩咐。”

必须带走的账簿、票据，很快就分到各人的名下。戴膺老帮也分了一份，以示要有难同当吧。银锭也做了进一步的隐蔽。其他值钱的东西，也尽量做了隐藏，希图能躲过火灾盗贼的洗劫。

该张罗的已经张罗完，戴老帮却没有发出撤离的命令。

在既焦急又安静的等待中，黄昏渐渐临近。远望前门那头，在浓烟中已能依稀看出火光。派去打探火势的伙友，几次回来都说：火还没有向打磨厂这头蔓延。等蔓延过来，还能来得及跑？看看打磨厂街的商号店铺，已经撤离了不少。只有铁匠铺，还是炉火闪耀，依旧在赶着打制大刀，仿佛一点都不知大火临门似的。

戴老帮也依旧没有发话叫走。

天色渐渐暗下来了。前门火场那头，只能见明亮的火光，其余什么也看不分明了。

忽然，有个站在门外的伙友跑进字号，大声嚷叫："前门楼子也着了，前门楼子也着了！"

戴膺和大家一齐跑到门外，翘首西望，果不其然，巍峨高耸的前门楼子已在喷吐火苗火花。在夜幕的映衬下，它仿佛在喷金吐银，比平素不知晶莹璀璨多少倍，真是壮观之极：只是，那壮观太叫人恐惧了！

前门叫正阳门，为内皇城第一道门脸，居然就这样任大火毁了它？

前门楼子都着了，咱们还不快走？但戴老帮依旧没有发话，只是站在当街，一直望着大火中的前门楼子。

戴膺望着起了火的前门，惊慌了一阵，就平静下来了：前门着火，说明乘着东南风，火势在向西北蔓延，在前门东南的打磨厂，也许能躲过这一劫？再说，皇城的正阳门都着火了，官家还能再坐视不管？

所以，戴膺仍是叫大家全神待命，不要冒失行动。

那一夜，戴膺和京号的全体伙友，就那样坐守待旦，没有弃庄逃难，也没敢丢一个盹。到天将亮时，火场总算熄灭了。

大家终于松了口气，当然也更佩服戴老帮的临危不乱。

6

天成元京号虽然躲过了这场大火，但第二天却没有开门营业。事实上，从五月十八这天起，它就再没有开业，直到两年以后。

这也不光是天成元一家，京师金融业的所有商号，包括票庄、账庄、钱庄以及典当铺，在前门大火后，差不多全关门停业了。因为在这场大火中，京城的二十六家炉房都被烧毁。

炉房，是那时代金融界的一种重要行业。简单说，炉房就是浇铸银锭的店铺，类似于现代的造币厂。

那时作为货币流通的白银，须铸成法定的三种银锭。最大的一种，重五十两，为便于双手捧起，铸成两头翘起的马蹄形，俗称元宝。其次为中锭，重十两，有元宝形的，俗称小元宝，但通常都铸成秤锤形。最小的一种，称作银锞，或三两，或五两。这三种银锭之外，还有更小的碎银，轻重不等。

因为白银易于磨损，使用稍久就会分量失准，所以银锭得不断重新浇铸。各地银锭的"平色"又有差别，外来银锭也需改铸成本地通宝，才好流通。特别是出入于各省藩库及中央户部的银锭，更得铸成"平色"统一，留有"纹印"的"官宝"。所以，各地的炉房，就成了金融业中的上游行业，实在比现代的造币厂还要须臾不能开。不拘你做什么银钱生意，不经炉房新铸的银子，真还没法流通。

早先的炉房，都是民商开办，当然得由官府发执照。到晚清时候，官府也开办了"官炉房"，铸造"官宝"。

京城的官炉房，加上有执照的民商炉房，到庚子年间共有二十六家，全都聚集在前门外的珠宝市。五月十七这场大火，吞没了珠宝市，二十六家炉房没能剩一家。

炉房全军覆没，等于把京城金融业的上游给掐了，下头谁家能不给晾起来？

当然，前门大火后，京城的金融商号跟着全都关了门，也是因为大家对时局已经完全绝望。反正局面已经乱得无法做生意了，又出了这样大的灾祸，还不乘机关了门，避一避？

前门大火后，西帮汇业公所很快有过一次紧急集议，大家都主张尽快从京师撤庄，暂回山西避难。但将这样的请求报官后，户部竟不予批准。

咸丰初年，为避洪杨之乱，户部过早准许了西帮票商携带巨资，撤庄回晋，一时造成京城市面凋敝，很受了朝廷非难。那时，户部也未料到，西帮票号一撤，京师金融的一大半江山，竟给他们带走。这一次，户部当然不敢轻易准许了，谁敢担这样的责任！而且，珠宝市炉房全毁，京城金融已是一片混乱，哪还敢再叫西帮撤走？

撤又不叫撤，留下，你朝廷官府又保护不了，义和团说烧就把炉房给全烧了，留下这不是等死吗？

可这样的怨气，跟谁去说？

皇城正阳门被焚，清廷也受了震惊，再次严令下头查禁义和团的横暴行径。可怜这样的严令，已经不能生效。义和团不但未有什么收敛，反而扬言要焚烧外国公使馆。

这时的京师，已经是义和团的天下了。不但满大街都是拳民，三五成群，持刀游行，许多王公世爵也把拳团的大师兄迎入府第，殷勤供奉起来。这时义和团散发的揭帖，已经是直指洋鬼子了：

兵法易，助学拳，
要摈鬼子不费难。
挑铁路，把线砍，
旋再毁坏大轮船。
大法国，心胆寒，
英吉、俄罗势萧然。

所以，义和团说要焚烧外国公使馆，朝廷也怕了。只得通告东西洋各国公使，请暂时回国避一避。

东西洋各国见清廷已压不住京师局面，早在五月初就提出蛮横要求：准许他们派兵进京，保护公使馆。日本使馆的书记生被杀后，东西洋各国更强横提出：让出天津大沽炮台，以便更多外国军队登陆，进京保护各国公使馆和侨民。现在，你叫人家回国避难，哪能答应？

五月二十一，俄、英、美、日、德、法、意、奥八国联军，攻占了大沽炮台。

五月二十四，德国公使克林德，在东单牌楼附近被清兵击毙。

第二天，五月二十四，清廷颁布了《向各国宣战谕旨》，明令将义和团招抚成民团，“借御外侮”。当政的西太后所以下了决心，向洋人宣战，据说是在大沽失守后，接到了谎报：各国列强将勒令她归政光绪。这不是戳在太后的心窝上了！这种谎报，不用问也是端郡王载漪一伙弄的勾当。

朝廷宣战后，怎么战法？不过是叫庄亲王载勋和协办大学士刚毅统领京城的义和团，再加上董福祥带的一些甘肃兵，去围攻东交民巷的外国公使馆和西什库教堂。这一围攻，就是五六十天，久久攻打不下。义和拳刀枪不入的神功，这时也不灵验了，使馆区射出的洋枪洋炮，还是一片一片将拳民打倒，血流成河。

京城已乱成了这样，官府哪还顾得上给你保护商家！户部虽然不叫西帮撤庄，但珠宝市的炉房也根本无法修复，金融生意就是不想歇市也得歇了。

天成元京号的戴膺老帮，见京城局面一天比一天险恶，当然也是加固了门户，购买了刀械，还雇了位相熟的镖局武师，进驻字号。生意既不能做了，伙友们只剩了一件事：日夜轮流保卫字号。

字号里最值钱的，当然是账簿、票据。现在已从容做了处置，该匿藏的精心做了匿藏；必须携带走的，也做了精简、伪装，到时候，说走就能带走。

戴膺感到不大好处置的还是银窖里那将近八万两银子。对于京号来说，八万两现银不是一个大数目的存底。去年年底大合账，库底刚刚清了，今年又遇了这种乱世，生意清淡，所以现银的存底实在不多。但经历了前门大火的熬煎，才知道突然出个事，这八万现银真还不好带走！票号走票走惯了，突然要走银，真还得多费心思。眼下京师已成孤岛，信报电报都不通，往外调银只有请镖局。可这么兵荒马乱的，已经没有一家镖局肯揽这种危险的营生了。银市一停，放贷已不可能。再说，商家都岌岌可危，轻易又敢放贷给谁？

戴膺经几天苦思，终于想出了一个大胆的办法：京号全体伙友都可以向京中的亲朋好友出借银钱；以字号的商银或个人的私银出借都成；写不写利息也都成；往出借多少，字号给你支多少；日后时局平静，能收回多少，算多少，收不回的，绝不怪罪。

听了戴老帮的办法，谁都不敢相信！

西帮票号本来有铁规的：在外驻庄的伙友，从老帮到小伙计，都不准个人与外界发生借贷关系，也就是私下里既不能借外人的钱，也不能借钱给外人。为了这条号规，伙友驻外期间，字号只发给有定例的一点零花钱；辛金，身股所得红利，都是下班回到山西后，由总号发给。平时在外，谁也没有自己的私蓄。一旦查出谁有私钱，那是要被立马开除出号的。

所以，初听了戴老帮的办法，谁敢相信？这不是叫大家违犯号规吗？

而且，那样优待的条件，简直等于是拿了字号的银子，到外面去白送人！

但戴老帮毅然决然说："这事由我做主，日后老号、东家怪罪下来，与各位不相干。现在遇非常之变，所以要有非常的应对。看京师局面，我们就是拼死守卫，只怕也保全不了这八万两银子。与其如此，还不如借给京城的朋友，日后就是收不回来，也算是花钱买了许多人情。这总比被歹人抢去，要强得多！"

这样一说，大家才明白了些。

"再者，及早处置了这八万现银，我们也可一门心思来自卫保平安了。遇此非常战祸，作为领庄人，我拼死守卫的，首先还是各位同仁的平安。老号把各位派到京号来，能不能建功立业先不说，我总得叫各位能平安下班，有个囫囵身子回到太谷吧？"

戴老帮这几句话，更说得大家心热眼湿了。

结果，没有几天，天成元京号就不动声色将八万两存银处置了。说是借给了亲朋好友，其实也都是京城的一些“关系户”，做生意用得着的一些老“相与”。因为大家在京城既无家室，也无私蓄，实在也有不了几个私交。

这样周济京中的亲朋好友，当然还是戴老帮和梁子威副帮借出去的银子多，毕竟他们在京交际广，常拜的衙门也多。除出借给私人外，他们也暗暗张罗着，借给户部和顺天府几笔官债。

天成元这一仗义之举，果然在危难之时围下了朋友。京城的金融业瘫痪后，许多人拿着银票无处兑钱，正犯急呢，真难为天成元还能记着他们。这些受了优惠的朋友，当然是感激不尽，多少年后说起来还是念念不忘。

戴膺这一着棋，随着时局一天比一天险恶，更显出其英明来。

京城的西帮票号同业虽然也都关了门，在竭尽全力保卫字号，但对京师局面却有不同看法。大多老帮还是抱有一丝幻想的，尤其是几家大号，一直以为京师局面总不至坏到塌了底。朝廷虽然对洋人宣了战，可也不见调集各地兵马开赴津门。像张之洞、刘坤一、李鸿章、袁世凯这些疆臣重镇，不但按兵不动，还都在紧急上奏：怎么能向东西洋这么多强国同时宣战？一国尚不敌，如此刺激众强国联合起来，一齐来犯大清，实在是鲁莽失当！听了这样的消息，许多老帮还以为与洋人这一仗不会真打，至少是不会打到京城来。

蔚丰厚的李宏龄老帮，素有毒辣的眼光。可惜他正回山西歇假，不在京城。日升昌的梁怀文和蔚字号的在京老帮，也对京师局面抱有幻想。这更影响了许多老帮。

既认为乱局不至乱到穿帮塌底，各号就在一味拼死坚守，大多没有做弃庄撤离的准备。不但字号里的存银未做紧急处置，就是对账簿、票据，也没有做大的应急处理。等死守到七月，京师陷落，朝廷出逃，天塌地陷一般的大劫难降临时，真都抓了瞎。临时起了巨额现银出逃的，没有不被抢劫一空的。许多京号连账簿也没有带出来。蔚泰厚是在八国联军攻入京城前夕，起了十万两现银往出逃，只行至彰仪门，就遭到抢劫，一两银子也没留下。当然，这是后话了。

在五月六月间，对京师局面未存幻想的除了天成元，只有乔家的大德通等少数几家。不过，大德通的周章甫老帮，也还没有戴膺那样的魄力，散尽存银，轻装应变。周章甫倒是早做了收缩，字号存银不多。

到六月十八，天津被八国联军攻陷，消息传到京师，大多票号才慌了。洋人能攻下津门，京师大概也难保。但这时再张罗着做撤庄的准备，已经不太容易了。特别是处置各家的存银，真是运也运不出去，贷也贷不出去，还是只有死守。

戴膺听到天津陷落的消息后，倒是很容易就能做出决定：尽快从京城撤离。他们说走就能走人，已经没有太大拖累。需要妥当谋划的，只是选哪条路回山西，路上又如何对付义和团。

走南路，路过的涿州、保定、正定，那都是义和团的大本营。走北路，打听了一下，南口、延庆、怀来，直至张家口，也都成了义和团天下了。既然都一样，何必走北路绕远。

在天津陷落前，戴膺已经和伙友们密谋了一个出逃方案：大家装扮成贩卖瓦盆瓦罐的小商贩，三两人推一辆装瓦盆的独轮车，慢慢往山西走。这种卖瓦盆的小商贩，本就游走四方，又都是卖苦力的，义和团多半不会找麻烦。瓦盆瓦罐，也不是什么值钱的东西，不用怕拦路抢劫。而瓦罐里，也正好藏匿必须带走的账簿和盘缠碎银。这样推车走千里，虽然苦了大家，但路上平安得多。

在这种时候，还能说苦？

伙友们都说，“别人倒好说，就怕戴老帮、梁副帮受不了这份罪。”

戴膺说：“我不想受这份罪，难道想等死！”

真是也没有选择。

因为早定了这样的出逃方案，买来推车、瓦盆，以及做苦力穿的衣束，也就先一步办妥了。这也不难，不过是遇见卖瓦盆的，多出一点银钱，连车带货都盘下来，就是了。做苦力穿的衣束，那更好办，满街都是。

戴膺本来打算在六月二十四就弃庄离京。但就在二十一那天，梁子威副帮却提出：他要留下来守庄。反正是一处空铺子了，也不用怕抢劫偷盗，他一人守在这里，也没有什么危险。但空铺子里留守一个人，对天成元的名声毕竟好些。西帮都没走呢，就我们头一家人走楼空？

梁子威这样一说，许多伙友也争着要留下。

戴膺见此也深受感动。他何尝没有这样想过？但这分明是生死未卜的差事，交给谁？他自家留下，那谁也不会走了。可答应梁子威实在也是于心不忍。梁子威跟了他多年，是个难得的人才，正可担当大任呢。

他就说："算了，算了。我看也用不了几天，西帮各号也得跟我们一样弃庄离京。就这么几天，能坏了我们的名声？我才不信。"

梁子威说："戴老帮是信不过我吧？我留下晚走几天，也危险不到哪！我跟戴老帮这许多年，也学了些本事，看着守不住，我也撤得出来，不会傻等着送死。要是西帮都撤了，我保证带了一条囫囵性命回到太谷。"

梁子威一再这样说，戴膺也只好答应了。

见答应了梁副帮一人，别人也更争着想留下给做个伴。戴膺想留一个精明的跑街，可梁子威只叫伙房的一个年轻伙友留下来陪自己。西帮驻外的字号并不专门雇佣伙夫，新去的年轻伙友都得从司厨做起。梁子威要留下的这个司厨的年轻伙友倒还蛮精明，戴膺也就答应了。

因为出了这档事，戴膺就有意推迟撤离的日子，想看看局面能否稍有好转？但已经很难打听到什么真实的消息了，一会儿是朝廷已经跟洋人议和，一会儿又是洋人已经打到廊坊了。京师官场中平时的一些熟人都很难见到。而街面上见到的义和团已显溃败相，随意抢劫的事更屡屡发生。一切都没有好兆。

所以，在六月的最后一天：六月二十九凌晨，戴膺带着天成元京号的十多人装扮成卖瓦盆的小商贩，悄然离开了打磨厂，出京去了。

梁子威在京号守到七月十六，也带着那个年轻伙友撤出了京城。

七月二十，八国联军从齐化门、东直门、崇文门，分头攻入京城，竟无人向朝廷禀报，内廷的西太后一点都不知道。

七月二十一黎明，洋人联军攻破东华门，直入紫禁城，洋枪洋炮声已传入大内了，太后这才听到禀报。她拉了被禁的光绪，仓皇逃出神武门，走京北官道，奔张家口去了。

八国联军攻入京城后，当然是见义和团就杀。各国官兵，还被允许公开抢劫三日。京中商号，无一家能幸免。

第三章　血染福音堂

1

庚子年四月，义和拳也传入了太谷。传入太谷的第一站正是城北的水秀村。

恰在四月，邱泰基的夫人姚氏到了临盆分娩的时候。

对这一次分娩的期待，姚夫人实在是超过了九年前的头胎生养。那一次也寄放了许多的期待和美梦，也一心希望生下一个男婴。可头胎到底还是恐惧多于期待。这一次不一样了，自从断然将小仆郭云生揽入怀中，如愿以偿地很快有了身孕，姚夫人似乎什么也不惧怕了。无论如何，自己也会把这个孩子顺利生下来，十二分企盼的，只要他是一男娃！

如果再生一个女娃，那她付出的一切都算白费了。要真是这样，她会用棍棒将郭云生这个小东西远远赶走！

十个月来，她没有一天不相信自家怀着的是一个男娃。

不过，在分娩日渐临近后，姚夫人也不免隐隐生出一些恐惧：也许偏偏还叫你再生一个女娃，甚至还有血光之灾等着你。你不守妇道，报应正在等你。今年的天象也是这样的不好,不但是不吉利的闰八月,旱象也是越来越凶险。去年就旱,今年连着大旱,麦子肯定不会有收成了,秋庄稼又旱得下不了种。糟年景是一准无疑了。生这个野种,偏偏就赶了如此可怕的一个年景,真不是好兆。

她极力想驱散这些胡思乱想,就是不行。

她又不想把心中的这番忧愁告诉郭云生。告给他吧,又能怎样?你想听的话,他都能说,但他太稚嫩,不是女人的靠山,不是能擎天的把式。

就是在这种心境下,姚夫人终于答应了本村那个二洋老婆的提议:请城里美国公理会西洋诊所的女大夫给她接生。

这位妇人婆家姓郭,男人就在本地经商。家道只是小康吧,夫妇俩倒都双双入了公理会洋教。在水秀村,这可是绝无仅有,村人就把这位妇人唤作二洋老婆。二洋老婆成天劝人入洋教,信基督。说入了洋教,以前的神神鬼鬼都管不着你了,还可以不纳粮,不交税,不服差役,因为官府也不管洋教。可惜,水秀村里没人听她的。听了她的,那不是既得罪官府,又得罪神鬼,今生来世都不用好活了?

先前,姚夫人跟这个妇人还能说得来。自三年前入了公理会,姚夫人就不大愿意她来串门了。她来串门,也是不厌其烦劝说姚夫人信基督,入公理会。姚夫人当然不会听她的。为给常年驻外的男人保平安,自家天天求拜各路神仙呢,怎么敢得罪!近一年来她跟云生偷情,更不敢得罪神鬼了。

不过,二洋老婆发现姚夫人有了身孕后,倒不再死缠了劝她入洋教,只是一味说公理会的西洋诊所,如何会接生,如何会保母婴平安,大人娃娃都不受一点罪。尤其是产后,女人只躺七天,就能跟平素一样下地了,没有那么多坐月子的忌讳。西洋人为甚那么强壮?就是坐月子坐得好。

无论说得多么好听,姚夫人依然不会信。自己临盆分娩,叫洋人来接生?那更不成体统了!

只是,过年,开春,跟着花红柳绿的三月天,又一天接一天过去。对身孕的过分期待和暗生的罪孽感也在与日俱增。女人临盆，那是过生死鬼门关。在这种生死关口，谁会更宽恕她？二洋老婆总是说，洋教的基督最能宽恕人了，洋教也没有太多的忌讳。而自家天天求拜的各路神仙，他们会宽恕了你？总是说善有善报，恶有恶报。自家是造了孽了，能逃了恶报？姚夫人像是走投无路了，只好去求助于洋教。她并不入洋教，只是求洋教的大夫帮助自己一回，把孩子生下来。

二洋老婆见姚夫人终于听从了自己的非常高兴。邱家在水秀村，也算是大户了。能劝下这样一位大户娘子，信洋教洋医，也算是很大的功德。

三月十六，二洋老婆陪了姚夫人，坐邱家的车马，赶往城南的里美庄，去拜见西洋大夫。

那时公理会的西医诊所，设在里美庄的顺来子花园。里美庄是公理会在太谷的老基地了，不过庚子年间在诊所施医的倒是两个中国人：桑爱清夫妇。先前在诊所施医的美国大夫，两年前患病返美，教会便从山东聘请来这对华人夫妇。二洋老婆说，桑大夫是留过洋的，西洋医术也差不了。

姚夫人见大夫是中国人，倒先不太害怕了。拜见也没有什么仪式，进门就叫坐。坐下，男大夫问了问几个月了，饮食无何，有没有异常，就叫女大夫领进里间去了。女大夫也只是摸了摸，看了看腿脚肿不肿，又用一个冰凉的玩意儿贴住肉，听了听。临了，说什么事也没有，只是不敢老躺着，尽量下地多走动，饮食上也是该吃什么就吃。

真会顺利临盆，顺利生下孩子？

姚夫人一再问，桑大夫夫妇回答都没有含糊。这一对中国西医大夫，一直和气慈祥，不带仙气，也不威严，倒很叫人能指望。

他们问了问水秀有多远，然后交代下月临盆前，他们会先去一趟水秀，再做一次这样的检查。

临别的时候，姚夫人要留礼金，桑大夫高低不要。说他们已经拿了公理会的薪金，施医是不收礼金的。二洋老婆也说，公理会施医是为行善，不收银钱。弄得姚夫人很过意不去。

晚清时代，由教会带去的西洋医术，最初实在没有多少人敢相信，特别是在一般百姓中间。所以，教会施医即便不收费，也没几个人敢领受。当然，教会施医，也是为扩大它的影响。

不过对姚夫人，这一次拜见西洋医师却很给了她不小的安慰。这两个慈祥的大夫毫不含糊地说：你什么事也没有！真要是如此，能顺利生下这个男娃，她就入洋教！

在拜见时，姚夫人问过那位女大夫：能摸出是男女吗？可惜人家说摸不出来。

回到水秀，姚夫人心宽了许多。她听了桑大夫的话，不时在自家庭院走动。吃喝上也不再忌讳那么多，想吃什么就吃。总之是期待更多，恐惧稍减，专心等待临盆的那一天。

但在四月初八，眼看临盆期更近了，云生忽然从外间跑回来，说村里来了二十多个直隶义和拳民。他们住进了村边的大仁寺，要在水秀设坛传功。

姚夫人也依稀听说过义和拳，并未太在意。她的心思全在自己的身孕上，闲事都不管。现在，听云生说了，仍也不太在意，还以为是打把式卖艺的。云生又说，这帮义和拳是专和洋人洋教作对的。这才引起她的注意。

专和洋人洋教作对？洋人惹他们了？怎么个作对法？

他们为何专跟洋人作对，云生说他也不清楚，只听说义和拳是一种神功，擒拿洋人洋教，一拿一个准。

一听说是神功，姚夫人就心里就一震：难道这是天意，不叫她去求洋大夫？

她赶紧叫云生什么也别说了，谁爱来谁来。

没过几天，二洋老婆也慌慌跑来，说："桑大夫两口不便来水秀了。你也快临盆了吧，也不敢再坐车颠簸。得有个准备，到时候请不来桑大夫，还得跟村里的收生老婆说一声吧？我怕耽误了你。"

姚夫人就问："桑大夫两口为什么不能来水秀了？"

二洋老婆就激动地说："你还不知道？咱水秀驻了直隶来的义和团了！义和团，听说过吧？专门仇教灭洋的，在山东、直隶，他们是见洋教堂就烧，见洋人就杀，跟土匪似的！谁料他们也跑到太谷来？咱水秀还是他们落脚太谷的第一村，你说桑大夫他们还能来？"

"他们为何专恨洋人？"

"土匪发横，还知道他为甚！像我这种入了洋教的，他们叫二毛子，也是不肯轻饶的。幸亏他们势力小，要不，我哪还敢回村？"

"这么厉害？"

"可不是呢！"

二洋老婆走后，姚夫人的心一下就冰凉到底了。她倒不是向着洋人洋教，只是感到自家恐怕难逃恶报了！刚刚想求助洋人洋教，忽然就有专门仇教灭洋的义和拳从天而降，第一站就落脚在水秀，这不是冲着她呀？

绝望了的姚夫人，坐卧不安了两天，倒也慢慢平静下来。该咋就咋吧。反正她只要有一口气，就要把孩子生下来。

熬到四月十六，身子还没有什么动静，姚夫人已有一些不踏实。正巧在这天，云生又从村里拿回一张义和团的揭帖。他说是邻家传给的，叫看完再传出去，传了，就能消灾灭祸。可揭帖上的许多字，他认不得。

姚夫人也没有多想，就要过来，看了下去：

光绪二十六年传单

山东圣府孔圣人、张天师传见。见者速传。传一张，免一身之灾。传十张，免一家之灾。如不传，刀砍之罪。

神助拳，义和团，只因鬼子闹中原。

劝奉教，自信天，不信神佛忘祖先。

男无伦，女行奸，鬼孩俱是子母产。

天无雨，地焦干，都是鬼子支住天。

神也怒，仙也烦，一同下山把道传。

非是邪，非白莲。念咒语，读真言。

升黄表，敬香烟，请出各洞众神仙……

她没有能读完，已觉有些心惊肉跳。跟着一股疼痛从腹中泛起。老天爷，生死关口，真要来了？

姚夫人扔下揭帖，朝云生喊了声："快去，快去叫你大娘！"

郭云生还要弯身去捡那张揭帖，姚夫人变了声调，怒喝道："挨刀的，快去叫你大娘！"

云生一惊，才慌忙跑走了。

天爷，真到了生死关头！

当天夜里，姚夫人终于顺利生下一个婴儿，而且真还是一个男婴！

说顺利，当然是在分娩毕姚夫人意识到自己还活着，又听说了真是男婴，才将刚才那死了一回似的痛苦丢去不计了。那几个时辰，她真觉得自己要死去了，想抓什么都抓不住，只在向死的深渊跌落下去。"天无雨，地焦干。男无伦，女行奸。"挥之不去的这几句话，真是在逼她死去……

可她终于没有死。

还真是得了一个男娃！

老天爷，你还是有眼。

2

太谷的基督教公理会，由美国欧伯林大学的中华布道团，在1883年，即光绪八年，派牧师来建点传教，到庚子年已历十七年。十七年间，在太谷也只是发展了一百五十来个教徒。福音传布，实在也不怎样。

当初，美国牧师把太谷选为山西的第一个布道点，是看太谷商业繁荣，交通也便利。岂不知，太谷人视商业几乎有种宗教似的崇尚和敬畏。人们见商家大户对公理会几乎视而不见，瞧不在眼里，也就跟着不理不睬。太谷商业繁荣，从商者众，也使一般人家无衣食之虞，不至为占一点眼前便宜就入洋教。

所以，公理会在太谷布道，真也算艰难了。

不过，公理会属基督新教，传教比较务实，也更有苦行精神。欧伯林大学的公理会在太谷除直接布道外，更多是通过开办戒毒所、诊疗所和洋式学校来扩散它的教义。再者，它从美国总会也能得到有保障的经费。所以到庚子年间，公理会与太谷乡民可以说并无太多的恩怨。它的影响无足轻重，同时也没有积怨本地。

但义和团终于也传到太谷，公理会的美国传教士还是大受震动。义和团在山东、直隶、京津的作为，他们哪能不知！尤其叫他们害怕的是在山东纵容义和团的那位毓贤大人，又被清廷派到山西来做巡抚了。毓贤去年被免去山东巡抚，就是美国公使带头参了他几本。他到山西任上，还不好好“照顾”你美国教会？

所以，直隶的义和团来到水秀没几天，公理会的美国教士就坐不住了，纷纷出动，四处求援。不用说，官府和商家大户是他们求援的重头。

莱豪德夫人自然又匆匆跑到康家，求见老夫人杜筠青。

杜筠青没有听说太谷来了义和团：这样的消息谁告她呢？她见莱豪德夫人竟那样万分焦急，就有些摸不着头脑。

“太谷也来了义和团？”

“可不是呢。听说太原府更多！”

“太谷来得不多？他们在哪儿？”

“不多，也有二三十人呢，住在水秀。”

“水秀也不远。老听你说义和拳，义和拳，我还真想见见他们。他们究竟是什么三头六臂，把你们西洋人都吓成这样？”

“老夫人，不是他们有多么厉害，是官府太纵容了他们！山东的义和团闹成那样,到处杀人放火,就是因为山东的巡抚毓贤太向着他们。老夫人还不知道吧?这个毓贤已经调来做山西巡抚了。”

“谁做巡抚,我也管不着。太谷的义和拳真住在水秀?那看什么时候,我套车去见识见识他们。”

“老夫人,现在真不是说笑的时候了!义和拳蔓延很快,一旦人多势众了,不只我们会受伤害,就是你们大户人家,也难保不遭抢掠的。山东、直隶就是先例,义和拳猖狂的地方,官府也管不了,还不是由着他们烧杀抢掠!”

“入了你们洋教的中国人,他们也放不过吗?”

“可不是呢!贵国信教的,他们叫‘二毛子’,也要滥加杀害的。”

“莱豪德夫人,要是这样,那我就还想入你们的公理会!”

“老夫人又想皈依基督了?”

“怎么,不能入了?”

“当然能,当然能。只是在这种时候……”

“我就是想在这种时候入一回你们的洋教,看看义和团怎样跟我作对!他们也会把我拉出去杀了吗?”

“那些匪类,什么事干不出来?”

“那就好!我决定入你们的洋教了,越快越好。入你们公理会,还要举行洗礼?明天能举行吗?越快越好!”

“明天?老夫人又说笑了吧。皈依基督,那是神圣的事,要依教规行事的,哪能如此草率?”

“现在不是紧急时候吗?不要太麻烦,越快越好。错过义和团,我可就不入你们公理会了!”

莱豪德夫人越来越有些听不明白了。正月时候,康老夫人忽然提出要皈依基督,莱豪德夫人真是惊喜万分。还是主伟大啊!可刚把这个喜讯告诉了公理会的长老,没几天老夫人又变卦了:不入了,不入了,不入你们洋教了。这是怎么了?刚问了几句,老夫人居然发了怒。现在,太谷来了义和团，公理会正面临危局，老夫人倒忽然又要入教，还越快越好！而且，听说义和团也杀二毛子，好像很高兴，更急着要入会。她这么急着要入会，仿佛是为了叫义和团给杀害？这简直不是常人的思路！

所以，莱豪德夫人只是含糊答应下来。看这情形，求助康家也没有多大希望。莱豪德夫人就略略提了几句：贵府是太谷有名望的大家，出面联络各界，制止义和团在贵县蔓延，避免大祸害，应当是义不容辞的。

没有想到，康老夫人一听，居然说："既然要入你们的公理会，保教护洋，我也是义不容辞的。我给三爷说一声，叫他出面联络各界！"

见答应得这样痛快，莱豪德夫人就又提了一句："贵府二爷，是太谷有名的拳师。如二爷能出面联络武术界也能威慑义和团的。"

"二爷好求，只怕他没那种本事。三爷出面，商界武界都能联络起来！"

莱豪德夫人说了些感激的话匆匆走了。她觉出杜筠青有些异常，所以也不敢抱什么指望。至于老夫人为何会这样异常，她是顾不上细想了。

其实，杜筠青又忽然要入洋教，也还是想叫老东西不舒服。她倒希望义和团真闹大了，围住康家，要抓拿她这个二毛子老夫人。那局面，才有意思。到那时，老东西、他们整个康家会不会救她这个老夫人？或者，他们会趁机借义和团之刀将她杀了，然后说是营救不及？

就是真去死，她也想看个究竟。

她答应替公理会去求新当家的三爷，也是想试一试三爷。三爷当家后，对她这个老夫人还算很敬重的。按时来问候，有些事也来禀报一下，还不断问：有什么吩咐？跟着，三娘对她也变得孝敬异常了。三爷早先可不是这样，哪把她这个年轻的老夫人放在眼里？所以，谁知道这一份敬重是真心呢，还是做给面儿上看的？

前脚送走莱豪德夫人，后脚她就去见三爷。

刚进三爷住的庭院，就见三爷三娘迎出来，三娘更抢先一步，过来扶住老夫人，一迭声说："有甚吩咐，打发下人先来叫一声，他三爷还不小跑了过去,哪用老夫人亲自跑来?”

杜筠青说:“看看你说的,我一来,好像就只为了求你们三爷!没事,我就不兴来了?”

三娘忙说:“老夫人要这么想,可就太冤枉我们了!我是说,老夫人就是来疼我们,也得先叫杜牧来说一声,我们好去接呀?”

杜筠青在心里冷笑了一下,说:“我哪会摆那么大的谱?”

进屋坐定,杜筠青就问三爷:“太谷也来了义和拳?”

三爷就说:“听说从直隶来了三二十个义和拳,住在了水秀,要设坛传功。”

“真来了义和拳,也没人跟我说一声?”

三爷忙说:“我也是刚听二爷说的。他们武界镖局比一般人看重这件事。”

“你不把义和团当一回事?”

“我也不是这意思。义和团今年在直隶、京津闹腾得真叫人不放心。京津有咱们的字号呀!太谷,我看倒不要紧的。太谷的洋教,只有美国公理会一家,信了教的乡人也不多。像山东直隶那种洋教徒横行乡里,霸人田产,包揽词讼一类教案,咱太谷也未发生过。所以,我看义和团传到太谷,也成不了什么气候。”

“在京津都闹腾起来了,在太谷成不了气候?”

“老夫人跟公理会的女教士也相熟,你看她们辛苦了十几年,才有几个信徒?公理会的信徒不多,义和团的信徒也多不了。它们两家是互克互生,一家不强,另一家也强不到哪儿。”

“真能像你说的那倒好了。可公理会他们已经慌了,说义和团蔓延神速,有一套迷惑乡人的办法。还说,省上新来的一位巡抚,向着义和拳。”

“新来的巡抚毓贤大人,他在山东也不是专向着义和拳吧,只是压不住,就想招安。结果越招越多,更压不住了。”

“所以说呢,趁义和团在太谷还不起山,你们得早拿主意。三爷你是有本事的人，趁早出面联络各界，防备义和拳蔓延，不正是你一显身手的良机？”

三娘忙说：“他哪有那么大本事？”

杜筠青就说：“不叫你家三爷出面，还等老太爷出面？”

三爷忙说：“我能在前头抵挡的哪敢再推给老太爷？只是，老太爷好像也不把义和拳放在眼里。老夫人刚才说的，是老太爷的意思吗？”

“老太爷可没叫我来传旨，我不过随便说说。洋教也好，义和拳也好，其实与我也不相干！”

三爷赶紧说：“老夫人的示下是叫我们未雨绸缪，以防万一，哪敢不听？我这就进城去，跟票庄孙大掌柜、茶庄林大掌柜谋划谋划，看如何防备义和团作乱。”

“你也得联络联络武界吧？都是弄拳的，太谷形意拳抱成一股劲，还压不住外来的义和拳？”

“联络武术界有二爷呢。”

“你们二爷有武功，可不是将才，联络武界也还得靠三爷你！”

三娘又说：“他有什么将才？老夫人这么夸他，就不怕他忘了自己是谁？”

三爷也说：“联络武界还得靠二爷。”

杜筠青就说：“我的话你们就是不爱听！”

三爷忙说：“哪能呢？抽空，我也去见车二师父。”

不管是真假吧，杜筠青说到的三爷都答应下来了。她带着几分满意回到老院，还真想去见见老东西。义和拳传到太谷了，问问老东西他怎么看？但想了想终于作罢了。

她要入公理会的事没有向三爷提起，更不想跟老东西说。等成了公理会教徒，再叫他们吃惊吧。

3

三爷盼望了多年，终于接手主持外务商事了，怎么就遇了这样一个年景！

过了年，大旱的景象就一天比一天明显。去年就天旱，大秋都没有多少收成。今年又连着旱。一冬天也没落一片雪花，立春后，更是除了刮风，还是刮风。眼看春三月过去了，田间干得冒烟呢，大多地亩落不了种子。荒年是无疑了。

康家虽然以商立家，不太指望田间的庄稼，但天旱人慌，世道不靖，也要危及生意的。山东的义和拳能蔓延到直隶、京津与今年大旱很相关。真是天灾连着人祸。

因为是刚刚主政，三爷往城里的字号跑得很勤。票庄和茶庄给他看的尽是些有关义和团的信报。先是山东义和拳流入直隶，又危及京津；跟着口外的丰镇、集宁、托克托，关外的营口、锦州、辽阳，也传入了义和团。各地老帮都甚为忧虑，屡屡敦促老号：是否照洪杨之乱时的先例极早做撤庄打算？

要不要早做撤庄打算，票庄的孙大掌柜和茶庄的林大掌柜主张很不相同。

孙大掌柜分明不把义和团放在眼里，断然说：那不过是乡间愚民的游戏，成不了气候。他们闹到京津，倒也好，朝廷亲见了他们的真相，发一道上谕下来，就将他们吹散了。孙大掌柜一再说，他和老太爷南巡时亲身遭遇过义和团，简直不堪一击！咱太谷的两位拳师，略施小计，就把一大片义和团给制服了。官府准是有猫腻，想借拳民吓唬洋人，故意按兵不动；官兵略一动，义和团哪能流窜到京师！

茶庄的林大掌柜却是力主撤庄的。他说义和拳要真闹起来，那比太平军还可怕。洪杨的太平军，毕竟还是有首领，有军规的，不是人人都能加入。加入太平军后，至少也得发兵器，管饭吃。义和拳呢，没有洪杨那样的首领，首领就是临时请来的神怪。更没有什么团规会规，男女老少，谁想加入谁加入，找一条红布系上就得了。入了义和拳，除了习拳传功，也不用管饭。这样的拳会，那真是想发展多少人就能发展多少人，反正也不用筹集军饷，不用守什么规矩。念几句咒语，说神鬼附体了，就能提了自家打造的大刀上街杀人。天下都是这样的乌合之众、放肆之徒，我们还做什么生意！官府太昏庸，见打着“扶清灭洋”的旗号，就纵容他们。这样就能扶了清，灭了洋？做梦吧！

三爷比较赞同林大掌柜的主张，何况，总是有备无患。但孙大掌柜位尊言重，他不叫票庄撤，那三爷一时也没办法。票庄不动，只撤茶庄？

三爷多次去问过老太爷，无论说得怎样危急，老太爷总是说：“我不管了，由你们张罗吧。”

老太爷是在冷眼看他吧？

在这种时候，三爷总是想起邱泰基来。邱掌柜要在身边，那一定会给他出些主意。自家身边，就缺一个能出意的人！可邱泰基远在口外的归化，也不能将他叫回来。连直接跟邱泰基通书信也还不方便呢。

西帮商号都有这样的老规矩：大掌柜以下的号伙，谁也不得直接与东家来往。驻外分号的信报只能寄给老号，不能直接寄给东家；给东家的书信必须经过老号转呈。这是东家为了维护领东大掌柜的地位不许别人从旁说三道四。三爷虽然把邱泰基看成了天成元未来的领东，也不便破这个老规矩。

所以，三爷想知道邱泰基的见识也只能在老号要了归化的信报仔细翻阅。但从归号的信报中得知，邱泰基并不在归化，一开春，他就往库伦、恰克图那一路去了。

眼看着京津局面越来越坏，孙大掌柜依然是稳坐不动，三爷真也没有办法。

现在，义和团已传到太谷了，孙大掌柜还能稳坐不惊？连一向不问世事的老夫人也坐不住了。老太爷呢？也依然不管不问？

三爷在宽慰老夫人时，极力说义和拳成不了气候，那并不是由衷之言。他这样说另有一番用意：想将孙大掌柜的见识通过老夫人传递进老院。老太爷听老夫人说了这种论调，要是赞同，那自然是平平静静；要是不赞同，一定会有什么动静传出来吧。

因此，见过老夫人后，三爷没有再去见老太爷，而是匆匆进了城。

果然，孙大掌柜对太谷来了义和拳只是一笑置之：

“我早知道了，从直隶来了那么几个愚民，躲在水秀，不敢进城。听说只有一些十四五岁的村童，见着新鲜，跟了他们请神练功。不值一提。在太谷，他们掀不起什么风浪的。”

三爷也只好赔了笑脸说：“听大掌柜这样一说，我也就放心了。听说太原府的拳民已经很不少，闹腾得也厉害？”

“太原信天主教的教徒就多，太谷信公理会的没几个。”

“都说新来的巡抚毓贤在山东就偏向义和团。”

“山西不比山东，他想偏向也没那么多拳民的。”

“京津局面依然不见好转，总是叫人放心不下。”

“京津局面，就不用我们多操心！朝廷眼跟前，我看再乱也有个限度。朝廷能不怕乱？太后能不怕乱？满朝文武都在操心呢。”

孙大掌柜既然还是这样见识，三爷真也不好再说什么了，就对孙大掌柜说起别的：“今年，本来想效法老太爷和大掌柜也到江南走走，不想叫义和拳闹得处处不靖。义和拳真成不了什么事我就趁早下江南了。”

“三爷，我叫你早走，你只是不听。四月天，往南走也不算凉快了。不过，比我们去年六月天上路还是享福得多。要走，三爷你就趁早。”

“那就听大掌柜的，早些走。这次南下，我想索性跑得远些。先下汉口，跟着往苏州、上海，再弯到福州、厦门，出来到广州。我喜欢跑路，越远越不想往回返。”

“三爷正当年呢，有英雄豪气。去年到了上海，我和老太爷也想再往南走，去趟杭州。就是年纪不饶人了，一坐车轿，浑身骨头无一处不疼，只好歇在上海。歇过劲来，还得跋涉几千里，往回走啊！”

“大掌柜陪老太爷如此劳顿，我理当走得更远。我出远门，倒是喜欢骑马，不喜欢坐车轿。车轿是死物，马却是有灵性的，长路远行，它很会体贴你。”

“我年轻时也是常骑马。马是有灵性，只是遇一匹好马也不容易呀！就像人生一世，能遇几个知己？”

“大掌柜说得对！我常跑口外，也没遇见几匹很称心的马。”

三爷和孙大掌柜正这么闲聊呢，忽然有个年轻伙友惊慌万分跑进来，前言不搭后语地说：“快，要杀人！大掌柜，少东家，要杀人！”

孙大掌柜就喝了一声：“慌什么！还没有怎么呢，就慌成个这！前头到底出了什么事，先给我说清楚！”

那伙友才慌慌地说出：公理会的洋教士魏路易来柜上取银钱，刚递上折子，忽然就有个提大刀的壮汉冲进咱们的字号来。他高声嚷叫爷爷是义和团，扑过去揪住了魏路易，举刀就要杀……

孙大掌柜一听，也慌了，忙问：“杀了没有？”

“我走时还没有……”

三爷已经麻利地脱下长衫，一身短衣打扮，对孙北溟说：“大掌柜你不能露面，我先出去看看！”

丢下这句话，就跑出来了。

太谷的基督教公理会接受美国总会拨来的传教经费，是先经美国银行汇到上海，再转到天成元沪号，汇到太谷。那时，西帮票号对洋人外汇并不怎么看重，不过天成元承揽这项汇兑生意已经十几年。所以，魏路易也是天成元的老客户了，有什么不测发生，那不是小事。

前头铺面房，果然剑拔弩张，已经乱了套：几个年轻的伙友，正拼命拦着那个提刀的汉子，这汉子又死死拽着魏路易不放！门外，挤了不少人，但大多像是看热闹的本地人。

三爷也会几套形意拳，长年在口外又磨炼得身强体壮。他见这种情形，飞身一跃，就跳到那汉子跟前。汉子显然没有料到这一招，忽然一惊，洋教士魏路易趁机拼命一挣扎，从大汉手中挣脱出来，向柜房后逃去。

那汉子定过神来，奋起要去追拿，却被三爷挡住了。

三爷抱拳行礼，从容说："请问这位兄弟，怎么称呼？"

那汉子怒喊道："闪开，闪开，我乃山东张天师！奉玉皇爷之命来捉拿洋鬼子，谁敢挡道，先吃我一刀！"说时，就举起了手中的大刀。

三爷并不躲避，依旧从容说："放心，洋鬼子跑不了。在下是本号的护院武师，他进了后院，就出不去了。天师光临敝号，我们实在是预先不知。来，上座先请，喝杯茶！天师手下的众兄弟也请进来喝杯茶！上茶！"

这位张天师，显然被三爷的从容气度镇住了，蛮横劲儿无形间收敛了一些："这位师父怎么称呼？"

"在下姓康，行三，叫我康三就得。快叫你手下的兄弟进来吧！"

但字号门口围着的人没一个进来。

张天师坦然说："今天来的就我一个！我有天神附体，捉拿几个洋鬼子不在话下。康三，你也知道义和团吧？"

这时，柜上伙友已经端上茶来。三爷就说："天师还是坐下说话，请，上座请！"

张天师终于坐下来了。

"康三，听说过义和拳吧？"

"在下日夜给东家护院，实在孤陋寡闻得很。请教天师，义和拳属南宗还是北宗？我们太谷武人都练形意拳，是由宋朝的岳家拳传下来的，讲究擒敌真功夫，指哪儿打哪儿，不同于一般花拳绣腿。天师听说过吧？"

"我们义和拳是神拳，和你们凡人练的武艺不是一码事！天神降功给我们，只为捉拿作乱中原的洋鬼子。你看今年旱成什么样了，为何这么旱？就是因为洋鬼子横行中原，惹怒了神佛。我这里有一张揭帖，你可看看。你既有武艺，我劝你还是早早练我们的义和拳吧，不然，也得大难临头！"

说时，张天师从怀中摸出一张黄纸传单来，递给三爷。

三爷接了，也没有看，就说："在下是武人，大字不认得一个。"

“叫账房先生念给你听。一听，你就得跟了我们走！”

“不怕天师笑话，能不能练你们的神拳，还得听我们东家的。我给东家护院，挣些银钱才能养家糊口。东家是在下的衣食父母，东家若不许练义和拳，我也实在不便从命的。好在我们东家掌柜很开通，请他看了揭帖，也许不会拦挡？”

“告诉你们掌柜，不入义和团，他这商号也一样大难临头！”

“一定转告！听口音，天师是直隶冀州一带人吧？”

“胡说！本人是山东张天师，无人不知的。”

“那就失敬了。直隶深州、冀州有在下的几位形意拳武友，所以熟悉深冀一带话语。粗听天师口音，倒有些像。”

“像个鬼！”

“失敬了，失敬了。”

“康三，把那位洋鬼子交出来吧！”

“天师在上，这可是太难为在下了！”

“我是替天行道！”

“天师也该知道，武人以德当头。在下受雇于东家，不能白拿人家银子。东家又是商号，最忌在号中伤害客户。这个洋鬼子，要是大街上给你逮着，我不能管；今日他来本号取银，给你逮走，这不是要毁东家名誉吗？东家雇了在下，就为护院护客。所以，我实在是不能从命的！”

“我不听你啰唆！交，还是不交？”

“在下实在不能从命。”

张天师腾地一下站起来，握刀怒喝道：“那就都闪开，爷爷进去捉拿！”

这时，三爷已经扫见：铺面房内除了字号的伙友已悄悄进来两位镖局的武师。他就忙递了眼色过去，不叫武师妄动。

跟着，他也从容站起来，挡在了张天师前头，带笑说：“天师，这是实在不能从命的。本号是做银钱生意的，一向有规矩：生人不许入内。”

“放屁！洋鬼子能进去，爷爷进不去？”说着就奋然举起刀来。

三爷从容依旧，笑脸依旧，说："洋鬼子有银子存在柜上，他是本号的主顾，不算是生人！"

"放屁！那爷爷是生人？那天上的玉皇爷也是生人？闪开，今天爷爷偏要进去！"

三爷依旧笑着说："天师这样难为我，那我只得出招了。我敌不过天师，也得拼命尽职的。只要杀不死我，我就得拼命护庄！"

说时，三爷已取一个三体站桩的迎战架势，稳稳站定。

那两位悄然赶来的武师又欲上来助战，立刻给三爷拿眼色按下去了。

三爷和张天师就这样对峙了片刻，张天师终于放下刀来，愤愤地说："今天先不跟你计较！等我拿下这个洋鬼子，再来跟你算账！在大街上，我一样能拿下这个洋鬼子！"

说完，张天师提刀夺门而去。

谁也没有料到气势凶狠的张天师会这样收场。站在一边观战的众伙友除稍稍松了一口气，似乎还不相信张天师是真走了。

两位被紧急招来的武师过来大赞三爷："今日才开了眼界，三爷这份胆气，真还没见过！"

三爷一笑，说："就一个假山东人，还用得着什么胆气！"

4

刚说义和团成不了气候倒提刀杀上门来了！这件事，叫孙北溟吃惊不小。尤其才接手主持商务的少东家三爷，亲自出面退敌，更令孙北溟觉得尴尬。

三爷早给他说过：世道不靖，柜上该从镖局雇一二武师来以备不测。可他一笑置之，根本没当一回事：在太谷，若有人敢欺负天成元，那知县衙门也该给踏平了。

现在倒好，谁家还没动呢，就先拿天成元开刀！今天还幸亏三爷在，靠智勇双全,吓退了这个胆大妄为的张天师。要是没三爷,还不知闹成什么样呢!老号这些人,真还没有会武功的。不用说把这位美国教士给砍了,来个血染天成元,就是稍伤着点皮肉,也得坏了行市!不管人家是美国人,还是中国人,总是来照顾你家生意,结果倒好,刚进门就先挨了一刀!以后,谁还敢来?

那天三爷吓退张天师后,孙北溟头一件事就是赶紧抚慰躲在后院的魏路易,说了不少赔礼的话。好在魏路易惊魂甫定,吓得不轻,只顾连连感谢三爷救了他一命。临走,只请求派个人护送他回南街福音堂。孙北溟当然答应了,安排一位镖局武师去护送。

送走洋教士,孙北溟自然要大赞三爷。三爷不叫夸他,只是再次提起:还是雇一二镖局武师来护庄守夜,较为安全吧?孙北溟当然一口答应了。

三爷走后,孙北溟匆忙换了一身捐纳来的补服,坐轿赶往县衙,去见知县胡德修。

见是天成元的大掌柜求见,胡德修当然立马就叫进来了。

见着胡大人,孙北溟也没客套几句,就将刚刚发生的一幕,说给他听。

真有义和团提刀上街杀洋人?胡德修听了也是大吃一惊!

"真有这样的事?"

"我能编了这样的故事吓唬胡大人?"

"这帮拳匪才来太谷几天,竟敢如此胆大妄为!"

"胡大人,乘他们在太谷还不成气候何不速加剿灭?"

"孙掌柜,你是不知,省上新来的这位巡抚大人有明令,对义和拳不得剿灭,只可设法招为民军团练,加以管束。还说这是朝廷的意思。"

"我看还是这位巡抚大人自己的意思,都说他在山东就向着义和拳。朝廷不叫剿灭,那袁项城到了山东,怎么就贴出布告,公开剿灭拳会?"

胡德修叹了口气,说:"我们摊了这样一个巡抚大人,能有什么办法?"

"叫我看,就是因为这位毓贤大人移任山西,才把义和拳给招引来了。山西教案本来也不多的。"

“身在官场，这样的话我是不便说的。”

“那胡大人真打算招抚这帮直隶来的拳匪?”

“我也正拿不定主意。”

“叫我看，那帮愚民，你收罗起来，只怕是光吃军粮，不听管束的。我们津号来信说，义和拳在天津得了势，竟把官府大员当听差似的，吆喝来，吆喝去。”

“那坐视不管，我也罪责难逃的。”

“胡大人，我倒是有一个主意，不知该说不该说?”

“孙掌柜，你今天就是不来，我也要去拜访你们各位乡贤，共谋良策的。孙掌柜已有高见，那真是太好了！快说，我恭听。”

孙北溟瞅了瞅胡大人左右。胡德修会意，立刻将左右幕僚及差役都打发走了。

“我这主意是刚才忽然思得，如不妥，尽可不听。”

“说吧，不用多虑。”

“刚才听胡大人说，毓贤大人有明令，叫你将义和拳民招为民军团练。我看，正可以由此做些文章。招抚直隶流窜来的那帮拳匪，是万万不可行的。但太谷本地乡间，习拳练武的风气也甚浓厚，所练的形意拳又是真武艺。所以，胡大人不妨借招抚义和拳的名义，在太谷乡间招募一支团练，以应对不测之需。”

“招募一支团练?”

“对。胡大人手下如有一支强悍的团练，谁想胡作非为，只怕也得三思而行。”

胡德修沉思不语。

孙北溟一眼就看出，胡大人是怕自拥强大民军，引起上头猜疑。尤其是遇了毓贤这样的上司，更得万分小心。就说：

“胡大人也无须 多虑，太谷不过巴掌大一个地界，招募一二百人，就足够你镇山了。再说，兵不在多，在精。有形意拳功底的一二百人，还不是精兵?”

“唔,要这样,倒真是一步棋。”

“胡大人如愿意这样做,团练的粮饷,我们商界来筹措。”

“真难得孙掌柜及时来献良策!局面眼看要乱,本官手下实在也没有几个官兵武人。经孙掌柜这样一点拨,才豁然开朗!那我就和同僚合计一下,尽早依孙掌柜所言,招募民军团练。”

孙北溟的这一偶来灵感真还促成了一支二百来人的团练在太谷组建起来。虽然为时已晚,到底也为数月后收拾残局预备了一点实力。

孙北溟这次来见县太爷,本来也不是为献策献计,不过是受了那位假张天师的忽然袭击,想找胡大人发发牢骚。结果,倒意外献了良策!出来时,当然有几分得意。

三爷勇退张天师这件事很快就传到老太爷耳朵里了。他立刻召见了三爷。

自从老太爷把料理外间商务的担子交给三爷后,真还没有召见过他。他倒是不断进老院请示汇报,可老太爷就是那句话:“我不管了,由你们张罗吧。”所以,听说老太爷召见他,三爷当然很兴奋。这一向,老太爷对他不冷不热,原来是嫌他没有作为。

所以,进老院前,三爷以为老太爷一定要夸他。

老太爷见了他,果然详细问了他勇退张天师的过程,有些像听故事那样感兴趣。三爷心里自然满是得意。

“你怎么知道这个张天师是假的?”

“义和团的揭帖上,哪一份没打张天师的旗号?要说在京城、天津,张天师亲自出山打头阵,那还有人信;来太谷打头阵,他能顾得上吗?”

“京师、天津闹得更厉害了?”

“可不是!天津满大街都是拳民。京师设坛传功的也不少。”

“京号、津号有信报来吗?”

“有。他们都问撤不撤庄?”

“孙大掌柜叫撤不叫撤?”

“不叫撤。仍旧说义和拳不足虑。”

“你说该撤不该撤?”

“我还是赞同茶庄林大掌柜的,早做撤庄准备,毕竟好些。”

老太爷听他还是这样说,就把话岔开:“不管他们了,还说这个张天师吧。即便是假的,你就一定能打过人家?”

“就他一个人,看着又不像有什么武功;就是真有武功,也得跟他拼了。那货气焰太甚,不压住他,真能给你血染字号!”

“你倒成了英雄了。”

“为儿不过尽力而为吧。”

“叫我看,你这是狗拿耗子!”

三爷真是没有料到老太爷会来这样一句!这是什么意思?他多管了闲事?眼看拳匪在自家字号要举刀杀人,他也不管呀?

三爷不解其意,想问问,老太爷已挥手叫他退下。他也只好离开。

他表了半天功,老太爷却给他了一句:狗拿耗子,多管闲事!字号是有规矩,东家不能干涉号事。这也算是西帮的铁规了。可他这也是干涉号事?

老太爷或许是嫌他这样露脸,叫孙大掌柜太难为情了:堂堂天成元老号,竟然这样无能无人?但他当时实在也没有多想,一听说拳匪要杀人,就跳出去了。难道他见死不救,就对了?

三爷实在也是想不通,闷了两天,倒将原先火暴好胜的旧脾气又给闷出来了。不叫管自家字号,难道还不叫管那些直隶来的义和拳!

这天,三爷叫了护院武师包世静,专程到贯家堡拜访车毅斋师父。

车二师父当然知道从直隶来了义和拳,而且居然也听说了三爷勇退张天师的事,很赞扬了几句。

三爷赶紧把话岔开,说:“这个冒充张天师的直隶人,我听他口音,像是深州、冀州一带人。那一带，习拳练武风气也甚，你们有不少武友。”

车二师父一听，笑了说：“三爷意思，是疑心我们跟这些义和拳有交情，把他们勾引到太谷了？”

“车师父，我可没这意思！我只是想问问，这些义和团是不是以前练过武功？”

车二师父又笑了，说：“三爷，你是亲自跟他们交过手的；有没有武功，你比我们清楚吧？”

三爷忙说：“谁也没碰着谁，哪能叫交手？”

“我连见还没见过这些人呢。不过，有形意拳的兄弟去水秀见过他们。倒真是深州、冀州一带人，可跟我们这些练武的实在不是一路。领头的大师兄叫神通真人、二师兄是他胞弟，三爷你遇见的那个张天师，还不算头领呢。神通真人，张天师，一听就不是真名，不过是顶了这样的大名，张扬声势吧。”

“吓唬咱们太谷人呢！”

“听我们那位兄弟说，他还真想跟那大师兄、二师兄过过招，可人家非得叫他先入伙，再比武。他没答应，在水秀躲了两天，偷偷看了一回人家祭坛演武。跟跳大神一样，真与我们不是一路。”

“可人家就敢提刀上街杀人呀！”

“这就跟我们习武之人更不一路了。我们习形意拳的最讲究武德在先！否则，你传授高强武艺，岂不是度人做江洋大盗吗？就是押镖护院，没有武德，谁敢用你？”

“可人家也说是替天行道，扶清灭洋。”

“要不它能传得那样快？”

说时，车二师父从案头摸来一张义和团揭帖，递给三爷：“三爷你看看，一般乡人见过这样的揭帖，谁敢不跟他们走？”

三爷接住一看，跟那天张天师递给他的一个样：

山东总团传出，见者速传免难。

增福财神降坛。由义里香烟扑面来。义和团得仙。庚子年，刀兵起。十方大难人死七分。祭法悲灾，可免。传一张免一身之灾。传两张。免一家之灾。见者不传，故说恶言，为神大怒，更加重灾。善者可免，恶者难逃。如不传钞者，等至七八月之间，人死无数。鸡鸣丑时，才分人间善恶。天有十怒：一怒天下不安宁，二怒山东一扫平，三怒湖海水连天，四怒四川起狼烟，五怒中原大荒旱，六怒遍地人死多一半，七怒有衣无人穿。若言那三怒，南天门上走一遭去。戊辰就是阳关。定六月十九日面向东南，焚香。七月二十六日，向东南焚香大吉。

车二师父问三爷："你看了信不信？"

三爷说："我时常跑口外，出生入死也不算稀罕了。陷到绝境，常常是天地神鬼都不灵。等到你什么也指望不上，松了心，只等死了，倒死不了，力气也有了，办法也有了，真像有神显了灵。我只信这一位神，别的神鬼都不信。"

车二师父说："可一般乡人，只是今年这大旱，也会相信他们。"

三爷说："车师父，你们练形意拳的，不会相信吧？"

车师父又笑了，说："三爷你先问包师父。"

包世静说："去年我跟了老太爷下汉口，在河南就遇见过义和拳。他们哪有武功！我看，装神弄鬼也不大精通。就会一样：横，见谁对谁横！"

三爷说："我是想听听车师父的见教。"

车二师父说："我早说过了，跟他们不是一路。"

三爷就说："那我今儿来，算是来对了。"

车二师父忙问："三爷有什么吩咐？"

三爷说："今儿来，就是想请车师父出面，将太谷武界的高手招呼起来，趁义和拳还没坐大，把它压住、撵走！太谷真叫他们祸害一回，谁能受得住？"

车二师父听了，却不说话。

三爷忙说："车师父，这是造福一方的义举善事，还有为难之处吗?"

车二师父说："三爷，你还不知道我？我不过一介乡农，虽喜欢练拳，实在只是一种嗜好。叫我号令江湖，聚啸一方，真还没那本事。"

"车师父，哪是叫你聚啸落草？只是招呼武界弟兄，保太谷平安而已。师父武名赫赫，人望又高，振臂一呼，太谷形意拳就是铁军一支，那几个直隶来的毛贼，哪还敢久留?"

"哈哈，三爷真把我们形意拳看成天兵天将了。其实，我们哪有那本事？我知道三爷是一番好意，可我们实在不便从命的。义和拳虽和我们不是一路，但人家有'扶清灭洋'的旗号，朝廷官府还睁一只眼闭一只眼呢，我们就拉一股人马跟人家厮杀？真走了那一步，我车某岂不是将形意拳的兄弟置于聚啸落草、反叛朝廷的死境了？再说，义和拳招惹的是洋人，我们也犯不着去护洋助洋。洋人毕竟也够可恶!"

"车师父，我看官府也不是都向着义和拳。袁世凯去了山东，就大灭义和团。"

"官府出面，怎么都行。我们能?"

"太谷的知县胡老爷，我们能说上话。"

"三爷，就是官府允许我们起来灭义和拳，那也只怕越灭越多！山东、直隶遍地都是义和团，你撵走他这一小股，还不知要招引来多少呢！再说，我们有武艺的，去欺负他们那些没武功的，于形意拳武德也有忤逆。"

三爷终于说服不了车二师父，心里窝得火气更大了。在老太爷那里碰了一鼻子灰，在车二师父这里又碰了软钉子，真不知道是怎么了!

5

太谷的义和团真如车二师父所预料，很快就野火般烧起来。四月传来，到五月，平川七十二村，已是村村设坛了，随处可见包红巾的拳民。

拳民多为农家贫寒子弟，年轻，体壮，不识字。乡间识字的子弟，都惦记着入商号呢，他们不会掺和义和团。除了农家子弟，掺和进来的还有城里的一些闲散游民。他们听人念了念义和团的揭帖，又看了看直隶师父的降神表演，当下就入了拳会。这其中有一大股，系抽大烟抽败了家的破落子弟。

太谷财主多，吸食鸦片的也多，这在晚清是远近闻名的。大户人家，多有戒赌不戒抽的风气。因为家资肥富，抽大烟那点花销，毕竟有限；而赌场却是无底洞，即便富可敌国，也不愁一夜败家。此风所及，太谷一般小富乃至中常人家也多染烟毒。可他们哪能经得住抽？一染烟毒，便要败家。公理会大开戒烟所，戒成功的也不多。这一帮败落子弟，见洋人送来鸦片害他们，又开戒烟所救他们，仇洋情绪特大。好嘛，你们钱也挣了，善也行了，倒霉的只是我们！所以，一听说要反洋教，当然踊跃得很。

这比基督教公理会发展洋教徒，不知要神速多少。

五月间，太谷义和团的总坛口，已从水秀村移到县城东关的马神庙。在直隶大师兄的号令下，拳民们在城里游行踩街，焚烧洋货，盘查老毛子、二毛子，一天比一天热闹。

不久，他们就放出风来：要在六月初三，杀尽洋人！

这股风一吹出来，还真把公理会的美国教士吓慌了。当时在太谷的六名美国教士匆匆集中住进城里南大街的福音堂。受到恐吓、抄家的十多名本籍教徒，也陆续躲进了福音堂。这十多名太谷教徒中，就有日后成为国民党财长、蒋介石连襟的孔祥熙。当然，这时他还是一个因贫寒而投靠教会的平常青年。

莱豪德和魏路易是太谷公理会的头儿，他们将中外教徒分成八人一班，日夜轮流守卫教堂。同时，向各方求救。

初时，知县胡德修还派了县衙两名巡兵保护福音堂。

公理会这座福音堂，紧挨着城中名刹无边寺，那座巍峨高耸、雄视全城的浮屠白塔，正立在它的身后。所以，福音堂初建成时，太谷乡人看着就有些刺眼：它会不会毁了太谷的风水？现在，义和团成天散布“洋教弃祖灭佛，上干神怒，天不下雨”，人们看着它自然更有些可恶了。福音堂的大门，又向东开在繁华南大街。门前本来就人流如梭，有巡兵守护，自然更招人注目。尤其是有义和团来叫阵时，大门外就聚集得人头攒动，水泄不通，路都断了。

困守其中的中外教徒，见外面这种情形，惊恐之余，只得把一切交给他们皈依的主了。各地教士、教徒遇难的消息，他们已经听到很多。

不过，义和团并未在六月初三攻打福音院。进入六月后，义和团开始攻打的，只是乡间的一些布道所、戒烟所、诊疗所，但杀戒已开。被杀的都是本地教徒，数目可在一天比一天增多。

县衙虽已着手组建团练，可面对洪水般疯狂的拳民，哪能赶上趟！知县胡大人对太谷局面显然已无力控制。

到六月十五，义和团终于开始围攻城里的福音堂。

六月十八，青年孔祥熙翻墙潜入相邻的无边寺，偷偷坐上一辆粪车，逃了出去。对于他的临阵逃脱，公理会的美国牧师倒不阻拦，也没有谴责。孔祥熙提出逃生愿望时，是很难为情的，但美国牧师们倒一点也没有难为他，反而出谋划策，只希望他成功出逃。基督教与我们的儒教，真是很不相同。否则，后来国民党的四大家族，就要少了孔家。

孔祥熙逃出后，福音堂内只剩了六名美国教士和八名中国教徒，包括太谷第一个受洗礼、已成华人长老的刘凤池，西医桑大夫。这十四名中美教徒，当时拥有的武器只三支西洋手枪耳。

可外间成百的义和团，一直围攻到七月初，仍然杀不进去。教堂里面，魏路易拿一把手枪，把守教堂后门，另一美国牧师德富士持手枪把守前门。见有欲破门者，就放一枪示警。拳民听见枪声，便往后退，只是将砖头瓦块更猛烈地投入教堂院内。有“刀枪不入”功夫的直隶大师兄神通真人，一直也没有发一次神功，他只是坐镇总坛口，发号施令。一般拳民，不用说神功，就是本地形意拳的那番真功夫也没有。

形意拳功夫深厚的武师，受车毅斋师父影响，把武德放在前头，对义和拳冷静相看，不助，也不反。

所以，到七月初，见福音堂久久攻打不下，一般拳民已有些心灰意懒了。围在福音堂外面的拳众已日渐减少。知县胡德修看到这种情形，才松了一口气，开始筹划派出官兵加团练，驱散围攻福音堂的拳民。这位知县老爷也不是怎么向着美国人，他是怕惨案发生，难向朝廷交代。

谁料，到七月初五，省上的毓贤巡抚大人居然派出一支官家马队来太谷给义和团助阵。一听这个消息，泄了气的拳民才忽然来了劲。当天，平川七十二村都有拳民涌进县城，对公理会的福音院重新发起猛攻。

只是大师兄二师兄依然未能把天神请来，开战时还是砖头瓦块打头阵。接着，将附近一家"四顺席店"抢了，搬出许多苇席；又从"洋油庄"抢来煤油，煤油浇苇席，展开一场火攻。

可惜到后半晌了，仍然没有能攻下。两名英勇的本地后生并无神功，却大义凛然从后墙翻入教堂院中。但没冲锋几步，就给魏路易用手枪放倒了。群情激愤，只是无计可施。官家马队，既跃不过教堂高高的院墙，又不操洋枪洋炮，实在也顶不了大事。

幸亏后来请到一位叫聋四的乡下猎户，扛了火枪赶来，从后门缝隙朝魏路易放了一冷枪。一片铁砂铁丸散射进去，这位洋牧师真被打倒了。

外间重兵，这才趁机奋勇攻入。

不用说，六名美国教士、八名本地教徒，当下就给杀死了。六名美国教士中，有三人是女性，其中就有莱豪德夫人。本地教徒中，刘凤池长老临死不口软，更激怒了拳民。被杀后，心给剜了出来，悬挂了示众："快看，教鬼的心，又大又黑！"

义和团围攻福音堂，是太谷城中发生的一件大事。可是，这期间的太谷大商号，谁家也顾不上多管眼跟前发生的一切了：直隶、河南、天津、京师以及关外、口外的字号，纷纷告急，信报、电报又不时中断，谁家不是急得火烧火燎！

西帮的生意在外埠，它的命也在外间世界。

康家三爷和孙大掌柜、林大掌柜一样也是身在太谷，心系外埠，全顾不及理会本地的义和拳了。那时，津号遭抢劫的消息已经传来。但那是京号在信报中转告的，津号的信报却是很久没有收到了。就是京号这封告急的信报，也是写于五月十六。眼下，则六月十六已过！一个多月了，京津两号都没有传来任何新的音讯。

电报不通，信局走信又不畅，一封急信，给你走三四十天，什么都耽误了。三爷就雇了两名镖局的武师，派他们往京津打探消息。先是走榆次、寿阳，东出山西，但只走到平定，未出东天门，已无法前行：他们屡屡被怀疑为二毛子。返回来，走北路，出了大同，也没有音讯了。

口外、关外加上京津两号，那是康家商务的半壁江山。现在，那半壁江山生死不明，你说，谁还能顾得上福音堂那几个美国洋和尚？

在康家，只有老夫人杜筠青关注着福音堂的事。

义和团刚传到太谷时，杜筠青曾向莱豪德夫人表示：她要皈依基督，加入公理会。那天还一再说：越快越好。可莱豪德夫人一走，就再没有下文了。

她进城洗澡，路过南街的福音堂，一直是门户紧闭。有一次，她专门停了车，叫车倌去敲门。刚敲开，没说两句话，呼通一声就又关上了。

怕车倌是拳匪呀？

杜筠青就叫女佣杜牧再去敲门，始终就没有敲开。

过了几天，她又把马车停在福音堂门口。这次一开头，就叫杜牧去敲门，她自己紧跟在杜牧身后。敲了半天，门总算敲开了，可一个本地老汉只在拉开的门缝间伸出头来，冰冷地问："你们做甚？"

杜牧回话也不客气："你没长眼？我们家老夫人要见你们莱豪德夫人，还不快大开了门，接老夫人进去！"

那个给洋人当茶房的老汉听了，依然冰冷地说："莱豪德师母今儿不在！"

说毕，咣哨一声，又关上了大门。杜牧在外头连声责骂，哪能顶事？

那天路上，杜筠青狠狠责骂了杜牧："你真是本性难改！出来拜客，也是这副德行，你还不知道你是谁？"

只是，杜筠青终究也没见着莱豪德夫人。

义和团如火如荼，真是闹大了。入不成公理会，杜筠青真有心思要加入义和团。加入义和团，也能气一气老东西吧？当然，这也不过是心里一想，解解气吧。她也认不得义和团，找谁去入？

义和团闹大了，杜筠青进城洗澡也越来越不顺当。遇着拳民围着福音堂叫骂，南大街就走不通，马车绕半天绕不过去。有时候，县衙为了防备拳民作乱，大白天，就关了城门。六月十五，拳民开始围住攻打福音堂，她们就进不了城，一直到七月初五，二十天没能进城洗澡，真把她肮脏死了，也憋闷坏了。

七月初六，传来义和团血洗福音堂的消息。杜筠青听了，吃惊是吃惊，倒也没怎样失态，只是对杜牧说："攻下福音堂，咱们也能进城洗澡了。"当天，就要套车进城。

杜牧劝不住，就去找老亭。老亭冷冷地说："你告老夏，编个瞎话，说马车坏了，不就得了！"杜牧跑去见了管家老夏，老夏说："现在四爷主内，请四爷去劝劝吧。"

四爷一听，真跑去了，可哪能劝得下？

四爷只好去向三爷求助。三爷说："明天，叫包师父跟着，进城就得了。"

七月初七，包武师真奉四爷之命，护送了老夫人进城洗澡。

一路上，杜筠青坐在车轿里，才慢慢意识到那个莱豪德夫人已经不在人世。这个强壮而美丽的美国女人，虽然有些乏味，可与之交往也十多年了。十多年，眼看着这个美国女人既不再强壮，也不再美丽：西洋女人真这样不耐老，还是不服太谷水土？还说人家，自己一定也老了！初结识莱豪德夫人，还是父亲带领着，可现在父亲也不在人世了。父亲要活着，真像他当年所说，就在太谷养老了，他也是二毛子。不去想他，永远都不去想他！

拳民杀一个女人，是不是很快意？

将来，谁会来杀她？

想着这些，杜筠青已经有些不能自持。她总是想问包武师："将来，谁会杀我？"

车马进城后，不久就行走不畅。临近福音堂，围了观看的人伙还很不少，车马更不好走。

杜筠青趁机就叫停车。车刚停了，她就跳下地，往围观的人伙里挤。杜牧和包武师紧跟了都没跟上。

福音堂临街的围墙外，植了几株合欢树。七月正是它满树红缨的时候，可惜刚历战火，扶疏的枝头只残留了几片细叶。人们围了观看的，当然不是它的败枝残叶，是一树枝下悬挂着的那个教鬼的又大又黑的心脏！黑心上，血已凝固，爬满苍蝇。

杜筠青挤进来，并不知那悬挂物是什么。就问左右："你们这是瞧什么？"

"刘凤池那教鬼的黑心！"

刘凤池？就是太谷第一个受公理会洗礼的那个刘凤池？十五年前他受洗礼那天，父亲本来是带她去开眼界的，谁也没有料到，就在半路上她被老东西劫回来了。从此，她就沦落到今天……

这样想时，杜筠青终于看清了那真是爬满了苍蝇的人心，不由就大叫一声："你们谁杀我——"

跟着就一头栽倒。

6

七月二十，京城陷落，两宫出逃。在塌了天的狼狈中，朝廷才下了剿灭义和团的上谕。太谷知县胡德修得了上头新精神，带领二百来人的团练，开始抓拿本地义和团的头领时，天成元大掌柜孙北溟依然是焦头烂额。京津已经陷入八国联军之手，可自家的字号仍旧没有一点消息。三爷派去的两位镖局武师也不见返回。

到七月二十五，白天还是等不来什么动静。黄昏时候，孙北溟正在老号院中乘凉。说是乘凉，其实心里烦闷异常。

忽然，后门的茶房惊慌异常跑进来，禀报说："大掌柜，京号的戴掌柜……"

孙北溟一听，就从躺椅上站起来："快说，京号的戴掌柜咋了？"

"戴掌柜他们回来了……"

"在哪？快说！"

"就在后门外头。"

孙北溟抬脚就快步向后门奔去。

刚出后门，因天色昏暗，看不太清，只见是一伙贩卖瓦盆的，一个个衣衫破烂，灰头土脸。

这时就有一人，扑通一声跪在孙北溟面前："大掌柜……"

跟着，其他人也一齐跪下了。

声音沙哑、疲惫，一点都不像是戴膺。孙北溟正要去扶跪在面前的这个人，就有个小伙友提了灯笼从老号跑出来。就着灯光，这才看出真是戴膺！可眼前的戴膺，哪里还有京号老帮昔日那种光鲜潇洒的影子？人消瘦不堪，脏污不堪，精神上也忧郁不堪！要在平时，谁也不敢认他。

再看京号其他伙友，与戴膺无异。

孙北溟慌忙双手扶起戴膺，说："戴掌柜，你们受大罪了！"

戴膺不肯起来，说："大掌柜，戴某无能，京号毁了……"

孙北溟忙说："遇此大乱，你们哪能扛得住！戴掌柜快起，快起来！各位掌柜，也快起来！"

这时，老号的协理、账房、信房及其他伙友也闻讯跑出来，都慌忙过去扶起戴膺及各位。

进入老号后，孙北溟问戴膺："京号伙友都带回来了吧？"

戴膺说："我们撤离时，梁子威副帮挑了一个年轻人执意要留守。除他二人，总算都回来了。只是……"

"戴掌柜，你能把京号伙友都平安带回来，就是大功劳了。梁掌柜对字号的仁义甚是可嘉，可他们孤孤单单留下太危险吧？"

"大掌柜知道，梁副帮是有本事的人。走时，我也交代了，守不住，就赶紧撤。大概不会有事吧。"

孙北溟说："那就好。只要伙友们都平安，别的就好说了。戴掌柜，我看你们跟叫花子似的，先去华清池洗个澡，换身衣裳吧？"

老号协理，也就是二掌柜忙说："俗话说，饱不剃头，饥不洗澡。看各位掌柜又饿又累，还是先略微洗涮一把，赶紧吃饭吧。"

"真是，我也糊涂了！咱们伙房怕也封火了，赶紧就近去晋一园饭庄传几道菜，点几样面食，叫他们赶紧送来，越快越好！"

真没等多久，晋一园饭庄就抬来几个食盒。

饭菜上桌后，屋里就忽然安静下来：戴膺和他的伙友们全埋下头来，狼吞虎咽地吃喝起来，十几人的进食咂嘴声，把一切声音都驱散了。孙北溟和老号的伙友，是被忽然出现的这一幕惊呆了，鸦雀无声，瞪着眼看。

还是二掌柜清醒，赶紧悄悄把孙大掌柜及老号的其他人拉了出来。一出来，孙北溟就不禁流出了眼泪。

京号平常吃喝的是什么！不用说戴膺，就是一般京号伙友往年下班回来，还说吃不惯太谷的茶饭呢。平素，就是吃山珍海味吧，也没这么馋过。从京城逃回来这一路，真不知他们吃了什么苦，受了什么罪！

六月二十九清晨，戴膺带了京号的十来个伙友假扮成卖瓦盆瓦罐的，离开京号，撤往山西。一路上，自然是历尽千辛万苦，甚至几度出生入死。

不过，对于西帮商人，长途跋涉、苦累生死似乎都容易适应。

在最初几天，戴膺和他的伙友们还真有些狼狈。多年没有这样走路了，仅是头一天走出京城，就没把他们累趴下！加上都不太会推那种卖瓦盆的独轮车，一个个又长得细皮嫩肉的，不像受苦人，路途不断引起怀疑。怀疑成歹人，倒还不大要紧，在这种乱世，歹人反倒没人敢欺负。最怕的是被怀疑成逃跑的二毛子！当时京师周围，义和团正闹得如火如荼。幸亏他们在商海历练得足智多谋，长于应变，总还能一一应对过去。

艰难走过涿州，也就开始适应了。只是，限于卖瓦盆的身份，住店得住最简陋的，吃饭得买最便宜的。大暑天，推着重车奔走一天，歇不好，又吃不到一点油水。人都消瘦了倒也顾不上多管，那种想吃一点能解馋的油腥东西的愿望，却是怎么也压不下去。野外寂寞旅途，大家不说别的，就一个话题：在京号吃过的东西！

戴膺见此情形，心里虽然难受，但也不敢放纵。伙友们就是想在街头食摊买点卤肉解馋，他也是坚决不许。为商一生，他能不知道乱世露富的恶果？

过正定时，大家的馋劲更火辣辣往上拱。因为过了正定，就要西行进山，一路都是苦焦地界，就是敢吃，也吃不上什么能解馋的了。

戴膺终于也心软了，说："那就等出了正定吧，寻家郊外小店开一次荤。"

这次开荤，戴膺还是尽力节制，也不过是要了一盆骨头肉、几斤牛肉而已。在店家的一再撺掇下，要了一点烧酒。均到每人头上，不过三两盅而已。

离京以来这是最奢华的一顿饭了，但在外人看来，那实在也算不得奢华吧？而当时大家的吃相，一个个像饿死鬼似的，也不至露出富商马脚。与店家，也是斤斤计较，瞪了眼讨价还价。

然而,这样刚开了一次荤,真就出了事!

这顿饭是在午间用的,用毕,就继续上路了。但到黄昏时分,他们就遭了抢劫。那是从路边庄稼地里突然跳出的五六个汉子,手持棍棒刀械,不由分说,就将他们的瓦盆瓦罐打得粉碎!

瓦罐一碎,藏在里面的碎银制钱全露出了来,那几本命根似的京号底账也掉了出来。劫匪抢去银钱,那是自然的,可他们竟然将那几本账簿也掠去了!

十来个伙友,对付五六劫匪,按理应有一拼。只是,劫匪来得太突然,又持有家伙,简直还没弄清是怎么一回事,人家已经抢掠了东西,钻进庄稼地,不见了。

劫匪散尽后,伙友都一齐跪到戴膺面前,连说:遭此大祸,都是因为他们嘴太馋,连累了老帮。

戴膺叹了一气,说:"也不能怨你们。这样的劫难,或许是躲不过的。都起来吧。"

京号的底账丢了,那是大过失。京号是外埠第一大号,欠外、外欠的未了账务实在不是小数目。可眼前,十多人身无分文,撂在野地,也是更紧急的事。戴膺极力镇静下来,安抚住众人,共谋走出绝境之策。

被劫地在正定与获鹿间。正定与获鹿,都没有康家的字号,但有西帮的字号。路过正定时,虽见大多字号已经关门歇业,还是有西帮商号没有撤离。太谷曹家的绸布庄,祁县帮的粮庄,好像都有照样开张的。想来,获鹿也会如此的。

于是,就决定推了空独轮车赶到获鹿,找一家西帮字号,借一点盘缠,先赶回太谷再说。

谁能料到,筋疲力尽赶到获鹿,那里的义和拳民正在攻打城中教堂,街面上的商号,没有一家开门。再一打听,西帮的字号都撤回晋省了。

这可真是雪上加霜了!戴膺只好亲自出面,寻当地商号借钱,可哪能借到?天成元大号,人家都知道,但戴膺那副打扮、那副落魄相,谁敢信他的话？

借不到钱，十几张嘴就得继续吊起来了。他们除了那七辆破旧的独轮车，已经一无所有。可在这兵荒马乱时候，就是变卖那破旧的推车，谁要呢？

在此绝境中，两个做跑街的伙友，要求准许他们返回正定，就是一路讨吃，也要找家西帮字号，借钱回来。戴膺也只好同意了。留下的，就各显神通，分头去变卖独轮车。

这样，光是在获鹿就困了五六天，有两天几乎就没有吃到东西。

不过，回到太谷老号后，戴膺并未细说一路遭遇，只是向孙大掌柜请罪：京号毁了，匆忙散出去的七八万两银子，还不知能不能收回来，尤其是将京号的底账也丢了，真是罪不可赦！

孙北溟虽极力宽慰，但听说连底账也丢了，心里就有些不悦。他尽管极力不形之于色，戴膺还是觉察出来了。戴膺并无委屈和怨恨，只是心情更沉重而已。一生遇多少风浪，还没有像今次这样走了麦城！

戴膺他们回到太谷第二天，东家的三爷就匆匆赶来，说："老太爷听说戴掌柜平安回来了，就立马叫我进城来接戴掌柜，还特别吩咐，把京号的各位掌柜都请来！"

老东台请戴膺到府上闲话，那是常有的事，可把京号伙友一堆都请去，这却从未有过！所以，戴膺一听就知道东家是破格慰劳，慌忙对三爷说："戴某无能，毁了东家京号，实在无颜见老太爷的！"

三爷说："老太爷只交代我，务必把戴掌柜和京号各位请来；请去是骂你们，还是夸你们，我可不知道。"

三爷这样一说，戴膺也只好遵命了。

跟着三爷出城到康庄，在德新堂大门外下车时还平平静静。可一进大门，绕过假山，真把戴膺他们吓了一跳：康老太爷率领各位少东家及塾师、武师、管家一大群人，站在仪门外迎接他们！戴膺慌忙跪倒，他的伙友们也跟着跪倒。

“老太爷，各位少东家，戴某无能，未能保住京号……”

康笏南已经走过来，拉了一把戴膺，说：“戴掌柜快起来！你再无能，有朝廷无能？朝廷把京城都丢了，你丢一间字号算甚！”

老太爷这句话，说得在场的所有人都瞪大了眼睛。

这天，康笏南设筵席招待了戴膺及京号其他伙友。开席前，就先招呼各位少爷，谁也不能半道退席，都得陪各位掌柜到底。席间，他对戴膺临危时处置京号存银，特别是能将众伙友平安带回来，大加赞扬。对冒险留守的梁子威副帮，除了赞扬，还破例给加一厘身股。

康老东台如此仁义，戴膺他们真是感激涕零。

五六天后，梁子威带着那个年轻伙友回到太谷。

又过三四天，津号众伙友在杨秀山副帮带领下，历尽艰辛，也回到太谷。

第四章　尼庵与雅园

1

三爷跟前，头大的是个千金。这位女公子叫汝梅，十六岁了，两年前就与榆次大户常家定了亲。她虽为女子，却似乎接续了乃父的血性，极喜欢出游远行，尤其向往父亲常去的口外。她从父亲身上看到，口外是家族的圣地，可就是没人带她去。

三爷很喜爱他这个聪颖的长女，老太爷康笏南也格外疼爱这个既俊俏、又有侠风的孙女。但他们都没带她出过远门，更不用说到口外了。她的要求，在他们看，不过是孺儿戏言。

在汝梅，越去不成，向往越甚。所以，定亲后，她就执拗地提出：嫁给常家以前，一定要带她去趟口外，否则，她决不出嫁。

三爷就含糊答应下来，其实，也没有认真。三爷照常去了口外，根本就忘记了女儿的请求。到去年冬天，他从口外回来，汝梅简直叫他认不得了：人瘦小了许多不说，更可怕的是，自小那么聪颖的一个女娃，怎么忽然变痴呆了，就像丢了灵魂似的？花朵一般的年龄，怎么忽然要衰老了？

三爷大骇,忙问三娘:“梅梅是怎么了?得了什么病吗?”

三娘说:“还问呢,都是你惯的!你答应过带她去口外?”

三爷说:“没有呀?”

“她说你答应过,所以你前脚走,她后脚就成了这样。问她怎么了,她就一句话:既然不带她去口外,她就不出嫁了。我就问:谁答应带你去口外了?她说:我爹。你真答应过她?”

“嗨,你还不知道,她从小就缠着我,叫带她去这去那,我能说不带她去?”

“要不说是你惯的!眼看要嫁人了,还这样任性。”

三爷问明白后,就赶紧去宽抚汝梅。这小妮子还不想见他,看来是真生气了。他就赔了笑脸说:

“梅梅,我这次去口外,几乎回不来了。好不容易才死里逃生!回到家了,你也不问问我受了什么罪,就顾你自己生气呀?”

“我没有生气。我哪会生气?”

“看看你,说的都是气话!还当我听不出来?”

“我生气,也是生自家的气,不与谁相干。”

跟来的三娘听了,就说:“梅梅,你这是跟谁说话呢!”

脾气不是很好的三爷,这时一点也不在乎,依然赔了笑脸说:“梅梅,我知道你是生我的气。这次去口外,不是光到归化城,还到了外藩蒙古的前后营,经历四五千里荒原。千难万险,出生入死不说,驼队拉骆驼的、坐骆驼的,全都是男人;你一女娃,我怎么带你去?”

“你是不想带我去,想带,还能没办法?”

“你说,有什么办法?”

“我女扮男装呀!”

“哈哈,我怎么没想到呢!梅梅,你既然有此豪情,我一定成全你!等明年开春后,我要先去京津一带走走。这次,一定带你去。先往京津看看,日后再去口外,成不成?”

三娘就慌忙说:“五娘刚出事,你就带她去京津?只怕老太爷也不许!”

三爷就说:“我可不是五爷!要连自家闺女也护不住,我还能成什么事?”

汝梅这才变了些口气,说:“老太爷那里我去说!”

当时,三爷还没有接班主持外间商务,他只是听从了邱泰基的点拨,决定不再闷在口外,要往京津及江南走走。所以,他就拿出游京津来安慰汝梅。在这个时候,他还是安慰多于承诺的。

过年时,老太爷忽然将外间商务交给他料理,惊喜之余,三爷就决定实践对汝梅的许诺:不仅仅带她出游京津,还要带她去趟江南!

十多年前,出游过西洋的杜长萱,带了他那位一半洋气、一半京味的女公子,风情万种地出入太谷富家大户时,三爷也曾惊叹不已的。杜长萱的开明、大度、新派,叫他大开眼界。而杜家女公子那别一种姿色风韵,更令他艳羡。他根本就料想不到,这位新派佳人后来居然做了他的新继母!当年,他听到这个消息,心里顿生一种怅然若失的疼痛。暗藏了这份疼痛,他对这位新任老夫人,那真是既不想见,也生不出敬意的。现在,那份疼痛是早已远逝了,他重新记起这件事,是想模仿当年的杜长萱,也携了自家的女公子,出游京津,再游江南。

他这样做,也是要告诉康家的商号,他与老太爷是不同的。

父亲的这一股心劲,汝梅很快觉察到了,她自然是欣喜异常。整个人也像活过来了,恢复了以往的聪颖和淘气。她满心等待跟了父亲去远行。

汝梅是自小就野惯了,常爱寻了借口跑出德新堂大院,到村中野外去淘气疯跑。她所以能这样满世界疯跑,首先是因为老太爷宠她。她一闹,老太爷就替她说话,谁还敢逆着她?再就是因为她也是天足。

幼时开始缠足,她总是拼了命哭叫。那时,正赶上杜家父女回太谷大出风头,京味加洋气的倾城风采,似乎全落实到杜筠青那一双天足上了。激赏杜家新派佳人的三爷,就当即作断:他家梅梅也不缠足了!可三娘哪里肯答应:不缠足,长大怎么寻婆家?三娘告到老太爷那里,老太爷居然也说:梅梅嫌疼,就不用给她缠了。皇家女子不愁嫁,我们康家女子也不愁嫁。老太爷说了这话,三娘还能怎么着?就这样,汝梅也成了一个不缠足的新派佳人。

不过,她自小满世界疯跑,也没有跑出多远,最远也就是太原府吧。所以,对这次真正的出远门,不用说,那是充满了十二分的期待。

谁能想到,刚过了年,天还没有暖和,就不断传来坏消息:义和团传到直隶了,传到天津了,跟着又传到京师!父亲成天为外埠的字号操心,哪还顾得上带她出行?

她曾问过父亲:"你那么惦记京津的字号,怎么不亲自去一趟?"

父亲的脾气又不好了,火气很大地说:"我去一趟,能顶甚事!我能把义和拳乱给平了?"

汝梅不敢再多问,只盼乱子能早日过去。可越盼,拳乱闹得越大,非但没有离远京津,反而倒传入太谷。

太谷一有了义和拳,老太爷就放出话来:德新堂的女眷和孙辈都不许随便外出。

这下可好了,一春天一夏天,就给圈在家里,汝梅哪能受得了?她很像今年的庄稼,受了大旱,一天比一天蔫,无时不盼天雨,又总是盼得无望。可现在,谁也顾不上注意她了。就是成天像丢了魂似的痴呆着,父亲也不再理她。她无聊之极时,就只好想:自己的命不好。有时忧郁难耐了,又很想偷偷跑出去,看看义和拳是什么样。当然,这也只是愤然一想吧,很难实现。

等到义和团终于遭到县衙的弹压,汝梅实在是忍无可忍了,立马嚷着要出外面透透气。外面兵荒马乱,三娘哪里会叫她出去?汝梅就使出惯用的一招,径直跑进老院,向老太爷求救。

老太爷也遵惯例,一点没有难为这位孙女,痛快地说:"想出去,成。叫个武师跟着,不就得了!义和拳一散,外间也就平安了。"

汝梅忙说:"还是爷爷有气派!"

老太爷就问:“你爹呢,他也不许你出门?”

“我可不大容易见着父亲,他比谁都忙!”

“你爹当家了,料理外间字号呢。”

“爷爷当家时,我看也没他这么忙。”

“梅梅,你这是说爷爷比你爹懒?”

“我是夸爷爷,举重若轻。”

“哈哈哈,你倒嘴甜!”

“爷爷就是举重若轻! 爷爷要像我爹那样心里焦急,手脚忙乱,哪能这么长寿? 早累得趴下了!”

“梅梅,越说你嘴甜,你倒越来了! 现在,世道也不一样了,咱们康家字号遍天下,张罗起来也不容易。”

“我知道。去年,爷爷出巡江南,受了多大罪!”

“我喜欢出远门,一上路远行,就来了精神。所以,那不叫受罪。”

“我也喜欢出远门,可你们总拦着,不叫我去!”

“我说呢,今儿你嘴这么甜,嘴甜甜巴结我,原来在这儿等着! 梅梅,你这么想出远门,是图甚?”

“什么也不图,就跟爷爷似的,图一个乐意。我也是一出门,就来精神!”

“你倒会说。”

“爷爷把字号开遍天下了,我出去一路走,一路有自家字号,给了谁,能不乐意?”

汝梅这句话,还真说到老太爷心上了,他精神一振,说:“梅梅,你有这份心思,真比你那几个叔伯都强! 早知你这样有心,去年我下江南,就带你去了。”

“去年,我也这样对爷爷说过的,只是你没有进耳朵吧?”

“你哪说过这话?”

“说过!”

“那就是我老糊涂了。”

“去年爷爷要下江南，全家都拦着不叫你去，就我一人赞成你，可爷爷你却不理我！”

“真是这样？爷爷老糊涂了，老糊涂了。以后，爷爷再出远门，一准叫你陪着。”

“年下，我爹本来也答应我了，要带我去趟京城，哪想到就偏遇了义和拳作乱？爷爷你跟我爹说说，等平了义和拳，叫他别忘了答应我的话！”

“这话，我能给你说！”

目的都达到了，汝梅要走，老太爷却叫她别慌着走，留下再跟爷爷多说一会话。她留下只说了几句，忍不住就寻了个借口，跑走了。

汝梅跑走后，康笏南窝在椅圈里，久久一动没动。下人来伺候，他都撵走了，连那位正受宠的宋玉进来，也给撵走了。

他喜爱的这个孙女，居然不肯留下来多陪他一会，这忽然引发了康笏南的一种难以拂去的孤寂之感。他把字号开遍了天下，可自己身边哪有一个知心的人？

身后虽有六子，可除了老三，都不成器。不成器倒也罢了，竟然都对商事了无兴趣！就剩一个老三，立志要继承祖业，但历练至今，依然是血气太盛，大智不足。孙一辈中，一大片丫头，又是到老三这里才开始得子。但看老三为他生的这个长孙，真还不及乃姊梅梅有丈夫气。三娘都快将他宠成一个娇妮子了。孙辈一大片，就还数汝梅出类拔萃，可她偏是一个女流。

字号遍天下的祖业，可以托付予谁？

看看眼前时局，朝廷又是这样无能之极，连京师都给丢了！真不知大清还能不能保住它的江山。大清将亡，天下必乱，没有大智奇才何以能立身守业？

世道如此凶险，族中又如此无人，康家难道也要随了大清，一路败落？

2

老太爷放了话，谁也不敢拦着汝梅了。但三娘哪里能放心？她叫来管家老夏，吩咐他派个武艺好的拳师跟了去，并向车倌交代清楚：不许拉梅梅进城，城里正乱呢。

老夏连连应承，说："三娘不吩咐，我也要这么检点。我还挨门都问了问：还有哪位小辈想出去游玩，一搭结伴，人多了势众。可惜没人想去。那我就叫他们上心伺候梅梅吧。"

三娘就说："老夏你也知道，梅梅她太任性了。我们可不是想成心难为底下的人。"

老夏忙说："三娘你就放心吧。"

老夏是康家的老管家了，伺候老太爷那是忠心耿耿，鞠躬尽瘁，不打一点折扣。对三爷这样晚一辈新主子，就不免有一点松心。所以，对三娘的吩咐，应承得好，办起来其实也没有特别上心。只是交代包世静武师，从他手下的护院家丁中选两个，跟了去伺候。

七月底了，本该是秋风送爽，满目绚烂的时节。可庚子年大旱，野外庄稼长得不济，其间旱得厉害的，就像挨了霜打一样，已蔫枯得塌了架。举目望去，绿野中一团一团尽是这枯黄的版块，真似生了疮痍。树木也是灰绿灰绿的，没有一点精神。

不过，汝梅她这样的大家小女子，哪能注意到田间旱象！整整一夏天，圈在家里，现在终于飞出来了，她只觉得快乐。

果然，一出村，她就叫车倌拉她进城去游逛一趟。但老夏有交代：不能拉小姐进城，车倌自然不敢违背。不过，车倌也机灵，他眨了眨眼就编了一个借口，对汝梅说："这两天，县衙正清剿城里的义和拳残兵败将，城门盘查甚严，一般人是不许进出的。"

汝梅就说:“我爹昨儿还进了城呢,我怎么就不能进?”

车倌不动声色地说:“三爷有官府的牒帖呢。”

跟着汝梅的女仆也说:“我听说,即便进了城,也是到处受到盘查,走动甚不方便。我们好容易出来一趟,进城受那拘束,图甚?”

车倌跟着说:“我们还是去趟凤山吧。我听说,近来那里已经热闹起来了。”

汝梅只好答应去凤山。

到了凤山的龙泉寺,却并不像车倌说的那样热闹,与平素相比,来游玩的人实在不多。不过,汝梅也没有顾上抱怨,人少空旷,倒可以更自由地跑动。

所以,下车后也没有歇,汝梅就四处跑去了。

俗称凤山者,就是太谷城南的凤凰山。龙泉寺在凤山山麓,以寺中有长流不败、清冽似酒的酎泉得名。也因有此名泉,进入寺院山门,便是一个名叫克老池的秀丽小湖;湖中立有一座玲珑古雅的水阁凉亭。它倒映水中,更使克老池变得空灵异常。龙泉寺的主殿,是倚山而立的三佛殿,殿中供奉一尊数丈高的大佛,香火很盛。

在龙泉佛寺周围,还散布着龙王庙、二郎庙、关帝庙、财神庙、娘娘殿、真武道观。当然还有俗界的戏台、看棚、商号、饭庄。

总之,凤山龙泉寺因为离城不太远,成为商家富户春天踏青、盛夏避暑、秋日登高、隆冬赏雪的便当去处,所以这里几乎是县城之外的第二繁华地界。当然,这里的繁华秀丽,还是得益于本邑大商号的不断布施捐募。

在庚子年夏天,这里是忽然冷清了许多。来此避暑散心的富人几乎绝迹了:富人是最惜命的。常来这里的,只是附近的农户,他们来祭龙王,祈天雨。大旱年景,连酎泉也势弱了些,但克老池却依旧充盈不减。因为附近乡人为敬龙王,已停止从酎泉取水。

寺中景色虽空灵秀丽依旧,汝梅却没有多做逗留。她只是到三佛殿匆匆敬了香，便从寺后旁门跑出，沿了山坡小径快步而上。等她登上半山间一座六角小亭了，跟着伺候的两个女仆许久都没有追上来。她们虽也算大脚老嬷，可也是缠过足的，无法似汝梅那样连跑带跳，健步飞行。那两个跟来做保镖的家丁，居然也没有跟上来。

汝梅倒是非常得意，独自坐在小亭里，向北瞭望：太谷城池方方正正现出全貌，城中南寺那座浮屠白塔更分明可见。她想寻出白塔下那处美国洋人的福音堂，却实在难以分辨得出。毕竟太远了。

她正欲离开小亭，继续向上走，才见一个家丁匆匆赶上来。

汝梅就问："你们还是练武的，也走这么慢？"

那家丁忙说："跟小姐的两个老嬷，在后头赶趁得太急了，上了山坡没几步，就有一个崴了脚，没法走路了。我来向小姐讨示：看能不能暂歇一会，容我们将老嬷抬下山？"

汝梅一听，就乐了，说："都这么不中用！你们快去照护她吧，不用管我了。"

家丁赶紧说："哪能呢！我们出来是伺候小姐，不是伺候她们。"

汝梅说："那你们把她扔了？我在这里等着，你们把她送山下，交代给车倌，赶紧再回来，不就得了！"

家丁说："还是小姐仁义，我这就去传你的话。委屈小姐在此稍候，我下去就叫没崴脚的老嬷上来伺候。我们也快，说话就回来。"说完，就跑下去了。

见家丁一走，汝梅更有一种自在感：能躲开他们才好呢！这种感觉，使汝梅异常兴奋。忽然就上来一股冲动：趁他们都不在，她独自躲到一个幽静处游玩，叫他们满世界找吧。能找见，算他们有本事！

这样一想，她便立马起身，离开了六角小亭，急忙沿山坡小径继续往山上走去。只是，没走几步，就觉这样不成：老路线，老地界，他们找你还不容易？

汝梅停下来，朝周围望了望，忽然有了去处：不往山上攀行，而岔开往西，不久便下坡了；中间路过关帝庙，再往下，沿山沟走一二里路，就能弯进一座尼姑庵。这尼姑庵倒不出名，周围风景也无独到处。只是，汝梅以前每疯跑到此，只要向爷爷提起，就要遭到斥责。那种时候，爷爷可是真生气了。没有把她管住而任她跑到尼姑庵的下人，也要遭到管家老夏的训骂，仿佛任她踏入的是怎样一处险境。

在凤山中间，尼姑庵所在的地界，实在是既平淡，也安静，并没有什么可怕。去一下，他们为什么要大惊小怪？

越不许去的地界，才越有种神秘的吸引力。

现在，趁独自家自由自在，汝梅就决定再往那儿跑一趟。再说，跑到那里，寻她的老嬷和家丁，也不容易追了来。

就这样，汝梅独自向那处尼姑庵跑去了。

以前来时，尼姑庵是山门紧闭的。可今天，不但山门未闭，门外还闲坐着一个老尼。见有人跑来，老尼欲起身进庵，但细瞅了一眼，又坐下不动了。

老尼看清是个小女子，就不回避了吧？

汝梅很快跑过来，对老尼施了个礼，说："唐突到此，打扰师父了。"

老尼无精打采地说："本庵是不招待香客的，只我们自家修行。"说话间，老尼的目光也是极度无神的，那真是世外的目光。

汝梅就说："我也不是来此进香，只是游玩中跑迷了路。"

"此处哪能迷路？一条沟，走出去就是了。"

"谢师父指点。我先在此歇歇脚，成吧？"

"由你。"

"能进庵中，讨口水喝吗？"

"我们有规矩，不许红尘中人踏入庵中。"

"赐口水喝，也算善举吧。是因善小而不为？"

"我们有规矩！"

真够无情。还有不许进香的寺院？也没去过别的尼姑庵，不知是否都这样？汝梅从门外向里张望，什么也望不见：门里有一道隐壁挡着。愈是这样，她愈想进去。

汝梅先在山门外的台阶上坐了下来，心里一转，想出了一个话题："师父，我其实是专门跑来的，我也想出家。"

老尼冷冷扫了她一眼，说："小小年纪，胡言乱语。"

"家中逼婚，非要我嫁给一个又憨又丑的男人。出不了家，我就只有死了。"

"哼。"

老尼只是这样冷冷地哼了一声。汝梅编的这个瞎话，似乎一点都没有打动这个冷漠的老尼。难道老尼佛眼明亮，已看出她说的是瞎话？

"我知道出家比死更难。师父既然看我没有事佛的慧根，我也就甘心去死了。其实，我早下了决心要死。只是近日做梦，不是寺院，就是佛爷。就想，这是不是佛祖显灵，召我出家？"

"哼。"

老尼依然只是这冷冷的一哼。真看穿她的瞎话了？

经过一阵端详老尼，汝梅发现，她似乎并不年迈，也不丑。尤其在嘴角斜上方，生了那样一颗不大也不小的痣，倒给满脸添了几分妩媚似的。只是一脸太重的憔悴和忧郁，又不像是跳出苦海的世外僧人所应有。她不是真尼姑？或者是个坏尼姑？汝梅这时才忽然生出一些惧怕。

难怪呢，老太爷不许她往这里跑！

好在汝梅不胆小，她尽力不露出慌张来，也没有立刻起身跑走。她装着发呆，坐在那里不断说："还是死了干净，还是死了干净……"

这时，那老尼忽然冷冷问："你是哪里人？"

"离凤山不远，康庄。"

"康庄？"老尼一听是康庄，似乎大吃了一惊。

"是康庄。"

"康庄谁家?"

"康家呀!"

"康家?"老尼听了是康家,分明更惊骇了一下。

"是康家。"

"康家谁跟前的?"

"三爷。"

"三爷。你常见六爷吗?"

"常见。"

老尼忽然又是一脸冰冷,缓缓站起,转身走进山门:这时汝梅才发现,老尼原来有一条瘸腿。不过,她移入庵中时还算麻利,跟着,山门就嗯嗯嗵嗵关上了,更显得有力。

望着紧闭的山门,汝梅这才意识到:这个古怪的老尼,仿佛对她们康家还有几分熟悉?不过,她也没有来得及细想就赶紧离开了。在太谷,谁不知道康家!这时,只惦记着:跟她的那几个下人,不知在怎么找她?

汝梅绕道回到了停马车的地方,果然,他们真慌了。车倌也跑上去寻找了,只有那个崴了脚的老嬷留在马车旁。她一见汝梅回来,大叫一声:"小祖宗,你是到哪去了?快把我们急疯了!"

汝梅平静地说:"你们着急,我比你们还着急呢!我一个人走迷了路,几乎寻不回来了。一个一个都不中用,跟都跟不上我,还说出来伺候我!"

老嬷见汝梅这样说,慌忙说:"今儿是我不中用,叫小姐受了委屈,也连累了大家!小姐福大命大,平安回来,我就是挨骂挨罚,也情愿了。"

汝梅问:"他们到哪找去了?"

"满世界找吧!怕你独自上了凤山顶,更怕有歹人绑票,真把我们急疯了!"

"在太谷,谁敢绑我的票!"

"今年兵荒马乱的,叫人不踏实呀!"

"看看你们吧,就会大惊小怪!我就那么不中用?得了,不说了。我去把他们叫会来。”

老嬷立刻惊叫道：“小祖宗，你千万不能再走了！人找人，找煞人！谁知道他们跑哪找你了？他们满世界找你，你再满世界找他们，那得找到什么时候？”

汝梅笑了：“看看你们吧！以为凤山有多大呢，巴掌似的一块地界。”

老嬷还是紧张地说：“你万万不能走了！凤山不大，小姐刚才不是也走迷了路？我们就在这儿死等他们吧，不敢再独自走了！”

汝梅只好坐等了。有了这点小波澜，她心里倒有几分快意。

很等了一气，一个老嬷、一个车倌、两个家丁才陆续返回来。他们见到汝梅，心里一块石头落了地，惊恐的情绪却一时缓不过来。现在他们是担心，出了这样的差错，回去怎么交代？

汝梅看出他们的心思，就慨然说：“今天这事，也怨我，我在前头跑得太快了。你们虚惊一场，也罢了。回去，谁也不能再提这事。谁要是多嘴，叫老夏知道了，收拾你们，我可救不了驾。”

听汝梅这样一说，下人们都松了口气，连连道谢不已。

3

从凤山回来，一直平平静静，汝梅几乎将那次凤山之游忘记了。六七天之后，她忽然发现跟她去凤山的那两个老嬷都不见了。

她问母亲，母亲说：“都打发走了。”

她急忙问：“为什么呀？”

母亲说：“打发她们，是老夏的意思。说她们年纪偏大了，各家也拖累大，都想辞工回去。其实，我也使唤惯了，不太想叫她们走。”

“那还不是都给打发了！”

“老夏的意思，是物色到更精干的女佣了，总得把老的替换下来。叫我看，老夏是巴结我们呢：你爹当家了，他能没一点表示？所以，我也只得领情。”

汝梅听了，觉得也有几分理，便没有再多说什么。她跑出去寻见一个家丁，问了问，才吃惊了：跟她上凤山的那两个家丁也给打发了！

因为自家的淘气，四个下人全给撵走了，这叫汝梅觉得很过意不去。

这些不守信用的奴才！叫他们不要多嘴，偏不听。他们中间一定是有人在老夏跟前多嘴了，可那会是谁？谁就那么笨，不明白多嘴多舌的结果，是大家都得倒霉？

汝梅忽然想起，那次凤山之行，除了两个老嬷、两个家丁，还有一个车倌。他是不是也给撵走了？

她跑到车马院问了问，得知那个车倌还在，只是出车了，暂时见不上。

不用说，在老夏跟前多嘴的，就是这个车倌了。你倒好，把别人都卖了，自家啥事没有！

汝梅跑了几趟，终于见到了这个车倌。一问，车倌还极委屈，说他也几乎给老夏撵走！多亏三爷四爷都说了话，才叫留下戴罪立功。

“那天上凤山，我们没有伺候好小姐，就是撵走也活该了。可真不是我回来多嘴！三爷四爷说了话，我能留下，可还是挨了老夏的一顿恶骂，真没给骂死！工钱也减了。小姐不叫我多嘴，我多嘴图甚？”

看这个车倌失魂落魄的样子，也不像是编了瞎话洗刷自己。

那这就怪了。谁也没多嘴，那天凤山上的事，老夏他怎么知道的？

从车倌嘴里知道，父亲为此事也说了话，汝梅就决定问问父亲。等了几天，才好不容易等着父亲回到家。提起撵走下人的事，父亲说他也不大知道，好像四爷跟他说过一声，详细情形，他哪能记得？这一向，外埠字号的掌柜伙友，几乎天天有逃难回来的，他哪还能顾得家里这些鸡毛蒜皮的事！

见父亲这样，汝梅也不想再问了。正要走，父亲忽然叫住她，正声说：“梅梅，你又到哪疯跑了？惹得老太爷都生了气，嫌我太放纵了你。都快嫁人了，还这样野，不成吧？常家也是大户人家，你这样嫁过去，就剩下叫人家笑话咱们康家了！”

老天爷，连爷爷也知道了这件事！

不过，汝梅倒是觉得，爷爷知道了这件事也好。她去问一问爷爷，那一切都能问明白了。爷爷可不像别人，准会把她想知道的一切都说出来。

所以，听完父亲的训话，汝梅就去见老太爷。

绝对出乎她预料的情形发生了：她居然连老院的门也进不了！她刚要迈进老院的大门，就有下人出来挡住她，说：“里头有交代，现在老太爷谁也不见。”

汝梅还从没这样被拦挡过，就喝叫了一声：“瞎了眼了，没看见我是谁！”

那下人依然拦着说：“我哪敢得罪小姐？真是里头有交代……”

“我不管！我要见老太爷！”

汝梅任性地喊叫起来，但那个奴才还是死拦着不让开。正紧张时，贴身跟老太爷的老亭从里头出来了。他没等汝梅张口，就冰冷地说：“不用跟他们闹，是我交代的，老太爷谁也不见。”

“为什么？”

“老太爷说他谁也不想见，我哪能多问？小姐请回吧，关门！”

老院门房的下人，真嘭嗵将大门关上了。

汝梅呆呆站在那里，仿佛面前并不是她熟悉的老院。到底是发生了什么事？从她记事以来，还从来没有这样受过老太爷的冷遇。

她跑回来问母亲：“老太爷怎么了，病了？”

三娘瞪了她一眼，说：“老太爷好好的，你胡说什么！”

“那怎么不见我？”

“这一向外间兵荒马乱，连京城都丢了，各地的铺子关门歇业，掌柜伙友一拨跟一拨逃难回来。老太爷哪还有闲心见你？你没见你爹忙成什么样了？”

汝梅想了想，觉得像是这样，又不像是这样。撵走两个老嬷、两个家丁,处罚了车倌,老太爷又拒不见她,几件事就正巧都碰在一起?撵走仆佣,处罚下人,这倒不稀罕。叫汝梅感到惊异的还是老太爷的冷淡。她从小就是一个淘气的女子,什么出格的乱子没有惹过?老太爷非但没有责怪过她,倒反而因此更偏爱她。她要是规矩温顺,老太爷会那么宠她?外间兵荒马乱就是真叫老太爷操心,也不至于待她这样无情吧。老太爷是有气魄的人,就是天塌了,也不至于朝她这个小孙女撒气的。

这中间一定有什么事。

汝梅这才仔细回想那天出游凤山的经过。想来想去,才好像有些明白了:她大概是不该去那处尼姑庵吧。以前,就不许她们走近。每疯跑过去,连爷爷也不高兴。这次居然骗过下人,独自家跑近了它,还和一个古怪的老尼说了半天话。

但这又有什么不妥呢?

对了,那个老尼似乎对康家不生疏,她还问到六爷。

六爷是不是也去过那处尼姑庵,见过这个老尼?

于是,汝梅决定去见见六爷。

康家为族中子弟开设的学馆也收一些本家女童,令其发蒙识字。不过,达到初通文墨程度,年龄也近青春期,就得结业返回闺房了。汝梅因为受老太爷宠爱,又带男子气,被允许在学馆多留两年。所以,她真是能常见到六爷。

六爷虽比汝梅长一辈,年龄却相近。只是,六爷对她的淘气疯野,可不喜欢。六爷比那位在学馆授业的何举人似乎还要凛然不可犯。所以,汝梅不能在学馆见六爷,因为见着了,也不会听她说闲话。

她是瞅了个机会,专门到六爷家中,正经拜见的。拜见的由头,是问六爷:“听说朝廷把京城都丢了,今年秋天的乡试大比,还能照常吗?”

这话,可是正说到六爷的疼处了,哪会有好脸给她?他张口就给了她一句:“怎么,乡试大比不成,你高兴了?”

汝梅忙说:“看六爷说的,我就那样心黑?我是替六爷担心呢!春天还好好的,怎么忽然就一天不如一天了,乱到这步田地?”

“你问我,我去问谁?”

“六爷对时务一向有高见的。”

“谁能预见到这一步天地,才算真有高见!”

“何老爷呢?他成天说对京师了如指掌,也没有一点预见?”

“那你得问他。”

“事到如今,问何老爷也没用了。别人倒也罢了,就是六爷你太倒霉,正逢上要大比。苦读多少年,就等着今年秋闱的佳期呢,出了这样的乱子,谁能不为六爷着急!”

“着急吧,也是白着急!”

“六爷,你也没有到寺庙进次香,摇支签?”

“我不信那。”

“前不久,我去了趟凤山,在三佛殿还想为六爷许个愿:秋天若能金榜题名,就为佛爷再塑金身。又怕我是女身,有辱儒业,没敢许。”

“我不信那!”

“可我在凤山一处尼姑庵,见着一位老尼,她还问起六爷你。”

“一个尼姑问起我?你又疯说疯道吧!”

“真有这样的事!那位老尼知道咱们康家,真问我:常见六爷吗?”

“胡说八道!我长这么大,还没见过一个尼姑!”

“我说呢!六爷去进香、抽签,也不会到那处尼姑庵吧?”

“胡说八道!我可从没到什么寺庙抽过签!”

六爷就这样矢口否认他见过什么尼姑,汝梅也只好打住,不再探问下去。但心里的疑团却是更大了。六爷既然压根就没见过任何尼姑,那老尼是怎么知道了六爷?

过了一些时候,汝梅陪了母亲来前院的大堂烧香。偶尔扫视侧面墙上挂着的四位过世老夫人的遗像,忽然发现有一位仿佛眼熟似的。

这怎么可能？

最晚故去的一位老夫人在世时，汝梅还很幼小，根本就没有一点印象。再说，她也不是第一次来此，以前可从来没有这种眼熟的感觉！

那么，她看这个老夫人像谁呢？她嘴角斜上方有一颗点得好看的痣。

想来想去，逮不着一个确切的对象。所以，她也不去想了。可还没走出大堂，突然就跳出一个人来：凤山尼姑庵的那个老尼！眼熟的这个老夫人，原来是有几分像那个老尼姑？

老尼可不就生了这样一颗好看的痣！

天爷，老尼姑像康家一个死去的老夫人，那天是见了鬼吧？

汝梅越想越怕，不禁大叫一声，失魂落魄跑出大堂。

4

庚子年时局的突变，真把六爷给气蒙了。

今年恩科乡试，定在八月初八开考。六爷本来打算，七月二十就赴省府太原，驻扎下来，早做临考准备。同时，亦可会会各地来赶考的士子。然而，一进七月，无论太原，还是太谷，义和拳都大开杀戒了。几起教案，弄得太原血雨腥风，赶考的士子，谁还敢早去？

到七月二十，竟正好是朝廷丢了京师的日子！六爷听到这个消息，除了仰天长叹，又能如何！

十年寒窗苦读，就等着今年八月的乡试大比呢，谁能想到眼看考期将近了，竟出了这样的塌天之祸！京城丢了，太后皇上带着满朝文武逃难去了，天下已经乱了套，谁还顾得上乡试会试？

何老爷说：出了这样大的变故，朝廷会推延考期的。

可朝廷逃难逃到哪儿了，谁知道？

六爷像挨了窝心脚似的，真是有苦说不出。因为在康家，几乎就没人关心他的科考。老太爷便是第一个不想叫他赴考求仕，更不用说别人了。

新当家的三哥、四哥，谁会惦记他的科考！三哥当政后，倒是不那么脾气大了，可对他苦读备考，还不是依然不闻不问？四爷是善人，也只问问寒暖而已。

学馆的何老爷，当然惦记大考，可他疯疯癫癫的，连句知心的话也没法跟他说。

以前，母亲总在冥冥之中陪伴着他，使他不感孤单。实在说，他苦读求仕，也完全是为了报答早逝的母亲。可母亲也早放下心来，离他而去：母亲的英魂不再来，康宅不再闹鬼，已有许多年。去年夏天，母亲忽然又回来几次，显然也知道考期将近了！

可考期将近了，厄运却接踵而至：何老爷几次犯病；老太爷又对他明言：能不能放弃儒业，辅助你三哥理商？更要命的，是开春后时局就急转直下，拳乱加洋祸，一天不如一天，终于塌了天。

母亲，你的英魂也不能保佑我了？我十年苦读就这样毁了，不能结果？

今年春夏以来，每当静夜，六爷总盼着母亲再度显灵。有时，给母亲的灵位敬香后，就长跪不起，默祷良久。可是，母亲再没有显过灵。

就在这种忧愤又孤寂的时候，汝梅跑来问起他的科考事。在康家，这要算唯一还惦记着他科考的人了。合家上下，就这么一个淘气的侄女还惦记他，这使六爷更觉孤寂。所以，他也没有给汝梅好脸看。

汝梅走后，六爷才觉得不该这样对待她。她一个小女子，竟然比谁都关心你，总该说句叫她中听的话吧？汝梅建议他去拜神求签，问一个吉凶，也是好意：抽到一个好签，他会少一些忧愤？

至于汝梅说到的尼姑庵，六爷只当成了昏话听。汝梅说此昏话，是想引诱他去拜佛求签吧？她一向就爱这样没边没沿的昏说。

要是没有这场拳乱，这几日恐怕已经坐在太原的贡院了。眼看初十已过，什么消息也没有。六爷真决定到寺庙去求一次签。

凤山龙泉寺的签，一向很灵。可六爷不愿意跑那么远路。想了想，决定还是进城一趟吧。在城里，不拘南寺、东寺，求个签看看。求完签，还能到别处探听到一些消息。

正做这样的准备时，何老爷兴冲冲跑来了："六爷，有消息了！朝廷已颁布诏书，展缓今年恩科：乡试改在明年三月初八，会试推至明年八月初八。明年的正科，以此递推。"

六爷就问："何老爷，消息真确吗？"

何老爷就有些不高兴，说："这是什么事，我能瞎说八道！"

六爷赶忙说："何老爷在上，学生哪能不相信？我是怕现在天下大乱，朝廷还不知逃到哪儿了，会不会有假传圣旨的事？"

何老爷说："我亲自进城跑了一趟，寻着学宫的教谕。正是教谕大人对我说，朝廷颁了此诏书。他是衙门中人，不想活了，假传圣旨！"

"朝廷真颁了这样的诏书，还叫人放心一些，只是颁得太迟了。"

"遇了这非常之乱，颁布及时，也传不下来。我们晋省还算近水楼台呢，诏书传来得早。"

"何老爷，我们怎么算近水楼台？"

"我已经得了确切的消息，太后皇上逃出京城后，是先沿了京北官道跑到宣化。离开宣化府，已改道南下，要奔山西来了。"

"要奔山西来了？"

"六爷还是不相信我？"

"我不是不相信何老爷，只是这消息太震耳了。"

"震什么耳呀！京城丢了以后，什么事你也不用大惊小怪了。还有什么事能比丢了京城更震耳？"

"是呀，朝廷丢了京城，真是塌天之祸。两宫逃来山西，是看晋省表里山河，还平安一些？"

"我看朝廷也是再没好地界可去了，不来山西，还能去哪儿？躲进承德离宫，洋人不愁追杀过去！逃往口外关外，两宫能受得了那一份苦焦？不来山西，真还没好地界去。"

"何老爷，你看两宫会暂时驻銮山西吗？"

“谁知道？朝廷真要驻銮山西，明年也不用指望有乡试会试了。”

“为什么？”

“没有国都的朝廷，还能开科取士？”

六爷听了这话，心里不是滋味。

“叫何老爷这样一说，那我该投笔从戎了？”

“从戎又有何用！朝廷连京营大军都不用，只用乡间一帮拳民，你从戎有何用？”

何老爷又在说疯癫话了吧。六爷就说：“何老爷，也不用埋怨朝廷了。朝廷又岂是我们可以非议的？国都一丢，商家也更不好立身。京城字号不是都逃回来了？”

何老爷瞪了六爷一眼，说：“六爷，你这是说什么话！是朝廷守不住京城，任洋人进来烧杀掠抢，商家才难以立身！”

六爷忙说：“何老爷，我们不说朝廷了。乡试既已推延，也只好指望明年能如期开考。”

“六爷，我看你也不用多指望。”

“难道从此就没有转机了？”大清败亡的话，六爷没敢说出。

何老爷却瞪了眼说：“大清就是不亡，你去入仕这样无能的朝廷，能有什么出息？”

六爷知道何老爷的疯癫劲儿又上来了，不能别着劲跟他论理，你越别劲，他越要说没遮拦的话，只好顺着几分说：“何老爷，即便遭逢了末世，也不该躲避吧？一部《吕氏春秋》，傅青主激赏的只一句：‘天下非一人之天下也，天下人之天下也’。顾亭林也有句名言：‘保天下者，匹夫之贱，与有责焉耳矣。’”

“六爷，你是错将杭州当汴州了！今之末世，实在不能与傅山、顾炎武所处末世相比。看看当今士林，都是些猥琐、苟且之辈，哪有傅氏、顾氏那样的伟岸人物？你纵然有拯救天下的大志，只怕也无处放置！士林太不堪了，你一人有志，又能如何？”

“天下有难，与我们无关涉？”

“六爷，你总算说了句明白话：朝廷也好，士林也好，就任其去败落、腐烂，我们何必管它！”

“何老爷，我可依旧不明白！”

“已经无可救，你还要去救，这能叫明白？”

疯癫的何老爷，说得毫无顾忌。可六爷想想，也真是不谬。自己真该像父亲所希望的那样，弃儒入商，改邪归正？可母亲生前的遗愿怎么交代，就这样丢弃了？

何老爷见六爷不言语了，就说：“六爷还是信不过我吧？那我带六爷去见一个人。听听此人议论，六爷就不会疑心我了。”

“去见谁？”

“京号戴掌柜。”

“戴掌柜有高见？”

“他驻京多少年了，对京师朝野了如指掌，我们去听他说说，看大局还有救没救。以前，见戴老帮不易，现在避乱在家，正好可以从容一聚。”

六爷当然听说过戴老帮，知道是能干的掌柜，但从未见过。以前，他也不想见这些掌柜，能干的掌柜，也无非会做生意吧。现在，遇了这样的局面，见见这位京号老帮，也许真能知道京城何以会丢失？

5

戴膺家在城东南的杨邑镇，离康庄也不过一二十里路。何老爷当年在京号做副帮的时候，戴膺就是老帮了，所以何老爷对戴家是不生疏的。他陪了六爷去拜访戴老帮时，也就没有劳动别人，套了车，便直奔杨邑了。

此去一路，也是旱象扑面来。年轻的六爷，对旱象似乎也没有太深的感触，他只是觉得秋阳依然炎热，田园之间也似当今时局，弥漫了疑虑和不爽。何老爷算落魄已久，所以对田间旱象还是深感刺眼惊心。

他指点着满目的旱象，不断说："今年流年不利，遇了这样的大旱，又出了这样的大乱，真是应了闰八月的凶兆。"

六爷就说："今年还有一个不一般。"

何老爷问："除了大旱、大乱、闰八月，今年还有什么不一般？"

六爷说："我不便说。"

何老爷忙叫道："大野地的，有什么不敢说！"

六爷还是说："不便说。"

何老爷眼一瞪，说："怕什么，说吧！"

六爷才说："何老爷怎样就忘了？今年为何加恩科？"

何老爷一听，连连叫道："是了，是了，这样一件事，我怎么就忘了？今年是当今皇上的三旬寿辰！"

"皇上三十寿辰，竟遇了大旱、大乱、闰八月，这么不吉利？我说呢，好不容易加了一个恩科，却招惹来这么大的祸害。"

"叫我看，这不是皇上招惹来的，倒像是上天的一种报应！"

"报应什么？"

"报应那些欺负皇上的人呀！"

"何老爷是说洋人？"

"什么洋人！上天报应的是几十年骑在皇上头上不肯下来的那个女人。"

六爷吃了一惊："何老爷是说西太后？"

见六爷这样吃惊，何老爷笑了："咱们是在野地里说闲话，放肆些怕什么！"

六爷就说："我倒不怕，你可是朝廷拔出来的正经举人老爷！"

"我早就不想顶这个举人了。大清给这个女人祸害到今天这步田地，六爷你还考她那个举人进士做甚？她考你们，出的题目都是如何忠君报国，可她自家倒天天在那里欺君误国！戊戌年，皇上要变法图强，她大不高兴，居然将皇上软禁了。读遍圣贤书，也没教你这样欺负君王吧？她能耐大，连皇上都敢欺负，怎么惹不起洋人？弃都逃难，她算是把国朝的体面都丢尽了！历朝亡国之君，也不过如此。”

“何老爷，你小声点吧。”

“我正盼他们定我一个忤逆之罪，摘了我这举人帽子呢。”

“定你一个忤逆罪，只怕连首级也一道摘去了。”

“摘去就摘去，只是眼下他们可顾不上摘。六爷，今日局面，我们西帮早在百年前就看透了：朝野上下，官场士林，真照了儒家圣贤大义立身处世的，本也没有几人。官场士林中人，谁不是拿圣贤大义去谋一己私利？既图谋利，何不来商场打自家的天下？”

何老爷越说越上劲，六爷只好不去惹他。虽说在野地里，毕竟也说得太出格。只是，冷眼看当今局面，也真有亡国迹象。国之将亡，你弃儒入商，就可有作为了？天下不兴，谁又能功德圆满？

何老爷此番带他去见戴掌柜，难道还是劝他弃儒入商？

戴宅自然不能与康家府第相比，但它的高贵气派还是叫六爷大吃一惊。尤其戴宅于阔绰中，似乎飘散着一种灵秀之气，这更令六爷意外。

毕竟是驻京多年的掌柜。

他们到达时，戴老帮正在后园侍弄菊花。一说是东家六爷来了，何老爷又不是生客，管家就慌忙将他们让进来，一面派人去请戴掌柜。

说话间，戴老帮已经快步跑出来。他依然还有些消瘦，特别是回晋一路给晒黑的脸面，依然如故。但戴老帮的精神已经好得多了。他一出来，就殷勤异常地说：“不知道二位稀客要来，你们看，我连泥手都没来得及洗，实在是不恭了。”

六爷忙施礼说：“我们不速而至，想戴掌柜不会介意。”

戴老帮忙说：“我早想见见六爷了，今日幸会，高兴还来不及呢！这也是沾了何老爷的光吧？”

何老爷说：“我们是来沾戴掌柜的光！”

戴掌柜就说："我刚从京城逃难回来，晦气尚未散尽，有什么光可沾？"

何老爷说："六爷正是想听你说说京都沦陷的故事。"

戴掌柜说："头一回招待六爷，就说这样晦气的话，哪成！走，先去后头园子里，看看我的几盆菊花。"

何老爷有些不想去，但戴膺并不大管他，只招呼了六爷往园子里走。

戴家的园子不算太大，可铺陈别致，气韵灵动。尤其园中那个水池，很随意地缩成一个葫芦形；在中间细腰处架了一道小桥，桥为木桥，也甚为随意，一点没有那种精雕细琢的匠气。池边一座假山，也很简约，真像移来一截浑然天成的山岩。只有假山边的一处六角凉亭，是极其精美的，为全园点睛处。

虽为大旱年景，园中却没有太重的颓象，花木扶疏，绿荫依依。

六爷不禁感叹道："戴掌柜的园子，这么品位不俗！是请江南名匠营造的吧？"

戴膺快意地笑了："我们哪像东家，能请得起江南名匠？不过是自家一处废园，随便点缀了点缀，遮去荒凉就是了。"

何老爷说："戴掌柜在京城常出入官宦府第，名园也见得多了。自家的园子，还能堆砌得太俗了？"

戴膺说："何老爷，我可不是仿京中名园。那些园子极尽奢华，想仿也仿不起的。我这是反其道行之，一味简洁随意。园子本也是消闲的地界，太奢华了，反被奢华围困其间，哪还消闲得了？再说，在乡间堆一处华丽的园子，家里什么也别做了，就日夜防贼吧！"

六爷说："我看戴掌柜的园子，没有一点商家气，也无一点官宦气，所以才喜欢。"

戴掌柜又快意地笑了："六爷真会说话，不说寒酸，倒说没有官气、商气。我领情了！六爷，何老爷，你们看我这几盆菊花有无官气商气？"

六爷看时，哪是几盆，是洋洋一片！其间，有少数已破蕾怒放，只是黄、红、紫一类艳色的不多，唯白色的成为主调。

戴膺指点着说:“花竹中,我只喜欢菊花。但长年驻京理商,实在也无暇侍菊,只是由京下班回来歇假时,略过过瘾罢。今年后半年,本也轮我回来歇假,他们就预先从贯家堡订了些菊花。我不在,家里也无人喜爱此道的。”

六爷就问:“戴掌柜只喜爱白菊?”

戴膺说:“六爷倒看出来了?其实也说不上是特别嗜好,只是看着白菊心静些吧。驻京在外,终年陷于官场商界的纷乱嘈杂中,回来只想心静一些。六爷是读书人,何老爷是儒师,我真没有你们那么高雅的兴致。”

何老爷说:“静之兄不要提我,我现在哪有余力伺候菊花?”

六爷见何老爷又来了,赶紧拦住说:“戴掌柜,我还真没见过这么多白色菊花。色同而姿态各异,有许多种吧?”

戴膺说:“也没有多少种。白菊不好伺候,稍不慎,就会串种,致使色不纯净。这是白西施,那是白牡丹,那是邓州白,还有白叠罗、白鹤翎、白粉团、白剪绒、白腊瓣、四面镜、玉连环、银荔枝都还没有开呢。这几株你们猜叫什么?叫白褒姒。”

何老爷打断说:“外间有塌天之祸,静之兄倒悠闲如此!”

戴膺笑了笑,说:“时局至此,朝廷也无奈,都弃京逃难去了,我一介草民,着急又有什么用?我看二位对菊花也不大喜爱,那就回客厅喝茶吧。”

六爷忙说:“我还没有看够戴掌柜的白菊盛景!今日秋阳这样明丽,就在园子里坐坐,不也很好吗?”

戴膺就说:“我本也有此意,只怕怠慢了二位。六爷既有此雅兴,那就往前头的亭子里坐吧,我得去洗手更衣了。”

六爷跟了何老爷来到那座精美的亭子前,一眼就看见了亭柱上挂着的一副破格的对联:

行己有耻

博学于文

有些眼熟的两句话，是谁说的呢？六爷一时想不起来，就问何老爷。

“顾亭林。旁边刻有落款，你不会去看！”

何老爷还真眼尖。这副木雕的对联，果然有上下题款。此两句为顾亭林所言，当然用不着验证，经何老爷一点，六爷也记起来了。只是看了落款，才知道这副对联为户部尚书翁同龢书写。

六爷在老太爷那里见过翁大人书赠的条幅，不想在京号戴掌柜这里也有翁大人的赐墨！

“何老爷，你看这真是翁尚书的亲笔？”

“怎么不是！翁同龢做户部尚书年间，戴掌柜一直做京号老帮，讨这几个字还不容易！”

“翁大人赐下这几个字，有什么意思吗？”

“这几个字，是应戴掌柜之请而写的。戴掌柜取顾亭林这两句，也只是看重其中两个字：有耻。他这亭子，就取名‘有耻亭’。”

“此亭叫‘有耻亭’？”

“为商无耻，哪能成了大事？西帮从商，最讲‘有耻’二字。戴掌柜以‘有耻’名此亭，实在也很平常。六爷觉得意外，是一向太轻商了。”

听何老爷这样一说，倒觉无味了：何老爷把他带到这里来，笃定了是诱劝他弃儒入商。再看园中初现的灵秀气，似乎也要消退。

仆人端来茶，跟着，戴膺也出来了。

戴掌柜还未进亭，何老爷就说：“静之兄，我看你优雅依旧，准是对当今危局别有见识！”

戴膺进来，邀客坐定，说：“何老爷别取笑我了！要有见识，我能像乞丐似的逃回山西？”

何老爷说：“你老兄毕竟是预见了京师要失，提前弃庄撤离的。”

戴膺苦笑了一下：“快别提这次弃庄出逃了！六爷，我这次败走麦城，真是既愧对东家，也对不住京号的众伙友。”

六爷说:“大局乱了,哪能怨戴掌柜?只是,这乱局是否还能收拾?”

何老爷说:“六爷本已经预备停当,只待赴这八月的乡试,哪曾想就出了这样的塌天之祸!考期已过了,才传来本年恩科推延至明年的诏令。遇此大祸,也只有推延一途。推延就推延吧,只怕推延至明年,还是没有指望。六爷自小就有志博取功名,苦读到赴考时候了,偏偏遇了这样的波折!静之兄,你看明年是否有指望?”

戴膺说:“当今朝局,谁也看不准了。就是朝中的军机,也分明失算!否则,朝廷能沦至弃都出逃这一步?六爷自小有大志,我们驻外伙友也都知道。逢此乱世,深替六爷惋惜。只是,戴某不过东家字号中一个小掌柜,哪能预见得了如此忽然骤变的时局?”

六爷就说:“戴掌柜一定瞧不起我这读书求仕的人吧?”

戴膺慌忙说:“不能这样冤枉我!六爷,我是十分敬重读书人的。这,何老爷知道。”

何老爷就冷冷哼了一声,说:“我当然知道!不是你老兄贪图文名,我能落到今天这般天地吗?若仍在京号,再不济,也添置了这样一处园子!”

戴膺笑了笑说:“何老爷,等乱事过去,我送你一处园子!六爷,这许多年,何老爷没少骂我吧?”

六爷也笑了说:“他谁不敢骂!”

戴膺说:“当年我们撺掇何老爷一试科举,实在是想为西帮争一个文名。西帮善商贾贸易,将生意做遍天下,世人都以为我们晋人又俗又愚,只图求利,不知取义。天下又俗又愚的势利者多多,为何独我西帮能将生意做遍天下?西帮能成大业,我看除了腿长,不畏千里跋涉,还有两条,为别的商贾不能比。这两条,就是我挂在亭下的一副对子:一边是有耻,一边是博学。腿长,有耻,博学,有此三条,何事不能做大?”

六爷就说:“戴掌柜说了半天,还是不离商贾二字!”

何老爷说:“当年戴掌柜若这样在商言商,也不会把我推下火坑了。”

戴膺说:“何老爷当年客串了一回科举,居然就金榜题名!那时,真是轰动一时，官场士林都另眼相看西帮了：原来西帮中也藏龙卧虎，有博学之才。”

何老爷说：“文名你们得了，我只落了一个倒霉。”

戴膺就说：“当时实在也是疏忽了。我还做美梦呢：天成元京号有一位正途举人做副帮，那可要名满京师了！光顾了高兴，没去细想朝制，以为商号中人既能捐纳官场虚衔，也就能顶一个举人的功名吧。哪能想到，民商使唤举人老爷，竟是有违朝制的？因中举而离开字号，不只是何老爷自家失意，对号内年轻伙友也影响甚大。他们都不大肯苦读以求博学了，只满足记账算账，这哪儿成？有耻为德，博学生智。西帮不求博学，哪能驾驭得了天下生意！”

何老爷就说：“静之兄，那你就求一次孙大掌柜，叫我回京号得了。”

戴膺说：“孙大掌柜也摘不了你的功名。既不能从商，何不做名满一方的儒师？何老爷，你应当振作才是。能辅佐六爷博取功名，举人进士一路上去，也是壮了西帮声威。”

何老爷说：“六爷有志儒业，我拦不着。我何某可是厌恶透了儒业！”

戴膺说：“六爷，你可不能听他的混话！东家能出举人进士，就是不图官场荣耀，对自家字号也是一份鼓舞，伙友们当会以苦读博学为荣。”

六爷就问：“戴掌柜，朝局已沦落至此，我哪还有博取功名的机会？”

何老爷说：“我看戴掌柜是处乱不惊，像吃了定心丸似的。”

戴膺又笑了：“何老爷，朝廷都逃难去了，谁给我吃定心丸！”

六爷问：“那大局真是不可收拾了？”

戴膺说：“六爷，以我之见，局面还不至塌底。京津丢失，北方诸省都有拳乱，但南方大半江山未受波及。今疆臣中几位举足轻重的人物，如湖广之张之洞、两江之刘坤一、两广之李鸿章，都坐镇南方。他们既是理政铁腕，又善与西洋列强打交道。所以当今国势重头在南方，南方不乱，大局就有救。”

何老爷说：“就是暂有一救，也到残局时候了。”

戴膺说:“六爷,你不要听他混说。即使真到残局,也正呼唤大才大智呢。临绝境而出智,此正是我们西帮的看家功夫。”

戴掌柜的轻儒意味,那是分明的。但六爷从戴掌柜身上,也分明感染到一种令他振作的精神气。戴掌柜与何老爷是不同的,与孙大掌柜也很不相同。与老太爷,与三哥,也不相同。

危局绝境,正呼唤大才大智。

他好像从未听过这样的断喝。

6

从戴宅归来,六爷精神好了一些。反正已经停考,你忧愁也无用,还不如趁此松快几天。

访问戴掌柜,叫六爷意外地开眼开窍,所以他就还想再访问几位驻外老帮。问了问,津号的掌柜伙友也都弃庄逃了回来。六爷就想去拜访津号老帮,但何老爷看不起在津号主事的杨秀山副帮,说什么也不肯陪了去。

没人引见,自己贸然造访,算怎么回事?

所以这天六爷就去问管家老夏:谁还跟驻外掌柜相熟?到了老夏那里,见四爷也在,一脸愁苦的样子。

又出了什么事吗?

一问,才知是为行善发愁。

康家自发迹以来,就留下一个善举:每到腊月年关,都要为本康庄的每一户人家,备一份礼相赠,以表示富贵不忘乡邻。礼品一向是实用之物,又多为由口外办回的食品,如几斤羊肉或斤把胡麻油。

今年大旱,眼看到八月秋凉时候了,灾情已是铁定。所以,本庄农户佃户都无心也无力筹办中秋节,灾后长长的日子还不知怎么过呢!新主理家政的四爷,就想在中秋节前也给村中乡邻送一份节敬:一户一包四块月饼,聊以过节。

这动议对管家老夏一说，老夏皱了眉："四爷心善，我们都知道。只是，今年遇了这样的大旱，又出了这样的大乱，凡入口能吃的东西，市价都腾飞暴涨。月饼这种时令之品，涨价更剧！"

四爷就问："那一包月饼，能贵到多少？"

老夏说："一斗麦已贵到两千七八百文，一斤面也要一百二三十文，四块月饼，平常的也要一千多文呢。"

四爷说："一千文，就一千文吧。若是便宜，也用不着我们接济了。全庄百十来户，也就四五十两银子吧？"

老夏说："四五十两银子也不是小数目。再说，一时到哪儿去置办这么多月饼？今年，月饼本就缺货，为我们自家置办的百十斤，费了多大劲，还未办齐呢。"

四爷说："既不好办货，那就送礼金吧。一户一千文，我们一点心意，人家怎么花，由人家了。贫寒的，先籴几升米也好。"

老夏却说："给农户佃户送礼金还没有先例。四爷既要行善，那我们还是尽力而为吧。我这就立马派人往邻近各县去，看能不能将月饼置办回来。"

四爷对直送礼金，忽然觉得甚好：在此饥荒年景，叫那些贫寒人家吃如此昂贵的月饼，实在也不是善举。所以，就对老夏说："今年月饼既如此昂贵，那就不用费力置办了。就一户送一千文礼金吧！这对贫寒人家，不算雪中送炭吧，倒也能顶一点事。"

老夏依然说："给乡邻直送礼金，实在是无此老例。要破例，只怕得老太爷放话。"

四爷就说："我去跟老太爷说。"

但说了此话，四爷又犯了难：自从将家政的担子交给他后，老太爷似乎已经撒手不管了。每遇犹豫难决的事，恭恭敬敬跑去向老太爷讨示，总是碰一鼻子灰，"该怎么张罗，由你们，我不管了"。今日这点事，再跑去请示老太爷，那不寻着丢人现眼！屁大点事，也来问，还要你做甚！不挨老太爷这样的骂就算走运。

可不讨来老太爷的话，老夏不会高抬贵手。

六爷跑来时，四爷就正在这样犯愁。问明白，六爷便对老夏说："我去见老太爷。你就照四爷的意思先去预备钱。"

老夏依然口气不改，说："把银子兑成制钱，那还不容易？当紧，得老太爷放话。"

这个老夏，谁的面子也不给？

六爷本来只是想两面打圆场，并不想真管这种琐碎事，可老夏这样不给面子，有些激怒了他。

"四哥，你等着，我这就去见老太爷！"

说罢，真往老院去了。可气的是，老院门房死活拦着不叫进，说老太爷有话，谁也不见。他叫出老亭来，老亭也一样，冷冷挡着不叫进。

六爷就问："那见见老夫人，成不成？"

"老夫人也有话，谁也不见。"

老亭口气冷淡，六爷也只好作罢。他只是想，老夏一定跟老亭串同好了，成心难为绵善的四哥。给了别人，他们哪敢这样！

六爷因为停考窝着的气，这下更给引逗出来了。他一定要治治这个老夏！自四哥主理家政以来，老夏就有些不把新主子放在眼里。还有，老夏一向也看不起学馆的何老爷，一有机会，就要羞辱何老爷！六爷想了想，就决定拉上何老爷，一道来治治老夏。

回到学馆，六爷就将四爷如何行善不成的前因后果对何老爷说了个详细。

何老爷一边听，就一边冷笑。听完，更冷笑说："老狗才，要的那点把戏谁看不出来！"

六爷忙问："何老爷，老夏要的是什么把戏？"

何老爷反问："那老狗才说，一斗麦涨到多少钱了？"

"他说一斗麦，市价已到二千七八百文了。"

“一斤面涨到多少？”

“一百二三十文。”

“一个月饼？”

“说四块月饼就一千多文。”

“老狗才！”

“何老爷，价钱不对吗？”

“六爷，你去市面问问，就明白了。”

六爷再怎么问，何老爷也不多说，只叫去市面问价。六爷本想打发个下人去，想想，还是亲自跑一趟吧：下人都归老夏管。

六爷为此真套了车，到城里逛了一趟。探问结果，真叫他吃惊不小！一斗麦只涨到一千二三百文，一斤面也只涨到三四十文，但人们已叫苦不迭。月饼呢，即便京式广式的，四块一包也不过百十来文，但已过分昂贵，不很卖得动，何曾缺货！

这个老夏，报了那样的天价，来欺负四哥，真是太过分了。一斗麦，老东西多报了一千五百文；一斤面，多报了将近一千文；一包月饼，也多报近千文！

老东西是随口报价，吓唬四哥，还是一向就这样瞒天过海，大捞外快？不管怎样，反正是拿到治他的把柄了。

六爷这样一想，顺便将米、油、菜、肉等入口东西的市价，也问了个清楚。临了，还到自家的天顺长粮庄坐了坐，问了问。自家开着粮庄呢，老夏就敢这样漫天要价？

六爷回来，自然是先见何老爷。

何老爷听了市价，也依然是冷笑：“哼，老狗才，我早知道他的勾当。他一年礼金与我相当，可你去看看他的宅院，一点也不比戴掌柜的差！”

六爷就说：“这下好了，能治治他了。他也太欺负四爷了。对何老爷，老夏也是一向不恭得很！”

何老爷说：“怎么治他？你们康家的事，我还不清楚！只要老太爷信得过他，你们谁也奈何不了他。”

“我把这事禀告老太爷，不信老太爷会无动于衷！”

“哼，那你就试试吧。”

“何老爷在京号做过副帮，想也理事有方。能为我谋一策吗？”

“这是你们的家事，我可不想掺和。六爷既想管这事，那你就当理政似的，大处着眼，以智取胜，不要像姑嫂之斗。西帮理商，即以理政视之，所以能大处着笔，出智见彩，营构大器局。”

“何老爷又来了，这点事，能营构什么大器局！”

“六爷不是叫我出谋吗？”

何老爷说的虽有些酸，但还是更激发了六爷的兴致。在康家，管家老夏也不是简单人物。真能大处着笔，出智见彩地治他一治，也是一件快事。

六爷离开学馆，就兴冲冲去见了四爷。

四爷听了，只是说：“老夏不至这样吧？他做管家几十年了，要如此不忠，老太爷能看不出来？”

六爷就说：“这也不是我们诬陷他！吓人的天价，是他亲口说的；真实的市价，又是我亲自探问的。对老太爷，他不敢不忠，可对四哥你，说不定是有意欺生！趁天旱遭灾，他谎报高价，在吃喝上捞咱们一把，真说不定。”

四爷说：“咱们合家所用的米、面、油各类，都是由天长顺粮庄挑好的采买，并不经老夏之手。”

六爷说：“除了粮油，采买的东西还多呢！我到市面问了，葱三十文一斤，姜三百文一斤，生猪羊肉二百文一斤。可回来问厨房的下人，报的价都高了许多！”

四爷听了，依然说：“就是有这么些小小不严，也不便深究的。老夏毕竟是老管家了。”

六爷说：“四哥，你要压不住这些老家人，只怕当家也难。他们不怕你，什么坏事不敢为！再说，我们是以商立家，反被管家以奸商手段所欺，传出去，岂不成了笑谈！”

“六弟你说，只是为了给乡邻送这点月饼，就跟老夏闹翻了脸？”

“四哥，你要想治治这个老夏，那我就为你谋一良策，既不大伤老夏的脸面，又能叫他知道你的厉害，不敢再轻易欺负你！”

“真有这样的良策，你就谋一个出来！”

六爷更兴奋了，站起来踱了几步，忽然就说：“有了！”

四爷就说：“那我听听，是什么良策。”

六爷得意地说：“四哥，你这就去见老夏。见了面，不说别的，只一味道谢。老夏必问，谢从何来？你就恭敬施礼，说：谢你老人家无私提携，教我理财之道。”

“这是什么意思？”

“你只管听我的！你把老夏恭维得莫名其妙了，再跟着说：有句俗话，不当家不知柴米贵。我接手料理家事七八个月了，居然不知柴米贵贱，实在是粗疏之至，败家气象！日前，你老人家报出月饼的虚价，试图激我清醒，我居然浑然不觉，辜负了你的一片良苦用心。我回去说起，四娘就惊叫起来：你给乡邻送什么月饼呀，一千文一包？金饼银饼吧，有这么贵？我说，今年大旱，能吃的东西都贵了。她说，也不用争，你到市面一问就明白了。当家也不问柴米贵贱，想败家呀？人家老夏给你报了这样的天价，就是为了唤醒你，可你依旧懵懵懂懂。四娘这样一说，我才派人去问了问市价。”

“你不是叫我编故事呀？”

“计策者，即如此。老夏听你这样一说，如心中有鬼，必然会钻进我们编的故事中来，顺势说：四爷到底醒悟了。”

“老夏要没捣鬼呢？”

“他肯定有鬼！你就照我说的，去试吧。”

被六爷逼迫不过，四爷只好去见老夏。

不大一会儿，四爷就回来了。六爷问：“如何？”

四爷说：“还真如你所料。”

六爷一听，更兴奋了，高声问：“老夏他怎么说的？”

四爷可不是那么兴奋，倒像有些难为情似的：“跟你预料的差不多吧。他说，‘你吃惯现成饭了，不想多管家常琐事，可我能明着数落你吗？’”

“月饼呢，不买那么贵的了吧？”

“老夏也赞成我的意思了：一户送一千文礼金。”

“看看这些老奴才，你治不住他们，他们能听你的？”

“老夏毕竟不是别人。这样一弄，总是叫他觉得尴尬。”

“四爷，你这么心善，那就由他们欺负你吧！”

六爷初试谋略，就获小胜，非常兴奋。跑到学馆对何老爷一说，何老爷也有些兴奋了，说：“老狗才，我早知道他是什么货。六爷你这样治他，倒比你作文章多了几分灵气！”

听何老爷这样说，六爷更得意了，总想寻机会将这得意一笔呈给老太爷一看。但几次企图进入老院都一样被拦挡。

自己进不去，六爷就想到汝梅。她进出老院一向比较容易。可汝梅近来已不大来学馆。六爷专门去见了一次汝梅。她像病了，面色、精神都不似往常。但她说没有病。

六爷就问：“你近来见过老太爷吗？我几次求见，都给老亭挡着，不叫见。老太爷怎么了，是不是也欠安？”

汝梅说：“我也见不着了。我去，他们也是拦着不叫进。”

汝梅也见不着老太爷了？

第五章　苦心接皇差

1

八月十三日午间，天成元票庄大掌柜孙北溟刚刚打算小睡片刻，忽然就有伙友匆忙来报："县衙官差来了，说有省衙急令送到，要大掌柜亲自去接。"

省衙急令？

孙北溟一听也不敢怠慢，赶紧出来了。

衙门差役见着孙大掌柜，忙客气地说："叨扰大掌柜了，实在也是不得已。省上抚台衙门传来急令，叫大掌柜务必于明日赶到太原，抚台大人、藩台大人有急事召见。"

说着将公事牒帖递了过去。

孙北溟忙展开帖子看时，所谓急事，原来抚台要宣谕朝廷急旨。

朝廷急旨？

孙北溟叫柜上给差役付了赏银，但差役不敢接，只说："知县老爷要听回话：大掌柜明日一准到省。若讨不到这样的回话，不光是小的交不了差，连知县老爷也交代不了上锋。”

事态这么厉害？

前几日就听说，皇太后、皇上已经绕过东口，进入山西。抚台、藩台召见，无非为办皇差向西帮借钱吧。但借钱，得找东家呀，他们这些领东掌柜主不了那种大事的。

孙北溟就问：“省衙传令要见的太谷还有谁？”

差役说：“还有志诚信票庄的大掌柜，再无别人。”

只召见两家票庄的掌柜？孙北溟想了想，就给了准时赴省的回话。

国都失守，两宫出逃，朝局忽然变得这样残破。大势还有救没救？以往判断时局全凭各地的信报，尤其是京号的叙事密报。现在京都不存，京号已毁，各地信路也不畅，忽然间坐井观天，干着急，什么也看不出来了。所以，去见见省上的抚台、藩台也好。至少，也可探知两宫进入山西是过境，还是要驻銮。

要只是过境，那又得吃西帮的大户。朝廷虽是逃难过来，耗费也是浩大无比的。若要在晋驻銮，那就不同了，全国上贡朝廷的京饷钱粮都要齐汇山西，西帮还是有生意可为。

太谷离太原也不过百十里路。但眼看午时已过，要在明日午时前赶到，不走夜路已不可能。

衙役一走，孙北溟就吩咐伙友去雇远行的标车，聘请镖局护路的武师，同时也打发了协理去志诚信约孔大掌柜同行。

志诚信的孔庆丰大掌柜稍年轻些，愿听孙大掌柜安排。

于是，按孙北溟意思，在日头稍偏西时候就赶趁着上路了。县衙要派官兵护送，两位大掌柜婉谢了。时局虽乱，但有太谷镖师跟着，没有人敢添麻烦，比官兵还保险。

不到后半夜，即顺利到达太原。两位大掌柜分头去了自家的省号。

孙北溟到省号后，既无食欲，也无睡意，洗漱过，就叫住省号老帮问话：“抚台衙门这是唱的哪出戏，探听清楚没有？”

刘老帮慌忙说:“事情太紧急了,还未探听到什么。”

票庄的太原分号,虽称省号,但因离总号近在咫尺,商务也不显要,派驻的老帮多不是太厉害的把式。天成元省号的刘老帮,是由边远小号轮换回来的,忠厚是忠厚,但未经历过什么大场面。忽然遇了庚子年这样的大乱,更是不胜招架了。所以,他对这次抚台急召票庄大掌柜,实在也没有探听到多少内幕。

孙北溟又问:“除了太谷两家,知道还召见谁家?”

“听说总共九家,太谷两家,祁县两家,平遥五家。就是西帮票业中打头的九家大号吧。”

“召见的都是领东掌柜吗? 叫没叫财东?”

“叫的都是大掌柜。”

再问,也问不出更多的情况,孙北溟就略进了些汤水躺下待旦。以为睡不着了,居然很快就入了梦乡。毕竟劳累了。

因为抚台衙门正在紧急修饰,以做两宫过并的行宫;藩台衙门也要供王公大臣使用,所以召见是在皇化馆。

孙北溟赶到皇化馆时,果然见着祁帮、平帮的其他七位巨头。祁帮来的是渠家三晋源的梁尧臣,乔家大德通的高钰;平帮来的是日升昌的郭斗南,蔚泰厚的毛鸿瀚,蔚丰厚的范定翰,蔚盛长的李梦庚,协同庆的雷其澍。

三帮巨头齐聚,本是不常有的,只是此次聚会缘由尚不明了,大家也不过彼此寒暄两句,心思全在未知的朝廷急旨上。

午时早过,却不见传唤,大家更有些焦虑不安。

日升昌是西帮票业中龙头老大,众人不免问郭大掌柜:知道下来一道什么急诏吗?

郭斗南苦笑了一下,说:“我哪能知道? 你们问高大掌柜吧,他与京师官场最熟。”

大德通的高钰也苦笑了："京师官场现今在哪儿，我还不知道呢！"

蔚泰厚的毛鸿瀚，哼了一声，说："还用猜吗？不过是叫我们加倍捐纳，接济朝廷罢了。"

志诚信的孔庆丰就说："捐纳银子，那得叫财东来。我们是领东，我们能主了捐纳的事？"

三晋源的梁尧臣也说："往年捐纳，也不过下道官令就是了，还用这样火急万分把我们召到省上？"

毛鸿瀚说："这不是出了万分危急的祸乱吗！抚台、藩台亲自催捐，是急等着用呢。眼看两宫浩浩荡荡就要到了，不急成吗？"

郭斗南说："这次祸乱，我们字号损失可是前所未有。日升昌空担着一个票号老大的名声，什么好处没有，就是树大招风，祸乱一起，哪里都是先抢我们！我们是伤了元气了，哪还有余力捐纳？"

孙北溟笑了笑，说："你们日升昌也哭穷，那我们该讨吃去了。"

协同庆的雷其澍说："要哭穷，咱们就一齐哭！一齐诉说西帮字号在京、津、鲁、直，口外、关外受祸害的惨状。"

蔚盛长的李梦庚："这是实情，不是哭穷。我们自家的光景都快过不去了，哪还有钱捐了买没用的官帽！"

孙北溟就说："郭大掌柜，毛大掌柜，要不你们拿个主意，我们都跟着吆喝？"

大家都赞同。正在计议，传唤他们上堂了。

进入正堂，上面坐的只布政使，即藩台大人李延箫一人。九位大掌柜行过跪拜礼，藩台大人就立刻赏了座。

"各位掌柜！"李藩台拱手说，"这样冒昧请你们来实在失礼。但事关紧急，也只得委屈各位了。抚台大人本当亲自来见各位，因军情紧急，洋寇已进犯获鹿，逼近晋省，大人正统兵扼守故关东天门。只好由本官招待各位掌柜了。"

藩台大人一开场，居然说得这样客气，实在大出众掌柜的意料！那时代的布政使，是省衙直接管理政务和财政的大员，地位仅次于巡抚。因主理财政，藩台一般都与商界相熟，在以商闻名的山西，尤其如此。但藩台毕竟是地方高官，其排场与威风，即便在私下场合也是要做足的。现在系正经场面，李大人居然这样谦卑，哪能不叫人生疑！

圣驾将临，又军情危急，看来，真是要狠狠敲西帮一杠了。

“今日急召各位来，是因为接了行在军机处发来的一道六百里加急谕令。与这道加急谕令最相关的就是各位领东的票业大号。”

行在，是指皇帝行幸之所在。两宫逃难路上发出的这道六百里加急上谕，最与西帮大号相关？掌柜们一听，就摸不着边际了。

“各位掌柜，两宫圣驾目前已巡行至代州，不几日即临幸太原。”

两宫已到代州？这可是第一次听到有关太后和皇上的确切消息，不料已近在眼前了。众人惊诧不已。

“这次两宫行在不似平常出巡，整个朝廷乃至整个国都全跟着呢，所以需用之繁钜也前所未有。两宫离京以来，一路经过的都是苦焦地界，又历拳乱和大旱，大多无力支应这样的皇差。行在军机处虽天天向各省发出急令，催促各省将京饷解往行在，接济朝廷，可这谈何容易！”

李藩台有意停顿了下来，但众掌柜没人敢接住说话。藩台大人只得接着说：“现在道路不靖，消息也常不通，解押巨额京饷，实在也难以及时送到两宫行在。以往各省上缴京饷，都交付各位领东的西帮票号，走票不走银，快捷无比。我问一句：拳乱发生以来，你们各号是不是停止揽汇了？”

众掌柜眼光投向日升昌的郭斗南：他是老大，理该先说。可没等郭斗南说呢，蔚泰厚的毛鸿瀚已无所顾忌，滔滔陈说：

“藩台大人，不是我们停了汇兑，是生意没法做了！京津失守，西帮字号全遭洗劫，无一家幸免。直隶、山东、河南、陕西、关外、口外的字号，也都受到祸害，损失之惨状，叫人毛发森竖！西帮票业创立一百多年来，这是遭遇最惨烈的一次大劫。”

李藩台忙说：“西帮损失竟如此惨烈，我与抚台大人一定如实向朝廷奏报！各家的江南字号，还在揽汇吧？”

毛鸿瀚依然抢先代言：“西帮汇业，全在南北调度。北边字号毁了，江南字号还能做多大生意？再说，乱起四方，信局也走不了票，只好停汇。”

“西帮既停汇，各省上缴京饷，只得委派专员押送了。但路途遥远，时局不靖，哪能解得了两宫行在的燃眉之急！”说至此，李藩台又拱手向众掌柜致意：“各位大掌柜，朝廷下来的这道急谕，就是令各省将上缴的京饷，交给当地的西帮票号，火急汇至山西的祁、太、平老号。再由祁、太、平各号提银交付朝廷行在。为此，朝廷钦定了在座的西帮九家大号，令你们开通汇路，即行收揽京饷，接济朝廷！”

原来，朝廷是叫西帮承汇京饷。大家虽松了一口气，但稍一想，也觉出不是好差事。在目前乱局中，异地银钱很难调度。西帮答应承汇京饷，也就等于答应了借贷巨额款项给朝廷。至此，大家也才明白，藩台大人为何这么低声下气：西帮承揽了各省京饷，两宫驾到后浩繁的开销便有了着落，省上抚衙藩库才可松一口气。在这非常之时，办这么大的皇差，仅凭山右一省之力，实在能愁煞人的。何况山西又有纵容拳乱的嫌疑，办不好这次皇差，抚台藩台那就不是摘顶子，而是掉脑袋了。

九位大掌柜，谁不是成了精的人物！所以，看透官家用意后，没有人想多言语，连抢着说话的毛鸿瀚也不吱声了。

藩台大人便接着说：“在此危难之时，朝廷能记起西帮汇兑的神速、可靠，此不光是你们西帮荣耀，全山右都得光彩。万望各位不负圣命！”

日升昌的郭斗南只好说：“朝廷有难，我们本也该竭力报效，万死不辞的。只是，遭此大劫，信路不畅，走票也难得快捷了。即如故关，那是山西东大门，眼下正两军对垒呢，哪能走得了票？”

李藩台立刻说：“行在军机处有言：电汇最好。”

郭斗南说：“电路更不畅通，拳民专挑电线割。”

藩台大人说：“各地电路都在抢修呢。”

毛鸿瀚说：“我们西帮票号失了北地一半江山，老号也空虚得很。即便电报传来汇票，我们一时也支垫不起呀！各省汇来的京饷，那不是小数目。”

李藩台笑了：“我要不知你们西帮之富，岂不是枉在晋省做藩台了！各位掌柜，我就代抚台大人宣读圣旨了，请跪听吧！”

众掌柜也只得跪下了。

藩台大人展开一卷明黄帖子，说：“这是行在军机处昨日送来的一道六百里加急上谕：

军机大臣字寄各直省督抚，光绪二十六年八月辛巳奉上谕：自郡城失守，库款荡然，朕恭奉慈舆西幸于僻乡荒野，跋涉蒙尘，艰苦万状，而一切需用久无着落。各省应贡京饷，总以程途不畅为由，迟迟不能解来济急。今特饬各省督抚，尽速将京饷交由西商票号起汇，解来山西省城。西商老庄多在太原近侧，电汇尤为便捷。朕奉慈舆之需用急待孔殷，交西商票汇以图快捷，不得再推诿延迟。由六百里加紧谕令各省知之。山西巡抚毓贤谕知西商大号，速开汇路，收解京饷。钦此。”

李延箫宣读完圣旨，又念了军机处开列的九大票号的名单，果然在座的都列在其中。

2

听完朝廷圣旨，心里纵有万般委屈，嘴里也不能说什么了。

但在此非常之时，为朝廷收揽全国京饷，实在也不是一件小事。加之，票界九大号巨头碰到一起也不容易。所以，受召见毕，大家就有意在太原再聚会半日，计议一下这件利害难测的差事。

祁县乔家大德通的高钰大掌柜抢在各位前头，说：“与你们各家大号比，我们大德通算是新号。所以，今日聚会，就由我们做东了，各位能赏这个脸吧？”

乔家大德通票号，是在同治年间才由茶庄改营汇兑的。与其他八大字号相比，倒真是后来者。不过，它后来居上，业绩赫赫，即使平帮的日升昌、蔚字号这些开山老大，也不敢小瞧它的。

高钰大掌柜也的确是票界高手，他先手抢到这一由头，比小不比大，别家也只好领情了。

于是，就议定改日在崇善寺寻一间雅致的禅房做半日聚谈。到午间，由大德通在清和元饭庄宴请各位。

定在崇善寺聚谈，显然为避世人耳目。议论皇差，言语不免放肆，实不足为外人闻听。崇善寺又为省府大寺，平素香客中高官名士就不少，所以高雅精致的禅房也备了几处。

第二天，高钰带了一位叫贾继英的省号老帮早早就来到崇善寺。这位贾老帮，是大德通连号大德恒的省号老帮，只二十五六岁，但极其精明能干，遇事常有独见。高大掌柜把他带来，为的是周到招待各位大掌柜，不要得罪了谁。

贾继英陪高钰一到，寺中上下果然都很殷勤。很快就选定一间既雅静、又讲究的禅房。

僧人备了上好的红茶。晋人做砖茶生意几百年，所以省内饮茶习惯，也以砖茶、红茶为主了。

禅室静静，茶香浓浓。在其他大掌柜未到之前，高钰就先将朝廷的紧急诏令说给贾继英听了。然后，问道：

“继英，你看，在大局如此残败之际，叫我们承汇京饷，得失如何？”

贾继英慌忙说：“高大掌柜，你这是考我吧？”

高钰说：“这道难题，我一时还答不来呢，哪能考你？真是想听听你的见识。”

“在高大掌柜面前，我能有什么见识？大掌柜驻京多年，议论朝局这样的大势，我尤其不能多言了。”

“看看你！想听听你的见识，你倒偏不说了。你也是一方老帮，这样的大事临头了，能没一点想法？我也不是一定要听你的高见。”

“大掌柜要这样说，那我就放肆了。在此时局动荡大势难卜的时候，朝廷将这样的重负压到我们西帮肩上，我看倒并非不堪承受。叫我们承汇京饷，毕竟比强行压我们出借巨款要令人放心一些。再怎么火急，也是我们的外埠庄口收了汇，老号这头才提银上缴，无非是一时支垫大些。”

“一时支垫大些！好我的贾掌柜，你倒说得轻巧！这‘一时’是多久：三月五月，还是三年五载？这‘大些’又是多大：十几万两，还是百十万两？若局面再恶化呢？我们外埠庄口收存了巨额京饷，长久调度不出，一旦生乱，还不像京津庄口似的，重蹈被洗劫的覆辙吗？”

“大掌柜所虑当然不是多余。但日后大势，谁又能卜算得准？再说，朝廷既已压下来，我们西帮也不便拒汇吧？高大掌柜，以我愚见，要知日后大势，唯有一途：坦然接下朝廷这份皇差，火速开通我们的汇路。”

“我的贾掌柜，你这是什么意思？”

“高大掌柜，我们所虑的大势，不能只看逃难中的朝廷，还要看各省动向，尤其是未遭拳乱与洋祸的江南诸省。朝廷这道急催京饷的圣旨传下去，各省如何动作，即是预测今后大势的最好依据！各省闻风而动，交我们汇兑京饷甚为踊跃，则大势还有指望；若各省接旨后，又另找借口，依然推诿拖延，并不向我们交汇，则说明各省对大势也失了信心了。所以，我们尽可坦然揽汇，无须担心烫了手：我们收汇多，大势也好；大势不好，我们也收不了多少汇的。各地不交汇，朝廷也怨不得我们西帮了。”

高钰一听，击节称赞道：“继英，真有高见！你这一说，我也茅塞顿开了。”

贾继英慌忙说：“大掌柜，你心里早明镜一般。看来，我这答卷没有大谬？”

“继英，你真是叫我明白过来了。原先不光是我，祁太平三帮九大号领东掌柜都懵懂着呢。我们要明镜似的，早坦然打道归去了，还用来此聚谈个甚！”

“大掌柜，我这也是忽然想到的，真不值得夸奖。”

“我不光要夸奖，还要拿你的高见点拨各位大掌柜，叫他们都记住你！”

“大掌柜，在你们面前快不敢提我！”

“这你就不用管了。”

高钰大掌柜一向善听底下人的见识，凡发现高见良策，并不掠为己有，而总要在号内给予彰显，并记为功绩。贾继英早有耳闻，今日算是亲自领教了。不过，他不太相信，自己的这点见识，同业中的九大掌柜就真是谁也没有悟到？

不久，其他八位大掌柜陆续到了。高钰自然是殷勤迎接，但优雅从容，并没有急于说出什么。在向各位介绍贾继英时也未多赞一词。

聚谈中，大掌柜们还是谦让有礼的，连日升昌的郭斗南也不以老大自居。只蔚泰厚的毛鸿瀚一人，略露霸气，不过较平时也收敛得多。时局危难，生意受重挫，谁还有心思把弄排场派头！

毛鸿瀚依然不主张兜揽这份皇差，他说：“去年生意好做，朝廷却发下禁令，不许我们西帮承汇京饷。今年拳乱加洋祸，兵荒马乱，天下不靖，却硬逼了我们揽汇！也不知是谁进了我们西帮的谗言，一心要我们也随了大势败落！”

孙北溟一听便接上说：“就是！去年朝廷禁汇的上谕，真没有把我们困死！幸亏各地老帮能耐大，巧妙运动制台抚台，才一省一省松动起来。”

志诚信的孔庆丰说：“那我们何不如法炮制，再叫各地老帮巧为运动？”

郭斗南说：“今年是非常之时，不似平常。逃难的太后皇上正缺吃少喝呢，你再运动，各省也不好拖延京饷的。”

三晋源的梁尧臣说：“士农工商，士农工商，体面时候总是士打头，商殿尾。现在到了危亡关头了，倒把我们推到前头！”

协同庆的雷其澍说：“圣旨已下，不想揽这份皇差也是枉然了。两宫眼看就到太原了，受了这一路的凄苦，正没处出气呢。我们拒汇京饷，那还不发狠收拾我们！”

蔚盛长的李蒙庚也说：“朝廷既将解汇京饷的差事交给我们西帮，各省寻找推诿拖延的借口，也少不了要打我们的主意。我们稍不尽力，都可能获罪的。”

郭斗南说：“不能抗旨，承旨接差也难呀！真要有大笔京饷汇到，我们日升昌真是提不出那么多现银来。年初调银南下北上，哪想会有这样局面？现在是北银被劫，南银受困，老号空虚。”

毛鸿瀚也说：“要交皇差，得求东家出银支垫。京津字号受了抢劫，东家正心疼得滴血呢，再叫往出掏银子？我这领东真没法开口。”

孙北溟就说：“毛大掌柜也这么怕东家，那我们还敢回太谷？”

孔庆丰说：“抗旨不成，接旨也不成，那总得想条路吧？”

蔚丰厚的范定翰说：“我看也只有接旨一条路。抗旨，也不过说说罢了。”

毛鸿瀚就说：“怎么不能抗？叫各地老帮缓慢行事，找些信路不通，电报不畅的借口，我们也来个推诿拖延，不就得了！”

孙北溟也说：“我们把责任推给信局、电报局，倒也是缓兵的办法。”

范定翰说：“私信局一时难打通信路，可拳乱一平，官家电报倒也易通。两宫圣驾到了山西，通晋电报不会受阻的。”

郭斗南说：“两宫这次西巡来晋，不知是要驻銮，到太原就打住不走了，还是只路过，歇几天就走？”

孙北溟说：“郭大掌柜，你这才算点题了。叫我看，两宫若暂时驻銮太原，那我们就是砸锅卖铁，也得接下这份皇差。若只是路过，就当别论了。”

范定翰说：“昨日我听圣旨口气，像要在太原驻銮。明令各省将京饷改汇山西省城，不就是要住下来吗？若只路过，不会发这种诏令。京饷源源汇到，两宫却走了，哪有这样的事？”

孔庆丰说：“饬令将京饷汇来太原，只是为借重我们西帮票商。祁太平，离太原近。不见得是要驻銮太原吧？”

毛鸿瀚也说：“山西这种地界，两宫哪能看上？”

李蒙庚说：“山西表里山河，正是避难生息的好地方。离京师又不算远，日后回銮也容易。”

孙北溟就说：“若朝廷驻銮太原，那我们西帮还是有生意可做的。仅全国京饷齐汇山西一项，即可找补回一些京津的损失。”

毛鸿瀚说：“我敢说，两宫不会驻銮太原！”

李蒙庚说：“太原也是福地，李渊父子不就是在此生息了一个大唐王朝！”

毛鸿瀚哼了一声，说：“能跟大唐比？”

郭斗南忙说：“高大掌柜，你怎么一言不发？”

高钰说：“我恭听各位高见呢。”

郭斗南就说：“也说说你的高见！”

高钰说：“我哪有什么高见！今日抢着做东，殷勤巴结，就是想听听各位的高见。”

毛鸿瀚就问：“高大掌柜你说，两宫会驻銮太原？”

高钰笑了说：“驻銮，还是路过，我真是看不出来。今日跟我来伺候各位的是我们大德恒的省号老帮贾继英。贾老帮虽年纪轻轻，可遇事常有独见。继英，你听了各位大掌柜的议论，有什么见地，也说说。”

贾继英慌忙说：“各位大掌柜在座，我哪敢放肆？能恭听各位议论，已经很受益了。”

郭斗南说：“有独见，也不妨说说。”

高钰就说：“郭大掌柜叫你说就说说。说嫩了，谁会笑话你？”

贾继英忙说：“大掌柜们这样抬举我，我更不敢放肆了。只是，我恭听了各位的议论，倒是开了窍，心里踏实了。这次皇差难接是难接，可有各位大掌柜撑着，说不难，也不难。我们西帮，毕竟在官场之外，全由各位大掌柜自主运筹，进退两由之。这次朝廷叫我们西帮承汇京饷，作难是作难，可最作难的还是朝廷。两宫西巡，艰苦万状，各省京饷就是迟迟解送不到。所以，此事的关节全在各省督抚衙门。朝廷这道急谕传下去，各省就会踊跃向我们交汇京饷吗？他们依旧不动，我们就是想揽这份皇差，也是枉然了。若各省真踊跃交汇，我们何不欣然收揽！各省踊跃接济朝廷，便昭示了大势尚可挽救，我们就是一时支垫大些，也无妨的。”

高钰便故作惊讶，说：“继英，你既有此见地，昨夜召你计议时，怎么不吐一字？”

贾继英说：“我这也是听了各位大掌柜的议论才忽然开窍的。”

郭斗南说：“高大掌柜，你这位小老帮倒是个明白人。他这一说，我觉得也无须过虑了。这份皇差的关节的确在各省的制台抚台。他们依然不动，我们也真没有办法。”

李梦庚也说：“两宫是否驻銮太原，只怕也得看各省动静。若得各省踊跃接济，朝廷或许会驻幸晋阳，以图尽早回銮京师。若各省口是心非，行止暧昧，那两宫岂敢困在山右？”

其他几位大掌柜有夸奖贾继英的，也有不以为然的。尤其蔚泰厚的毛鸿瀚，只是冷笑，不屑评说。不过实在说，在座的巨头多少都受了些点悟，起码也醒悟到：领了此份皇差，依然可静观大势的。对乔家大德恒竟有这样一位见地不凡的年轻老帮，他们心里也不能不惊诧几分。

只是，祁太平三帮九位领东巨头，居然真没有人悟到那一层，也实在出乎贾继英的意料。

其实，西帮票号历百多年昌盛，大号的领东掌柜位尊权重，家资大富，又长年深居老号，其进取心志与应变智慧已渐渐不及手下驻外埠的前线老帮了。

3

孙北溟回太谷的一路就一直在想：乔家大德恒的省号居然藏有这样一位才思出众的年轻老帮，以前真还未有所闻。太原庄口一向不算重要，竟然放了这样一个人才，那京号、汉号、沪号、穗号以及东口、西口这些大庄口，要放怎样了得的高手？难怪乔家的大德通、大德恒两连号后来居上，咄咄逼人。

回到太谷，孙北溟匆匆对账房、信房做了安顿，叫他们速与各地庄口联络，传去号旨：若有京饷交汇，尽可收揽；自家也无须十分张罗。意思很明显，稳妥行事，静观大势。

安顿毕，本该先去趟康庄，给康老太爷说说这次省城之行，可孙北溟还是忍不住打发了一个小伙计去叫京号老帮戴膺速来。

叫戴膺来做甚？会商如何应付这件皇差？不是。孙北溟是想考一考他的京号老帮，看是否有贾继英那样的才思。如果戴老帮都不及人家这位省号的小老帮，那天成元真要内外交困了。

不久，戴膺就匆匆赶来。

孙北溟见他休养了这些天虽未复原，精神还是好得多了，便说：

"戴掌柜，看你气色倒是好得多了，只是仍见消瘦。"

戴膺笑笑说："大掌柜放心，无事在家，我长肉也快。"

"毕竟是受了大的亏累，理该消停休养的。今日请戴掌柜来实在也是于心不忍。"

"大掌柜，对我还用这样客气？有什么吩咐就快说吧。"

"事情紧急，也自得这样委屈你了。十三日午时了，省上抚台衙门忽然传来急令叫我连夜赶赴太原，说是有朝廷急谕要宣读。"

"朝廷急谕？"

"是呀，我当时也纳闷：我们又不在官场，朝廷哪会给我们直下圣旨？

想了想,准是有非常之事,就赶紧去了。”

“不是只传唤我们一家吧?”

“太谷还有志诚信,祁帮也是两家,平帮五家,就是西帮票业中排在前头的九家大号吧。”

“只是叫你们领东大掌柜去?”

“是呀。朝廷下旨,不会是小事。号中大事,那得由东家做主。可人家只传见我们这些领东,不叫财东。”

“那是叫我们西帮紧急解汇京饷吧?”

孙北溟连忙击节赞道:“戴掌柜,你如何猜得这样准?”

大掌柜反常的赞扬,也使戴膺有些奇怪。不过,他依然照直说:“这不是明摆着嘛,朝廷带了满朝文武逃难出来,一路耗费浩大。只靠沿途办皇差,哪能支应得起?所以,非靠各省紧急接济不可。朝廷逃难,行在不定,不靠我们西帮解汇京饷,各省想接济也接济不上的。大掌柜,两宫真是进入山西了?”

“十四日见到藩台李大人,他说两宫行在已经过了代州。今日十几?”

“八月十六,昨日是中秋节。”

“昨日是八月十五?昨日在太原,大德通高钰设宴招待各位大掌柜,居然无一人提及中秋节!事情紧急,真是什么也顾不到了。今日十六,那两宫只怕已经从忻州出发,至迟,明天晚间就到太原了!”

“两宫既已到达太原,那借重西帮票号急汇京饷,是再自然不过的事。”

“戴掌柜,你是从京城死里逃生跑回来的。朝局之岌岌可危你当然更感同身受。在此大势无望,乱起四方之际,叫我们承汇京饷,不是拉西帮往深渊跳吗?”

“大掌柜,以我看,局势向何处摆动,实在还难以看清。朝廷是已经丢失国都,逃难来晋。但除了京津,各省都还未失,也未大乱。所以,现在看大势,全得看各省动向。”

孙北溟一听,心里更高兴:戴膺说的,不是跟那个贾继英一样嘛!只是，孙大掌柜尽力不动声色，说："现在，信路不畅，谁能探到各省虚实？"

戴膺说："今次揽汇就是探知各省虚实的一个良机！各省踊跃交汇，接济朝廷，那大势还叫人放心些；若交汇寥寥，置朝廷于危厄而不顾，那大势就不妙了。所以，当欣然领了这份皇差的。"

简直与贾继英说的一字不差！孙北溟得了满意结果，也不便形之于色，就含糊说："只是现在时局不靖，大额款项异地难以调度。万一各地京饷源源汇来，老号的支垫也太大了。"

戴膺断然说："支垫越大，越值得！支垫大，说明京饷来得多；京饷来得多，说明各省对朝廷尚有指望。大势既有救，我们日后也就有生意可做。在此举国蒙难之际，朝廷发布急谕，昭示天下，如何如何借重我西帮汇业，一解两宫之危厄，这对我们西帮是何等的彰显！有这一次救急，日后朝廷总不会再对西帮禁汇了吧。天下人也会更认西帮，遇了塌天之祸，朝廷都如此借重我们，谁还不信任我们？"

戴膺这一番话，更在那个年轻老帮之上了。孙北溟见戴膺出此高见，几乎是不假思索，脱口而出，不免也有些自叹弗如。虽然其他大号的领东掌柜，也似自己一样迟钝，孙北溟还是强烈地感到了自己的老迈。老了，老了，真该告老还乡了。尤其遇此非常之变，自己真是力不能胜了。

孙北溟便坦然说："戴掌柜，你这一说，我才豁然开朗。原先接了此皇差，真是发愁呢！不接，当然不成；接了，又怕支应不起。听你这一说，我也踏实了。"

戴膺似乎未注意到大掌柜的心情，倒是有几分火急地说："大掌柜，现在不是夸我的时候。今日叫我来，是有一件急务交我去办吧？"

孙北溟有些不解："急务？当前急务，就是承揽这份皇差。我叫你来，只是听听你的高见。"

"大掌柜，除了揽汇，还有一件急务须立马就办！"

"什么急务？"

"派我去太原，暂驻省号！两宫即将临幸太原，朝廷行在近在眼前，听说军机大臣、户部尚书王文韶大人也随扈在侧。我是京号老帮,就是去打探消息也较别人强。观察朝局,把握大势,这是我们的头等急务!”

孙北溟听了,又是一愣:该想到的自己又没想到!他忙说:“戴掌柜,你说得极是!省号的刘老帮没见过大场面,忽然朝廷临幸,他只剩下发慌了。戴掌柜暂驻省号,再好不过,只是打断你休养,实在也不忍心的。”

“此正是我将功补过的机会,大掌柜无须多想。”

“戴掌柜,那就托靠你了!”

两宫临幸,派京号老手驻并张罗,这本是顺势应走的一步棋,孙北溟居然未先看破。他更感自己应变失敏,实在是老了。

派走戴膺,孙北溟才匆匆赶往康庄,去见康老太爷。康笏南虽在年下宣布退位了,将外间商务交三爷料理,但孙北溟依然还是将老太爷当东家。对新主事的少东家三爷并没有很放在眼里。

这次见老太爷,三爷也在场,孙北溟忽然变了,对三爷也恭敬起来。他已有意退位,所以不想得罪少东家了。可三爷哪里知道?

康笏南张口就问:“大掌柜,去了趟省城,见着皇上没有?”

孙北溟说:“老东台已经知道两宫临幸晋阳了?”

康笏南哈哈一笑,说:“你们谁也不给我送讯,我哪能知道!不过,掐算着他们也该来了。”

三爷说:“我们也得不到可靠的消息,尽是些花哨离奇的传言。”

康笏南瞪了三爷一眼,说:“我不是说你,我说孙大掌柜呢。”

孙北溟忙说:“老东台,你还真会掐算。八月十四,我在太原见着藩台李大人,他说两宫行在已过代州,奔太原来了。走得再慢,明天十七,只怕也到了。”

康笏南就说:“上天也是有眼,偏偏就叫看不起咱山西人的大清皇家也来山西逃难一趟!‘山右大约商贾居首,其次者犹肯力农,再次者谋入营伍,最下者方令读书。朕所悉知,习俗殊为可笑。’圣训既以为山西人一不善文，二不喜武，那皇上太后跑山西来避乱，岂不也够可笑！”

孙北溟也笑了，说：“只怕是除了山西，也没更好的地界去了。关外、口外，人烟稀少，浩浩荡荡的朝廷行在谁来伺候供养？”

三爷说：“只怕也受不了口外、关外那份苦焦！”

康笏南说：“丢了国都，流落山西，这叫什么事？亡国之兆呀！”

孙北溟就说：“这次藩台把我们叫去是叫我们紧急解汇京饷。皇差压下来，不能不接，但在此败落残局中，收揽如此巨款，实在叫人不放心。”

康笏南断然说：“孙大掌柜，这是朝廷求到我们西帮头上来了，得拿出些气魄来！不就是揽汇吗，不就是紧急支垫些银子吗？你们拿出些本事来，给咱办好。柜上银钱不够用，你跟我要。得叫天下人看看，在此危难之际，我们西帮可比那班文臣武将、比那些制台抚台中用得多！”

老东台的气派比戴膺还大，这也有些出乎孙北溟的意料。自己真是老不中用了。借应对此非常局面，正好可提出让位请求吧。于是，孙北溟就说：

“当前局面非比平常，走错一步，危及全盘。我实在是老迈了，支应眼前乱局，心力都不济了。老东台，我请求过多次了，想告老退位，今次总该答应吧？换一贤才接手，正是可建立功业的时候。”

三爷听了，心里倒是忽然一亮：孙大掌柜退位，该轮到他挑选自己的大掌柜吧？

然而，康笏南却厉色问：“大掌柜，你是说我的意思不可取？不该放手揽汇？”

孙北溟忙说：“我不是这种意思！老东台气魄，令我们胆壮腰硬。只是我老不胜力，已担不起当前重任了。老东台早有话在先，要退位，你我一搭退。现在，你已退了，却不让我退？”

康笏南说：“现在是大敌当前，怎么能换帅？你孙大掌柜英雄一世，不能就这样临阵逃脱，给吓软了，离位吧？”

孙北溟说：“我的名分实在也不值什么，还是东家的字号要紧。在此非常之时，我若再惹下穿帮塌底之祸，那才要身败名裂了。”

康笏南便一指三爷，说：“现在是他主事，你想退位，问他！我主不了事了。”

三爷一听，就知道老太爷是要借刀杀人，他哪里敢答应孙大掌柜退位！便赶紧说：“老太爷如此挽留，孙大掌柜就收回退意吧。”

康笏南跟着就问：“现在京号的戴掌柜在哪儿？”

孙北溟就说：“两宫即将到达太原，已将他派往省号了。”

康笏南说：“大掌柜，看看，你宝刀未老呀！这一着，我刚想到，你已经先手落子了。”

孙北溟忙说：“这不是我……”

康笏南打断他，毅然说：“孙老弟，在你大掌柜任上给我再办一件事，我就放你退位。”

孙北溟忙问：“办一件什么事？”

康笏南正色说：“你给张罗一下，我要亲眼见见两个人。”

孙北溟问：“想见谁？”

康笏南说：“能是谁？两宫也！太后，皇上，当今位处至尊者，不就是这两个人吗？”

这话真似霹雳一般，孙北溟一时哪能对答上来？

康笏南似乎也不理孙北溟，继续说：“这也是风云际会，天缘作合。人家送上门来了，为何不见！”

4

戴膺是八月十七到达太原的。这天傍晚，两宫圣驾果然也到了太原。

抚台衙门为做行宫已于仓促中做了尽可能的修饰，也算富丽堂皇了。尤其是供太后和皇上御用的宫室，窗帷、茵褥、一应陈设器件，居然都与京中大内没有什么不同。据说西太后初见此情景，仿佛忽然回到宫中，大喜之后就是大怒:区区抚署,竟敢有此宫廷气象?

两宫到时,驻守故关的抚台毓贤还没有赶回来。他或许也不想赶回来面对圣颜。在山东山西两做巡抚,毓贤早落下一个亲拳仇洋的盛名,局面已残败如此,他大概也自知来日无多了吧。借军情紧急,躲在前线,那也是最好选择。所以,太后震怒的时候只得由藩台李延箫应对。

李藩台当时似乎还未乱了方寸,赶紧做了巧妙的解释:这一切御用物器都是在嘉庆年间,为仁宗先皇帝巡幸五台所置办,供行宫御用的。后来仁宗皇帝未曾临幸,这一切御用物器便原封未动储入藩库。今两宫临幸,来不及置办御用新品,只好将储库开启。谁就能想到收藏一百多年了,这些御用之物居然件件灿烂如新制,丝毫未见损毁。这实在是老佛爷和皇上洪福齐天!今日临幸,已有百年前定,此当为一大吉兆,国朝将劫后复兴,重现先帝时盛世。

行宫御用物品也真是从藩库中翻出的旧物。经李延萧这样一说,西太后当下就转怒为喜,并没有急于数落毓贤纵容拳匪的罪过,倒是很夸奖了几句晋省皇差办得好。

太原行宫既有京中大内气象,受尽颠簸流离之苦的西太后,就自然要恢复宫廷排场了。太后一恢复排场,随扈的王公大臣也跟上讲究起来。上至太后皇上,王公大臣,下至宫监宫女,还有护驾勤王的将士,两宫一行有数千人之巨。这么庞大的一个流亡朝廷,全照京中排场讲究起来,山西藩库怎么能支应得了!

可各省的京饷依然渺无消息。只是在八月二十日,日升昌老号收到湖南藩库电汇来的十一万两京饷,除此之外,再没有动静了。

戴膺见各省是如此态度,对时局的忧虑加重了。但从宫监渠道打探到的消息却是西太后对太原行宫甚为满意,已铺派开,过起了京中的宫廷日子,看不出有急于启跸要走的样子。

难道西太后真要在太原驻銮,静待收复京津?

这天,戴膺在省号闷着无事,便去见蔚丰厚的李宏龄说话。

戴膺到达太原不久，西帮各大号的驻京老帮，也陆续来到太原。为把握时局，彼此少不了聚会计议，俨然将京师的汇业公所搬到太原了。不过，见面聚谈的时候，还是叙说京中历险的话题多。他们大多是在洋人攻陷京城后才仓皇逃出来的，一提及其间经历，似乎还惊魂未定，也就特别有谈兴。而京师发生此大劫难时，李宏龄正在太谷家中歇假。他未历险，所以跟他说话能集中于当前。戴膺也不愿多说弃庄出京那段晦气的经历了。

今次又见着李宏龄时，日升昌的梁怀文也在座。

戴膺就问："你们日升昌又有京饷汇到吗？"

梁怀文说："哪有呀！还是湖南那一笔。"

李宏龄就说："各省才不着急呢。两宫西巡，路途不靖，正给了那班制台抚台许多借口。"

戴膺说："各省真就置朝廷于危厄而不顾？"

李宏龄说："官场那些把戏，你还不知道？各地上奏的折子，一定是雪片似的飞到行在，除了叩问圣安，表示殊深轸念云云，一准都要呈报：应贡的京饷漕粮，早已经押送上路了。因为遇了匪，或是断了路，不能及早解到，焦急万分，等等。至于京饷漕粮在哪儿，老天爷也不知道！"

梁怀文也说："六七月间，八国洋军攻打津京，哪一省曾发兵援救了？袁项城统领精兵，又近在京津侧畔，稍作策应，就能断洋兵后路，可他隔岸观火，一动不动。炮火已飞入紫禁城，太后皇上有性命之危，他们都不着急，现在只不过饥寒之忧，谁给你着急？"

戴膺说："国失京都，君主流亡，各省竟也袖手不管。他们是巴望着大清早亡吧？"

李宏龄说："他们哪会有亡国之虞！朝廷受洋人欺负，丢了京师，逃难在外，也不是头一回了。咸丰十年，英法联军攻陷津京，朝廷弃都出逃，避难承德，结果怎样？除了赔款割地，不是还成全了当今太后的垂帘听政吗？这一次，也无非是割地赔款，重写一纸和约罢了。"

梁怀文说："听说占着京津的西洋各国已经传来话，请两宫回銮呢，说他们能确保朝廷平安。"

李宏龄说："洋人也不傻。占着一座空京城，跟谁签订和约呀！"

梁怀文说："听说西太后已经几次下急诏，调李鸿章北上，跟洋人谈和。"

戴膺说："要是这样，那说不定，各省还另有心思呢，成心叫两宫吃我们山西的大户？"

梁怀文说："不是说不定，肯定就这样。西太后逃难这一路，最宠幸的一人，是小小怀来县令吴永。吴永是两宫逃出京城多日后，第一个以官场规矩，恭迎圣驾的沿途官吏。所以西太后感动得不得了，就叫他随扈打前站，办宫门要差。听说西太后有事就叫吴永，常把随扈的军机大臣也晾在一边了。"

戴膺说："我也听一位奏事处的首领太监说，老佛爷叫吴永进去说话，常常一时半会儿出不来，军机大臣候在外头，干着急，没办法。"

梁怀文说："就这么一位受宠的吴永，听说太后已将他派往江南，催讨京饷去了。为何舍得派吴永去？就为他体察太后这一路艰辛，比别人深切，给督抚们详说西狩的凄惶状，或许能激发了他们的天良。"

李宏龄说："可见西太后也看清了，下头的制台抚台一个个都快丧尽天良了。只管他们苟且自保，才不理你朝廷恓惶不恓惶呢。"

梁怀文说："我看西太后舍得放走吴永，还因为要暂驻太原，不走了。一路办粮台，打前站，太后是谁也信不过，只信任吴永一人。若还要西行，能放走吴永？各省探知两宫要驻銮太原，就更不着急京饷了。"

李宏龄就说："那我们真得赶紧求见一次王文韶。"

戴膺问："求见王中堂，探听消息？"

梁怀文说："哭穷！"

李宏龄说："王文韶是随扈的协办大学士，大军机，户部尚书。既到太原，我们西帮总得尽尽地主之分，设宴巴结一回。借此机会，也向他详细陈说西帮受损的惨状。”

梁怀文说：“现在各省京饷没有影踪，我们不赶紧诉苦，朝廷就该吃喝我们西帮了。”

戴膺便说：“二位所议倒真是当务之急。只是能请得动这位中堂大人吗？”

梁怀文说：“户部跟着王中堂来的倒是有几位相熟的郎中、主事。”

李宏龄说：“戴掌柜有门路，也得用起来，一搭办成这件事。”

戴膺说：“我打探多日了，户部随扈的大员中，我们真还没太熟惯的。随扈的宫监中，倒还有能说上话的。”

梁怀文说：“向宫监也得哭穷。他们把风吹到太后跟前，岂不更好！”

戴膺说：“我们已经诉了不少苦。”

梁怀文说：“诉苦，还得加哭穷！”

李宏龄说：“各省袖手不理，两宫又驻銮不走，那我们西帮就倒霉了。省里藩库，我们还不知是什么底子？它支应不了几天。藩库一旦支应不起，就该逼着我们西帮支应。”

戴膺说：“各省真要这样袖手不管，我们就得设法把两宫支走？”

梁怀文与李宏龄相视一笑。

戴膺说：“除了诉苦，哭穷，只怕还得借重堪舆之学。给王中堂进言，说今之太原，已非古之晋阳吉地，龙脉早断了。帝王驻銮，恐怕得慎加卜测吧。”

就这样，三位京号老帮秘密议论起“驱銮”之策来。

可怜位处至尊的朝廷，这时居然落到谁都不想供养的境地，分明已到亡国的边缘。西帮这几位精英人物也如此无情，倒不尽是太重利，实在是目睹官场的无情和无能，不愿给他们做冤大头。官场中食俸禄的大员小吏，平时谁不是把忠君报国挂在嘴边，可到了这真需要忠君报国的要命时候，连个靠实的人影儿也逮不着了！随扈的一班大员，除了排场不减，什么好招数也想不出来。各省高官呢，又口是心非，只顾打各家的算盘。西帮不食一厘官禄,倒给他们充大头?

哪会那么傻!

5

戴膺正与京号老帮们秘密策划"驱銮"的举动,孙大掌柜忽然派人把他叫回太谷。

叫他回来,又有什么急务吗?

原来,那天康笏南说要亲眼见见太后和皇上,孙北溟还以为那不过是激愤之言,哪曾想老太爷是当真的?过了两天,就派三爷来催问:张罗得如何了?孙北溟这才傻了。

老太爷真是要见当今太后和皇上?可安排觐见当今圣颜,他孙北溟哪有那种能耐!他问三爷:"老太爷是说禅语,还是当真?"

三爷说:"我看是当真的。老太爷失了一向的沉静,时时催问,只怕两宫启驾走了。"

孙北溟说:"我还以为老太爷难为我呢,故意不许我退位。三爷,我哪有那种本事呀?陛见天颜,也不是我们能张罗的事吧?"

三爷从容说:"大掌柜,京号的戴掌柜在哪儿?他驻京多年,或许能有办法。"

三爷这一说,孙北溟才不慌了。于是,急忙打发人去叫戴膺。不过,孙北溟也再次感到自己应变失敏,真是老了。

戴膺回来,一听是这样的急务,就对孙大掌柜说:"这倒也不是太难的事,只要肯花钱,或许能办到。两宫困在太原,正缺银子呢。只是……"

戴膺将两宫动向,尤其各省袖手,京饷无着,眼看要坐吃西帮的大势给孙大掌柜说了。面临这种情势,西帮为自保计,只能哭穷,不敢露富。老太爷这么张扬着觐见圣颜,不是想毁西帮吗?别人想哭穷,也哭不成了。

孙北溟就说:"戴掌柜,你们所虑倒是不谬。可我哪能主得了老太爷的事？我陪你去趟康庄吧。”

还没有等他们启程，三爷又火急赶来了。

他见着戴膺，就说：“老太爷已经放了话：不要心疼银子，叫戴掌柜放手张罗。圣驾已到家门口了，老太爷执意要觐见，我们也只得全力张罗。戴掌柜，这事虽不寻常，我看也难不住你！”

戴膺略一想，就说：“三爷，我倒不是夸口，这差事难办是难办，但叫老太爷遂意，得见圣天颜，真还能办到。这事要在京师，那可难于上青天了。如今圣驾是在咱老窝太原，又是落难而来，所以不愁张罗成。两宫困在太原，眼下最缺的就是京饷。老太爷既不心疼银子，就更好张罗些。”

三爷说：“老太爷一再吩咐：叫他们不用心疼银子。还交代，用银子，他给，不花你们柜上的。”

戴膺就问：“也不知老太爷能给多少银子？”

三爷说：“戴掌柜你看呢，花多少银子能办成这件事？”

戴膺说：“我到太原这几日，已经打探清楚。在宫门当差的大小太监，虽然已恢复了京中规矩，你不给门包，他就不给你让道，不过，眼下胃口还不算大。像内奏事处、茶房、膳房、司房、大他坦等处的首领太监，以及有职掌的小内侍，门包也不过几两到十几两。当然，总管太监不能这么点缀。还有，眼下在宫门独掌粮台大权的岑春煊，也不能孝敬少了。这样下来，总得二三百两银子。”

三爷就说：“二三百两银子，那算个甚！”

戴膺从容说：“这只是打通关节，点缀下头，还没有说孝敬太后和皇上呢。老太爷虽也捐有官衔，毕竟不是官场中人，求见太后皇上，总得有个格外的由头。眼下，倒是有个现成的由头，一准能见着圣颜。”

三爷就问：“那不正好！什么由头？”

戴膺说：“两宫困在太原，最缺的就是京饷。天天跟各省要，可谁家也是说得好听，就是不肯起汇。听说太后挺伤心的。在这种时候，老太爷肯敬贡一笔银子，那一准会受太后召见的。”

三爷说："那就孝敬她一笔银子！"

戴膺说："我还是那句话，不知东家肯出多少银子？"

三爷说："戴掌柜驻京多年，你看呢，咱既不小气，也不冒傻气，孝敬多少才合适？"

戴膺说："三爷，这是敬贡太后皇上，不比寻常，再加上正是朝廷紧等着用钱的时候。数目少了，打了水漂不说，还难保得罪太后呢：哼，老西真是太抠，给这么点钱，把朝廷当叫花子打发？舍了银子，落这么个罪名，又何必呢？"

三爷说："戴掌柜的手段，我还不知道，哪能把这种事办穿帮了？你看得多少，报个数吧！"

戴膺又略一想，说："大掌柜，我们天成元前四年大合账合出来的红利大数是多少？"

孙北溟说："五十万两。"

戴膺就说："叫我看，总得这个数。"

三爷不由叫了一声："得五十万两银子？"

孙北溟也惊呼："拿五十万两银子去换一面圣颜？"

戴膺其实是故意说出了这样一个大数目。在太原，他刚与众位京号老帮谋划了如何哭穷，如何驱銮，怎么能赞同老东家这么张扬着露富？但银子是东家的，老太爷执意要如此，硬挡，你也挡不住。所以，他就故意把数目说大，以动摇老东家的兴头。看三爷和孙大掌柜的反应还是见了效果。

五十万两银子，天成元一个大账期的全部赢利，不信东家能不心疼！

戴膺就继续渲染说："在咱们眼里，这是个大数目，可在朝廷眼里，三五十万，不过是些小钱！外间都说，西帮富可敌国，朝廷逃难来了，你们连点小钱也舍不得给？要拿十万八万，真是把朝廷当叫花子打发了。"

三爷说："要这么大数目，还真得跟老太爷说一声。"

戴膺说："我知道老太爷的气魄，这点银子，哪能吓住他！"

孙北溟说："五十万两呢，我看老太爷不会不心疼！"

三爷也说："就是真不心疼，也得他拿主意。"

戴膺说："三爷，既要回府上禀报，那还有几句相关的话也跟老太爷说说。"

三爷问："什么话？"

戴膺说："我在省上探听到的消息，是太后有意驻銮太原，可各省京饷愣是催讨不来！我跟几家大号的驻京同仁商量来商量去，总觉大势对我们西帮不利。两宫驻銮太原，各省为何迟迟不肯接济？因为山西挂着富名。我们西帮票业富名更甚。所以，用不了几天，朝廷就该吃喝西帮了。刚遭津京大劫难，现在再给朝廷坐吃一年半载的，西帮的元气还不丧失殆尽！"

三爷说："我也有此忧虑。"

戴膺说："三爷也该有此远忧！西帮为自保，眼下该是一哇声哭穷。"

三爷说："哭穷，就能顶事？"

戴膺说："我们一哇声叫喊京津大劫，损失如何惨重，朝廷或许也就不敢太指望我们了。在这关节眼上，老太爷一出手，就甩给朝廷这么一大笔银子，只怕会得罪整个西帮吧？大家的哭穷，还不白搭了？"

三爷不再说话。

孙北溟就说："这话，怕三爷也不好说。戴掌柜，你还得亲自见见老东家。"

三爷才说："我陪戴掌柜去见老太爷？"

戴膺毫不犹豫地答应了。

在康庄见着老太爷，戴膺将一切都明白说出来了，可老东家依然不改口：

"戴掌柜，别的你都不用管，尽管张罗你的，五十万两算甚？就是再多，也不用你们心疼。能叫我亲眼见见这两个人，再多也不怕！"

老太爷愣是这种态度，戴膺一时也真没办法。

戴膺和孙北溟只好无可奈何离开康庄，回到城里。两人在天成元老号正为此商讨对策，忽然就见协理来报：

“北洸村曹家有人遭了绑票！”

6

曹家被绑了票的其实只是曹家开的一家药铺的二掌柜，并不是曹氏家族中的什么要人。

这家药铺名为豫生堂，虽然也是老字号了，但早已不能与太谷的广升远、广升誉两大药铺相比。到光绪年间，这间豫生堂也只是为曹氏本家族炮制升炼一些自用的药材药品。尤其是精制少量的“龟龄集”和“定坤丹”，供曹家的要人服用。

“龟龄集”是一种滋补强壮的成药，传说秘方是在明代嘉靖年间，由一位陶姓太谷人从宫廷抄出的，传入太谷药帮。其方选配独特，炮制复杂，对强体补脑，延年益寿有奇效。“定坤丹”则是一种妇科调补成药，处方也是在乾隆年间，由任监察御史的太谷人孙廷夔，为医母病，从太医院抄出，为太谷药帮秘藏。这两种来自宫廷的补养秘方，经太谷广字号药帮的精心命名，精当炮制，渐渐成为其当家名药，行销国中，尤其风靡南洋。这一阴一阳两大补养名药，自然更为太谷富家大户所必备。

曹家是太谷首户，由自家药铺精制此两种名药，专供族人自用，那当然是一种豪门排场。豫生堂也因为专为族人制药，就一直开在曹家的所在的北洸村。给绑匪劫走的二掌柜，那天也正是往曹家送药出来，被误认为是曹家的少爷，遭了殃。因为这位二掌柜，年纪不大，仪容排场，风度优雅，很像大家子弟。

虽然绑走的不是曹家子弟，但曹家受到的震动还是非同寻常。

曹家发迹已有三四百年了，还不曾有哪路神仙敢打上门来，这么公然绑票！绑走的虽然是药铺的二掌柜，可留下的肉票却写明是曹家子弟。肉票是用一柄匕首，赫然扎在曹家三多堂大门外的一根柱子上。绑票的时机,竟然又在光天化日的午后。曹家的护院武师加家兵家丁有二百多人,居然就敢如此明火执仗来打劫!

何其猖獗!

事发后,当家的曹培德既十分震怒,也十分担忧。敢这样猖獗,来者真不会是善茬,不会是等闲之辈。这次也许只是试探?所以,他立马派人去请太谷的武林高人车二师父和昌有师父。

太谷形意拳武名远播,在江湖一向有声誉。太谷的富商大家又都聘请形意拳武师护院押镖,教练家兵家丁。所以一般匪盗强人是不敢轻易光顾太谷富户的。即使在前不久义和拳起乱的时候,富家大户也没有出过大的麻烦。现在这伙绑匪,显然并不把太谷武林放在眼里。他们会是谁?

昌有师父先到,听了案情,也大为震惊。这是怎么了,去年康家在天津遭了绑票,今年又轮到了曹家?可太谷不比天津,是形意拳的地界!在他的记忆中,真还不曾发生过绑票案。忽然有这样一回,就拣了首富曹家下手,来头真还不小!是哪路神仙,竟敢把太谷形意拳看扁了?

昌有师父把曹家的护院武师叫来,详细问了问。

出了这样的事,护院武师们都觉脸面无光,连连叹息:大白天的,太疏忽了。出事后,他们才听村人说,午前村里就来了几个贩马的,有些特别。口音像老陕那边的,做派却不像生意人,又愣又横。牵的几匹马,牙口老,膘情不好,要价也太离谱,一匹要五六十两银子。这样做生意,谁理他们呢!但到午间了,这几个贩马的也没走,就歇在村头的柳树下。绑票的事,准是他们干的。

要真是这样,他们也太大胆了,几乎是明火执仗,从容来打劫。

昌有师父想起去年天津的绑票,说是生瓜蛋干的,毕竟还使了调包计。这帮家伙,什么计谋也不使,大白天的,又愣又横地就闯来了。生瓜蛋不敢这样来绑票。老辣的绑匪也不这样行事吧?

车二师父赶到后,李昌有就将自己的疑惑说了出来。

车二师父又问了一些细节。问到肉票写了多少,说是倒不多,只一万两银子。几时交银？说是今儿日落以后。又问在何处交银赎票？听说是乌马河边。车二师父就说："期限这样急促，又选在乌马河赎票，我看，绑票的也不像是老手。乌马河不是僻静之地，凡太谷人都知道的。"

昌有师父说："他们是老陕口音，从外地乍到，当然不知乌马河深浅。"

曹培德说："会不会是外地逃窜来的义和拳？"

昌有师父说："不会是他们。太谷也追剿拳匪呢，他们来投罗网？再说，你们曹家也没惹他们吧？"

曹培德说："不但没惹，凡来求资助的，都没叫他们空手而归。"

车二师父说："多半不会是绑票老手。对太谷还没踩熟道呢，就下手了。绑错人倒也罢了，肉票只写了一万两银子，显然是不摸你们曹家的底。冒险打劫一回你们曹家，只为区区一万两银子，岂不是儿戏一般！"

昌有师父说："是呀。去年康家的五娘在天津给绑走，肉票开了十万两呢。"

曹培德说："不拘老手新手吧，总得把我们的人救回来。绑走药铺二掌柜也是冲我们曹家来的。出一万两银子，把人赎回来，倒也不难。只怕开了这口子，以后麻烦就大了。"

车二师父说："这我们知道。我说不是绑票老手，也不见得就是武艺上很稀松的主儿。这么又愣又横，说不定是依仗着武艺不俗。"

昌有师父说："江湖上武艺不凡的一拨人来咱太谷地界闯荡，事先能没一点风声？"

车二师父忽然击掌道："我猜出是哪路神仙了！"

曹培德忙问："是谁干的？"

车二师父说："西太后和皇上圣驾不是已到太原多日了？听说跟着护驾的兵马也不少。这些护驾的兵勇，一路也多受了饥荒，忍受不过，就私出抢劫。前两日，北路来的一位武友就说过这种事。我看，这拨来你们曹家绑票的多半就是从太原流窜出来的随扈兵勇。"

昌有师父就说："师父说得一点不差！看他们做的那种活计吧，又粗笨，又霸道，不是他们是谁？”

曹培德听说是随扈兵勇，慌忙问：“要是他们，那还不好救人了？”

昌有师父说：“又不是大队兵马，几个游兵散勇，拿下他们倒也不难。只是也不知是谁的兵马？投鼠忌器，不要因收拾这几个毛贼得罪了谁。”

车二师父说：“叫我看，我们就装什么也不知道，先拿下这几个绑匪再说！你纵容了这一拨，还不知来多少拨呢。头一拨，就给他个下马威，也叫他们知道，太谷的武艺也不差。他们毕竟是偷鸡摸狗，量也搬不来圣旨吧？”

曹培德说：“绑匪是老陕口音，怕也不是京营的武卫军，更不可能是朝廷跟前的神机营。”

昌有师父说：“那就先将他们擒拿了再说！”

当天日落后，车二师父扮作曹家总管，昌有师父和另七位功夫不凡的武师扮了仆佣，分四拨，抬了一万两银锭，赶往绑匪指定的乌马河边。

那是离官道不远的一处蒲草滩。日落后，天色还够明亮，但也只能听见一片蛙声。除此之外，再没别的动静，更不见一个人影。

车二师父令放下装银锭的箩筐，叫大家坐下来静候。

一万两银锭，至多装两车银橇就运来了。现在，一行九人，抬了四大箩筐。要是老手，凭这一着，就能看出破绽。车二师父他们故作如此布阵，就是要在交手前，先验证一下：飞来的到底是什么鸟？

没有多大功夫，就有两个愣汉从不远处的蒲草里钻出来。

“你们是做甚的？”一个愣汉喝问了一声。

车二师父赔笑说：“做买卖的。”

愣汉就瞪了眼，呵斥道：“这是啥地界，来做买卖！快给爷爷滚，快滚！”

这两愣货是带些老陕口音，而且真的又愣又横，也不像有什么提防、疑心。车二师父就放心些了。他继续赔了笑脸，说：

“两位好汉先不要怪我们，当家的只是叫来此地交银子，并没有交代是做什么买卖。”

“送银子？”两个愣货几乎一齐惊叫起来！“送来多少银子，银子在哪儿？”

车二师父指了指四个箩筐，说：“一万两银子，都在这里了。”

车二师父话音没落呢，一个愣汉就俯下身，伸手来翻箩筐。但他的手还未摸到，就被车二师父轻轻挡开了。

那愣汉正要发作，车二师父忙拱手作揖，恭敬地说：“请这位好汉见谅，当家的有交代，我们先验了货，你们才能验银子。”

说完，车二师父略掀开箩筐上头蒙着的麻袋，露出码放整齐的白花花的银锭，很快又遮上了。

愣汉见是银子，就朝蒲草深处打了一声口哨。

口哨声刚落，就从蒲草里钻出十来个汉子来，大多穿着官兵号衣。车二师父估计的真是没错。但人数这样多，又人人都牵着马，提着刀，很可能是骑兵！这可出乎车二师父意料。

十来个蛮汉，要是跳上马，真还不好与之搏杀。尤其自家的兵器，还藏在箩筐底下。人家手执兵器，自家赤手空拳，更得吃亏。

他忙给李昌有使了个眼色，示意先不要动手。

他们原先商议的对策是尽速先下手。在绑匪还不摸他们底细的时候就突发武功，将其拿下。但现在对手人众，尤其是牵着马。这边一动手，那边准会跳上马冲杀过来。

车二师父再一细看，一匹马背上像搭口袋似的搭着一个人：那一定是豫生堂的二掌柜了。看到这种情形，他忽然有了办法。

车师父忙不动声色地吩咐武友们：“你们不要愣着了，快把银子抬到一块堆，好叫人家查验！”

众人立即照车师父吩咐把四个箩筐抬到一起。

在众绑匪还未走近之际，车师父就将蒙在箩筐上的麻袋统统掀去了。

同时大声说:“一万两银子都在这里了,请你们的头领来查验吧!”

先到的那两个愣汉,忽然看见白花花的一片银锭,立刻惊叫起来:“日他婆的,真是银子,真是银子!”说时,一手抓了一个五十两的大银锭,高举起来,直向远处的同伙摇晃,一边更高声地吆喝:

“日他婆的,真是银子,真是银子!”

那边众绑匪听见吆喝,一个个都丢了手中牵马的缰绳朝这边跑过来。说话之间,这十来个鲁莽的兵痞已经团团围住了四筐银锭,争抢着拿起银元宝,掂分量,用牙咬,看是不是真银子。

在这个时候,大多还把手里的兵器也丢在地上了。

见此情景,车二师父心里更踏实了。他原先设想,把银锭亮出来,只是将众兵痞吸引过来,离开他们的战马,这样才好对付。现在,这些家伙连兵器也丢了,那还有什么可担忧的!

但也不能再迟疑了,再迟疑,这些家伙就会翻出藏在筐底的刀械。

车二师父悄悄拉了一把李昌有,两人站到兵匪与他们的战马之间,为的是更牢靠地将兵与马隔离。然后,就发出了动手的暗号!

十来个兵匪挤在中间,又失去了警戒;九个有备而来的武师围在外层,武艺又一个比一个强,对阵的结果,那是可想而知的。武师们使出形意拳的硬功夫,没几下,就将对手统统放倒了。他们劈拳、崩拳、炮拳、横拳、蹿拳一齐上,着实重创了这些家伙,但都没有朝要害处下手。所以,兵痞们一个个只是倒地哼哼,并没有丢了命。

给朝廷保驾的兵勇,居然这样不经打?

昌有师父拽起一个穿兵勇号衣的问他是哪来的?

那兵勇恼狠狠地说:“爷爷们是谁,说出来吓你们一跳!知道岑大人是谁吧?”

昌有师父喝道:“少废话,说你自家吧,不用扯别人!”

那货依然凶狠地说:“岑大人是在朝廷跟前办大差的前路粮台!爷爷们都是岑大人从甘肃带过来的骑兵,伺候太后皇上一路了,你们竟敢欺负爷爷！日他婆的，不想活了？”

这些家伙，是岑春煊手下的骑兵？

车二师父冷笑了一下，说：“哼，你们倒会冒充！岑大人手下的官兵会出来绑票打劫？”

趴在地下的，有几个也一齐叫喊：“爷爷们真是岑大人的骑兵！”

昌有师父就说：“那好，明儿就绑了你们，送往岑大人跟前，看是认你们，还是杀你们！”

一听这话，这些家伙们才软了，开始求情，说他们偷跑出来干这种营生，实在是万不得已了。跟朝廷逃难这一路，受罪倒不怕，就是给饿得招架不住！一路都是苦焦地界，天又大旱，弄点吃喝，还不够太后皇上、王公大臣们受用，哪能轮到他们这些小喽啰！打尖起灶，哪一顿不是抢得上就吃喝几口，抢不着只好愣饿着。人饿得招架不住，马也饿得招架不住，所以才出此下策。万望手下留情，不敢捅给岑大人！

有个武师就问：“你们打野食，不就近在太原，专跑来祸害我们太谷？”

一个兵痞说：“谁不知道你们祁太平财主多！可真不知道你们武艺也好。”

“你们初来太谷，就能寻见曹家？”

“打听呀！问谁，谁不说太谷最有钱的财主就是曹家？再问曹家在哪，谁都告你，出南门往西走吧，瞅见三层高的一溜楼房，那就到曹家了。”

原来是这样。

这时，两个武师把豫生堂的那位二掌柜扶过来了，但他一脸死灰，连话还不会说。

第六章　破千古先例

1

戴膺听说曹家生擒了岑春煊的一伙骑兵，略一寻思，就决定去见见曹培德。

在太原，戴膺已打听清楚，西太后将她宠信的吴永派往湖广催要京饷之后，宫门大差已由这个岑春煊独揽了。来曹家绑票的，居然是岑春煊手下的兵痞，这不正好给了西帮一个机会来疏通这位岑大人吗？

其实，随扈来勤王保驾的，除了神机营、神虎营的御林军，主要是九门提督马玉昆统领的京营武卫军。在太原时，戴膺也去拜见过马军门。说起这一路护驾带兵之难，马军门也是大吐苦经。沿途荒凉，兵响无着，着了急，兵勇就四处抢掠。有时，沿途州县为太后皇上预备的御用贡品，竟也给抢劫了。所以，太后对此极为恼怒，屡屡下旨，凡敢出去抢掠的军士，一律杀无赦。杀是杀了不少，抢掠还是禁绝不了。只是入了雁门关后，地面日趋富庶，沿途皇差供应也渐渐丰厚了，兵才好带了些。

听了马玉昆的诉苦，戴膺还问了一句："如今太原是大军压境，会不会有不良兵痞跑出扰民，尤其跑往我们祁太平抢掠？”

马玉昆断然说：“太后见这里皇差办得好，又特别谕令：再有兵勇扰民，严惩不贷。”还说，不拘谁家兵士，违者，他马玉昆都可拿下立斩。

戴膺听过这些话，所以就觉利用曹家绑票案，很可以做做岑春煊的文章：替他瞒下这件事，不张扬，不报官，不信他岑春煊就不领一点情？疏通了岑春煊，至少也可以让他在太后跟前多替西帮哭穷诉苦吧。还有，老太爷交办的这件事，岑春煊这里也是一大门路。

但他忽然去见曹培德，似乎显得太唐突了。于是，戴膺就请三爷陪他去。他对三爷说：“疏通了岑春煊，老太爷想见太后皇上，怕也不难了。”

三爷听这样一说，自然欣然应允。

戴膺真没有想到，曹培德对他比对三爷还要恭敬。曹培德因为有意将自家的账庄转为票号，所以对康家这位出名的京号掌柜自然是十分敬慕的。只是戴膺有些不太知道这一层意思。

戴膺见曹家这位年轻的掌门人一点也不难为人，就将自己的想法直率说出来了：“咱太谷武界替你们曹家生擒绑匪，活儿是做得漂亮！尤其车二师父他们赤手空拳，绑匪却是骑马提刀，竟能麻利拿下，师父们的武功又有佳话可传了。”

三爷说：“这回，车师父他们是设计智取，不是硬对硬。”

戴膺说：“智勇双全，那武名更将远播。可生擒回来的，居然是岑春煊的骑兵，这可不是好事！”

曹培德忙问：“戴掌柜，我们哪能知道绑匪会是他的兵马？勤王护驾的兵马，竟干这种匪盗营生，我至今还不大相信。”

戴膺说：“岑春煊的兵马是从甘肃带过来的，本来就野。护驾这一路，又少吃没喝，不抢掠才日怪。”

曹培德就问：“这个岑春煊，以前也没听说过呀，怎么忽然就在御前护驾了？”

三爷也说：“听说护驾的是马玉昆统领的京营兵马，从哪跑出一个岑春煊?”

戴膺说:“这个岑春煊,本来在甘肃任藩台。六月间,洋人攻陷天津,威逼京师,岑春煊就请求带兵赴京,保卫朝廷。陕甘总督陶公模大人,知道岑春煊是个喜爱揽事出风头的人,又不擅长带兵打仗,本来不想准允他去。但人家名义正大,要不准许,奏你一本,也受不了。陶大人也只好成全他,不过,只拨了步兵三营,骑兵三旗,总共也不过两千来人,给带了五万两饷银。岑春煊就带着这点兵马赶赴京师。兵马经蒙古草地到张家口,行军费时,太快不了。他自己就先行飞马入京。陛见时,太后一听说只带了两千兵马来,当下就骂了声:‘儿戏!’”

三爷笑了说:“两千兵马,就想挡住洋人,解京城之危?”

曹培德说:“叫我看,这个岑春煊还是有几分忠勇。那些统领重兵,能征善战的,怎么一个个都不去解京城之危?”

戴膺说:“有本事的,逮不着;没本事的,都跑来围着你,不倒霉还怎么着!太后已经不高兴了,再一问:‘你这两千兵马在哪?’岑春煊也只能如实说:‘到张家口了,不日即可到京。’这么一丁点兵马,还没带到,就先跑来邀功?太后更为反感,当下就说:‘你这兵马,就留在张家口,防备俄国老毛子吧,不必进京了。’”

曹培德说:“来了这么一个忠臣还给撵走了。”

戴膺说:“你别说,这个岑春煊还真有些运气。还没等他离京呢,京城就陷落了。他随了两宫一道逃出京城,不叫他护驾,他也得护驾了。”

三爷说:“这叫什么运气?京城陷落,说不定是他带去了晦气。”

戴膺说:“随扈西行的一路,岑春煊带的那点兵马是不值一提,但他带的那五万两军饷,在最初那些天可是顶了大事。太后皇上仓皇逃出京师,随扈保驾的也算浩浩荡荡了,可朝廷银库中京饷一两也没带出来。所以最初那些天,这浩浩荡荡一干人马的吃喝花销,就全靠岑春煊带着的这点军饷勉强支应。西太后听说了,对岑春煊才大加赞扬。后来,干脆叫他与吴永一道,承办前路粮台的大差。看看,这还不是交上好运了?”

曹培德说："这点好运，也是拿忠勇换来的。戴掌柜，车二师父他们逮住的那帮绑匪，要真是岑大人手下的，就送回营中，由他处置吧？"

戴膺说："就怕他不认呢。"

三爷说："他凭什么不认？"

戴膺说："这是往脸上抹黑呢，他愿意认？驻跸太原后，太后一再发谕令，不许随扈的将士兵勇出去扰民，违者，立斩不赦！"

曹培德说："那我们就装着不知道是他的兵马，交官处置就是了。"

戴膺说："交了官，必定是立斩无疑。要真是岑春煊的骑兵，就这样给杀了，他得知后肯定轻饶不了我们。"

三爷说："那我们生擒这帮杂种，是擒拿错了？"

戴膺说："二位财东是不知道，岑春煊实在是个难惹的人，现在又受太后宠信，正炙手可热。此事处置不当，真不知会有什么麻烦！"

曹培德说："戴掌柜，你驻京多年，看如何处置才好？"

戴膺忙说："曹东台，我能有什么好办法？不过是刚在太原住了几天，打听到一些消息，来给贵府通通气吧。我们逮着的，即便是马玉昆统领的京营兵勇，也比这好处置。三爷与马军门有交情，什么都好说。即便没这层私交，马军门也好打交道的。人家毕竟是有本事的武将，哪像这位岑春煊！"

三爷说："小人得志，都不好惹。"

戴膺说："岑春煊本来就有些狂妄蛮横，现在又得宠于太后，独揽宫门大权，更飞扬跋扈，恣睢暴戾得怕人！听说他办粮台这一路，对沿途州县官吏可是施遍淫威，极尽凌辱。圣驾到达宣化府后，天镇县令即接到急报，叫他赶紧预备接驾。一个塞北小县，忽然办这样大的皇差，只是预备数千人的吃喝，就够它一哼哼了。"

三爷说："天镇，我去过的。遇了今年这样的大旱，哪里能有什么好吃喝？莜麦收不了几颗，羊肉也怕未肥。"

戴膺说："岑春煊要似三爷这样想那倒好了！天镇倾全县之力，总算将一切勉强备妥，太后却在宣化连住三日，没有按时起驾。天镇这边等不来圣驾，别的还好说，许多禽肉食物可放得变了味。等圣驾忽然黑压压到了，临时重新置办哪能来得及？这个岑春煊，一听说食物有腐味，叫来县令就是一顿辱骂，当下逼着更换新鲜食物。县令说，太后皇上的御膳，已尽力备了新的，其余大宗实在来不及了。岑春煊哪里肯听，只说：‘想偷懒？那就看你有几个脑袋！’县令受此威逼，知道无法交代，便服毒自尽了。”

曹培德说：“办皇差，大约也都是提着脑袋。”

三爷说：“朝廷晦气到如此地步了，还是重用岑春煊这等人？他跋扈霸道，怎么不去吓唬洋人！”

戴膺说：“欺软怕硬，是官场通病。只是这个岑春煊，尤其不好惹。”

曹培德说：“那戴掌柜你看，我们逮着的这十来个绑匪，该如何处置？”

戴膺说：“曹东台，我实在也没有良策。”戴膺虽有对策，这时也不便说出：不能太喧宾夺主了。“眼下，先不要张扬此事。我是怕处置不当，惹恼岑春煊，他故意放纵手下兵痞，专来骚扰太谷，或撺掇太后，大敲我们西帮的竹杠，那就麻烦大了。我立马就回太原，再打探一下，看这步棋如何走才好。贵府有能耐的掌柜多呢，也请他们想想办法。”

曹培德说：“我们的字号倒是不少，就是没有几间太出色的京号。我就听戴掌柜的，先捂下这件事，不报官，不张扬，等候你的良策。”

戴膺忙说：“曹东台要这样说，我真不敢造次了！只是尽力而为，何来良策？”

曹培德说：“戴掌柜不用客气。我也顺便问一句：现在新办票号，是否已为时太晚？”

三爷就对戴膺说：“今年大年下，曹大哥就提过，想将他们的账庄改作票庄。老太爷十分赞成，说曹家也开票庄，那咱太谷帮就今非昔比了！”

戴膺忙说：“我们老太爷说得对。办票号，不在早晚，全看谁办。你们曹家要办，那还不是易如反掌的事？”

曹培德说："戴掌柜，我可不想听你说恭维话，是真心就教！"

戴膺说："我说的是实话。你们一不缺本钱，二不缺掌柜，国中各大码头又都有你们曹家的字号，尤其曹家字号名声在外，谁都信得过：这几样齐全，办票号那还不是现成的事！"

曹培德说："戴掌柜要看着行，我也敢下决心了。只是，偏偏赶了今年这样一个年景，天灾人祸，一样不缺。戴掌柜看今后大势，还有救没救？"

戴膺说："曹东台英气勃发，我还想听听你对大势的见识呢！"

曹培德说："我蜗居乡下，坐井观天，哪有什么见识！戴掌柜一向在京师，我真是想听听高见。"

戴膺就说："忽然出了今年这样的塌天之祸，对时局谁也不敢预测了。去年今天，谁会想到局面竟能败落如此？就是在今年五六月间，谁能想到朝廷会弃京出逃？所以对今后大势，就是孔明再世，怕也不敢预测了。要说大清还有转颓中兴的希望，那不会有人信。不过，今年之变，虽内乱外患交加，还是以外患为烈。与洪杨之乱相比，只京津失守，别的地界还不大要紧。尤其江南各省，几无波及。"

三爷愤然说："京师失守，已是奇耻大辱了！"

戴膺说："洋人也只是要凌辱大清，不是要灭大清。凌辱你，是为了叫你乖乖赔款割地；把你灭了，找谁签和约，又找谁赔款割地？所以，叫我看，这场塌天之祸的结果，也无非再写一纸和约，赔款割地了事。你们曹家要开票号，照旧张罗就是了，无非迟开张几天。"

曹培德说："我看也是，局面也就这样了。戴掌柜，我们新入票业，你们这些老号不会欺生吧？"

戴膺说："敢欺负你们曹家，也得有大本事。曹家可不像当今朝廷，谁都敢欺负它！"

三爷说："摊了这么一朝廷，银子都赔给洋人了，我们还有多少生意可做！"

戴膺说："士农工商，我们叨陪末位，朝廷强不强，爱管它呢！就是想管，人家也不叫你管！跳出官场看天下，盛世乱世，总有生意可做的。”

2

戴膺回太谷走了这么几天，居然就误了拜见协办大学士、军机大臣、户部尚书王文韶。

戴膺离开太原的第二天，王中堂就召见了西帮票号中十几家大号的京号老帮。但这次召见，并不是应西帮请求，而是他的主动之举。而且召见来的异常紧急，前晌传令，后晌就得到。天成元省号来不及请回戴膺，刘老帮只好自己去了。

王文韶以相国之尊，紧急召见西帮票号的掌柜们，并不是因为到了西帮的故里，要做一种礼贤下士的表示，缘由实在很简单：要向西帮借钱。

到达太原后，太后住得很滋润，没有走的意思。可各省京饷，望断秋水了，依然无影无踪，不见汇来。那班督抚，奏折写得感天动地，谁都说已经启汇，即将起汇，可银饷都汇到哪了？叫他们交山西票商，票汇电汇都成，居然还是没有多大动静。山西藩库，眼看也要告罄，抚院藩司已是叫苦不迭。王文韶这才听从户部一些下属的建议，以朝廷名义，向西商借银。以往在京师，户部向西帮票商借债，也是常有的事。

奏请上去，太后也同意。

王文韶本来想将西商大号的财东们请来，待以厚礼，晓以大义，或许不难借到巨款。可山西藩台李延箫说，祁太平那些大财主们才不稀罕这一套。官方劝捐、借钱这类事他们经见得多了。把他们请来，除了听他们哭穷，甭想得到别的。

王文韶就提出：“那么请西商的大掌柜来？”

李延箫说：“领东的大掌柜，跟财东也是一股调，很难说动。前不久，卑职刚刚召见过他们，宣读圣旨，叫他们承汇京饷，还似有委屈，颇不痛快。”

“那见谁呢？”

李延箫建议:“要见,就见各家的京号掌柜。这批人是西商中最有本事,也最开通的。他们长年驻京,有眼光,有器局,可理喻,总不会驳了中堂大人的面子。眼下,他们又大多在太原,招之即来。”

“他们能做了主吗?”

李延箫说:“京号掌柜的地位不同一般。外间大事,财东大掌柜往往听他们的。”

王文韶就采纳了这个建议,紧急召见了京号老帮们。

但见着这帮京号掌柜后,王文韶很快发现:他们并不像李延箫所预言的那样可以理喻。无论你怎么说,忠义大节也好,皇恩浩荡也好,堂堂户部绝不会有借无还也好,这帮掌柜始终就是那样一味哭穷诉苦!要是在京师,他早将他们撵出衙门了。但现在逃难在外,危厄当头,实在也不便发作。

身为朝廷的国相军机,现在也体会到了人穷志短的滋味,王中堂真是感伤之至!

陪他召见的李延箫倒是能沉得住气,掌柜们哭穷诉苦,他还在一旁敲边鼓:“见一次中堂大人不容易,有什么委屈,遭了多大劫难都说说。中堂大人一定会上奏朝廷,给你们做主!”

李藩司这种态度,王文韶起先甚不满意:你倒做起了好人!后来,转而一想,或许李延箫更摸西商的脾气,先由他们诉诉苦,多加抚慰,气顺了,借钱才好说。于是,王文韶也只好耐了性子,听任这些掌柜们哭穷诉苦。

王中堂、李藩司当然不知道,京号老帮们一哇声哭穷,那是预先谋划好的。想听不想听,他们都是这一套。

老帮们本来已经商量妥,要谒见一次王中堂,抢先哭穷。可还没来得及求见,中堂大人倒先紧急召见他们了!听到这个消息,大家就知道大事不妙:朝廷敲西帮的竹杠比预计的还来得快!王中堂肯这么屈尊见他们,又见得这么着急,绝不会有什么好事。

一见面,果不其然:张口就要向西帮借钱!

当时虽不便再通气商量，大家也明白该如何应对了：一哇声哭穷，决不能开这个口子！说是借钱，照常写利息，可现在不比平常，就是不赖账，归还遥遥无期，也等于赖了账了。今天给了王中堂面子，出借了银子，那就犹如大堤溃口，滔滔洪水势必灭顶而来。再说，西帮就是能养活了流亡朝廷，士农工商，也没有那个名分！

这些京号老帮，果然比大掌柜们大器，精明，睿智，面对中堂大人，一点都没怯场，也未叫冷场。

日升昌的梁怀文义不容辞打了头。他听完王文韶既客气又有几分霸气的开场白，跟着就说：

“今日能受中堂大人召见，实在是既荣幸，又慌恐。我们虽在京多年，也常得户部庇护，可仰望中堂大人，如观日月，哪有福气这样近处一堂？朝廷巡幸山西，我们西帮更感荣耀无比，正商议着如何孝敬太后和皇上呢。中堂大人今日言‘借’，是责怪我们孝敬得太迟缓吧？不是我们不懂事，实在是因为一时凑出的数目拿不出手！”

蔚丰厚的李宏龄紧接着说：“中堂大人，今日幸会，本不该说扫兴的话，可六七月间京津劫难，至今仍令人毛发森竖，惊魂难定！七月二十那天，我们得知京师已为夷寇攻破，仓皇起了京号的存银，往城外逃跑。刚至彰仪门，就遭乱匪散勇哄抢，十几辆橇车，小十万两银子，转眼间全没了。携带出来的账簿，也在混乱中遗失殆尽！京号生意多为大宗，无论外欠、欠外，都是数以十万、数十万计。底账全毁，将来结算只得由人宰割。津号劫状更惨，不忍复述。除京津外，直隶、山东、关外、口外的庄口也损失惨重，大多关门歇业了。东家、大掌柜，近日已愁成一堆了，正筹划节衣缩食，变卖家产，以应对来日危局。西帮历数百多年商海风云，此实为前所未有的第一大劫难！”

两家大号这样开了头，其他老帮自然一哇声跟了上去。

山西藩台李延箫怂恿老帮们诉苦，的确是想先讨好，再求他们能给王中堂一个面子。可这些老帮诉起苦来，竟没有完了。听那话音，仿佛急需接济的是他们西商，而不是朝廷！他真不知该如何收拾场面，坐在那里异常尴尬。

王文韶早有些不耐烦了，终于打断掌柜们的话，冷冷地说："你们各号所受委屈，我一定如实上奏圣上。只是国难当头，谁能不受一点委屈？今朝廷有难处，你们有所报效，自然忠义可嘉；若实在力所不及，也就罢了。"

梁怀文依然从容说："中堂大人，自听说朝廷临幸太原，我们西帮就在预备孝敬之礼，只是筹集多日，数目实在是拿不出手！西帮枉背了一个富名，虽已是砸锅卖铁了，但拿出这么一个数目，实在是怕圣上不悦，世人笑话的。"

李延箫就问："你们这个数目是多大？"

这个时候，大德恒的省号老帮贾继英忽然就接了话头说："中堂大人，藩台大人，不知户部急需筹借的款项又是多大数目？"

王文韶和李延箫没有料到会有人这样问，一时居然语塞。王文韶见这个发问的掌柜异常年少，这才寻到话头，说：

"这位年轻掌柜，是哪家字号的？"

贾继英从容说："大德恒，财东是祁县乔家。"

王文韶又问："你叫什么？"

"敝姓贾，名继英。"

"也驻京吗？"

"小的是大德恒的省号掌柜，因敝号驻京掌柜未在太原，所以小的有幸见到大人。"

"你多大年龄，就做了省号掌柜？"

"小的二十五岁，入票号历练已有十年。"

王文韶就说："这位贾掌柜，你问我们借款数目是随便一问，还是能做主定夺？"

贾继英坦然说："中堂大人，驻外掌柜遇事有权自决，这也是我们西帮一向的规矩。再说，借贷也是省号分内生意，小的本来就有权张罗的。"

王文韶听了便与李延箫耳语几句，然后说：“贾掌柜，本中堂为朝廷枢臣，说话不是儿戏。为解朝廷一时急需，户部要借的款额至少也得三十万两。”

在场的谁也没料到，贾继英居然从容说：“要只是这个数目，我们大德恒一家即可成全。”

王文韶与李延箫惊异地对视一眼：这个年轻掌柜的话，能信吗？

李延箫赶紧夯实了一句：“贾掌柜，军中无戏言。今面对中堂大人，如同面对当今圣上！如有欺君言行，获罪的就不止你一个小掌柜，你家大掌柜、老财东都逃不脱的！”

贾继英从容说：“小的所说，绝非戏言。”

王文韶听了，忽然哈哈一笑，说：“好啊，今日你们西帮给我唱的，这是一出什么戏？先一哇声哭穷，末了才露了一手：三十万两银子，还是拿不出手的小数目！我今天也不嫌借到的钱少，赶紧把银子交到行在户部就成。”

李延箫见王中堂终于有了笑脸，也松了一口气，说：“中堂大人，我是有言在先的：西商掌柜毕竟通情达理，忠义可嘉。”

王文韶就说了声：“给各位掌柜看茶！”自己就站起来，退堂了。

众老帮也赶紧告辞出来。

但贾继英出人意料地露了那样一手，京号老帮们的震惊哪能平息得了？不是说好了一齐哭穷吗，怎么大德恒就独自一家如此出风头？

这次召见，是在藩司衙门。所以，散时也不便议论。

梁怀文回到日升昌省号刚刚更了衣，李宏龄就跟来了。梁怀文连座也没让，就说：“大德恒这个愣后生！他难道不知道我们的意思？”

李宏龄说：“哪能不知道！”

“知道，能这样？我们一哇声哭穷，他倒大露其富！”

“是呀，当时我也给吓了一跳：蛮精明一个后生，怎么忽然成了生瓜蛋？”

"这么大的事,也不全像是生瓜蛋冒傻气。乔家大德恒是不是另有打算?"

"可大德通的周章甫,不是也和我们一样哭穷诉苦吗?"

"叫我看,真也难说!"

正说着呢,周章甫带着贾继英也来了。

一进来,周章甫就说:"二位老大正在生气吧? 这不,我赶紧把继英给你们带来了! 想打想骂,由你们了。"

梁怀文冷冷地说:"你们乔家的字号,如日中天,正财大气粗呢,我们哪敢说三道四!"

李宏龄也说:"你们乔家要巴结朝廷,我们也不会拦挡! 只是当初大家都说好了,一哇声哭穷。可见了王中堂,我们守约哭穷,你们却反其道行事,大露富,大摆阔! 你们巴结了朝廷,倒把我们置于不忠不义之地?"

贾继英慌忙说:"晚辈无知浅薄,一时冲动,就那样说了。本意是想解围,实在没有伤害同仁的意思,万望二位老大鉴谅!"

周章甫也说:"继英出了那样一招,我当时也甚为震惊! 回来我就问他:'你这样行事是东家的意思,还是大掌柜的吩咐?'他说与东家大掌柜都无关,只是他一时冲动,出了这冒失的一招。"

梁怀文就说:"哼,一时冲动,就出手三十万! 还是你们乔家财大气粗。朝廷尝到甜头,不断照此来打秋风,别家谁能陪伴得起?"

李宏龄也说:"早听说你这位年轻老帮,很受你们阎大掌柜器重。可今天此举,能交代了阎大掌柜?"

贾继英说:"当时,我实在也没有想那么多。只是见西帮各位前辈一味哭穷诉苦,王中堂无奈地干坐着,李藩司几近乞讨,求我们给王中堂一个面子,两相僵持,都有些下不来台。我就想,西帮遭劫惨状既已尽情陈说出来,再不给中堂大人一个面子,怕也不妥。西帮有老规矩,不与官家积怨。这是面对朝廷,由此结怨朝廷,于西帮何益? 所以,我才有那冒失之举。交代不了阎大掌柜,我也只好受处罚了。"

周章甫说："按说借钱给朝廷，不用怕他赖账，更何况是在这患难之时呢！"

梁怀文说："不是怕朝廷赖账，是怕朝廷就这样驻銮太原，靠向西帮打秋风，悠闲度日。那还不把我们拖塌了？"

贾继英说："以我之见，朝廷不大可能再寻我们借钱了。"

李宏龄问："何以见得？"

贾继英说："这次已几近乞讨了，谁还有脸再来呀？至尊至圣的朝廷，这么低三下四地向商家乞讨，他们真不觉丢脸？至少王中堂是不会再来了。他贵为相国，宁肯更严厉地催要京饷，也不会再乞求西帮商家了。"

贾继英此说，倒是叫梁怀文、李宏龄以及周章甫都觉有几分意外，又都觉占了几分理。不过，梁怀文还是说：

"朝廷要这样知耻，也不会败落如此，流亡太原了！"

3

戴膺回到太原，听说了这次召见的情形，对贾继英竟如此出风头也不以为然。不过，他又觉这次召见来得突然，朝廷的军机大臣既已先说出一个'借'字，一两银子也不借给，真也不行；给十万八万，那也像是打发叫花子。三五十万，这是他给康老太爷说过的一个数目，不想王中堂报出的，居然也是这样一个数目！

戴膺为自己估计得当生出几分得意。可惜，他当时即使在场，也不敢将这样一笔银子独家包揽下来。对朝廷，这是一个小数；但压到一家商号，真也够你一哼哼。说是借，谁知是借贷还是讹诈！乔家的大德恒，真就不在乎这一笔银子？

听说了这件事，戴膺本想去见李宏龄，再详细问问，但又作罢了。还是先会会岑春煊再说吧。见了岑春煊，也许能相机问问：跟西帮借到那三十万太后是高兴了，还是生气了？

戴膺接受了曹培德的委托，处置那伙岑春煊的兵痞，为的就是能会会这位宫门宠臣。

在太谷时，戴膺从曹家回来，就往总号去问了问：兰州庄口有没有回来歇假的？孙大掌柜叫柜上一查，还真有，不过只是兰号的账房先生。驻外庄口的账房，人位在老帮、副帮之后，俗称三掌柜，但外务经办得不多。

戴膺赶紧派人去把这个账房请回总号，问了问：你们兰号与藩司岑春煊有没有交往？

这位姓孔的账房说："哪能没交往？不巴结藩台大人，哪能揽到大生意？"

戴膺就问："那你见过这位岑藩台吗？"

账房说："我没见过，但我们吴老帮常见。"

戴膺高兴地说："那就好！"

他吩咐账房以兰号吴老帮的名义，给岑春煊写一封信：慰问，话旧，恭贺他得到朝廷宠信，这类巴结的话，多写几句；特别要写明，闻听岑大人随扈光临三晋，更感念往昔多所赐恩，故敝号略尽地主之礼，特备了一份土仪，不成敬意，云云。

写好这封信就带了账房孔先生匆匆赶回太原。路上，账房曾问："也不知备了些什么土仪？"戴膺才说："什么土仪，到太原写张三千两的银票就是了。"

到太原后，戴膺见兰号这位账房很紧张，显然未见过多少大场面。想了想，就决定由自己来冒充账房，孔先生扮作兰号的普通伙友跟在身后。万一问到兰州旧事，赶紧提醒提醒。

这天，带了孔先生和一张三千两的银票去求见岑春煊时，戴膺并没有多少把握。但出人意料的是，帖子递进去没多久，差役就慌慌张张跑出来，十分巴结地对戴膺说："岑大人有请，二位快跟我来吧！"

这时，戴膺还以为兰号与岑春煊的交情真非同寻常，这么给面子。

等见着岑春煊，把那封吴老帮的信呈上之后，岑大人并没有打开看，而是很有几分兴奋地说："哈哈，我正要打听你们呢，你们倒自家寻来了！你们是哪家字号的？"

连哪家字号都没弄清，还算有交情？

戴膺细看这位岑春煊，也不过四十来岁，倒留了浓密的胡子。身材也不高大，却一身蛮悍气。这种人，也许不难对付的。

戴膺忙说："敝号天成元，东家是太谷康家。"

岑春煊又问："那大德恒是谁家的字号？"

戴膺说："祁县乔家的字号。"

岑春煊说："这两天，太后可没少念叨这个大德恒，也没有少念叨你们西帮钱铺。"

戴膺听了，还以为是大德恒那位贾继英惹了事了，忙问："岑大人，皇太后对我们西商有什么谕旨吗？"

岑春煊笑了说："有什么谕旨，夸奖你们会挣钱呗！太后说，早知花他们的钱这么难，咱们自个儿也开几家钱铺，省得到了急用时，就跟叫花子似的跟他们要！"

这哪是夸西帮？明明是咒他们呢！

戴膺慌了，赶忙说："岑大人，不是我们西帮太小气，舍不得孝敬朝廷，实在是因为在拳乱中受亏累太大了。"

岑春煊不解地说："太后可没说你们西商小气，是骂各省督抚太狠心，跟他们催要京饷太难，就跟叫花子要饭似的！你们大德恒票号，一出手就借给朝廷三十万，还说怕拿不出手，这叫太后挺伤心！"

"伤心？"戴膺不由问了一句。

"可不伤心呢！平时都说皇恩浩荡，到了这危难时候，封疆大吏，文武百官，谁也靠不上了！天天跟他们要京饷，就是没人理！倒是你们西商一家铺子，出手就借给朝廷三十万。所以太后就骂他们：你们一省一关，数省数关，居然比不上人家山西人开的一家铺子？太后说她早知道山西人会做买卖，可这家大德恒是做什么买卖，这么有钱？王中堂说开票号，专做银钱生意。太后听了就说，日后回京，朝廷也开家钱铺，攒点私房，急用时也有个支垫。听听，这不是夸你们？”

戴膺这才稍松了口气。可贾继英这大方的一出手，叫皇太后也知道西帮太有钱，此前的一哇声哭穷，算是白搭了。太后知道了西帮有钱，又出手大方，因此驻銮不走，那真麻烦大了。

戴膺努力冷静下来，说：“能得皇太后夸奖，实在是西帮无上荣耀。岑大人在甘肃藩司任上，对敝号在兰州的庄口庇护甚多。因此敝号的财东和大掌柜，听说岑大人随驾到并，特别派在下来向岑大人致谢。备了一份土仪，不成敬意。”

说完，即将那张银票递了上去。

岑春煊当即撕去封皮，一看是银票，便哈哈笑了：“这就是山西土产？”

戴膺忙说：“此票为敝号自写，但走遍天下都管用，权充土仪，也不出格的。”

岑春煊说：“那好，我就收下了。”

戴膺紧接着就说：“敝号的财东、大掌柜，对岑大人仰慕已久，今大人光临太原，也是天赐良机了。他们早想拜见一次岑大人，不知方便不方便？”

岑春煊说：“哪有什么不方便？我也正想结识你们西帮乡衮。太后还稀罕你们呢，我能不稀罕？只是，要见，就早些来见。近来，太后已有意往西安去，不趁早，说不定哪天就启跸走了！”

“朝廷要起跸去西安？”

“多半是。朝廷住在山西，各省都不热心接济，还住着做甚！太后说，跟山西钱铺借到钱，有盘缠了，咱们还是往西安去吧。老住在山西，都以为咱们有吃有喝呢，更没人惦记了。”

两宫要往西安去，西帮也可松口气了！这倒是一个好消息。屈指算来，两宫驻銮太原已快二十天了，这还是头一回听到要起跸离去的消息。前些时，听说晋省东大门故关一带，依然军情紧急，德法联军围攻不撤。随扈的王公大臣慌惶议论，如惊弓之鸟。两宫意欲赴陕，只怕也有几分是被吓的，迁地为良，走为上策罢。

戴膺不动声色，说："要真是这样，那我还得赶紧回太谷，告诉老东家和大掌柜，叫他们及早来拜见岑大人！"

"由太原往西安，经不经过你们太谷？"

"出太原经徐沟、祁县，往南走了，不经过太谷。岑大人，在下还有件事禀报。"戴膺这时才将绑票案轻轻带出来。

"说吧，什么事？"

"几日前，在太谷逮住一伙绑票的歹人。这伙歹人，竟冒充是大人麾下的兵勇！我们深知岑大人为人，一听就知道他们是想借大人威名，以图自保。"

岑春煊就问："是给谁逮着的，县令？"

"我们还没有报官呢，只是请镖局武师将他们逮住。一听他们嚷叫是岑大人麾下兵勇，更暗暗捂下了。这帮歹人本是冒充，可张扬出去，也怕有损大人威名。"

"狗杂种们，只想坏本官名声！"

"这伙歹人既敢冒充大人麾下兵勇，那我们就把他们交给大人，由大人严惩吧？"

"成！我即刻就派兵马去，将杂种们押回来，便宜不了他们！"

能看出，这伙兵痞就是岑春煊手下的。戴膺这样处置，岑春煊显然也算满意。

两宫将往西安的消息，戴膺最先告诉了李宏龄。

李宏龄听了，当然也松了一口气。这也算是驱銮成功了吧。但细想想，大德恒那个贾继英，冒失使出的那一着，似乎还管了些事。他就说：

"大德恒使出的那一手，真是冒失之举？"

戴膺说："我当时又不在场，哪知道呢？不过听岑春煊口气，他们这一手还真惊动了朝廷。"

"三十万两银子呢，何况是在这种时候。这位贾继英以前也没听说过呀？"

"我也只听说过几句，二十来岁，就成了省号老帮，很受他们阎大掌柜器重。可没听说做过什么漂亮的生意。这次忽然就这样出手不凡？"

"一个年轻后生，就敢主这么大的事？我看他们的阎维藩大掌柜，一定早有交代。"

"我看也是。乔家大字两连号的领东，高钰、阎维藩都不是平常把式。"

"两宫既往西安，可见回銮京师还遥遥无期吧？时局无望，我们西帮也只好这样窝着，乔家又能出什么奇兵？"

两宫离晋后，西帮能有何作为？戴膺和李宏龄计议良久，依然感到无望。

4

乔家大德恒的阎维藩大掌柜的确不是平常人物。两宫停跸太原后，他对平帮日升昌、蔚字号一味哭穷的对策很不以为然。

儒学道统历来轻商。大清以来，口外安靖，江南发达，至康熙年间国中商业本已大盛。可那位器局小又自负的雍正皇帝，赶紧来了一个"重定四民之序"，只怕商家财大了气粗，忘了自己是四民之末。雍正对善商贾的晋人，更是低看一等。现在大清朝廷狼狈至此，逃来山西避难，乞求西帮接济，阎维藩就觉得这是老天爷有眼，赐下一个千载难逢的良机：总是商求官，什么时候官肯屈尊求商？这一次，还是朝廷跑到西帮家门口来求乞！享受朝廷的求乞，千载难逢，你们居然就舍得推拒掉？

阎维藩将这一份快意悄悄给老财东乔致庸说了，乔老太爷拍案叫道："对我的心思，对我的心思！朝廷怪可怜的，求上门，就拉一把，不敢太小气！"

拉一把至尊至圣的朝廷，那是什么样的感觉，又是什么样的享受！

所以，阎维藩就跟大德通的高钰大掌柜商量好，在面儿上跟西帮各号保持一致，该哭穷，就跟着哭，但有机会，一定要“拉一把”朝廷。为了不太得罪同业，阎维藩就叫年轻的贾继英相机出面。

贾继英巧为应对王中堂，不露痕迹地拉了朝廷一把，引得朝野争说大德恒，消息传回祁县，阎维藩和高钰满意之极。

他们亲自跑到乔家，向老东家报告了这个消息。

乔致庸虽已年迈，但豪气不减，听了这个消息自然是大感痛快！他连问阎维藩：“贾继英这个后生，他眼下在哪儿？”

阎维藩说：“正在太原省号忙呢。”

乔老太爷就说：“赶紧把他叫回来，我得当面夸奖他几句！小小年纪，办了一件大事。我得当面夸奖他几句！”

阎维藩说：“我们这样拉了一把朝廷，字号名声大震，省号哪能清闲得了？这种时候，他只怕分身不得吧？”

高钰也说：“整个朝廷都在太原，省号老帮真离不开。”

乔老太爷口气不由分说：“人家后生把大事给你们办了，日常小事就不能摊给别人张罗？叫回来，赶紧给我叫回来！”

阎维藩也只好答应了。

贾继英应召回到祁县时，带回了朝廷将往西安的新消息。阎维藩和高钰听了更感欣慰：你们一哇声哭穷，也没把朝廷哭走，我们露了露富，倒把朝廷羞走了。

贾继英说：“听说朝廷本来就是要移銮西安的。”

阎维藩冷笑了一下说：“哼，谁不会给自家寻个台阶下！”

乔致庸听到朝廷要离晋往西安去，并没有拍案赞叹，只是在凝神寻思什么，仿佛没有听清似的。

阎维藩就故意问：“老东台，朝廷既往西安，也不知能驻銮多久？”

高钰也说：“朝廷既往西安，只怕得及早把京号的周老帮派往西安去。”

但乔致庸似乎仍未听见他们说什么，半晌，才突然问贾继英：

"朝廷去西安,经过咱们祁县吧?"

贾继英忙说:"那是必经之路。出太原南下,第一站在徐沟打尖,第二站必停跸咱祁县。"

乔老太爷这时忽然又拍案说:"继英后生,我再交你一件大事去办!"

贾继英说:"听老太爷吩咐,只是怕担待不起。"

"我看你能担待得起!"乔致庸站了起来说,"朝廷去西安,既然在咱祁县打尖过夜,继英你就去张罗一下,叫他们把行宫设在咱们字号。不拘大德恒,大德通,都比他县衙排场。太后皇上路过一回,不叫人家看看西帮的老窝是啥样,也太小气吧?"

把朝廷行宫设在商家字号?一听是这样一件大事,不光贾继英,连高阎两位大掌柜也给惊得目瞪口呆了。这怎么可能呢!按朝制,不用说太后皇上了,就是过路的州官县官,要宿民宅,也要微服私行才成。两宫虽是逃难,也是浩浩荡荡过皇差,怎么可能将行宫设于商号!

贾继英一时不知该如何回答,只是愣着。

阎维藩、高钰两位,也不说话。

乔致庸见他们都愣着,哈哈一笑,坐了下来:"看看,把你们都吓住了!继英后生,你以为我在说昏话吧?"

贾继英忙说:"不是,不是。"

乔致庸笑问:"那是太难办,难于上青天?"

阎维藩说:"老东台豪情万丈,令我们敬佩。只是,有朝制在那放着,谁敢违背?这事,实在不由我们左右。"

乔致庸又笑问:"那由谁左右?"

阎维藩说:"当然是朝廷。"

乔致庸更哈哈笑了,说:"连这也不知道,那我真老糊涂了。这件事,要难也难,要易也易,就看你怎么办了。我不是上了年纪,真亲自往太原张罗去了。高大掌柜,你也给吓住了?"

高钰忙说:"可不呢,真给吓蒙了。"

乔致庸就问："看来，高大掌柜有办法了？"

高钰笑了，说："我哪有办法！我只是问一句：这件事非办不可，还是可办可不办？"

乔致庸断然说："当然是想叫你们办成！这是千载难逢，开千古先例的一件事。"

高钰说："既是这样，不拘办成办不成，我们也得尽力去张罗了。"

乔致庸笑说："你们办不成这件事，就趁早不用在我们乔家当掌柜。"

回到城中字号，高钰和阎维藩两位大掌柜仔细商量了半天，仍觉乔老东家交办的这件差事实在是太棘手了。西帮拉拢官吏，一向有些过人的手段。高钰驻京时，也是长袖善舞，很交接了一些京官，内中甚至有一位皇室亲王。可直接巴结太后皇上，那真是连想也没想过！至尊至圣的太后皇上，与卑贱的商家之间，隔着千山万水呢！

但是，能叫两宫圣驾入住西帮商号，那也真是开千古先例的大举动！这个大举动，实在也太诱人了。要能办成，西帮的先人也会在冥冥之中，出一口粗气。天下商家更当刮目看西帮。

两位大掌柜商量再三，谋了一个方略：以今岁大旱，县衙支绌，百姓困窘为理由，乔家大德通、大德恒情愿包揽朝廷过境的一应皇差，以让祁县官民得以应对饥荒，休养生息。若圣驾行宫能设于民宅，以示与民同甘共苦，那朝廷盛德必流布天下。其间点明，敝商号其实也是很富丽堂皇的。

这是一个很高尚的义举。加上大德恒先前的仗义，或许朝廷会恩准？

于是，大德恒的阎维藩带了贾继英，赶往太原，再求见一次王文韶大人。王中堂是朝廷近臣，他肯领情，那才能将老东家的意愿传达给西太后。

这一次求见，倒是没费多大事，很快就受到召见。但中堂大人听明白了阎维藩的意思后，当即就拉下脸，厉词驳回。竟想将民间商号设为当今圣上的行宫？这不是僭越犯上，胆大妄为吗！朝廷起居行止，都得合于大礼，岂是你们商号的富丽堂皇可以替代？还是趁早收起这非分之想吧。想孝敬朝廷，多捐助县衙，办好皇差，不就得了。

可能念着大德恒前次的仗义，王中堂没有细加追究，只是冷脸斥责了几句就退堂了。

回到省号，阎维藩和贾继英都觉此事已经完全无望了。老东家叫他们张罗的这是一件什么事！看王中堂那架势，几乎要拿下问罪了。所以，他们也不再另作图谋，只是商量如何向老东家交代。

大德通的京号老帮周章甫过来询问谒见王中堂的情形，听说是这样的结果，倒没有吃惊。他说：

“王中堂就是那样一个死板人。对我们西帮，尤其刻薄！去年他入主户部后，自家不会理财，倒先拿我们西帮开刀，一道禁汇令，真弄了我们一个措手不及。正顺手的生意，忽然变得疙疙瘩瘩。所以，前次他出面借钱，谁家也不想给他面子。看看，我们给了他面子才几天，就拉下脸来，不认人了！”

阎维藩说：“我看他也是不敢应承这样的事。”

周章甫说：“王中堂搬不动，我们再另寻门路。他越这样难为我们，我们倒越要尽力成就这件事！”

贾继英就问：“周掌柜，你有新的门路吗？”

周章甫说：“我看，咱们也得去巴结巴结这个人。”

阎维藩忙问：“谁？”

周章甫说：“岑春煊。”

贾继英就说：“要能拉拢到这个人，真还有几分指望。只是周掌柜有门路吗？”

阎维藩还没有听说过岑春煊，就问：“此公是谁？”

周章甫说：“这个岑春煊，是两宫西巡的前路粮台，独掌着宫门大差，与宫监总管李莲英结为一气。拉拢住这个人，或许还真能把我们的意思传给太后。我听太谷天成元的戴膺说，他们刚见过这位岑大人，甚好巴结，写张银票递上去，就得了。”

阎维藩忙说："那我们就赶紧巴结这个人吧！"

经一番计议，决定他们三人一道去见岑春煊。因为一时朝野争说大德恒，顶了大德恒的大名求见，或许更容易获准吧。

果然，这位岑春煊很容易就见到了。一见面，便连连问："你们真是大德恒的？"

周章甫忙答应："蒙大人这样厚爱，敝号阎大掌柜特意来参拜大人。"

阎维藩也忙说："在下是大德恒的领东大掌柜，久仰大人威名。今大人随扈来晋，幸蒙赐见，无以回报，只备了一份土仪，不要笑话。"

说着，将一个装有银票的信封呈了上去。

岑春煊接过来，又随手撕去封皮，看见是两张银票，共写银五千两，就哈哈笑了："你们山西的土产倒是特别！"

阎维藩就说："敝号自写，又处处可用，权当土产吧。大人随扈远行，携带也方便。"

岑春煊又哈哈笑了。

贾继英就问："岑大人，听说朝廷圣驾将南下临幸西安？"

岑春煊先看着贾继英，反问："这位年轻掌柜，是不是借钱给王中堂的那位小掌柜？"

贾继英慌忙伏身跪了说："正是在下。"

周章甫也忙说："岑大人日理万机，还这样惦记着问我们？"

岑春煊说："不光是我，太后还念叨你们这位年轻掌柜呢！"

阎维藩、周章甫听了也慌忙伏身跪下了。

"起来吧，起来吧。"岑春煊快意地招呼着，"太后很稀罕你们，说你们怎么就那么会挣钱？"

阎维藩起身坐了，说："那是外间的讹传，我们实在不过徒有富名罢。但朝廷有难，我们就是砸锅卖铁也得孝敬。"

于是，阎维藩将他们的意图委婉而又无误地说了出来。

真是出乎意料，岑春煊听完，立刻就夸奖不止，连说那祁县的这份皇差就交给你们大德恒、大德通办了。他是堂堂前路粮台,这事他就能做主。

也许岑春煊答应得太痛快了,阎维藩他们都不大敢相信,但又不敢表示有所怀疑。应酬了几句,周章甫才忽然有了主意,从容说:

"岑大人,那我们就赶紧回祁县张罗这项皇差了。离并前,还想谒见王中堂,在王大人面前,是否提及此事?"

岑春煊就说:"拉倒吧,不必跟他!他知道了,也做不了主,还得上奏太后。出京这一路,跟他要饷没饷,要粮没粮,他说话,太后才不爱听呢。好事经他一说,不定就黄了。你们不必跟他说,更不必跟别人说。我这就跟宫内的李总管说去,一两日内,准给你们一个称心的回话!"

岑春煊越这样容易拉拢,越不敢叫人相信。只五千两银票,就叫这位岑大人百依百顺,连圣上的行宫也出让了?老练的阎维藩和周章甫都以为这位岑大人不过是在信口开河,或是在虚以应付。过两日,他传来话,说太后责骂了他,实在没法成全,你又能把他怎样?所以,他们只说了几句含糊的谢词,不再细加叮咛。

但贾继英却正经问:"岑大人,我们何时能听到喜讯?"

岑春煊断然说:"我不是说了?一两日内,准给你们一个称心的回话!"

两天后,岑春煊果然将贾继英招来,说:"小掌柜,你得早有个预备!太后在祁县临幸你们商号时,可要传你说话。"

贾继英忙问:"太后真同意将行宫设在敝号?"

岑春煊扬起脸,厉声说:"什么话!难道我假传圣旨?"

贾继英慌忙跪下拜谢。

岑春煊得意地细说了见太后的情形,说太后本来就很想看看山西人开的票号,一听你们的意思,正合了她的心思。当下就又夸奖起大德恒来,说各省要都像大德恒这么大义尽忠,她和皇上只怕也落不到这种地步了。还说,王中堂一班近臣听说后,极力劝谏,反对将朝廷行宫设在商号。太后才不听他们的,冷笑了问:"自出京以来,我跟皇上在哪没有住过!出京第二夜，露宿荒野，哪有什么行宫？你们不就只寻来一条板凳，叫我跟皇上坐了一夜吗？那合不合朝制？合不合大礼？”太后这样一说，王中堂他也不言声了。

贾继英相信了岑春煊的话。

看来，叫圣上住进商号，如此开千古先例的事，就要做成了。

5

这样的消息传回祁县乔家，乔致庸当然是豪情万丈高了：哈哈，我们乔家要做一回朝廷的东家了！借钱给它花，开店给它住，它的至尊至圣也不过如此吧。乔家的列祖列宗知道了，也会笑傲九泉的。

但这个消息传到太谷康家，康笏南可是坐不住了。乔致庸与他年龄相仿佛，人家倒抢在先头，把朝廷请进了家！朝廷銮仪齐备地进了民门，那真是千古未有。太后皇上一旦住进乔家的字号，也算向乔家低了一回头！那会是怎样一份痛快！可乔家抢得这一份先，不是因为更有钱，也不是更有德，是人家的掌柜会张罗。

康笏南早交代孙北溟、戴膺他们了：想见一见近在家门口的太后和皇上，可至今也没张罗成。见一面，都张罗不成，人家倒把太后皇上请进了家！比起乔家的掌柜，他们就这样无用？

康笏南这时不由想起一个人：邱泰基。邱掌柜要在，张罗这种事只怕比别人强。可邱掌柜远在口外，哪能立马叫回来？眼看朝廷就要起驾往西安去了。南下往西安，又不路过太谷。就这样错过良机，拉倒了？

他越想越不忍，正想吩咐三爷去叫孙北溟，又改变了主意：自己亲自进一趟城！

于是就吩咐老亭老夏，立马套车！

其时已是后半晌了，这样突然进城，有什么火急事吗？老亭老夏问不出来，三爷也问不出来，只好多套了几辆车，三爷、老亭都跟了去。

一路上，康笏南只是静静地坐在车轿里。时令虽还在闰八月，但已现残秋气象。田野里早是一派寥落，久旱的庄稼全已枯黄去了，树木还绿着，但也失去鲜活气象。太后皇上驾临晋地已有一些时候了，也没有带来一点祥瑞，就是连一场天雨也没有带来。

这也算是人怨天怒吧。

见着孙北溟，康笏南的脸色依然不好看。孙北溟就有几分慌了：眼看傍晚了，老太爷突然驾到，脸色又这样难看，这是怎么了？他忙赔了笑脸说：

"老太爷来得好！晋一园饭庄刚添了几道野味，我们正可沾你的光，去尝尝鲜。"

康笏南冷笑了一声，说："我不来吧，山珍海味还不是由着你们吃？可叫你们给办点事，就这么难！"

孙北溟忙说："老东台的吩咐，我们哪敢不尽心尽力地张罗？"

康笏南就说："乔家要把太后皇上请进人家的字号，你们听说了没有？"

孙北溟说："听说是听说了，不知是真是假？"

"这是通天的事，敢有假？"康笏南真有些怒色了，"人家乔家的掌柜们，能张罗成这种事，我叫你们张罗的事呢？还说尽心尽力！"

孙杜溟这才明白了，老东家还是想见一见太后皇上。他忙说："戴掌柜捎回话来，说已经拉拢到岑春煊。正在安排老太爷与岑春煊见面。"

康笏南就问："这个岑春煊是谁？"

孙北溟说："两宫出京逃难以来，岑春煊一直任前路粮台，正独掌宫门大差，与宫监总管李莲英打通一气。见着他，再见太后皇上就不难了。"

康笏南说："既然如此，那我就立马去太原！"

孙北溟忙说："戴掌柜正在太原张罗呢，拜见的日子一定，就接你去！"

康笏南说："还用这样啰唆！眼看朝廷要起驾走了，照你们这么啰唆下来，四月八也误了。这算什么难事？我自家去张罗，不敢麻烦你们了。"

孙北溟笑了，说："老太爷这样一说，我也不敢在这里坐着了，得连夜奔赴太原,亲自去张罗。”

康笏南冷笑了一下,说:“我哪敢劳动你孙大掌柜!”

三爷见此情形,不得不出面说:“那我去吧。我这就连夜动身,去太原见戴掌柜。岑春煊要靠不住,我就去求马玉昆大人。等打通关节,父亲大人再动身也不迟。”

康笏南说:“等你们打通关节?四月八也误了!谁也不劳动了,还是我自家去张罗吧。”

三爷说:“父亲大人亲自出面张罗,那也得叫我们去先打前站吧?”

康笏南依然说:“不劳动你们了!去一趟太原,还累不倒我。老亭,你去吩咐车倌,等牲口喂饱,咱就起身去太原!”

真没有想到,老太爷就像听不进话的顽童似的犯起了腻,弄得孙北溟和三爷下不来台。觐见太后皇上,那真是所谓天大的事,哪能说见就见?谁也不比谁离朝廷近,再犯腻,发混,吓唬人,也成全不了呀!但三爷、孙北溟也知道,他们得极力拦挡着,老太爷说是要立马去太原,那其实不过是吓唬他们。所以,他们又是检讨自责,又是发誓打保票,才算把老太爷劝下了。

老太爷松口的条件,是三爷带一封他老人家的亲笔急信,三十万两的银票,连夜去太原。

老太爷也不回康庄了,就住在天成元柜上,坐等三爷、戴掌柜的喜讯。

到这时,孙北溟,三爷,包括老亭,才算把康笏南想见两宫这档事当作一件庄严的事了。此前,包括戴膺在内,虽也知道老太爷是当真的,但又以为办成也难。老太爷发此豪兴,朝廷就会迁就他?

正在太原的戴膺听说乔家也拉拢住岑春煊,而且将过祁行宫设在了大德恒,受震动也不小。

看来大德通、大德恒的掌柜们要放手大出彩。乔家也不再藏富了?是看到大清末路,不再把朝廷放在眼里,还是趁此危难拉拢朝廷一把?

不拘怎样吧，戴膺由此想到了康老东家交代的那件差事。老太爷听到乔家这样出彩，一定会坐不住的。老太爷只是想见见圣颜，人家倒把两宫请进家了：说不定老太爷会挖苦他们这些掌柜无用呢。

戴膺已经先于乔家拉拢到岑春煊，安排老太爷见一见岑春煊，那早不是什么难事了，无非再给这个岑大人一份土仪。这位岑蛮子如此好拉拢，真是大出戴膺意料。只是，老太爷见过这位岑蛮子后，见着见不着太后和皇上，真还难说呢！

经多方打听，戴膺也知道了，在太原要见太后皇上，那跟在京城时也差不多一样难了。这二十多天，太后已经恢复了往日的朝廷排场。谁要觐见，那得等她拉了皇上临朝才成。而想受到朝廷召见，更得层层打通关节，一直到军机处。军机处已由新近赶到的荣禄充任首席，王文韶就是肯帮忙，也得打通荣禄。何况目前的王文韶，只是认西帮的大德恒，别家，他认不认，难说了。眼下，满朝上下又正忙于起跸奔西安的诸多事宜，就是拉拢到荣禄，他能顾及打点这等事？

所以，戴膺也未敢贸然把老太爷请来，只去见那位岑蛮子。

他正想拖一拖，拖到两宫启銮一走，这事也就凉了。哪想三爷就连夜火急赶来！

三爷说了老太爷如何急迫、如何气恼的情形，就把那封急信递给了戴膺。一见是老太爷亲笔，戴膺赶紧展开看了，只一句话：

戴掌柜亲鉴：

你要太忙，就忙你的吧。见那俩人，我自家去张罗。

康笏南字

看罢，戴膺吃了一惊：这可是老东家措辞最厉害的信函了！凡是催办不容商量的事，就是这番措辞。

他忙对三爷说了拉拢岑春煊情形，以及打通觐见关节之难，实在不是未尽心尽力，而是这份通天的差事，办起来太不容易。

三爷就说："戴掌柜，这我也知道。只是，一听说乔家抢先办成，老太爷就不甘心了。"

戴膺说："跟乔家比，我是太无用了。"

三爷说："戴掌柜快别这样说。乔家能使的手段，我们为什么不能使！你听说他们到底使了什么手段？"

戴膺说："能有什么手段？无非也是送了一份票号的土仪给那位岑大人吧。"

三爷说："我们也早送了一份吧，为何就不管用？"

戴膺说："我们与乔家所求不同。人家是传话给太后，太后一高兴，就答应住他们的字号。我们呢，是要上朝见圣颜，即使太后想见老太爷，中间也隔着千山万水呢。"

三爷就问："见一面，比请进家还难？"

戴膺说："在太原见圣颜，好比在京师上朝，老太爷哪有上朝的身份！可圣驾出巡在外，百姓瞻仰圣颜，就无大碍了……三爷，我有办法了！"

刚还说这是通天，不易办成，怎么忽然又有办法了？三爷忙问："真有办法了？什么办法？"

戴膺就说："我们也学乔家，等两宫出了太原，再求觐见！这就容易多了。"

三爷不解地问："圣驾往西安，可不走太谷！祁县一站，已给乔家占了；再往前，平遥一站，我们能抢过平帮？我们在哪求见？"

戴膺说："出太原第一站，是徐沟；第二站，才是祁县。我们就在徐沟求见圣颜，抢在乔家前头。"

三爷反问："在徐沟求见？可我们不是徐沟人呀？"

戴膺说："徐沟有我们的茶庄！"

戴膺和三爷经仔细商量，打算以天旱民苦，徐沟又系小县，康家愿捐巨资，助县衙办皇差，伺候銮舆巡幸；然后求岑春煊联络李莲英，将此义举上奏太后，撺掇太后见康老太爷一面。见岑春煊时，给李莲英也备一份土仪，请他代为孝敬。

没想到，这一条路线还真好走。岑春煊听了，就大加赞赏：出太原第一站张罗妥帖了，他这个前路粮台也有光彩。他很痛快地答应联络宫监总管李莲英。

一两天后，又给了回话：李总管很给面子，已答应到时尽力张罗。

岑春煊还捎带告知：两宫将在闰八月初八，起跸出太原，巡幸西安。

6

消息传回太谷，康笏南自然对戴膺格外赞扬了几句。他在心里可是冷笑了：哼，总算要亲眼一睹天颜了，看一位如何无耻，另一位又如何无能！

戴膺和三爷却未回太谷，就直奔徐沟去了。只捎急信回去，请天盛川茶庄的林大掌柜赶紧来徐沟。

林琴轩大掌柜久坐冷板凳，一听说是要办这样的大差，当然立马赶来徐沟。

林大掌柜一到，三爷就带了他和戴膺，赶去拜见徐沟知县老爷。知县老爷听明白是这样的好事，当下就眉开眼笑了。连连说要上奏朝廷，表彰康家天盛川的忠义之举。

正如戴膺他们所估计，徐沟知县正为承办这一次皇差愁得走投无路呢。

不用说遭遇了庚子年这样的大旱，就是在丰年，像徐沟这样的小县，承办浩浩荡荡的皇差也够它一哼哼的。

按那时代的驰驿之制，官吏过境，不拘官阶大小，当地官方都得为之预备食宿。御驾临幸，那自然更得尽力供奉。而这次两宫过境，又非同平常，那是把京中朝廷都搬来了，空前浩荡。给朝廷打前站的，已传来单子：除了太后皇上的行宫，还得为王公大臣备四十余所公馆，为其余随员所号的居室就更数目可怕。膳食上，皇太后、皇上、皇后，须备满汉全席，王公大臣是“上八八”的一品席，以下官员都须“中八八”席，一般随从、卫士也得是“下六六”席。

为两宫预备的满汉全席，只是一种规格，席中太后所食，不过是行在御膳房为她烹制的几样可口饭菜。初出京时，因为受了饥荒，所以到怀来县吃了吴永为她备的炒肉丝和扯面条就觉格外佳美。离开怀来时，竟给吴永的厨子周福赏了一个六品顶戴，放到行在御膳房，一路为她供膳。进入山西，扯面拉面更精制了，很容易讨太后喜欢。她喜欢了，照此赏给皇上、皇后，也就得了。所以最高规格的御膳，倒是好应付。但两宫以下的“八八”“六六”席，那可得实打实伺候！经在太原休整，两宫的銮舆行在是更浩荡了。备一餐膳食，那得摆四五百桌席面。所以，为支应这次皇差搭起的临时厨房，已占去县衙外的一整条街了。

还有大批扈从役马的草料也得备足了。

县衙初为估算，必须备足干柴三十余万斤，煤炭二十万斤，谷草二百万斤，麸子三万石，料豆两万四千石，猪羊肉两万斤，鸡鸭各数百只，麦面四万余斤(内中仅表糊行宫、公馆就已用去三四千斤)，纸张千余刀。而这仅是大宗。尤其今年天旱，凡入口之物都市价腾贵，一斗麦一千七八百文，一斗米一千四五百文，一斤麦面六七十文，一斤猪羊肉二百多文！

行宫、公馆全得重加装修、彩绘，里面陈设铺垫须焕然一新，外面也要张灯结彩。这又需花费多少？

戴膺听了县衙的哭穷，心里只是冷笑：耗费再大，你们还不是向黎民百姓搜刮？借此办皇差，你们不发一笔财才日怪呢！

所以，他也没有急于说什么，只是从容听着。可林大掌柜已耐不住了，说：“我们老东家知道贵县的难处，所以才来接济。这是办皇差，不敢太小气！”

戴膺听林大掌柜这样说，知道有些不好：对这些官吏，哪敢放这样的大话！好嘛，你们给兜着不叫小气，人家还不放开胆海捞？他急忙接住林大掌柜的话说:“是呀,办皇差,不敢太寒酸。所以临来时,我们老东家交代,捐给徐沟县衙三万两银子,把皇差办漂亮,也算我们孝敬朝廷了。”

果然,知县老爷不傻,听说只三万,便说:“康家这样忠义,本官一定要上奏朝廷的。只是徐沟太小,又遭如此荒歉,添了贵号这三万捐俸,怕也办不漂亮的。”

见林大掌柜又要说什么,戴膺不动声色抢先说:“东家的生意,今年也受了大累,损失甚巨,实在无力更多孝敬了。再说,今年大旱,朝廷也体抚民苦的,皇差办得太奢华,反惹怒天颜也说不定的。”

知县老爷这才只感谢,不哭穷了。

出来,林大掌柜问戴膺:“康老太爷交代过,不要太可惜银子。戴掌柜何以如此出手小气?”

戴膺说:“他们报的那些大宗支出,我算了算,还用不了三万两银子呢。给得再多,也不过进了县官的私囊,既孝敬不到朝廷,也缓解不了民苦。徐沟只有我们一间茶庄,庄口又不大,也犯不着孝敬这里的县官。再说,老太爷见着见不着圣颜,也不在于这位知县老爷。”

林大掌柜这才不得不佩服戴膺的干练。

康笏南是闰八月初六来到徐沟的。徐沟与太谷比邻,也不过几十里路吧,又都是汾河谷地的一马平川。所以,这一路走得轻松愉快。

这一份轻松愉快,自然还因为他心情好:圣颜也不难见,不过是花点银子罢了。

康笏南本来想带六爷来,叫他也一睹圣颜。说不定圣颜的猥琐会令他放弃读书求仕的初衷。六爷居然不愿同来,为什么?说是身为白丁,不能面对圣颜。依然如此执迷不悟!只是六爷的执迷不悟,并没有影响到康老太爷的心情。

哈哈,一睹天颜,也花不了多少银子!精明的戴掌柜,张罗得比乔家还省钱。

初六的徐沟城里还是一片繁忙杂乱。被驱使奔走的数百衙役、数千民夫，还满大街都是。当然，街市已张灯结彩，被临时充作公馆的民宅更是修饰一新了。城里城外，凡御驾要经过的跸道，都有乡民在铺垫干净的黄土。

戴膺问康笏南：先去拜见一下知县老爷？康笏南说，人家正忙得天昏地暗，不必去打扰了。其实，他是不想见。

觐见时，康笏南要戴膺陪着，可戴膺主张还是林大掌柜陪着名正言顺。康笏南就同意了。林大掌柜可是慌了，连问戴膺，到时该如何做派？康笏南哼了一声说：

“如何做派？平常怎样，就怎样！我们反正是黎民百姓，讲究什么！”

初八日申时未尽，也就是下午将尽五点钟时候，浩浩荡荡的两宫銮舆已经临幸徐沟城了。听说两宫中途到达备了早膳的小店镇时，辰时还未尽；到备了茶尖的北格镇，也才是午时。大概是初上征途，还兵强马壮吧。

因为天色尚早，銮舆进城后，前头三乘围了黄呢的八台轿舆，帘门高启，令民瞻仰。皇太后在前，其次是皇上，又次为皇后。沿街子民可以跪看，不许喧哗，更不许乱动。

康笏南跪在自家茶庄门廊前的香案旁，虽也凝神注目，却什么都没有看清楚。因为这三乘皇轿，似乎是一闪就过去了。问三爷、戴膺他们，看清了吗？他们也都说什么也没看清。只有林大掌柜说，他看清了第二乘轿里的皇上，但圣颜不悦，一脸的冷漠。

康笏南也没有多问，就回到茶庄里头。三爷、林大掌柜也跟了进来，只是不见了戴膺。他已经前往县衙一带去等着见岑春煊。

三爷说：“圣驾到得这样早，是一个好兆。”

林大掌柜也说：“老太爷受召见，更有充裕的时候了。”

康笏南却闭目不语。他知道，虽然近在眼前了，最后落空也不是不可能。但人事已尽，只有静心等待。

这一等，就好像是遥遥无期。眼看天色将晚，康笏南已有一些失望了，才终于见戴膺匆匆赶回来。

戴膺一进门就招呼:“老东台,快走,快走,去宫门听候‘叫起’!”

康笏南也没有多问,拉了林大掌柜就走。

戴膺忙说:“李总管传出话来,只召老太爷您一人进去。”

康笏南丢下林琴轩,说:“那还不快走!”

满城都是朝中显贵,康笏南坐他那华贵的轿车显然太扎眼;而市间小轿也早被征用一空。他只好跟了戴膺快步往县衙赶去。不过,此时他心头已没有什么担心,只有一片豪情漫起:终于要亲眼看到当今至尊至圣的那两个人了。

县衙已禁卫森严。不过,康笏南很快就被放了进去。但在县衙里,却是又等候了很一阵,才有一位样子凶狠的宫监,进来用一种尖厉的声调喝问:

“谁是太谷康财主?”

康笏南忙说:“在下就是。”

宫监瞪起眼扫了他一下,依然尖利地喝道:“上头叫起,跟我走!”

喝叫罢,那宫监过来一把攥住康笏南的一只手腕,拽了就走,有似抓拿了歹徒,强行扭走一般。宫监飞步而走,年过七旬的康笏南哪能跟得上?但他也不能跌倒,跌倒了,这宫监还不知要怎样糟蹋他呢。他只好尽力跟上。

这样急急慌慌被带到一处庭院的正房前,宫监高声做了通报,良久,门帘被掀起,康笏南的手腕才被松开。他顾不及一整衣冠,就慌忙进去了。

里面,灯火辉煌。康笏南伏地行大礼时,也只能觉察到灯火辉煌,还不知道上头坐着谁:太后,还是皇上,或者都在?礼毕,他也只能俯首跪听,不能举目。

静了一阵,一个苍老的妇人声音问:“叫什么,多大年岁?”他这才想,太后坐在上头。

还是太后苍老的声音:“七十多岁了?平身吧。”

康笏南谢过圣恩,站了起来,但仍不敢看上头。

“年逾古稀了，真看不出。尔是如何保养的？”

康笏南忙说：“一介草民，闲居乡野，不过枉度日月吧。”

“你们山西人，很会做生意！尔只开茶庄？”

“茶庄以外，也开一间小小的票号。”

“你们山西票号很会挣钱，予早知道。尔开的票号叫什么？”

“小号天成元。”

“天成元？哪一个‘元’字？”

“元”为一，“元”为首：康笏南有些紧张了。他不由略举目向上扫了一眼，见一个老妇人端着水烟壶，平庸的脸上似乎没有怒色，就说：

“元宝的元。”

“元宝的元？尔真是出口不离本行。天成元比大德恒如何？”

康笏南松了一口气，更大了胆略略扬起脸，说：“大德恒系票号中后起之秀，势头正盛，敝号不及。”

“你们山西人都很会挣钱，予早知道。今次来山西，更知道了。”

康笏南忙说：“晋商略有小利，全蒙皇恩浩荡！”

“都会说皇恩浩荡！予与皇帝今次出京，才知道皇帝哪有钱呀？都说普天之下，莫非王土，好像天下的钱财能由着我们花。今次出京，予与皇帝受了大辛苦了，真是饥寒交加，难以尽数。何以如此可怜？自家没带京饷盘缠出来。花一文钱，都得跟他们要。三番五次跟他们要，跟叫花子差不多了！”

太后在说这一番话时，康笏南已大胆扬起脸，算是看清了太后的圣颜：那真是一张平庸的妇人脸。这样的脸，在乡间满眼都是，哪有一些圣相？在太后左面，隔桌坐着一位发呆的男人，那就是皇上吧？

听见太后话音停顿下来，康笏南忙说：“小号本当更多孝敬朝廷……”

“不是说你们，你们山西商家还很忠义。予是说各省督抚，京饷在他们手里，花一文钱，也得跟他们要。他们嘴上不敢说不给，总是寻出无穷无尽的借口，不肯出手！所以，我跟皇帝说了，回京后，朝廷也开一间自家的钱铺！急用时，也不用这么叫花子似的求他们！”

康笏南以为太后是说气话，也没有当真，就说：“那样也好。”

“予听说，西洋的朝廷就开有自家的钱铺？尔知道不知道？”

康笏南这才觉得，太后是认真的。可朝廷要开起官家的票号，西帮还有活路吗？他只好含糊说：“僻居乡野，早老朽了，外间情形实在知之不多。只知西洋银行甚是厉害。”

“予听他们说，西洋朝廷就开有自家的银行。不拘叫银行，叫钱铺，回京后，予与皇帝一准要开自家的字号。今日召见尔，就是要尔知晓予意。予与皇帝哪会开钱铺？朝中那班文武，予看他们也不谙此道。到时，尔等山西挣钱好手，须多多孝敬朝廷，为予开好钱铺。听清了吧？”

这是平地起惊雷，还能听不清！但康笏南也只能说：“听清了，一定孝敬朝廷。”

“尔去见皇帝，看还有何谕旨。”

康笏南就移过左边，给皇上再行大礼。但许久也没有听见皇上说什么，略抬眼看看，皇上依然那样呆坐着。

又静了一会儿，听见太后说：“予也累了，尔下去吧。”

康笏南正要起来，刚才带他来的那位凶狠的宫监早进来又一把攥住他，倒退着，将他拽了出来。

第七章　行都西安

1

闰八月中旬，远在归化城的邱泰基正预备跟随一支驼队，去一趟外藩蒙古的乌里雅苏台。因为归化一带的拳乱，也终于平息下去了。

去年秋凉后，邱泰基就想去一趟乌里雅苏台。贬至口外，不走一趟乌里雅苏台，那算是白来了。可归号的方老帮劝他缓一年再去：你久不在口外，这来了才几天，水土还不服，更不耐这里冬天的严寒，忽然就要做如此跋涉，那不是送死去？你毕竟不是年轻后生了。

归化至乌里雅苏台为通蒙的西路大商道，四千里地，经过五十四台站，驼队得走两到三个月。因有十八站行程在沙漠，驼户都要避开耗水量大的夏季。秋凉后起程，走半道上，就隆冬了。

邱泰基想了想，只好听从了方老帮的劝阻。再说，当时康三爷已经离去，邱泰基也得替他收拾“买树梢”的残局。不过，挨到今年正月一过，他就随驼队去了一趟外藩蒙古首府库仑，由库仑又到了通俄口岸恰克图。这一条北路大商道虽较西路短些，也需走三十多天。所以，等他重新回到归化，已快进五月。眼看夏天将至，要走西路往乌里雅苏台，也只好再等秋凉时候。

但在庚子年这个夏天，口外的归化城也不平静，义和拳的大师兄们在这里掀起的反洋风浪并不小。动荡的时局，一直持续到秋天，邱泰基当然无法离开字号，远走西路。

进入闰八月，时局总算平静了。邱泰基终于能为西去乌里雅苏台张罗行前的诸多事项了，忽然就收到太谷老号发来的一道急信，忙拆开看时，居然是孙大掌柜亲笔：

邱泰基览：

日前朝廷銮舆离太原继续西狩，不久将驻銮西安。彼城即随之成临时国都，闻朝中亦有迁都长安之议。老东台念你在归号诚心悔改，同意老号将你改派西安。到西号后，尔仍为副帮，当竭诚张罗生意，报答东家。见字后，尽速启程赴陕。途经太谷，准许回家小住几日。专此。

孙北溟　字

调他重返西安？邱泰基可是梦也没有梦到过的。贬到归化这才几天，一点功绩未及建树，连乌里雅苏台都没去一趟就获赦免了？

现在的邱泰基真是脱胎换骨了。对这喜讯一般的调令，他几乎没有多少激动，倒是很生出几分惋惜。这次重来口外，与年轻时的感受已大不相同。驼道苍凉依旧，可他已经不想望穿苍凉，在后面放置一个荣华富贵。商旅无论通向何方，都一样难避苍凉，难避绝境。春天走了一趟恰克图，往返两月多，历尽千辛万苦了，张罗成的生意有多少？在内地大码头，这点生意实在也不过举手之劳，摆一桌海菜席，即可张罗成了。只是，这北去恰克图的漫漫商旅，实在似久藏的老酒，需慢慢品尝，才出无穷滋味。

所以，他特别想重走一趟乌里雅苏台。

但邱泰基知道，老号的调令必须服从。他也明白，自己获赦实在是沾了时局的光。当今朝廷，竟也忽然落入绝境，步入这样的苍凉之旅！自己重返西安，能有多少作为呢？

归号的方老帮，对邱泰基这样快就要离去，当然更是惋惜。时间虽短，邱掌柜还是帮了他的大忙：东家的三爷总算给劝走了。三爷这一走，还是长走！接手掌管康家外务后，三爷大概不会再来归化久住难为人了。

方老帮的恭维，邱泰基自然是愧不敢当。当时遭贬而来，方老帮能大度地容留他，他是不会忘的。

邱泰基离别归化，还有一件难以释怀的事，就是郭玉琪的失踪。一年多过去了，郭玉琪依然下落不明。方老帮说，多半是出了意外。但邱泰基还是请求方老帮，三年内不要将此噩耗告知郭玉琪的家人，更不可放弃继续打探郭玉琪的下落。走口外本是一种艰险之旅，出意外也算题中应有之意。不过，失踪多年，忽然复出的奇迹，也不是没有。总之，邱泰基还是希望那个年轻机灵的郭玉琪有一天能奇迹般重返天成元。

邱泰基始终觉得，郭玉琪的失踪同他大有关系：带了这位年轻伙友来口外，虽属偶然，但他一路的教诲显然是用药过猛了。初出口外的郭玉琪，心劲高涨，急于求成，那才几天呀，就出了事！邱泰基真不知该如何向郭玉琪的家人交代。

闰八月二十，邱泰基搭了一队下山西的高脚骡帮离开归化城，向杀虎口奔去。临到杀虎口前，他还盼望着能早日赶回太谷，回家看一眼。仅一年，自己就重返西安了，这对夫人总是一个好的交代。尤其牵动着他的一个念想，是他的儿子！自从夫人告诉他已得一子，他就在时时牵挂着了。年过不惑，终于得子，好像上天也看见了他的悔改。现在，又给了他一个机会，回家看一眼出世不久的儿子。

但来到杀虎口，邱泰基忽然改变了主意：不回家去了。悔改未久，就想放纵自己？老号有所体抚，可你有何颜面领受？只有早一天赶到西安，才算对得住东家和老号的宽恕。

所以在杀虎口，他另搭了一队骡帮，改往平鲁方向而去。这条商路，经神池、五寨、岢岚、永宁，可直达洪洞。较走山阴、代州、忻州，到太原那条官道，艰难许多，但也捷近了许多，尤其是绕开了祁太平。到洪洞后，即可直下平阳、侯马、解州、蒲州，过潼关入陕了。

即便如此，邱泰基到达西安时已用去一个月。

天成元西安分庄的老帮伙友早知道邱掌柜要回来，都在盼着。邱泰基遭贬后，老号调了驻三原的程老帮来西安领庄。程老帮倒是节俭，谨慎，但字号气象也冷清了许多，业绩大不如前。等朝廷行在忽然黑压压涌进西安，程老帮更有些不知所措。老号已有指示：先不要兜揽官家的大生意，尤其要巧为藏守，防备朝廷强行借贷。接了老号这样的指示，程老帮先就头大了。天成元在西安，原来就有盛名。朝廷找上门，不敢不借，又不能借，这一份巧为应对，他哪里会！幸好不久老号又有急信下达，说已调邱泰基重返西号，他和众伙友才松了口气。

只是，终于到达的邱泰基，却叫西号上下大吃一惊！

随骡帮而来的邱掌柜，几乎同赶高脚的老大差不多了，衣着粗拙，厚披风尘，尤其那张脸面，黑红黑红的，就像老包公。邱老帮原来那一番风流俊雅，哪还有一点影踪！

程老帮真不敢相信，这就是往日有名的邱掌柜。

他问候了几句，就吩咐伙友伺候邱掌柜去洗浴。邱泰基慌忙道了谢，却不叫任何人跟着伺候他。洗浴毕，程老帮要摆酒席接风，邱泰基也坚辞不就："程老帮，你不是想害我吗？叫伙房给我做两碗羊汤拉面就得了。离开一年，只想这里的羊汤面！"

程老帮是实在人，见邱泰基这样坚持也就顺从了。

饭毕，程老帮也顾不及叫邱泰基先行歇息，就将他请进自己的内账房，急切问道：

"邱掌柜，你路过太谷，见着孙大掌柜了吧？老号有什么交代？"

邱泰基只能如实说："程老帮，为了早日赶来西安，我没有走太原的官道，在西口就弯上了晋西商道，直接到了洪洞。”

程老帮有些吃惊了：“你没路过太谷？”

邱泰基问：“老号指示我回太谷了？”

“我哪里知道？邱掌柜，你也是临危受命，想来老号要做些特别的交代吧。”

“老号信中，是要我尽速来陕。老号有特别交代，当会有信报直达程老帮吧？”

“老号倒是不断有信报来。”

“有何特别交代？”

“吩咐先不要贪做，尤其要防备朝廷强行借贷。听说朝廷在太原时，就曾向西帮借过巨款。”

“我在口外也听说了，好像是祁帮乔家的大德恒扛了大头？大德恒的领东也不傻呀，怎么给捉了大头？”

“哪是给捉了大头？听说是他们自家出风头。朝廷要借三十万，大德恒一家就应承下来了。”

邱泰基还是第一次听到这种说法，他也一时想不明白乔家走的是一步什么棋。乔家一出手就是三十万，朝廷再跟别家借钱，不用说不借，就是答应少了，也不好交代。天成元在西安不是小号，就是装穷，也得有个妙着。不过，他也听说了，老东家在徐沟曾觐见两宫。有此名声，户部来借钱，怕也得客气些吧。于是，他忽然明白：乔家如此慷慨借钱给朝廷，或许也是出于自保？在此动荡之秋，花钱买一份平安，也算是妙着吧。

他问程老帮：“老东台曾觐见太后、皇上，详情你知道吗？”

程老帮说：“哪能知道？也只是从老号信报中知有此事。”

“确有此等事，我们就可从容些了。端方大人，仍在陕省藩司任上吗？”

“仍在。朝廷进陕前，端方大人就获授护理巡抚了，已有望高升抚台。可朝廷一到，就将护驾有功的岑春煊升为抚台。听说在太原时岑春煊与东家还是有交往的。可我两次去求见，都没见着。巴结官场，我实在是不如邱掌柜。"

"程老帮也无须自卑。官场那些人物，你只要不高看他，就不愁将其玩于股掌间。今任陕西抚台的岑春煊，已非昨日在晋护驾的岑春煊，正所谓此一时也，彼一时也。但另施手段，一样能玩之于股掌。"

"所以邱掌柜一到，我也就踏实了。"

"程老帮，我尽力张罗，那是理所当然的。但一切全听你吩咐。"

"邱掌柜千万不拘束了！拘束了你，老号和东家都要怪罪我的。"

"程老帮可不能这样说！我仍是戴罪之身。"

"看你说的！不说这了。邱掌柜，眼下西安有一个红人，你大概也是认得吧？"

"谁？"

"唱秦腔的郭宝峰，艺名'响九霄'。"

"'响九霄'？当然认得。他在西安梨园早是红人了。"

"现在他是太后的红人！"

"太后的红人？"

"不是太后的红人，我还提他？邱掌柜听说过没有，西太后原来戏瘾大得很，在京时几乎无日不看戏。京戏名伶汪桂芬、谭鑫培、田际云，常年在内廷供奉。这回逃难出来，终日颠簸，一路枯索，无一点音律可赏，算是将太后郁闷坏了。听说在太原常传戏班入禁中，连肆间弹弦、说书、唱莲花落的也传过。离太原后，一路也如此，传沿途戏班艺人到行宫供奉，只是都不中意。御驾入陕到临潼时，响九霄赶来迎驾。太后听说有秦腔名角儿来了，当晚就传进供奉。没想，这就叫太后很过了戏瘾，响九霄也一炮在行在唱红。"

"响九霄嗓音高亢无比，秦腔中欢音、苦音都有独一份的好功夫。"

"在临潼，太后就传旨了，叫响九霄组个戏班，到行在禁中供奉。见太后这样喜欢响九霄，随扈的王公大臣中那些戏瘾大的，也就格外捧他。两宫到西安这才几天，响九霄已经红了半片天！"

“朝廷也不计亡国无日，关中大旱，倒先来过戏瘾！”

“谁说不是！不过，为应付朝廷计，这个响九霄或许也值得拉拢一把？”

邱泰基寻思了寻思，说：“我与响九霄以前就相熟，用得着时，我去见他。”

虽这样说，邱泰基已看出，西安局面不好张罗。

2

调邱泰基回西安，并不是三爷提出来的：那是康老太爷先发的话。三爷听到这个消息，当然异常高兴。自他接手外务后，无日不想一见邱泰基，以做长远计议。要不是拳乱洋祸闹成这样，他早跑到归化去了。现在，老太爷调邱掌柜回西安，正好给了他们一次见面的机会。由口外去西安，那是必经太谷的。

为保险起见，三爷特别请求了孙大掌柜：给邱掌柜的调令中务必注上一笔，叫他回太谷停留几天。孙大掌柜倒是很痛快地答应了。

可是，等了二十多天，也算望断秋水了，仍不见邱泰基回来。

从归化到太谷，路上赶趁些，不用半月就到了。走得再从容，二十天也足够了。两宫御驾从宣化到太原，也用了不到二十天。朝廷御驾那是什么走法，邱泰基不会比朝廷走得还从容吧？

孙北溟已有些不高兴了，对三爷说：“这个邱泰基，不会又旧病复发吧？排场出格，再叫官衙给扣了？”

三爷忙说：“不会，不会。要那样没出息，我们还调他回西安做甚？”

孙北溟说：“他在口外还没受苦呢，就调回来，旧病复发也说不定！”

三爷说：“我看邱掌柜也不傻，能那样不记打？大掌柜，你信上是怎样交代的？”

孙北溟说：“我特别注了一笔：途经太谷，准许你回家小住几日。”

三爷说：“那邱掌柜会不会已在水秀家中？”

孙北溟说:“他哪敢!凡驻外的,不拘老帮,还是小伙计,从外埠归来,必先来老号交割清了,才准回家。这是字号铁规,邱泰基能忘了?”

这倒真是西帮票号的一条铁规。驻外人员下班离开当地分号时,要携带走的一切行李物品,都得经柜上公开查验:只有日常必需用品为准许携带的,此外一切贵重物品,特别是银钱,都属违规夹带。查验清了,柜上将所带物品逐一登记,写入一个小折子,交离号人带着。折子上还写明领取盘缠多少。回到故里,必须先到老号交折子,验行李,报销盘缠,交代清了,才准回家。违者,那当然毫不客气:开除出号。在票号从业,手脚干净是最重要的。

三爷当然知道这条号规,但他忽然记起邱泰基终于喜得贵子,会不会高兴得过了头,先跑回水秀?

孙大掌柜听三爷这样一提醒,觉得也有几分可能:驻外掌柜得子,那喜讯非同一般。于是就派人去水秀打探。

打探的结果,当然是毫无结果。邱泰基非但没有回家,邱家连他要回来的消息还不知道呢。他的女人一再追问:“他真要回来?”

既然没回来,那就是路上出了事?连孙大掌柜和三爷也开始这样猜疑。

现在西安庄口非同寻常,邱泰基真要有意外,孙北溟就打算派戴膺先去应付一阵。三爷听了这话,觉得太凄凉了。邱泰基早也不出意外,他刚想委以重任,就出了意外?三爷只能相信,邱泰基也是有本事的驻外掌柜,化险为夷,绝处逢生,应当不在话下。他坚决主张,再等候些时日。

又等了十多天,老号给归化、西安分别发了电报问询。西号先回电:邱已到陕。归号后回电:邱已走月余。

邱泰基原来是直接赶赴西安了?

三爷心里这才一块石头落地。看来,邱掌柜还是以号事为重。他特别将此事禀告了老太爷。

老太爷听了,说:“过家门而不入?得贵子而不顾?邱掌柜还是经得起贬。替我夸奖几句吧。”

经过这么一个小曲折，三爷是更想见邱泰基了。

此后未过多久，三爷就得到老太爷应许，启程奔赴西安。

三爷到西安后，邱泰基已休整过来，有些恢复了往日的风采，只是脸面还有些黑。三爷常在口外，见邱泰基也染了那边风霜，变成黑脸，倒更觉亲近了。

西号的程老帮见三爷亲临柜上，先就有些紧张。三爷呢，兴致全在邱泰基身上，对程老帮只是勉强应付。这就更叫程老帮有些惶恐。邱泰基当然看出来了，他开口闭口总把程老帮放在前头。说起西号的局面，也归功于程老帮的张罗。可三爷始终不能领会他的用心，依然一味夸奖他。

邱泰基只好避开程老帮，私下对三爷说：“你冷落程老帮，一味夸奖我，这不是毁我呀？”

三爷说：“也不是我夸奖你，是老太爷叫我替他夸奖你。”

邱泰基说：“老太爷叫你夸，也不能夸起来没完吧？你这一弄，好像我的老毛病又犯了，目中无人，只好自家出风头！”

三爷这才说：“那就看你面子，连程老帮一搭夸！”

邱泰基说：“不能一搭夸！你得多夸程老帮，少夸我。程老帮本来就觉自家本事不大，你再冷落人家，以后还怎么领庄？三爷，你想成就大业，就得叫各地老帮都觉着自己有本事，叫各号的伙友都觉着自己有用。这得学你们老太爷！”

三爷说：“你说得对！那你说说，怎么叫他们觉着自己有本事？”

邱泰基说：“头一条，不拘谁，你反正不能随便冷落。你想想，没点本事的能进了你们康家票号？”

三爷说：“倒也是。”

邱泰基说：“就说这个程老帮，领庄多年了，能说是没本事的？他只是场面见的不大罢了。我到之前，他曾两次求见陕西新抚台岑春煊，都没有见着，就以为自家不会巴结官场。可是没几天，岑大人倒传唤程老帮呢！”

三爷忙问：“为何传唤程老帮？”

邱泰基说：“要咱们天成元承汇粮饷。”

“陕西的粮饷？”

“朝廷的！两宫到陕后，觉着离洋祸已远，就想偏安长安。除了催要各省京饷，又将江南漕运之米，一半就地折价，以现银交到西安行在；另一半仍走运河漕运，到徐州起岸，再走陆路运到西安。叫我们承汇的，就是漕米折成的现银。”

“一半南漕之米折成现银，那也不是个小数目。不是只交给我们一家吧？”

“听说户部最先想到的，是乔家的大德恒、大德通。大德恒在西安没有庄口。大德通呢，为避拳乱，在六七月间刚刚将西安庄口的存银运回祁县，号内很空虚。所以，户部虽很偏向大德通，可他们一时也不敢承揽太多。江南米饷的汇票到了，你这里不能如数兑出现银，那不是跟朝廷开玩笑？”

“康家在徐沟也接济过朝廷，也该想到我们吧？”

“要不，岑春煊能传唤我们？”

“我们应承了多少？”

“去见抚台的是程老帮。他应承得很巧妙！”

“程老帮怎么应承的？”

“程老帮当时本来很为难。因为孙大掌柜已有指示，先不要贪做大生意。可面对朝廷的差事，又不能推诿。他只好来了个缓兵之计。”

“缓兵之计？”

“他对抚台说：朝廷这么想着我们，敝号自当尽力报效的。天成元在江南的庄口能承揽多少米饷，我们这里就及时兑付多少，请大人放心。”

“这不是满口应承吗，算什么缓兵之计？”

“在江南的庄口，应承多，应承少，早应承，晚应承，还不是由我们从容计议？”

“那真也是。”

“程老帮使此缓兵之计，本想回来跟我商量对策，我说你这一着就极妙。朝廷既将这种大生意交给我们，为何不做？叫江南庄口从容些揽汇，我们这头赶紧调银来，这生意就做起来了。三爷，你看，程老帮能算没本事的？”

“邱掌柜，还是你的眼力好。”

“又说我！三爷，孙大掌柜那里，还得请你多说句话。大掌柜不叫贪做，我们如何急调现银来？”

“孙大掌柜那里，我说话可不太管用。邱掌柜，现在西号似京号，你们说话，老号也不敢小视吧。”

“我们已经连发几封信报回去，也不知老号会不会赞同。”

“那我给老太爷去封信，看他能不能帮你们一把？”

“老太爷要说话，孙大掌柜当然得听。三爷，那我们就向三原、老河口、兰州这些庄口紧急调银了。拳乱厉害时，西号存银并没有仓皇调出。再就近调些银根来，也就先张罗起这桩生意了。”

“看看，邱掌柜你一到，西号的局面就活了。”

“三爷，说了半天，你还是想毁我？”

“好了，好了，西号局面也有程老帮功劳！”

此后，三爷对程老帮果然不一样了，恭敬有加，不再怠慢。只是，有事无事，三爷还是愿意跟邱泰基待在一起。

到西安半月后，三爷邀邱泰基一起出城去游大雁塔。中间，在慈恩寺禅房喝茶时，三爷兴之所至，就说出了自己久已有之的那个心愿：

“邱掌柜，我要聘你做天成元的大掌柜！”

邱泰基听了，可是大吃一惊：“三爷，你是取笑我吧？”

三爷认真说：“我有此意久矣！”

邱泰基一听，更惊骇不已，立刻就给三爷跪下了：“三爷，你错看人了，我哪是担当大任的材料!”

三爷忙来扶邱泰基:“邱掌柜,我看中的,不用别人管!”

邱泰基不肯起来:“三爷若是这种眼光,你也难当大任的。”

“邱掌柜,你这话是什么意思?”显然,三爷没有料到邱泰基会说这种话。

邱泰基说:“天成元人才济济,藏龙卧虎,三爷只看中我这等不堪造就之才,算什么眼光?”

三爷说:“我就是这种眼光!”

邱泰基却说:“三爷要是这种眼光,我就不敢起来了!”

三爷这才问:“邱掌柜,你眼里没有我吧?”

邱泰基忙说:“我正是敬重三爷,才如此。”

“那你先起来,我们从容说话,成不成?”

邱泰基这才起来。

要在一年前,邱泰基听了三爷这种话,当然会欣喜异常,感激涕零。但现在的邱泰基可是清醒多了。做领东大掌柜,那虽是西帮商人的最高理想,可他知道自家还不配。尤其是,现在那位康老东家,说是将外务交给三爷了,其实当家的,还不依旧是他?要让康老太爷知道了他邱泰基居然还有做领东的非分之想,那真是不用活了!

所以,他跟三爷说话总留了距离,极力劝三爷放宽眼界,从容选才。尤其不能将自家的一时之见,随意说出。做少帅,要多纳言,少决断。

邱泰基哪能想到他越是这样,三爷倒越看重他!

3

邱泰基的夫人姚氏,听说男人已获赦免,重往西安,还要回家小住,真是惊得出了一身冷汗!

她虽然早将自己生子的消息向男人报了喜,可男人真要忽然意外归来,她还是会惊慌得露了馅！男人只一年就突然归来,预先也不来封信,这在以往那是做梦也梦不到的意外。

男人得到东家赦免,重回西安,这当然是好事。这么一件好事,他为什么也不早告她一声？

听到什么风声了？

不会吧？不会。

她已经把云生打发走了。云生也走口外去了。这个小东西离开她也已经三个月了。

姚夫人惊慌不安地等待着男人的归来,却一天天落空。怕他归来,又盼他归来,他却是迟迟不归来。今年兵荒马乱,皇上都出来逃难,旅途上不会出什么事吧？

她几次派人进城打听,带回来的消息都一样:邱掌柜肯定要回来,等着吧。

等了十来天,最后等来的却是:邱掌柜已经到西安了。他没有路过太谷。

挨刀货,能回来看看,他居然也不回来！

姚夫人又感到了那种彻骨的寒意:一切都是依旧的。

也许,她不该将云生这样早早打发了？

四月顺利分娩后,姚夫人一直沉浸在得子的兴奋中。郭云生当然也兴奋异常:他已经做了父亲了？在没有别人时,他常问姚夫人:“娃长得像我不像?”

这种时候,姚夫人只是喜悦,总随口说:“能像谁,还不是像你!”

“娃会说话了,跟我叫甚?”

“想叫甚,叫甚。”

“会叫我爹吗?”

“你这爹倒当得便宜!”

那也不过是嬉笑之言，姚夫人实在也没有多在意。但在郭云生，他却有些承载不了这许多兴奋，不免将自己换了一个人来看待。

当初，他与姚夫人有了私情，也曾飘飘然露出一点异样。姚夫人很快就敲打他：要想叫我常疼你，就千万得跟以往一样，不能叫别人看出丝毫异常来。做不到，我就撵走你这个没出息的东西！所以，他一直很收敛，很谨慎。

现在，郭云生是有些撑不住了。先是对其他几位仆人明显地开始吆三喝四，俨然自己是管家，甚而是主子了。后来对主家的小姐，也开始说些不恭敬的话，诸如："生了兄弟，你也不金贵了。"

他哪能料到，这就惹出了大麻烦！

邱家小姐乳名叫水莲，虽只有十岁，但对郭云生早有了反感。以前，母亲郁郁寡欢，但视她为宝贝，一切心思、所有苦乐都放在她一人身上。但近一年来，母亲似乎把一大半心思从她身上分走了。分给了谁呢？她发现是分给了这个小男仆。母亲同他在一起，分明不再郁郁寡欢，就像阴天忽然晴朗了。

他不过是一个用人，哪里就比她强？他无非是一个男娃吧！她是常听母亲说，要有一个男娃就好了，你要有一个兄弟就好了。

十岁的邱小姐只能这样理解。所以，她对分走了母爱的郭云生生出了本能的反感。每当母亲与他愉快地待在一起时，她总要设法败坏他们的兴致。可惜，他们并不在意她的捣乱，这更叫她多了敌意。

现在，母亲真给她生了一个兄弟，失落感本来就够大了，郭云生又那样说她，哪能受得了？

她开始成天呆坐着，不出门，不说话，甚至也不吃饭！

伺候小姐的女仆兰妮可给吓坏了，赶紧告诉了姚夫人。

姚夫人一听，也慌了，忙跑过来。可不管她问什么，怎么问，女儿仍是呆坐着，不开口。姚夫人更慌了，就问兰妮：

"你带莲莲去过哪儿？"

兰妮说:“也没去哪儿呀?”

姚夫人忍不住厉声喝道:“没去哪儿,能成了这样?”

兰妮这才说:“也不知云生对小姐说了些什么话,把她吓成了这样。”

“是叫云生吓得?他说什么了?”

“我没在跟前,不知他说了些什么难听的。”

“你把他给我叫来!”

兰妮跑去叫郭云生时,姚夫人又问女儿:“他说什么了?”

水莲依然呆坐着,任怎么问,也不开口。

姚夫人心里不免生了疑:女儿也许觉察到了什么?或者是云生向她流露了什么?以前,对女儿也许太大意了。

这时,郭云生大模大样进来,正要说话,水莲突然惊慌异常地哭叫起来。

姚夫人连问:“怎了,怎了?”

小水莲也不理,只是哭叫不停。

姚夫人只好把郭云生支走。他一走,女儿才不哭叫了。但问她话,还是什么也不说。姚夫人搂住女儿,说了许多疼爱的话,极尽体抚安慰。女儿虽然始终一言未发,情绪似乎安稳些了。

姚夫人出来,追问郭云生到底对小姐说了什么话,他还是大模大样说:“也没有说什么呀?”

姚夫人只好厉色对他说:“云生,你别忘了我对你说过的话:要想叫我常疼你,就得跟以往一样,不能叫旁人觉出异常来。做不到,我只得撵你走!”

云生还是不在乎地说:“我没忘。”

姚夫人本想发作,但忍住了,只说:“没忘就好。”

这一夜,水莲还是呆坐着,不睡觉。姚夫人只好把她接到自己的屋里,一起睡。哪想,从此开始,女儿就日夜不离开了!夜晚,跟她一屋睡;白天也紧跟着她,几乎寸步不离!要是不叫她这样,她就又呆坐着,不吃不睡。

叫女儿这样一折腾,她跟云生真是连说话的机会也没有了。

她看出来了,女儿是故意这样做。自己也许真不该再往前走了。原来也只是为生个男娃,并不是为长久养一个小男人。现在,已经如愿以偿生了一个男娃,也该满足了。就是为了这个男娃,也不能再往前走了。

姚夫人从兰妮嘴里也探听到,云生近来很张狂,俨然已经成了半个主子了,对谁也是吆三喝四的。这使姚夫人更不加不安。往后,她越疼爱这个男娃,云生就会越张狂。这样下去,谁知会出什么事?

她毕竟是个果断的女人。寻思了几天,就做出决断:必须把云生打发走了。

她不动声色给归化的男人去了信,求他为云生寻一家字号驻。现在的邱泰基已不似以前,接了夫人的信就赶紧张罗。以他的人望,在归化张罗这样一件事,那当然算不得什么。西帮商号收徒,举荐人头等重要,因为举荐人要负担保的重责。邱泰基出面举荐担保,很快就在天顺长粮庄为郭云生谋到了差事。

他当即给夫人回了信,交代了相关事项,特别要求云生尽快上路,赶在夏天到归化。因为那时邱泰基还打算秋凉后走乌里雅苏台,乘夏天在归化能照应一下云生。

姚夫人收到男人的信,也没有声张,而是先瞒着云生,去见了他父母。告诉他们,早托了当家的给云生寻家字号,只是他在外也不顺,延误到今天才办了这件事。云生这娃,她挺喜欢,可也不能再耽误娃了。怪有出息的,她能舍得叫他当一辈子用人?

云生父母听姚夫人这样说,还不惊喜万状?当下就跪了磕头感谢。

姚夫人就交代他们,三两天内就去水秀接云生回来吧。归化那头的粮庄还等着他去呢。太谷这头,我们会托靠票庄,寻一个顺道的老手,把云生带到口外。口外是苦焦,可男人要有出息,都得走口外。

能到口外驻粮庄,云生父母已是万分满意,感激不尽。

姚夫人回来,依然没有对云生说什么。她不想叫云生觉得他被撵走了。等他父母来接他时，她再对他说：我舍不得叫你走，但这事好不容易张罗成了，又不能不放你走，心里正七上八下呢。

她这样做，一半是使手段，一半倒也是出于真情。

当她收到男人的回信，意识到云生真要离开了，心里忽然涌出的感伤还是一时难以按捺得下。她只是极力不流露出来吧。这一年多，云生真是给了她晴朗的天。凄苦的长夜没有了。自己分明也年轻了。他还给了她一个儿子！

这一切，说结束，真就结束了？

但这一切也分明不能挽留了。

云生他会舍得走吗？现在家里的局面，给女儿闹成这样疙疙瘩瘩的，忽然又叫他走，他会疑心是撵他走吗？

没出两天，云生父母就兴冲冲来了。出乎姚夫人意料的，是云生一听这样的消息，显得比他父母还要兴奋！他居然没有一点恋恋不舍的意思。

这个小东西，居然也是一听说要外出为商，就把别的一切都看淡了！

云生兴奋异常地问她："为何不早告我？"

她说："我舍不得叫你走。"

云生居然说："我再不走，只怕就学不成生意了。"

她只好冷冷地说："我不会耽误你。"

当天，云生就要跟随了父母一道离去。姚夫人还是有些不忍，就对他父母说："你们先走一步吧，叫云生再多留一天，给我备些柴炭。"

云生父母当然满口答应。

当天夜里，姚夫人成功地将女儿支走了。水莲听说她憎恨的这个云生终于要离去，就以为是自己的胜利。母亲到底还是向着自己，把这个可恶的用人撵走了。所以，她对母亲的敌意也消失了。母亲希望她回自己屋里去住，她很痛快地答应下来。

姚夫人也很分明地把女儿撤离的消息传达给了云生。可是那一夜，云生居然没有来！她几乎是等待了整整一夜，可这个负情的小东西居然没有来!

他是害怕被她拖住,走不成吗?

临走,他居然也不来看看他的儿子?

都是一样的,男人都是一样的。一听说要外出为商,灵魂就给勾走了。

第二天,云生走时,姚夫人没有见他。

4

云生走后,那种突然降临的冷清,姚夫人是难以承受了。这比以往男人的远离久别,似乎还要可怕。已经走了出来的长夜,突然又没有尽头地弥漫开,与云生的一切,仿佛只是一场梦。云生留给她的儿子,虽是真实的,但有了儿子以后,依然驱不散的这一份冷清,才是更可怕的。

不过,云生走后,姚夫人一直没有着手招募新的男佣。招一个男佣,顶替云生的空缺,那是必需的。云生后来,几乎就是管家了。少了这样一个男佣,里里外外真也不行。

但招募一个什么样的男佣,姚夫人还没有准主意。

像云生似的,再招一个嫩娃?那只怕是重招伤心吧。嫩娃是养不熟的,你把什么都搭上了,他却不会与你一心。

招一个忠厚的粗汉?她实在不能接受。

或者改邪归正了,招一个憨笨些的,只当用人使唤?姚夫人感到自己应该改邪归正,只是并没托人去寻憨笨的长工。

她还不能忘记云生。

但是,当她得知了男人过家门而不入的消息,一种彻骨的寒意把一切都驱散了。喷涌而起的幽怨,叫她对云生也断然撒手。你总想着他们,可谁想你呢?还得自己想自己。

姚夫人又带着一种毅然决然的心劲,开始物色新男佣。这个新男佣,当然要如云生那样,既像管家,又是可以长夜相拥的小男人。他也要像云生一样年少。年少的，好驾驭，也更好对外遮掩。但要比云生更出色！

邱泰基已重返西安，邱家显见是要继续兴旺发达了。听说邱家要雇佣新的男仆，来说合的真不少。以前在邱家当过仆佣的，也想回来。但这中间，没一个姚夫人中意的。做仆佣的，都是粗笨人。稍精明俊雅些的，都瞄着商号往里钻呢，谁愿意来做家仆？但姚夫人不甘心。

她以云生为例，向外传话：来邱家为仆，出色的，也能受举荐，入商号。即便这样，也没有张罗到一个她稍为中意的。

她这不只是选仆，还是选"妾"，哪那么容易！

于是，她就想先选一个做粗活的长工，再慢慢选那个她中意的年轻"管家"。因为云生走后，许多力气活，没有人能做。这样的粗佣，那就好选了，可以从以前辞退的旧人中挑一个。

可这个粗佣还没有挑呢，忽然冒出一个来，叫姚夫人一下就心动了。

这是她娘家亲戚给举荐来的一个青年。个头高高，生得还相当英俊，看着比云生的年龄还大些，一问也才十七岁。只是一脸的忧愁，呆呆的，不大说话。

亲戚说，这娃命苦。他的父亲本也是常年驻外的生意人，本事不算大吧，家里跟着尚能过小康光景。不料，在这娃九岁那年，父亲在驻地遭遇土匪，竟意外身亡。母亲守着他，只过了两年，也染病故去。虽然叔父收养了他，可突然沦为孤儿，性情也大变。而婶母又认定他命太硬，妨主，甚为嫌弃。到十三四岁，叔父曾想送他入商号学徒，婶母却不愿为之破费。送去做仆佣，她倒不拦着：可见还是偏心眼。邱家是大户，调理得好，这娃或许还能有出息，你们也算是他的再生父母了。

姚夫人看了听了，就觉有七八分中意。就问这娃：

"识字不识字？"

这娃怯怯地说："识字不多。"

亲戚说，发蒙后念过几年书。他父母原也是指望他长大入商号的。

姚夫人说："那你过来，写写你的姓名。"

在亲戚的催促下，他怯怯地走到桌前来，拿起毛笔，惶惶写下三个字：温雨田。

姚夫人看这三个字，写得还蛮秀气，就问："算盘呢，会打吧？"

"打得不快。"

姚夫人正色说："到我们家，也没多少累活做，只是要勤快，手脚要干净，知道守规矩。"

温雨田没有说话，亲戚忙问他："听见了吧？"

"听见了。"

姚夫人又说："再就是别这样愁眉苦脸，成不成？"

他还是不说话。

姚夫人就问："你愿不愿来我们家？"

亲戚忙说："他当然愿意，不愿意，我能领他来？"

姚夫人说："雨田，你自己说，愿意不？"

他低了头，低声说："愿意。"

亲戚就喝了他一声："你不能说痛快些！"

姚夫人忙说："初来新地界，认生，也难免的。要愿意，那就留下来，试几个月吧。到年下，不出差错，就常留下来。"

亲戚忙说："雨田，还不快跪下给主家磕个头！"

这回，雨田倒是急忙跪下了，磕了一头，没说话。

姚夫人说："快起来吧。我们家也没那么多礼，那么多讲究，以后就当是自己的家。"

姚夫人留亲戚吃了饭，叫他转告雨田的叔父，说雨田在此受不了罪。工钱，也按通例给。亲戚却说，他可不能捎这种话回去：雨田找了这么个好主家，又福享了，他婶母能高兴？只能说勉强留下试用，工钱还没有，你主家也不好伺候呢。这样说，他那婶母才称心。亲戚还交代，留下雨田是当用人使，当然不能太心软，可也不敢太苛严。他心事太重，什么都攒在心里，对付不好，谁知他出什么事。

姚夫人只是按常理说："我花钱雇佣人，也不能当少爷供着吧？我该怎么使唤，就怎么使，他对付不了，你还给我领走！"

其实，姚夫人心里已是十分中意这个雨田了，她甚至感到有些天遂人意，竟给她送来一个比云生出色许多的小男人。才这么半天工夫，她已断定这个雨田比云生出色？

留下雨田后，姚夫人很快又召回一个做粗活的旧男佣。因为她吩咐雨田要做的，是记账，采买，跑佃户，进城办事。这全是管家该做的营生。

沉默寡欢的雨田，哪能想到主家会这样器重他？初听了，他真有些不敢应承，直说，怕张罗不了。主家夫人和气地说，谁天生就会？我挑你，就是叫你学着帮我管家。以往，我自己管家，没雇人，今年刚添了娃，忙不过来了。你识字，会打算盘，人也不笨，又长得排场，我看是当管家的材料。只要上心学，哪有学不成的？总比学生意容易吧！

主家把话说成这样了，他还能再说什么？

主家夫人还叫来裁缝，给他做了几身够排场的衣裳，单的、夹的、棉的，四季穿的都有了。这叫雨田更感意外：不是说试用吗？怎么一年四季的衣服都备下了？主家夫人说，跑外办事，顶的是我们邱家的脸面，穿戴太寒酸，那可是丢邱家的人！夫人还说，你一个男娃，没了父母，也不会张罗穿戴，我能忍心看着不管？你只要跟我们一心，这就是你的新家。

他听得眼里直涌泪珠。

刚到的时候，主家还把仆佣都叫来交代她们：新来的这个男娃能写会算，以后他要帮着我管家，你们要多帮衬他。主家有了这样的交代，别人对他也没欺生，真还够帮衬他的。邱家的仆佣也不多，一个个都像厚道人。

主家那位十岁的小姐，似乎并不讨厌他，常常跟着他，问东问西。

最常跟他在一起的当然还是主家夫人。什么都是她亲自教，记账算账，外出采买，论价杀价，城里哪些字号是老相与，佃户又有哪些家，什么都细细交代。不嫌烦，也不嫌他是生瓜蛋。跟他在一起，夫人好像慈母似的，一点脾气都没有。他的傻气，只能逗笑她，惹不恼她。

雨田真没想到，他来到的竟然是这样一个叫人惊喜异常的新地界。主家夫人为什么会对他这样好？可怜他？还是以前同他的父母有旧谊？平白无故，谁能对一个下人这样好？

这几年，在叔父家所受到的冷遇和虐待，已经叫年少的他不敢相信人了。

稍熟之后，雨田婉转问过姚夫人：为什么对他这样好？夫人倒笑着反问他："怎么，想叫我打骂你？那还不容易！"她亲切异常地给他说，她一直没男娃，所以特别喜欢男娃。以前有个帮她跑外的小男佣，她就很疼他，教他认字，教他为人处事，待之如家人。后来还给他举荐了商号，送去学生意了。也许是上天酬报她，今年终于得了男娃。

夫人还说，自家有了男娃，对他这样的男仆，依旧是喜欢的。他长得这样排场，偏又命苦，她由不得想多疼他。只要一心一意，这里就是你的家。

成天听这样的话，雨田渐渐也没有什么疑心了，只是庆幸自己终于跳出了苦海。那或许是父母的在天之灵拯救了他吧。

到邱家没有多久，他就变得开朗些了。办事也长进得快。主家夫人对他越来越满意。

在姚夫人这一面，对这个雨田就不只是越来越满意。她已经在做更长远的打算。

雨田住熟以后，越发显得要比云生强：到底是出身不一样。他不仅是生得英俊排场，脑筋也灵得多，处处透着大器。这样一个俊秀后生，那必是向往外出从商的。何况他故去的父母，从小就寄予这种期望了。所以，从起头时候，姚夫人就要断了他的这种念头：她希望这个雨田能长久留下来！刚进邱家门，就许以他学做管家，正是基于此种打算的。

给大户做管家，那也是种排场的营生。

接受了云生的教训，姚夫人也不想急于求成了。慢慢来，叫他感到了你的亲切,你的心意,你的疼爱,那也许能长久相守吧。

令姚夫人感到宽心的,是她的女儿也不讨厌雨田。莲莲也愿跟他在一道,问长问短。雨田对这个小女子,不冷淡,也不张狂,尽力迁就她。这就少了麻烦。以后更熟了,得及早要告诫他:小心不要惹下水莲!

姚夫人感到现在老练多了,能从容行事,不再那样急于将这个小男人揽入怀中。但自从雨田进家后,她已不再觉着孤寂冷清,有这个俊秀的后生叫她惦记着,日子过得实在多了。

因为闰八月,秋后节令显得早,到九月已是寒风习习,十七日就立冬了。立冬后一连数日,总刮北风,天气冷得缓不过劲来。屋里忽然要用火盆,姚夫人才想起今年还未采买新木炭。云生走时,只是买了几车劈柴,几车煤炭。

雨田听夫人这样一说,就要进城去采买。姚夫人说,去年还剩有木炭呢,等天气缓过来,再采买也不误事。雨田等了两天,见天气冷得更上了劲,就坐不住,非要去办这件事。姚夫人见他做事这样上心,也就同意了。嘱咐他,到了集市,只寻好炭,别太在乎价钱。看对了,叫卖家连车带炭推到水秀来,咱给他出脚钱。

雨田答应着去了。到后半晌,他真押着一推车木炭回来了。炭甚好,价钱也不贵。卖炭的直说:你们这位小少爷可真会杀价。姚夫人高兴了,多付了一百文脚钱,算是皆大欢喜。

但到夜晚,雨田就发起烧来。他想了想,知道是晌午大意了。晌午在南关集市,喝过两碗羊杂碎,辣椒加多了,喝得满头满身汗水淋淋。也没在乎,喝完又接着迎风乱跑,挑选木炭。本来喝一碗就得了,也不致出那么多汗,可当时嘴太馋,忍不住又喝了一碗。这可好了,得了报应。他外出,主家夫人倒总给带些零花钱。起先,他不敢花。夫人说,太寒酸了,哪像给邱家办事的?所以,他花钱喝羊杂碎,倒不怕,可喝得病倒了,那怎么交代?

这一夜，他时冷时热，难受异常。心里只是想，再难受也不怕，赶天明好了就成。但第二天起来，头重脚轻，浑身软软的。他强打精神，想装着没病，可哪能呢！

早起，主家夫人一见他，就惊呼：“雨田，你脸色这样难看，怎么了？”

他忙说：“咋也不咋。”

但她已过来摸住他的额头，更惊叫道：“天爷，滚烫！傻娃，你这是病了，还咋也不咋！”

跟着姚夫人就呼叫来其他仆佣，扶他回去躺倒。一面叫厨房给他熬姜汤，一面又叫给他屋里生个火盆。仆佣在忙活时，姚夫人就一直守在他身边。她并没有追问怎么着的凉，只是不时摸摸他的额头，叹息道：“看烧成什么了，也不说，真成了傻娃了！”

自从父母去世后，再没有人这样心疼过他：雨田想到这里，不禁泪流满面。

姚夫人见他这样领情，心里也有些受了感动，一边给他擦眼泪，一面说：“快不敢哭了，以后跟我一心，你受不了委屈。”

喝过姜汤，生起火盆，姚夫人又叫人给拿来一床被子给雨田加上。还问他想吃什么。雨田只是不断地流泪，那样感激她，依恋她。

这使姚夫人有一种说不出的动心动情。她感到雨田是与云生不同，他比云生更灵敏，更多情，也更叫人怜爱。她居然会这样动心地惦记他。这样的感觉已经很好，就是不将他揽入怀中也踏实了。

她营造了一种恋爱，自己又成功地陷了进去。

5

立冬以后，戴膺离开太谷，取道汉口，赶赴上海去了。

戴膺的半年假期还未满，但时局残败如此，他也无心歇假了。康老东家、孙大掌柜隔三岔五的也不断召他去，议论时局，商量号事。但时局不稳，各地信报不能及时传回老号，议论吧，又能议出什么眉目来？

回太谷这几个月，尽管有朝廷行在过境，戴膺依然感到一种坐井观天的憋屈。在京时，他就有想法：西帮票号要想长久执全国金融牛耳，各家大号须将总号移往京城才成。老号偏居晋省祁太平，眼瞅着与外埠庄口越来越隔膜。长此以往，老号岂不成为生意上的大桎梏？可这话，老号与东家都不爱听。现在，京师陷落，这话越发不能说了。

康老东家在徐沟觐见两宫后，对当今朝廷那是更少敬畏，更不敢有所指望。以老东台那毒辣的眼光看，西太后实在是一个太平庸的妇人。平庸而又不自知，即为无耻。位至尊，无耻亦至极。摊上这么一个妇人把持朝廷，时局残败至此，那还用奇怪？老东台从徐沟一回来，就对孙大掌柜说：

“趁早收缩生意吧，大清没指望了。”

孙大掌柜早有退意，再赶上今年这惊天动地的折腾，更想趁势告老退位。听老东台这样一说，那当然很对心思。他就说：“我看也是。趁早收缩，还能为康家留得青山。”

戴膺却有些不以为然。朝廷的无能无耻也不自今日始，亲睹圣颜，倒睹得自家泄了气？这也不像是西帮作为吧。西帮什么时候高看过朝廷？所以，戴膺就对两位巨头说：“现今生意也仅存半壁江山了，北方各庄口经此内乱外患，已收缩到底。江南庄口失去北方支撑，难有大作为，收缩之势也早成定局。再言收缩，还能收缩到哪儿？总不能将遍布国中的庄口全撤了，关门大吉吧？”

康老太爷竟然说：“叫我看，西帮的票号也如当年的茶庄，生意快做到头了。我们得趁早另谋新路。”

孙大掌柜就说：“我看也是。新路需新人去走，我这老朽也做到头了。”

康老太爷说：“不是说你。”

戴膺说：“另辟新生意，就不受朝廷管了？就能逃出时局的祸害？”

康老太爷说：“收缩的意思，一为避乱，一为图新。这样无能无耻的朝廷，我看也长久不了了。经此拳乱洋祸，你还指望它中兴？”

戴膺就想起在京时早有的图新之议：将票号改制为西洋式的银行。于是，就乘机对两位巨头说："此次洋祸，我看也不会轻易了结。除了照例割地赔款，朝廷只怕更得受掣于西洋列强。洋人于我西帮争利最甚的就是他们的银行。我们要图新，现成的一条路，就是将票号改制为洋式银行，师夷制夷，以求立于不败。"

老东台就问："银行也是银钱生意吗？"

戴膺说："也是。只是……"

老东台不等戴膺说完，便发了话："不做银钱生意了，咱不做银钱生意了。"

戴膺忙问："西帮独揽票业近百年，国中无人企及，不能说扔就扔了吧？再说，只康家退出，祁太平别的大家照做不误，岂不是自甘示弱吗？"

康老太爷一笑，说："谁不退出，谁倒霉吧。"

戴膺问孙大掌柜："老东台这是说什么呢？我怎么听不明白？"

孙大掌柜说："我也不大明白。"

康老太爷这才说："朝廷也要仿照西帮开银号了。如此无能无耻的朝廷一开钱铺，哪还不臭了银钱业的名声？咱们不赶紧躲避，还等什么？"

朝廷也要开银号？戴膺还是初闻此事：在徐沟时老东家可是未提一字！他急忙问："朝廷是当真吗？"

康老太爷说："比当真还厉害！这回，西太后来山西逃难，算是知道我们西帮票号厉害了。她亲口对我说的：等回京了，朝廷也得开办自家的银号，省得遇了今年这样的意外，库银带不出，花钱得三番五次跟各省讨要，成了叫花子了。西太后直说，看你们山西人开的票号，满天下都是，走到哪，银子汇到哪，花钱太便当！像她那样的妇道人家，眼红上你，岂有不当真的？"

孙大掌柜就说："朝中文武，哪有会开票号钱庄的？"

康老太爷说："太后已经跟我说了：到时，尔等在山西挑选些挣钱好手，到京为予开好银号，孝敬朝廷。"

戴膺听了，知道大势不好，忙说："朝廷要开官银号，那我们西帮票号的生意真要做到头了。经此洋祸，西洋银行必长驱直入，进驻国中各码头，与我们争雄。再加上朝廷也要开官银号，那我们西帮是腹背受敌，真活不成了！"

孙大掌柜说："戊戌年，康梁就曾主张设官钱局，太后不是甚为恼怒吗？"

戴膺说："现在是太后要开官钱局，还有办不成的？"

康老太爷说："要不，我叫你们赶紧收缩！"

戴膺想了想，说："朝廷办官银号，那也得等回銮京师以后了。两宫何时能回京，还难说呢。我们也不必太着急，先静观些时再说吧。"

正是议论至此，戴膺提出了速下江南的动议：现今国势多由江南而定；自拳乱以来，江南信报一直不畅，亲身去一趟，或许能谋出良策。

康老太爷倒不反对他下江南，只是发话道："戴掌柜要去，就去上海吧。沪号的老帮不强，你正可去帮衬一把。眼看朝廷又要割地赔款了，给洋人的赔款又将齐汇上海，有许多生意可做。这也需戴掌柜去费心张罗的！"

戴膺听老太爷这样一说，心里才踏实了：老东家还是照样操心银钱生意呢，收缩之说，也还大有余地。撤离银钱生意，或许只是老太爷的气话！

戴膺启程南下时，只带了一个京号伙友，另聘请一位镖局武师随行。

初冬时节，走出山西，进入河南，即无太重的寒意了。清化、怀庆府一带的竹园，翠绿依旧，在寥落凋敝中倒更是分外悦目。清化出竹器、毛笔，所以田间处处是竹园。戴膺已有些年头没来这一带走动了，更不曾见过这冬日的竹园。只是，此行心境不似寻常，沿途景象也难入眼底的。

庚子年这惊天动地的变故，叫戴膺也颇生出些出世归隐的意念。他是有本事有抱负的人，也是自负的人。做京号老帮许多年，在他前面似乎没有什么能难倒他。长袖善舞，临危出智，建功立业，仿佛已是他的日常营生。在天成元,他的人位虽居于孙大掌柜之下,可他的人望,那是无人可及的。作为一个西帮商人,他已经达到随心所欲而不逾规矩的境地了吧。但自发生洪杨之变以来,由时局的风云突变而引发的灾祸,却是令神仙也无可奈何的。摊了这样一个朝廷,你再有本事,又能如何?该塌底,还得塌底;该一败涂地,还得一败涂地!

从京师狼狈逃回太谷后,老东家和大掌柜虽然都未严责,戴膺已想引咎退隐,回乡赋闲了。大半辈子过去,他在家中度过的时日实在是太少太少。宅子后面那一处自建的园子,虽然颇为得意,却无缘恬然消受。由于三年一期的下班歇假,多在后半年,他一直就无缘一睹园子的春色。艺菊赏菊,正叫他念想园子的春天。与夫人、儿孙相聚得太少,其中苦楚就更不用说了。趁此狼狈,走出商海,亦正可略微补偿一些天伦之乐吧。

只是,在家中歇假未久,他已觉有几分枯索。外间动荡的时局,也许令他放心不下。但即使是在往常平安时候,在家闲住稍久,也一样会生出这种枯索来。这真是没治了,就像从小出家的僧人,忽然还俗,满世界看见的都是繁杂。

初归家来,夫人说些离别情义,子孙消息,家中变化,听来还很亲切。但多听了几日,便有些厌倦生起。夫人再拿家事来叫他处置,那就更不胜其烦了。到他这种五旬已过的年纪,对夫妻间性事已经没有多少念想,或者是早已习惯了禁欲式的生活。与夫人相聚稍久,发现的多是陌生:大半辈子了,她依然是那种只可远望而不宜近视的女人。子孙们呢,对他只有敬畏,少有眷恋。所以回到家来,补偿了在外三年积累起来的思念,很快就会感到无所依托,枯索感日甚一日地涨起来。

在这种枯索中,怎么可能怡然赋闲呢?

在外时那种对于回乡赋闲,补享天伦的念想,一旦到家,就知道那不过只是一种奢望:他已经回不到这个家了。这个家,只是他放置思念的地方。一旦回来,他只会更强烈地思念外埠,厌倦这个家!他似乎命定了只有在外奔波,才能保有对家的思念。久居乡间,可能会毁了这个家吧。

在他心底，还深藏着另一个奢望：那就是有朝一日，能升任天成元的大掌柜。

以戴膺在天成元的人位人望，他理当是接任大掌柜的第一人选。他的本事也是堪当此大任的。但领东大掌柜，那得东家看中才成。戴掌柜做京号老帮许多年，功绩多多。打通京师官场，拉拢有用权贵，就不用说了。类似处理去年津号那样的危机，也很有过几次。今年虽失了京号，但回晋后一番张罗，叫康老太爷得见两宫圣颜，可不是别人能办成的差事。只是，老太爷如愿以偿，亲睹圣颜后，也不过格外的夸奖了几句吧，并没有什么令人意外的意思表示出来。

在老东家眼里，他只是一个能干的掌柜。哪里有了难处，先想到的就是他：赶紧叫京号戴掌柜去张罗！平常时候，顺畅时候，不大会想起他。在天成元多少年了，他还看不出来吗？康老太爷此生看中的领东大掌柜就只孙北溟一人。

如今，老太爷已将康家的外间商务交给了三爷料理。年轻的三爷，会看中他这个老京号掌柜？

更没有多少指望。三爷嘴里常念着的是那位邱泰基。

罢了，罢了，此生做到京号老帮，也算旧志得酬了。原想做到大掌柜，也并非很为了图那一等名分，只不过更羡慕那一种活法：既可久居太谷，眷顾家人，又能放眼天下，运筹帷幄，成就一番事业。现在看，摊上这么一个朝廷，想成就什么事业，也难了。再说，他真做了大掌柜，第一件事，就是将总号迁往京师：那依然是远离家眷的。

带着这样一种心情，进入湖北时，戴膺已经宁静了许多。与北地相比，初冬的鄂省分明还留着一些晚秋气象，不拘望到哪儿，总能见着绿。这时，他渴望着的，只是早日见到汉号的陈老帮。

6

戴膺与汉号的陈亦卿老帮，虽然常通信报，却已有许多年未见过面了。三年一次的歇假，两人实在很难碰到一起的。这次在汉口忽然相见，涌入彼此眼中最甚的，便是岁月的沧桑！

他们十多年前见过面后，一别至今。那一次，戴膺由京赴上海，帮沪号收拾局面，功毕，弯到汉口，由鄂回晋。那时，他们尚觉彼此年轻有为，雄心壮志一点未减。这转眼之间，十年多就过去了，彼此谁还敢恭维谁年轻？

陈亦卿重迎戴膺，欣喜之至。他与戴膺约定：先不言号事，也不言时局，丢开一切世事，尽情尽兴说些知心话。他已在一家清雅的饭庄订了酒席，不拉任何人来作陪，止吾二人畅饮畅叙！江汉初冬，也不过像京中深秋，正可借残秋、寒江、老酒，作别后长话。

戴膺一路已有彻悟之想，陈老帮的安排自然很对他的心思。

陈亦卿吩咐了副帮，仔细招待跟随戴掌柜来的伙友及武师。之后，即雇了两乘小轿，与戴膺一道往饭庄去了。

这处临江的饭庄，外面倒很平常，里面却格外雅致讲究。原来这里是陈老帮时常拉拢官吏的地方，外拙里秀，正可避人耳目。今日引戴膺到此，不做什么拉拢勾当，才真应了“清雅”二字。

在此与陈亦卿聚谈，戴膺很满意了。

陈亦卿问他：“想吃什么鱼？你在京城，哪能吃到地道的河鲜！”

戴膺说：“年过半百，嘴也不馋了，随便吧。”

陈亦卿说：“你是在京城把嘴吃秃了。那你就看我的安排。”

陈亦卿叫来饭庄掌柜，只低声吩咐了一句，掌柜就应承而去。

戴膺接了刚才的话，问：“你说把嘴吃秃了，什么意思？”

陈亦卿笑了，说：“人之嘴，一司吃，一司说。我看京人的嘴，只精于说了，却疏于吃！不拘什么货色，都先要谋一个有说头的唬人名堂，至于品色到底如何，倒不太讲究了。”跟着，放低声音说：“什么满汉全席，铺陈了多少菜？可有一样好吃的没有？”

戴膺也笑了，说：“我也不是京人，你笑话谁呢？”

陈亦卿说：“我也不是笑话你。”

戴膺说：“我看你倒变成一个南蛮子了。养得细皮嫩肉的，原来是精通了吃嘴！”

陈亦卿说：“哈哈，我还细皮嫩肉？趁酒席未摆上，我给你叫个细皮嫩肉的上来，听几曲竹丝南音？”

戴膺忙说：“老兄色食都精，我可是早无此雅兴了！”

陈亦卿笑了说：“你是自束太严吧？在京师拉拢官场，你能少了这道菜？”

戴膺说：“我实在是老迈了，于食色真寡淡得很。”

陈亦卿说：“我看你还未丢开世事，心里装满北边祸事，对吧？我只是想为你解忧，你倒想不开。你我时常拿花酒招待官场，今日我们意外重逢，叫来给自家助一点兴，你却不领情！”

戴膺说：“北边那是塌天之祸，也由不得我，老装着它做甚！只是，忽然来到江汉，倒真像遁入世外桃源。”

陈亦卿忙说：“看看，看看，又扯到时局上了。既不想听音律弹唱，那就开席吧。”

酒席摆上来，也只十来样菜肴，但都是戴膺不常见的河鲜海味。

陈亦卿指着一碟雪白的浆茸状菜肴问：“你看这是什么？”

戴膺看看说：“像口外蒙人的奶酪？”

陈亦卿笑了，说：“来汉口，我能拿奶酪招待你！这是蟹生。”

“蟹生？”

“这是拿极鲜的活蟹，仔细剔出生肉来，剁成茸。再将草果、茴香、砂仁、花椒、胡椒五味，都研成末；另加姜末、葱丝、麻油、盐、醋又五味，共十味，一道放入蟹茸，拌匀，即成此蟹生。如此生食，才可得蟹之鲜美！老兄在京，得食此鲜美否？”

“真还没有享过此口福。”

“去年康老东台、孙大掌柜来汉口，拿此招待，很叫了好。”

“那我就先给你叫好吧。”

“等你尝了再说！”

戴膺小心尝了一口，脸上也没有特别的反应，只是故作惊叹道：“好，好，真是食所未食！”

陈亦卿就笑了，说：“我看出来了，老兄还是心不在焉呀！我这样禁议时事，只怕更要委屈着你。那就罢了！想说什么，你尽可说，只不要误了进酒。来，先敬你这盅！”

戴膺很痛快地饮了下去，说：“我哪里会不领你的盛情？只是忽然由北边来，南北实在是两个世界，我还未定过神来呢！”

陈亦卿岂能不想知道北边详情？他不过以此宽慰戴膺吧。他是最了解戴膺的，京号之失虽难幸免，戴膺还是不愿自谅的：在他手上，何曾有过这样的败局！可惜，费了这么大工夫，也未能将戴膺暂时拖入清雅之境，那就不强求了。他便说：

“北边情形，我能不知道？只是，连朝廷都弃京出逃了，我们西帮岂能幸免？”

戴膺说：“我在晋省，也听说这场塌天之祸几乎未波及江南。过来一看，果然两重天。早听说拳乱大兴时，张之洞、刘坤一联络江南各省督抚，实行‘东南互保’，看来真还保住了大清的半壁江山。”

陈亦卿说：“什么互保，不过是联手拥洋灭拳罢了！半壁江山，一哇声讨好西洋列强，听任他们进犯京津，欺负朝廷，可不是两重天！”

戴膺笑了，问：“你倒想做朝廷的忠臣义民呀？多年在京，我还不知道，这样无用的朝廷，迟早得受欺负！”

陈亦卿说：“叫谁欺负，也不该叫洋人外人欺负吧？”

戴膺又笑了,说:"你老兄是不是入了义和拳了?"

陈亦卿说:"我在汉口多年,能不知道西洋列强的厉害?今年这场灾祸,实在是叫洋人得势太甚了!西洋人最擅分而治之的勾当。北边,他们唱黑脸,坚船利炮,重兵登陆,攻陷京津,追杀朝廷。这南边,他们又唱红脸,跟张之洞、刘坤一以及李鸿章、袁世凯这等疆臣领袖,大谈亲善,签约互保。看看吧,他们在南北都得了势,朝廷可怎么跟人家结账?"

戴膺说:"摊上这样一个没本事的朝廷,不叫人家得势还等什么?江南诸省若听了朝廷的,也对列强宣战,这边半壁江山只怕也没了。你的汉号,只怕也早毁了。"

陈亦卿说:"眼下,江南一时保住,可麻烦跟着就来。只西洋银行,就怕要开遍国中的。我西帮票号,还能活吗?"

戴膺说:"这我也想到了。可朝廷那头,也有麻烦。两宫过晋时,康老东台曾觐见了太后和皇上。"

"真有这样的事?"

"老号的信报,没有通告此事吗?"

"通告了吗?反正我们汉号没有接到这样的信报。只听人家祁帮的字号说:朝廷行在路经祁县时,将行宫设在了大德通,住了一夜。也有传说,西帮中几位大财东,包括我们康老东台,曾往太原觐见两宫。人家来问:有没有此事?我哪知道,只好不置可否。"

"孙大掌柜是怎么了?这样的事,连你们汉号也不通报?"

"或许是信报遗失了?这多半年,往来信报常有缺失的。"

"哪能偏偏遗失了这一封?我由晋来汉这一路,经过我们自家的字号都不知有此事!"

"他或许是怕我们太张扬了?"

"这是什么时候?遭了大祸,正忧愁不振,叫你张扬吧,能张扬起来?这件事,总还能给各庄口提提神,却按住不说。"

"那么,老东台真是在太原觐见了两宫?"

“哪儿呢！是在徐沟见的。”

“怎么在徐沟?”

“在太原刚缓过劲来，两宫就恢复了京都排场，老东台哪能见得上？只好等两宫离并赴陕，经徐沟时，张罗着叫老太爷受了召见。”

“原来是老东台独自觐见，不是与祁太平的大财东们一伙受召见？”

“朝廷哪能如此高抬我们西帮商家？就是太后想召见，那班军机也得极力阻拦。不过，这次朝廷逃难山西，算是知道我们西帮的厉害了。老东台见着太后时，你猜太后对他说了什么？”

“说了什么？向我们借钱？”

“比借钱还可怕！她这次拉着皇上仓皇逃出京师，一两库银没带，路上大受掣肘，吃尽苦头。进了山西，见我们票号的银钱，走到哪，汇到哪，又感叹，又眼红。所以，见了我们老东台，就说一件事：等回了京师，朝廷也要仿照西帮，开办那种走到哪、汇到哪的银号！朝廷也要开银号，与我们争利，这麻烦不更大了？”

陈亦卿听了，不由一惊：“朝廷也要开银号？”

“可不是呢！要不说比跟我们借钱还可怕。”

“朝廷真要开银号，我看不会仿照西帮。”

“那能仿照谁？”

“多半得仿照西洋，开办官家银行。你想，太后开银号，她会靠京中那班王公大臣？必然还得靠擅办洋务的这几位疆臣。张之洞、李鸿章、盛宣怀、鹿传霖，谁会主张仿西帮？一准是主张办银行！”

“朝廷办起官银行，再加上长驱直入的洋银行，我们西帮真是要走末路了。”

陈亦卿叹了口气，说：“其实当今国中，最配办银行的，唯我西帮。你我早有此议，可惜无论康老东台，还是孙大掌柜，都不解我们用意。去年夏天，两位巨头来汉口时，我有空就极力陈说，都白说了。为了说动两位，我还张罗着请来英人汇丰银行一位帮办，叫他们见了。结果，也不顶事。”

戴膺忙问:“就是你信报中几次提起的那位福尔斯?”

“对。”

“这次,也烦你给张罗一下,叫我见识见识这位福尔斯,成吗?”

“那还不容易?我与这位英人有些交情。只是,他狡猾呢!去年见了康老东台、孙大掌柜,一味惊叹西帮如何了不得,票号如何奇妙,绝口未提他们西洋银行的好处。咱那两位巨头,乖乖中了这厮的计谋,听得心满意足的,直夸这位英人会说话!”

“我倒不怕。此去沪上,少不得要同洋银行打交道。先见识一些他们的狡猾,也好。再者,当今情势如此险恶,西帮票业出路,也唯有改制为银行。但西洋银行究竟为何物?也需你我多入虎穴吧。对洋商,兄较我见识多。只是,今年洋人南北得势,气焰正甚,还有心思假意恭维我们吗?”

“别人我不知道,这位福尔斯可还是装得谦和如旧。八月,八国联军攻陷京津,两宫出逃的消息传来,真如闻霹雳,谁能不焦急?我见了福尔斯,就问他:你们是嫌做生意赚银子太慢,又靠动武,逼我们赔款,对吧?这回把京师都拿下了,我们想赎回京师,那得出多少银子?你能给估个数吗?我这样损他,他倒真不恼,只一味赔不是,说仗打到贵国京师,实在太不幸了。日后如何赔款,他估算不来。赔多赔少,反正贵国能赔得起。他还笑着说,贵国白银太多了。你听这笑里藏着什么?”

“他真这样说?”

“他一向就爱这样说:贵国的白银太多了!我们欧洲的白银,美洲的白银,全世界的白银,这几百年来一直在流向贵国,而且是只流进去,流不出来。贵国的丝绸,瓷器、茶叶,多少世代了,源源不绝流往外域,换回了什么?最大宗的就是白银!外域也有好东西,西洋更有好东西,可你们都不要。为皇家官场挑拣一点稀罕之物,那才能抵多少?贸易需有来有往,贵国只卖不买,白银还不越聚越多。贵国并不盛产白银,却有如此多的银锭在全国流通。贵国若不是这样的白银之国,你们西帮能如此精于金融之道?又何以能积聚如此惊人的财富?你说,他这是恭维我们,还是挖苦我们?”

“我看这位洋人说的,似也有几分实情。我说呢,西洋人何以总和咱们过不去?”

“实情不实情,于理不通!我们白银多,你们就来抢?福尔斯还有他的歪理呢!自道光年间始,他们英人挑头往中国倾销鸦片,放了一股祸水进来。你知道他说什么?他说:这是没有办法的事,只有鸦片才能从中国换回他们流走的白银!听听,这是什么歪理?”

“那我一定要会会这位福尔斯了。”

这样畅言起来,两位酒也喝得多了,菜也下得快了。只是,酒菜的品味是否真的上佳,都未留意。

这次在汉口,戴膺果然会会了福尔斯。

第八章　洋画与遗像

1

立冬过后，康家请来一位画师。

杜筠青听管家老夏说，这是一位京城画师，技艺很高明，尤擅画人像。为避拳乱来到山西，大富人家争相聘了给尊者画像。

杜筠青就问："你们请来，给谁画像？"

老夏说："谁都想画呢，尤其三娘、四娘，最热心了。天天追着问我：哪天能给画呀？爷们中间，大老爷不理这事，三爷出门了，四爷也没说话，二爷、六爷可都乐意画。连家馆的何举人也想画，哪能轮上他！"

杜筠青就说："老太爷不是最尊师吗！何举人想画，就给他画一张。"

老夏说："哪能轮上他！连二爷、六爷都轮不上，哪能轮上他？"

杜筠青问："画师的架子就这么大，还得由他挑拣？"

老夏说："这画师倒真有些架子，但画谁不画谁，却不由他挑拣。是老太爷见都争着想画，就发了话：'今年遭了天灾洋祸，外间生意大损，都节俭些吧。这次画像，就我与老夫人！别人等年景好了，再说。'老太爷发了这话，老爷们、夫人们都不敢吭声了，哪还能轮着他何举人？”

杜筠青就说：“老太爷想画，他画，我可是不想画！你跟老太爷说，我不画了，省下一份，让给何举人。”

老夏慌忙说：“这哪成？这回，老太爷请画师来，实在是仅为老夫人！”

“为我？”杜筠青苦笑了一下。

老夏说：“这是实情。自从老太爷到徐沟觐见了皇太后、皇上，回来就精神大爽，对什么也是好兴致，更时常念叨老夫人的许多好处。”

杜筠青不由冷冷哼了一声。

“还时常念叨，这些年太操心外间生意，冷落了老夫人。半月前，一听说有这样一位画师给曹家请去了，就吩咐我：曹家完了事，赶紧把画师请回来，无论如何得请到！老太爷直说，这些年太疏忽了，早该给老夫人请个画师来，画张像，怎么就没顾上？你们谁也不提醒我？早几年，老夫人仪容正佳，很该画张像，怎么就疏忽了？所以，这次请画师来，实在是专为老夫人。”

杜筠青又冷冷哼了一声。不过，自老东西见过当今皇上皇太后是有些变化：对她有了些悔意，甚至还有了些敬意。可一切都太迟了！现如今，她既不值得他忏悔，也不需要他相敬了。给她这样的人画像？哈哈，也不怕丢你康家的人吗？她就说：

“为我请的，我也不想画！我现在这副模样，画出来，就不怕辱没了他们康家？”

老夏笑了说：“老夫人现在才越发有了贵人的威仪！”

杜筠青瞪了老夏一眼，说：“巴结的话，你们随口就来。我可不爱听！”

老夏说：“这不是我说的，上下都这样说。”

“谁这样说？”

老夏说：“三爷、四爷、六爷，三娘、四娘，都这样说。杜牧、宋玉，也常在老太爷跟前这样说。连那个何举人也这样说呢。”

哼，真都这样说？别人倒也罢了，爱怎么说怎么说，三爷、六爷也会这么说？尤其是三爷，现在已经当了半个家了，会这么说？他这样说，不过是装出来的一种礼数吧。但她还是不由问道：

“三爷也这样说？”

“那可不！三爷一向就敬重老夫人，自正月接手管了外务，提起老夫人，那更格外敬重了。”

老夏这种话，谁知有几分是实情！

杜筠青就说：“他们说我有像皇后娘娘，我也不想画像。谁想画，趁早给谁画去！”

今日老夏也有了耐心，她这样一再冷笑，一再拒绝，他好像并不在意，依旧赔了笑脸说：“老夫人，我还没跟你说呢！这位京城画师，不是一般画师，跟洋人学过画。画人像使的是西洋技法，毛发毕现，血肉可触，简直跟真人似的！老夫人你看——”

老夏这才将手里拿着的一卷画布展开：一张小幅的妇人画像。这是画师带来的样品吧。

杜筠青看时立刻认出了那是西洋油画。父亲当年出使法兰西时，就曾带回过这种西洋油画。最初带回来的，当然是他自己的画像。头一遭看这种西洋画，简直能把人吓一跳。近看，疙疙瘩瘩的；远看，画布上的父亲简直比真人还逼真！母亲看得迷住了，要父亲再出使时，也请洋画师给她画一张。父亲呢，最想给祖父画张像。但洋画师画像，务必真人在场，一笔一画，都是仿照了实物下笔。母亲和祖父，怎么可能亲身到法兰西？再说，那时祖父已经去世。

父亲只好带了祖父一张旧的中式画像，又请京城画师为母亲也画了像，一并带了去。用笔墨勾勒出来的中式画像，即便能传神，实在也不过是大概齐，难见细微处，更难有血肉之感。父亲倒真请法国画师，照着这样的中式画像，为祖父和母亲画了洋画像。带回来看时，不知祖父像不像，反正母亲走了样，全不像她。但画布上的那个女人很美丽，也很优雅。母亲说，那就是她。

如今，父亲、母亲也跟了祖父，撒手人世了。

杜筠青见了这张西洋油画，不但是想到了故去的父母，想到了以前的日子，更发现画中的这个女人，似乎有什么牵动了她？这也是一个异常美丽，异常优雅的女人，只是在眼里深藏了东西。那是什么？不是令人心满意足的东西，心满意足也不需要深藏吧。也不是太重的伤痛。是凄凉？是忧郁？很可能就是忧郁。忧郁总想深藏了，只是难藏干净，露了一点不易觉察的痕迹。偏就是难藏净的这一丝忧郁，才真牵动人吧。

"老夫人，这是一位难遇的画师吧？"

杜筠青不由有些动心了，说："画这种西洋画，很费时吗？"

老夏赶紧说："这位画师技法高超呢，只照了真人打一个草稿，一两天就得了。精细的活儿，他关起门来自家做，累不着老夫人的。太费时累人，谁还愿请他？"

杜筠青说："那就先给老太爷画吧。"

老夏说："老太爷交代了，先请画师给老夫人画，他近来正操心西安、江南的生意，还有京津近况，静不下心来。老太爷的意思，是叫画师先专心给老夫人画。"

老东西真有了悔意？可惜一切都晚了。

杜筠青冷冷地说："那就叫画师明儿来见我。"

老夏显然松了一口气，满意地退出去了。

康笏南从徐沟回来当日，即在老院摆了一桌酒席。也不请别人，说只为与老夫人坐坐，说说觐见当今皇上、皇太后的场面。叫来作陪的，只三爷、四爷两位。还说这桌酒席，全由宋玉司厨，是扬州风味。

这可叫杜筠青惊诧不已。老东西这是什么意思？

一向爱以帝王自况的老东西，终于亲眼见到当今的皇上、皇太后了，他心里欣喜若狂，那也不足为怪。自听说皇上皇太后逃难到达太原，他就一心谋了如何亲见圣颜。现在，终于遂了这份了不得的心愿，你摆酒席，也该多摆几桌，更该请些有头脸的宾客吧？只请她这个久如弃妇似的老夫人，是什么用意？

杜筠青想回绝了，又为这一份难解的异常吸引，就冷冷应承下来：老东西葫芦里到底装了什么药？

入了席，老东西是显得较平常兴奋些，但大面儿上似乎装得依旧挺安详。他说："这回往徐沟觐见皇上、皇太后，在我们康家也算破天荒的头一遭。可惜当今圣颜太令人失望！所以，亦不值得张扬，只关起门来给你们说说。"

三爷就说："觐见皇上，毕竟是一件大事。老太爷又是以商名荣获召见，尤其是一件大事！应当在祠堂刻座碑，铭记此一等盛事。"

老东西立刻就瞪了三爷一眼，说："你先不要多嘴！我今日说觐见皇上的情形，专为老夫人。你们陪了，听听就得了，不用多嘴。立什么碑！见了这种弃京出逃的皇上，也值得立碑？"

专为老夫人！杜筠青听老东西在席面说这种话，真是太刺耳。她不由就插了一句："三爷也是好意。逃出京城了，毕竟也是皇上。"

老东西倒并不在意她插话，变了一种昂扬的口气，接住说："你是不知道，那皇上要多猥琐，有多猥琐！憨人似的坐在那里，一句话不会说。太后叫他问话，他一句问不出来。就那样又憨又傻地干坐着，真没有一点圣相！"

三爷又不由插进来说："听说戊戌新政一废，皇上就给太后软禁起来了。受了这种罪，他哪还能精神得了？"

老太爷大不高兴，沉下脸说："你什么都知道，那我们听你说！"

杜筠青见此，心里倒高兴了，故意说："三爷提到的，我也听说了。当今皇上，也不过担着个名儿吧，实在早成废帝。"

今天老东西真给她面子，她一说话，他就不再生气，脸色语气都变回来，依旧昂扬说："我看他那面相，实在也不配占那至圣至尊的龙廷！就是敢废皇上的西太后吧，她又有什么圣相？更不济！觐见时，她倒问了不少话，全似村妇一般，只往小处着眼！这就是多年骑在皇上头上，在朝廷一手遮天的那个西太后？给谁看吧，不是那种太平庸的妇人？这种女人，满世界都是。”

三爷又想说什么，刚张嘴，就止住了。

杜筠青看在眼里，就问：“三爷，有什么高见？说吧！”

三爷忙说：“没想说什么呀？”

老东西说：“老夫人叫你说，你还不快说！”

三爷这才说：“逃难路上，太后哪能有金銮殿上的威仪？”

老东西冷笑了一声，说：“我亲眼所见，不比你清楚！她就是再装扮，能有俯视天下的威仪？叫我看，这个妇人的仪容、气韵，真还不及老夫人。”

这话可更把杜筠青吓住了！西太后的仪容、气韵还不及她？怎么能这样比？老东西以帝王自况，就拿她与太后比？她可不想做这种白日梦。

不想三爷竟说：“这话我们相信。”

老东西听了，就说：“你尽乱打岔，就这句话，没说走嘴！”

这话更叫杜筠青听得云山雾罩，莫名异常。

宋玉烹制的菜肴已陆续上桌。老东西殷勤指点了，劝她品尝。真还是淮扬风味。尤其一道“野味三套”，将野雉、斑鸠、禾雀，精巧套装，又闷得酥烂肥鲜，香气四溢。杜筠青记得，这道菜，母亲在年下才做一回。她已是许多年未尝这道菜了。当然，老东西爱吃野味，宋玉平日也许常拿这类菜讨好他。可宋玉进门快一年了，这还是头一遭请她这位做老夫人的品尝南菜，而且竟如此隆重！

老东西为什么忽然对她如此殷勤起来？

2

画师还很年轻，看着只有二十来岁。问他，他说已经三十二了，真不像。他姓陈，居然是杭州人。

杜筠青不由就说:“我母亲是松江人,松江离杭州不远吧?”

画师说:“不远。”

杜筠青说:“听说你是由京师来的?”

画师说:“近年在京师谋生,为官宦人家画像而已。”

杜筠青又不由说:“我少时即在京城长大,先父生前为出使法兰西的通译官。”

画师说:“难怪呢,老夫人气象不凡。在下学西洋画,就是师从一位法国画师。”

“在何处学画?”

“在上海。只是,在下愚钝,仅得西画皮毛,怕难现老夫人真容的。”

“你尽可放手作画,我不会挑剔的。”

“老夫人如此大度,在下更惶恐了。”

“不要客气。少时听先父说,西洋画师并无出世的清高,多率真豁达,不避世俗。我和老太爷看过你的画作,都满意的。”

“贵府这样大度,在下真不敢献丑了。”

“你跟法国人学画,学会些法语没有?”

“在下愚钝冥顽,实在也没有学会几句。”

“西洋话难学,也不好听。”

这位言语谨慎的画师,虽无一点西洋气韵,倒还是得到杜筠青的一些好感。他的江南出身,画师职业,西洋瓜葛,谋生京师,都颇令杜筠青回忆起旧时岁月。自入康家以来,这位画师也是她所见到的商家以外很有限的人士之一。所以,更叫她生出许多感慨!入康家这十多年,她简直是被囚禁了十多年,外间世界离她已经多么遥远。旧日对法兰西的向往,那简直连梦都不像了。连少时熟悉的京城,也早遥不可及。

夏天,她听说朝廷丢了京城,一点都无惊诧。京城与她,又有什么相干!父母故去,她是连一点可牵挂的都没有了。而这世间,又有谁会牵挂她?没有了。那个车倌三喜,多半真的死去了。

画师自然是不能进入老院禁地的。他画像,安排在客房院的一间厅堂。老夏已将这间厅堂摆设得富丽堂皇。初冬的太阳,斜照在窗纸上,屋里非常明亮。

画师请杜筠青坐到窗前一张明式圈椅上,左看右看,似乎有什么不对劲。

杜筠青就问:“有什么不妥吗?”

陈画师忙说:“没有,没有。”

他显然有什么不便说,杜筠青追问了一句:“有什么不妥,就说!我得听你的。”

画师还是连说:“甚好,甚好。老夫人如不愿盛装,那在下就起草图了。”

杜筠青断然说:“我最见不得盛装打扮!什么都往在身上头上堆,仿佛那点压箱底的东西只怕世人不知似的。”

画师忙说:“老夫人着常装,亦甚好。贵府夏管家交代过一句,要画出老夫人的盛装威仪。”

杜筠青更断然说:“不要听他们的!”

“自然,在下听老夫人吩咐。”画师连忙应承。

这天到屋里光线变暗时分,画师果然为她画出一幅草图。过来看时,这张用炭精画在纸上的草稿,倒很是精细:上面的女人就是她吗?那是一个高贵、美貌的妇人,似乎比画师带来的那样品上的女人,还要高贵、美貌。

“这像我吗?”

一直在旁伺候的杜牧,连声说:“像,太像了!越在远处看,越像!”

杜筠青稍往后退了几步,是更像个活人了,只是,光线暗了,不能再往后退。她真还那样美貌?

画师说:“入冬天变短了。累了老夫人一整天,才只打了一张草稿。这是侧坐于窗前,光亮由一边照来。明天还得劳累老夫人,画一张光亮由脸前照来的草稿。老夫人气象不凡，在下不敢大意，得多打幅草稿，以利斟酌。或明日老夫人休歇了，改日再请老夫人出来？”

杜筠青说：“我闲坐着，能怎么累着？陈画师你辛苦了。明日，还是听你张罗，不必多虑。”

画师忙说：“能受老夫人体谅，感激不尽。那明天就再劳累老夫人一天？”

杜筠青说：“就听你的。”

在一个地界呆坐一整天，说不劳累，那是假的。只是，坐着也能说话，问这位画师一些闲话，也还并不枯闷。陈画师虽专神于纸笔，答话心不在焉，又矜持谨慎，但也毕竟能听到些外间的新鲜气息。江南、京师的近况，她实在是很隔膜了。问答中，有时出些所答非所问的差错倒也能惹她一笑。

平日里，她哪能有这种趣味！

第二日她刚到客房院，老夏就慌忙赶来了，直斥责陈画师：“不是说好了，只请老夫人劳累一天，怎么没完了？我们老夫人能这么给你连轴转？”

没等画师张口，杜筠青就说：“老夏，这埋怨不着陈画师，是我答应了的。”

老夏说：“只怕他也是看着老夫人太随和才不抓紧赶工，将一天的活儿做成两天！”

杜筠青笑了笑说：“老夏，你说外行话了！西洋画，我可比你们见识得早！洋画的功夫，全在比照了真人真景下笔。草草照你打个底稿，回去由他画，快倒是快了，画出来还不知像谁呢！我看陈画师肯下功夫，就说不用太赶趁了，一天不够，两天。该几天，是几天。”

老夏忙赔了笑脸说：“我是怕累着老夫人！”

陈画师说：“加今儿一天，就足够了。老夫人仪容不凡，又懂西洋画，我生怕技艺不济，只得多下些笨功夫。”

老夏说：“那也该歇几天再画，哪能叫老夫人连轴转？”

杜筠青说:“这也是我答应了的,你不用多说了。”

老夏只好吩咐杜牧及另两个男佣仔细伺候,退下去了。

老夏的格外巴结,也使杜筠青觉得异常。不过,她也没有深想,反正老太爷态度变了,他自然也会变的。

今日面朝门窗坐了,须靠后许多。陈画师又是左看右看,不肯开工。杜筠青又问有什么不妥?

这回,画师明白说了:“这厅堂太深,光亮差些。不过,也无妨的。”

杜筠青说:“我再靠前坐坐就是了。”

陈画师退后,看了看,说:“就这样吧。再靠前,我只得退到门外了。”

门外,初冬阳光也正明丽,又无一点风。杜筠青就忽发奇想:坐到屋外廊檐下,晒着太阳,叫他作画,说些闲话,那一定也有趣。于是便说:

“嫌屋里光亮不够,那我干脆坐到屋外去。今儿外头风和日丽,晒晒太阳,也正清新。”

画师一听,慌忙说:“大冬天的,哪敢叫老夫人坐到外头!不成,不成。光亮差些,也有好处,画面可显柔和。”

杜筠青是要到屋外寻找新趣味,就问:“坐太阳底下能作画吗?”

陈画师说:“能倒是能,日光下更可现出人的鲜活肤色。但大冬天的,绝不可行!”

杜筠青笑了说:“大热天,才不可行!热天坐毒日头下叫你们作画,画没成,人早晒熟了。杜牧,你回去给我拿那件银狐大氅来!”

画师和杜牧极力劝阻,杜筠青哪里会听?到底还是依了她的意愿,坐到外头廊檐下的阳光里。除披了银狐大氅,男佣还在她的脚边放了火盆。所以,倒也不觉冷。

只是陈画师这头可紧张了。他速写似的草草勾了一个大概,就拿出颜料来,抓紧捕捉老夫人脸面上的色彩、质感、神态。初冬明丽的阳光,真使这位贵妇大出光彩,与室内判若两人了。这样的时机,太难得。但他实在也不能耽搁得太久了。老夫人搭话,他几乎就顾不及回应。就这样,不觉也到午后，才将老夫人一张独有魅力的脸面写生下来。他赶紧收了工。

回到屋里，杜筠青要过画稿来，只见是一张脸，正要发问，却给吸引过去了：这样光彩照人的一张脸，就是她的？头发还没有细画呢，可眉毛眼睛太逼真了，黑眼仁好像深不见底似的，什么都能藏得了……

杜牧奇怪地问："大半天，就画了一张脸？"

陈画师忙说："人像就全在脸，别处，我靠记性也好补画的。这也叫老夫人在外头坐得太久了！"

杜筠青就问杜牧："你看这像我吗？"

杜牧一边退后了看，一边说："像，比昨儿那张还像，上了色，人真活了！可惜就只是脸面。"

陈画师就问："老夫人，你看着还不太刺眼吧？"

杜筠青沉吟了一会儿，说："不必将我画这样好。"

杜牧说："老夫人本来就这样。"

陈画师说："老夫人有什么就吩咐。以后，就不敢再劳累您了。"

杜筠青说："我说过了，不会挑剔的。陈画师，你也辛苦了。"

杜筠青没有再多说什么，叫了杜牧，先走了。

陈画师这也才松了一口气。他给官宦大户画像，主家几乎全是要你画得逼真，却又不肯久坐了叫你写生。所以，他也练出了一种功夫，靠记忆作画。照着真人，用一天半晌画草稿，其实也不过是为记忆做些笔记。记在脑中的，可比画在草稿上的多得多。再者，即便贵为京中官宦，大多也是初识西洋画，甚好交代的。但康府这位老夫人，她的年轻和美貌太出人意料！老太爷七十多了，老夫人竟如此年轻？尤其她的趣味和大度，对西洋的不隔膜，更出人意料。他一见了，就想把她画好！这位贵妇，居然肯叫他写生两天，还肯坐到太阳下。在冬日阳光的照耀下，她真是魅力四溢，叫你画兴更浓。

真是太幸运了。

他也要叫这位贵妇得到幸运：为她画一张出色的画像。

3

从客房院回来，休歇，用膳，之后老东西又过来说话，细问了作画情形。老东西走后，老夏又来慰问，大惊小怪地埋怨不该听任画师摆布，坐到当院受冻。杜筠青那时精神甚好，说是她想晒晒太阳，不能怨画师。一直到夜色渐重，挑灯坐了，与杜牧闲话，她也没有什么不适。只是到后半夜，才被冷醒了，跟着又发热，浑身不自在起来。

难道白天真给冻着了？

她忍着，没有惊动杜牧她们。可忽冷忽热已不肯止息，轮番起落，愈演愈烈。杜筠青这才确信，是白天给冻着了。

她已这样弱不禁风了？白天也不是一直在外头坐着，坐半个时辰，画师及杜牧她们就催她进屋暖和一阵。暖和了，再出来。或许，就是这一冷一热，才叫她染了风寒吧？

病了就病，她也不后悔。这两天毕竟过得还愉快。在这位陌生的画师眼里，她还是如此美貌，那是连她自己也早遗忘了的美貌。美貌尚在吧，又能如何！老东西的忽然殷勤，也是重又记起了她的美貌？他重新记起，又能如何！她才不稀罕老东西的殷勤。她也许该将自己的不贞，明白地告诉他！

伴着病痛，杜筠青翻弄着心底的痛楚，再也难以安眠。喉头像着了火，早烧干了，真想喝口水。但她忍着，没有叫醒杜牧。要是吕布在，或许已经被惊醒了。可她这样辗转反侧，杜牧居然安睡如常。

第二天一早，杜牧当然就发现老夫人病了。很快，老太爷过来，跟着，老亭、老夏、四爷、三娘、四娘也都过来走了一趟。四爷通医，说是受了风寒。老太爷却厉声吩咐：快套车进城去请医家。老夏更埋怨起画师来。

杜筠青真不知是怎么了，自己忽然变得这样尊贵。头痛脑热，也是常有的，以往并没有这样惊天动地。老太爷一殷勤，合家上下都殷勤？

可老东西为何忽然这样殷勤？他到徐沟亲见了当今圣颜，就忽然向善了？还是他真在做帝王梦，发现她原也有圣相？

哼，圣相！

请来的是名医，把了脉，也说是外感风寒，不要紧。杜筠青天天喝两服药，喝了四五天，也就差不多好了。

这期间，老太爷天天过来看望她，还要东拉西扯，坐了说许多话。杜筠青本也不想多理会，可天天都这样，她终于也忍不住，说：

“我这里也清静惯了，又不是大病，用不着叫你这么惦记。听说外间兵荒马乱的，够你操心。叫下人捎过句问讯的话，我也心满意足了！”

康笏南听后倒笑了，说：“外间再乱，由它乱去。就是乱到家门口，我也不管了。我能老给他们担这副担子？担到头了，不给他们担了。天塌下来，他们自己顶吧。我也想开了，替他们操心哪有个够？这些年，连跟你说句闲话的工夫都没有，真是太想不开了！以后什么都不管了，天塌了，由他们管，咱们只享咱们的清福！”

杜筠青心里只是冷笑：你还有什么想不开的？不过嘴上还是说：“三爷、四爷也都堪当其任，你内外少操心，正可专心你的金石碑帖。”

康笏南叹息了一声，说：“金石毕竟是无情物！”

杜筠青可是没料到他会说这种话，便说：“金石碑帖要是活物，怕也招人讨厌！”

康笏南说：“我真不是说气话。自亲见了皇上太后逃难的狼狈相，我才忽然吃了一惊！一生嗜好金石，疼它们、爱它们、体抚呵护它们，真不亚于子孙，甚而可谓嗜之如命。只是，如此嗜爱之，却忘了一处关节：尔能保全其乎？今皇上太后弃京出逃，宫中珍宝，带出什么来了？什么也没有！他们连国库中的京饷都没带出一两来，何况金石字画？身处当今乱世，以朝廷之尊，尚不能保全京师，我一介乡民，哪能保全得了那些死物！灾祸来了，人有腿，能跑；金石碑帖它无腿无情，水火不避，转眼间就化为乌有。你算白疼它了！所以，我也想开了。”

他原来是这样想开了？

“由此比大，生意、银钱、成败、盈亏，什么不是如此？生逢这样的乱世，又摊上这样无能的朝廷，你再操心，也是白操心！我也老了，什么也不想管了，只想守在这老窝，赋闲养老。我已给老亭说了，把东头那几间屋子仔细拾掇出来，烧暖和了。我要搬过来，在这头过冬。这许多年，对你也是太冷落了。”

他要搬过这头来过冬？

杜筠青听了，心里真是吃了一惊。记忆中，自她嫁进康家做了老夫人，老东西就没在这头住过几次。现在，忽然要搬过来住，为什么？真像他说的，亲见圣颜后，大失所望，看破红尘，要归家赋闲了？

杜筠青太不愿相信这是真的，可老东西说的，又太像是真的。只是，他即便是真的，真对她有悔意，她也无法领受这一份情义了。

所以，杜筠青再没有多说什么，只是淡漠地听康笏南说。

大概过了十天，老夏把杜筠青的画像送过来了。

画幅不大，是普通尺寸，也还没有配相框，只绷在木衬上。但画中的她，还是叫画主吃惊了：完成的画像中，她比在草稿中还要更美貌，更优雅，更高贵！她坐在富丽堂皇的厅堂之上，只是那一切富丽堂皇都不明亮，落在了一层暗色里，唯有她的脸面被照亮了，亮得光彩夺目，就像坐在明丽的太阳下。在这美丽、优雅、高贵之中，她那双眼睛依然深不可测，可又太分明地荡漾出了一种忧郁。是的，那是太分明的忧郁！

老夏问：“老夫人，你看画得成不成？”

杜筠青反问了一句：“老夏你看呢，像不像我？”

老夏说：“我看，像！老太爷看了，也说像。”

“他也看了？”

“看了。老太爷还去客房院看过画师作画。老太爷看了老夫人的画像，直说：还是洋画逼真。”

老东西看了，也不嫌她的忧郁太分明？老夏更不嫌？或许，她一向就是这样？那位陈画师极力将她画得更美，可也不为她掩去这太重的忧郁？掩去了，就不大像她了吧？

老夏还是问："老夫人你看呢？"

杜筠青说："我看着倒不大像。"

老夏忙说："像，谁看了都说像！二爷、四爷、六爷、二娘、三娘、四娘，都看了，都说像。旁观者清，自家其实看不清自家。"

杜筠青就说："你们说像，那就是像了。"

"那就寻个好匠人，给镶个精致的相框？"

"先放这里，我再从容看看。画师走了吗？"

"哪能走？还要给老太爷画像呢。"

杜筠青日夜看着自己的画像，渐渐把什么都看淡了，美貌、优雅、高贵，都渐渐看不出来了。只有那太分明的忧郁，没有淡去，似越发分明起来。

老东西还没搬过来，但下人们一直在那边清扫，拾掇。一想到老东西要过来住，杜筠青就感到恐惧。即使他真想过来日夜相守，她也是难以接受的。他老了，也许不再像禽兽。可她自己也不是以前的那个老夫人了。

她的不贞，居然就没有人知道，连一点风言风语也没有留下？

三喜突然失踪后，她对着老夏又哭又叫，再分明不过地说出：她喜爱三喜，离不开三喜！可这个老夏就那样木？什么也听不出来？她坐车亲自往三喜家跑了几趟，打听消息，老夏也不觉着奇怪？

她闹得惊天动地了，康家上下都没人对她生疑，反倒觉得她太慈悲，是大善人，对一个下人如此心疼！其实他们是觉得，她绝不敢反叛老太爷的。

老东西南行归来，杜筠青也跟他说了如何喜爱三喜，三喜又如何知道心疼人，她实在离不开三喜。老东西一脸淡漠，似乎就未往耳朵听。他更断定，她绝不敢有任何出格之举？

过了年，拳乱闹起来，祸事一件接一件，谁还顾得上理会她？夏天，城里的福音堂被拳民攻下，她亲眼看见教鬼刘凤池那颗黑心，吓晕了。醒过来，她一路喊叫：谁杀我呀？我跟三喜有私，你们也不杀我？当时她知道自己喊叫什么。车倌，杜牧，还有一位护院武师，他们听了一路。回来，能不给老夏说？但依然是一点风言风语也没流传起来。

你想不贞一回，惹恼老东西，居然就做不到？三喜就算那么白死了？

老东西要搬过来，她一定要将自己的不贞明白告诉他。他还不信？

4

过了几天，管家老夏还是将老夫人的画像要过来了。他交代陈画师，画像，老夫人很满意，老太爷也很满意。就照这样，再画一幅大的。不要心疼材料，工本礼金都少不了你的。只有一条，加画大幅的这件事，对谁也别说。康家的人也一样，老太爷不想叫他们知道。

陈画师答应下来，也没觉得怎样。

老夏安顿了画师，就传出话去，说画师要专心为老太爷画像，都别去看稀罕了。天也更冷了，进进出出，屋里不暖和，画师说有碍颜料油性。

这样一说，还真管用：谁愿有碍给老太爷画像？

老夏才算稍稍松了口气。

这位由京城来的画师，在祁太平一带给大户画像，已经有一些时候了。老夏初听说时，就给老太爷身边的老亭说过。老亭也把消息传进去了。但老太爷对这位画师未生兴趣。老亭说：老太爷当时一声没吭，像没听见这回事。

老夏不肯罢休，以为老亭没说清楚。他瞅了一个机会，又当面给老太爷说了一次：这位画师技艺如何了不得，大户人家如何抢着聘请。尤其说了：使西洋画法，绝不会把主家画成蛮夷，红头发，蓝眼睛，老毛子似的，而是画得更逼真了，简直有血肉之感。

可老太爷依然不感兴趣，说："天也塌了，还有心思画像？"

老夏这才死了心。

他一点都没想到，老太爷从徐沟回来不久，老亭就来问他："以前提到过的那个京城画师，还在太谷不在？"

"我哪知道！你问这做甚？"老夏当时没反应过来，随口说了这样一句。

老亭瞪了他一眼，说："我稀罕你呀，我问你？是老太爷问你！"

老夏这才有一些醒悟，慌忙说："我这就去打听。要在，就请回来？"

老亭说："老太爷只问在不在，没说请不请。"

"我立马就派人去打听！烦你给老太爷回话，我立马就去打听。"

打听的结果，是这位陈画师正在曹家作画。老夏往老院回复，老太爷交代说："等曹家完了事，就把他请来。"

老夏就大胆问了句："请来，只为老太爷画像？"

老太爷反问："曹家呢？"

老夏说："听说画了不少，给女眷们也画了。"

老太爷就说："请来，先给老夫人画，别人再说。"

老天爷，老夏想听的就是这句话！

这句话可不是仅仅关乎画像的事，它是康老太爷发出的一个极重要的暗示。只是，在康家能听明白这个暗示的，仅两个人：一人就是管家老夏，另一人是老太爷的近侍老亭。

老夏在康家做总管也快三十年了，不称职，能做这么久？所以，老夫人与三喜有私，岂能瞒过他的耳目！但这件事简直似石破天惊，不仅把他吓傻了，几乎是要将他击倒。

老太爷在康家是何等地位，老夏是最清楚的。老太爷一向重名甚于重财，老夏也是深知的。这位失意的老夫人竟然做下如此首恶之事，简直是捅破天了！而出事当时，康家合家上下，连个能顶杠的人物也没有！老太爷南巡去了，说话有风的三爷正在口外，聋大爷、武二爷、嫩六爷，在家也等于不在。暂理家政的四爷，又太绵善，就是想顶罪，也怕解不了恨。此事一旦给老太爷知道，必是雷霆震怒，废了这个妇人，宰了车倌不说，还必得再寻一个出气筒，一个替死鬼！

寻谁才能解恨？

只有他这个当管家的了，还能是谁！

何况，跟老夫人私通的，正是他手下管着的车倌！不拿他问罪，拿谁？

在康家扑腾了大半辈子，也算是小有所成，家资不薄，就这样给毁了？

所以初听此事，老夏也是决不愿相信的。

去年夏天，初来向他密报的是康家的一个佃户。杜筠青与三喜常去的那处枣树林及周围地亩，就为这个叫栓柱的佃农所租种。

起先，栓柱只是发现枣树林里常有车辙和马粪，也并不大在意。枣林里未种庄稼，树上的枣儿还嫩小似豆，牲口也糟蹋不着什么。后来，发现是东家老夫人的车马，就更不敢在意了。东家老夫人坐着这种华贵的大鞍马车，常年进城洗澡，他也早见惯了。大热天，进枣树林歇一歇，那也很自然。所以，知道是老夫人的马车后，遇见了，也要赶紧回避。事情也就一直风平浪静的。

但杜筠青做这件事，本来只为反叛一下老东西，并不想长久偷情，所以也没费多少心思，把事情做得更隐秘。三喜呢，开头还惊恐不安，后来也不多想了，无非是把命搭上吧。做这种石破天惊似的偷情事，两人又是这种心思，几乎等于不设防了，哪有不暴露的！

那个栓柱本也摸着些规律了：老夫人的马车，是在进城洗过澡，返回路上，才弯进枣树林里歇一歇。那也正是午后炎热的时候。所以，他也尽量避开此时。那一天，午后歇晌醒来，估摸着已错过那个时辰了，栓柱便提了柄镰刀，腰间挽了把麻绳，下地寻着割草去了。天旱，草也不旺，喂牲口的青草一天比一天难寻。枣树林一带，早无草可割，这天也只是路过而已。

本是无意间路过，却叫他大感意外：东家的车马，怎么还在呢？正想避开，就听见一声妇人的叹息，是那种有些沉重的叹息。栓柱不由生出几分好奇，就轻轻隐入林边的庄稼中，向那车马那头偷望了几眼。

这位卑微的佃农，实在也不是想看东家的隐私，无非想偷看几眼老夫人的排场吧。当然，也想窥视一下老夫人的尊容。老夫人的车马常年过往，但都是深藏车轿中，连个影子都看不见。可今日这大胆窥视，却把他吓呆了：

一个妇人虽坐在车轿中，但轿帘高掀着，妇人又紧倚轿口，腿脚更伸了出来；年轻的车倌靠近轿口站了……正奇怪这车倌咋与妇人靠得如此近，才看清车倌竟是在抚摸妇人的一双赤脚！他真不敢相信自家的眼睛，但怎么看，也还是如此，那个妇人真真切切是伸出一双赤脚，任车倌抚摸！

那妇人是东家的老夫人吗？栓柱所听说过的，只是老夫人还年轻，没缠过脚。眼前这妇人，既还年轻，也不是小脚，而那辆华贵的马车分明是老夫人常坐的……老天爷！

栓柱被眼前这一幕吓得大气不敢出。这可是撞上晦气了！要真是老夫人，这不是撞死吗？他不敢再看，更不敢动，要能憋住，这可怜人真不敢出气了。但满头满身的汗水，却止不住地往下流。

幸亏没待太久，就见另一位妇人匆匆由大道赶来，远远就朝枣林喊了声。车倌听见，忙将轿帘放下了，车上的妇人也退入轿中，跟着，车马便驶出枣树林。

车马远去了，可怜的栓柱依然惊魂未定。老天爷，怎么叫他撞上了这样的事？这个妇人是东家老夫人吗？要不是，那还好些。要真是，那可吉凶难卜了！万全之策，就是快快把这一幕忘记，不能对任何人说，打死你也不能说。可这事，你不说，也难保不败露的。一旦败露，只怕东家也要追问：那片枣树林租给谁了？是死人，还是串通好了，也不早来禀报？

真是左思右想都可怕！

不过，此后一连许多天，再没有发生这样的事。老夫人的马车依然三天两头地往城里去，但再也不进枣林里歇凉了，来去都径直行进，一步不停。

这是怎么了？事情败露了？不大像。老夫人的车马还是照常来往。也许，那天坐在车轿里的妇人，并不是老夫人，而是与车倌有染的一个女佣？要是这样，那就谢天谢地了。他真就可以闭眼不管这等下作事了。一个车倌，做这种偷鸡摸狗的事，即便败露，东家也不过将这孽种乱棍打走拉倒，不会多做追查的。

其实，栓柱并没有这么幸运。那天杜筠青与三喜在枣林多耽搁了时候，是因为吕布来迟了。吕布迟到，又是因其重病的父亲已气息奄奄。她刚返回康家不久，父亲便升天了。从此她告了丧假，代她跟随了伺候老夫人的是个新人。跟着新女佣，杜筠青与三喜自然难再上演先前的好戏。

可惜，没过多久，老夫人就以新女佣太痴，撵走不用。撵走碍眼的，那石破天惊的大戏更放开演出了。

栓柱见枣林里祸事又起，惊恐得真要活不成了。他已经认定，这位妇人就是老夫人。不是老夫人，哪能三天两头坐了如此华贵的马车不断往城里去？老夫人做这种事，要是在别处，他也是绝不会多管闲事的。可在他租种的地亩上做这种事，那不是要毁他吗？

如此惊恐万状，也不过只是熬煎自家吧，他哪敢去告密？即便去告，东家会信他？就是信了，东家还会不会留他？东家为了名声，会不会灭口？总之，栓柱一面目击事态发展，一面也只是在心里祈盼：快不敢再造孽了，你们也有个够吧！要不想活，就挪个地界，我还得活呀！

可人家哪管你活不活呀！这俩东西，倒越疯得厉害了。由城里回来，车马一进枣树林，车倌就抱起那妇人，钻进庄稼地。起先几次，还悄没声的，到后来，笑声哭声都传出来了。尤其是那妇人的哭声，叫栓柱听得更心惊肉跳！

做这种事还哭？那是觉得羞愧了？不想活了？

老天爷，要死，可千万不能死在这地界！

人家疯完走了，栓柱不免要钻进自家的庄稼地。倒也不是满目狼藉，庄稼没糟蹋几棵。可你们就不能换个地界？老在一个地界，容易败露，懂不懂呀?

人家不换地界,栓柱只能一次比一次害怕。即便这样,可怜的栓柱依然未下决心去告密。到后来,他甚至暗中给那一对男女放起哨来了。人家来以前,先把放羊一类的撵走。人家来了,又藏在大路边,防备有人进去。他也不大管枣林里是好事坏事了,只要不出事,就好。

但他把这一切憋在心里,哪又能长久?所以,到后来熬煎得实在难耐了,才悄悄对自家婆姨提了提。谁想这一提,可坏了事了!他知道自家婆姨嘴碎,心里又装不下事,就一直没跟她吐露半个字。你已经憋了这么些时候了,跟了鬼了,又跟她这碎嘴货提?

婆姨听了,先是不信,跟着细问不止,末后就高声骂开了。栓柱慌忙捂住她的嘴,呵斥道:"你吼死呀,你吼?怕旁人听不见?"

婆姨倒更来了泼劲,扒开他的手,越发高声说:"又不是你偷汉,怕甚!明儿我就叫几个婆姨,一搭去枣树林等着,看他们还敢来不敢来?"

栓柱见婆姨这样发泼,心里多日的熬煎忽然化着怒火,抡起一巴掌扇过去,就将女人撂倒。

这婆姨顿时给吓呆了,歪在地上,愣怔了半天没出声。

栓柱见女人半天不出声,问了句:"你没死吧?"

婆姨这才哇一声哭出来,呼天抢地不停。

栓柱急忙怒呵道:"号死呀?号!还想挨扇,就说话!"跟着,压低声音吩咐,"刚才说的事,你要敢出去吐露半个字,看我不剐了你!"

婆姨还很少见男人如此凶狠,就知道那不是耍的,咽下哭嚎,不再吱声了。

婆姨虽给制服了,栓柱仍不敢大松心。他知道,自家女人心里肯定装不下这档事!平时屁大一点事还摺不住呢,老夫人偷情这么大的事,她能憋住不说?不定哪天忘了把门,就把消息散出了。摊了这么一个碎嘴婆姨,你后悔也没用。思前想后,觉得只有一条路可走:不能再装不知道了,赶紧告诉东家吧。与其叫婆姨散得满世界都知道,哪如早给东家提个醒?

栓柱虽是粗人，但还是通些世事的。决定了去见东家，也未鲁莽行事。先经仔细思量，谋定两条，一是得见着东家管事的，才说；二是不能以奸情告状。只是说，给老夫人赶车的车倌，总到枣树林里放马。毁几棵庄稼倒不怕，大热天，就那么把老夫人晾半道上？进一趟城有多远呢，还得半道上放一次马？这车倌是不是欺负老夫人好说话？这么说，还稳当些吧。

只是，栓柱往康庄跑了几趟，也没进了东家的门。他这等佃户，把门的茶房哪拿正眼看待？张口要见管事的，又不说有什么紧要事，谁又肯放他进去？经多日打听，他才知道老东家出远门了，四爷在家管事。四爷常出来给乡人施医舍药，是个大善人。摸到这消息，栓柱就用了笨办法：在康庄傻守死等。真还不负他一番苦心，四爷到底给他拦住了。

可在当街哪能说这种事？

栓柱看四爷，真是一个太绵善的人。原先编好的那一番话，对四爷说了，怕也是白说吧？于是，他急中生智，对四爷说："小人因地亩上的急事，想见一见夏大管家，把门的愣不叫进。求四爷给说一声，放小的进去？"

四爷果然好说话，和气地问了问是哪村的佃户，就过去给门房说："引他进去见老夏！"

门房不但不再拦挡，还给引路呢。老天爷，进一趟东家的门，说难真难，说易也易。

5

老夏初见佃户栓柱，当然没放在眼里。四爷发了话，他也不很当回事的。四爷在他眼里，本也没占多大地界。发了话叫见，就见见，几句话打发走拉倒。佃户能有甚事？无非今年天雨少，庄稼不济，想减些租子吧。

可这佃户进来，就有些异常，鬼鬼祟祟，东张西望。这是什么毛病？

"大胆！我这地界是你东张西望的？有什么事，快说！我可没空伺候你！”老夏不耐烦地喝了声。

栓柱立刻跪倒了，说：“夏大爷，小的真是有要紧的事禀报。”

“少啰唆，说！”

栓柱又四顾张望，吞吞吐吐：“我这事，只能对夏大爷说，只能对大爷你独自一人说……”

“这么啰唆，你就走吧，我可没空伺候你！”

“大爷，大爷，真是紧要的事，关乎东家……”

老夏见这货太异常，才忍了忍，叫在场的用人都退下。

“说吧，少啰唆！”

栓柱就先照他谋好的那一番话说了一遍。可老夏忍着听完，破口就骂道：“你活够了，来耍我？东家的牲灵啃你几棵庄稼，也值得来告状？还惊动了四爷，还不能叫旁人听见？我看你是不想种康家的地了，对吧？滚吧，康家的地亩荒不了！”

栓柱见老夏一点也没听明白自己的话，顿时急了，只好直说：“夏大爷，我实在不是心疼几棵庄稼，是枣树林里出事了！”

“出事，出了什么事？”

“小人不敢看，还是请夏大爷去看吧。”

“狗杂种，你专跟我啰唆？”

“小人实在说不出口，小人实在也没敢看！”

“你这狗杂种，关乎谁的事？”

“老夫人的车马上，能坐着谁？”

“还有谁？”

“赶车的吧，还能是谁！”

老夏到这时，才有些明白了栓柱密报的是件什么事。可老天爷，这怎么可能！他急忙将栓柱拉起来，低声做了讯问。栓柱虽遮遮掩掩说了些迹象，老夏已明白：老夫人是把康家的天捅破了！

他厉声喝问栓柱：“这事，还给谁说过？”

栓柱慌忙说:“谁也没敢说,连自家婆姨也没敢对她说！这种事,哪敢乱散？不要命了?”

“实话?”

“实话！要不,我下这么大辛苦见夏大爷,图甚?”

“看你还算懂事。从今往后,无论对谁,你也不能再提这件事！胆敢走漏风声,小心你的猴命！听见了吧?”

“听见了,听见了!”

老夏把栓柱打发走,自己呆坐了半天,不知如何是好。这个女人,真是把康家的天捅破了。康老太爷是何等人物,哪能受得了这等辱没？康家又是什么人家,哪能担得起这等丑名？废了这个女人,宰了三喜这孽种,压住这家丑不外扬,都是必然的。还有一条,十之八九怕也逃不脱:受辱的老太爷一定要拿他这个管家开刀,一定要把他撵走!

刚听明白栓柱密报的是一件什么事,老夏立刻就意识到:这位杜氏老夫人是把他这做管家的也连累了。

保全自己的欲望慢慢叫他冷静下来。不能慌张,也不鲁莽。他必须妥当处置,把这件事压下来！这不是对老太爷不忠,对康家不忠,倒正是为了你老人家不伤筋动骨,为了你康家不受辱没,当然也为了保全我自家。

老夏镇静下来后,正想传唤孽种三喜,忽然又觉不妥:先不能动他。想了想,就吩咐人去老院叫吕布来。跟前的小仆提醒他:吕布正归家守丧呢。

老夏这才明白过来:难怪呢,吕布奔丧走后,杜氏不要新女佣跟她！是嫌碍事吧?

可吕布呢,她就不碍事？她被收买了?

当天,老夏套车出行,秘密去见了一次吕布。在庄外僻静处,几句恫吓,吕布就说了实话。但只承认老夫人体抚她,进城时,常常准许她回家探望重病的父亲。伺候老夫人进了华清池,她就往家奔;到家见与老父一面,说几句话,又赶紧往回返。紧赶慢赶,老夫人在半道上也等半天了。

她实在不是成心违规，一来思父心切，二来有老夫人应允。

再问，也问不出别的来。老夏也只好暂信她的话。也许，杜氏只是以此将吕布支走，并未太串通了？

回来当晚，老夏就在一间密室提审了车倌三喜。

这孽种进来时，倒一点也不慌张，好像康家能长久任他瞒天过海似的。老夏已怒不可遏，举拳就朝案头擂去，响声不脆，却很沉重。紧跟这响声，怒喝道："狗杂种，还不给我跪下！"

三喜乖乖跪下了，依然没有惧色。

老夏又朝案头擂出一声来，问道："狗杂种，知道犯了什么罪？"

"知道，是死罪。"

"狗杂种，竟然说得这样轻快，平静，一点也不遮掩，更不做抵赖。难道已听到风声，知道有人来告发？谁说你犯了死罪？"

"我自家就知道。"

"知道今天要犯事？"

"反正迟早有这一天。"

狗日的，还是满不在乎。真不想活了？

"犯了什么死罪？说！"

"夏大爷既已知道，不用多问了。"

狗杂种，他倒一点不害怕，一点不在乎！是指望老夫人能救他，还是豁出去了，甘愿把狗命搭上？豁出去吧，你的狗命值几文钱，却拖累了多少人！早知如此，何必挑这么英俊的后生做车倌！

盛怒的老夏跳过来，朝三喜那不在乎的脸面狠扇了一巴掌。挨了这一巴掌，狗杂种依然面无惧色！

"三喜，你还指望那淫妇能救你？狗杂种，你做梦也梦不了几天了！"

"夏大爷，我早知道有这一天，该杀该剐也认了。"

"狗杂种，你倒豁出去了！你以为占了老夫人的便宜，占了老太爷的便宜，搭上狗命也不吃亏了？可你是把东家的天捅破了，你要连累多少人！

就是千刀万剐了你，能顶屁事！”

三喜不说话了，但也还是不大在乎。这孽种，真是不怕死？

审问了大半夜，打也打了，骂也骂了，这万恶的三喜始终就那样轻松认罪，视死如归，对奸情倒不肯多说一字。这狗东西，对那淫妇还有几分仁义呢。人一不怕死，也真不好治他。

老夏只好唤来两个心腹家丁，将三喜结实绑了，扔进一处地窖里。他严嘱家丁：不许对任何人提起，就是老妇人问起，也不能说。三喜犯了东家规矩，要受严惩。至于犯了什么规矩，老夏对这两心腹也没说。

拿下三喜，下步棋该怎么走，老夏心里还是没底。

三喜突然不见了，杜氏必然要来跟他要人，怎么应付？跟她点明，暗示赶紧收场？太鲁莽了。做了这种首恶之事，她能给你承认？为了遮羞，必定要反咬一口，吵一个天翻地覆。那就坏了事了。捉奸捉双，只三喜一人承认，真奈何不了这女人。她还依然是老夫人！

眼下最大关节处，不是捉奸，而是如何将这件事遮掩下来，遮掩得神不知，鬼不觉。既已将三喜这一头拿下了，杜氏那一头，就不能再明着惊动。她来要人，就装糊涂：三喜哪去了？成天伺候老夫人呢，我们谁敢使唤他？快找找吧。找不见，就装着发火，埋怨老夫人把三喜惯坏了，竟敢如此坏东家规矩，云云。老夏思量再三，只能如此。

第二天，不是杜氏进城洗浴的日子，所以还算平静。这一天，那两个心腹家丁曾问过老夏：给三喜送几口吃喝？老夏不让，说饿不死他。

第三天，果然就风雨大作！早饭后不久，就有老院的下人慌慌跑来，说是三喜寻不见了，老夫人正发脾气。老夏喝令快去寻找，然后闲坐片刻，才装出很匆忙的样子，赶往老院见杜氏。他先去老院，是为防止杜氏跑出来叫嚷，局面难以控制。

哪想刚进去，老夫人就朝他喊叫：“合家上下，主仆几百号人，就一个三喜跟我知心，你还给我撵走！成心不叫我活了？”

老夏听了，真是心惊肉跳！这个妇人，怎么也跟三喜一样，一些也不避讳？居然喊叫跟一个车倌最知心！他慌忙说："三喜常年伺候老夫人，谁敢动他？正四处找他呢。老夫人要急着进城，我先另套一辆车伺候……"

"不坐，谁的车也不坐，我就坐三喜的车！主仆几百号人，就三喜知道疼我，你们偏要撵走他？"

"老夫人息怒，我亲自给你去找！一个大活人，哪能丢了？不定钻哪摸牌去了。"

"三喜不是那种人！我跟他最知心，能不知道他是什么人？你们知道我离不开他，成心撵走他！"

"老夫人息怒，我亲自去找他！"

老夏丢下这句话，赶紧退出来了。再说下去，这妇人不定还会叫喊出什么话来。老天爷，这一对男女，怎么都如此不嫌羞耻！两人合计好了，成心要捅破康家的天？三喜那狗东西是下人，说收拾就收拾了。可你要不惊动这妇人，真还不好下手警告她，更没法让她不说话。

真遇了难办的事了。

老夏出来，大张声势，发动仆佣四处寻找三喜。还装着恼怒之极，对四爷说："三喜赶车不当心，老夫人说了他几句，狗东西就赌气藏了起来。也怨老夫人对下人太慈善，把那狗东西惯坏了。寻回来，非捆在拴马桩，抽他个半死不成！"先在四爷这里做一些遮掩，也是必不可少的。老夫人再闹大了，四爷以及三娘、四娘能不过问？先有此交代，以后也好敷衍。

这样张罗到后半晌，老夏又进老院见了杜氏，显得异常焦急地禀报说：哪儿都寻遍了，怎么就连个影子也逮不着？他家也去了，举荐他的保人也问过了，谁也不知他的下落！车倌们说，昨儿晚间还见他在，早起人就没了。夜间门户禁闭，又有武师护院，他有武功也飞不出去吧？

老夫人听了，竟失声痛哭起来。这可更把老夏吓得不轻！老天爷，这妇人也豁出去了？他不敢迟疑，忙说："老夫人真是太慈悲了，这么心疼下人！那狗东西也是叫老夫人惯坏了，竟敢这么不守规矩！老夫人也不敢太伤心，丢不了他！他就是想跑，我也得逮回来，狠狠收拾他呢！"

老夫人一边哭，一边说：“三喜不是那种人，你们不能撵走他！你们不能收拾他！要收拾，你们就收拾我！”

老夏赶紧抢过来说：“老夫人就是太慈悲，就是对下人心软，就是太娇惯他们了！不识抬举的狗东西，对他们真不能太慈悲了！”

老夏这样应对了几句，连说要继续找，一定找回来，就又赶紧退出来了。

出来，又赶紧对外散布：老夫人直后悔，说她不该骂三喜！你们看看，老夫人对下人也太慈悲了！她自己没生养，简直把三喜当儿孙疼了，不惯坏狗东西还等甚！

这样折腾了一天，弄得满城风雨了，老夏才忽然发觉有些不妥：这样再嚷吵几天，三喜家人也会听到风声的。他父母、婆姨赶来要人，也是麻烦！再说，三喜就那样扔在地窖里，饿死他？

老夏虽对三喜这狗东西恨之入骨，但也不便私下处置了他。万一有一天老太爷知道了此事，要亲自宰了这孽种出气，那怎么交代？思量良久，老夏决定暂将三喜秘密发配到一个边远的地界：甘肃的肃州。老夏与天成元驻肃州庄口的老帮有旧：这位老帮当年进票号，还是老夏做的举荐与担保。修书一道，托他为三喜谋一学商出路，不会有问题。信中，假托三喜为自家亲戚，但文墨不济，于粮庄、驼运社乃至草料店，谋一学徒即可。

入夜，老夏命心腹秘密将三喜从地窖中提出。先给他松了绑，又给吃饱肚子，之后，对他说：

“狗东西，你想死，我还真成全不了你！你死了，你爹娘婆姨来跟我要人，我怎么交代？事情已到这一步，我也积点德，给你指一条生路。从今以后，你就改名换姓，往肃州去学生意吧。说，你是想生，还是想死？”

三喜不说话。

“我也不跟你啰唆了。生路给你指出来了，死路，你自家也能挑。趁着夜色，你回家一趟，跟父母婆姨交代一下，天亮前就动身往肃州去。我给你带盘缠和举荐信，放你一条生路。这一去天高地远，你要死，半道上有的是机会！”

三喜还是没说话。

老夏也不再啰唆，把举荐信与盘缠交给两个心腹，交代了几句。两人便给三喜套了一身女佣的衣裳，秘密押了，离康家而去。

翌日，还是虚张声势，继续寻找这个车倌。老夏进老院，故作认真地问老夫人：“三喜在伺候老夫人，一向还手脚干净吧？有些怀疑，他是盗了东家宝物，跑了。可问了问，也没见谁屋里失盗。老夫人这里，也没少什么东西吧？”

老夫人自然又是辩解，又是落泪。老夏故作失言，赶紧退出。

隔天，老夏又对老夫人说：“听别的车倌说，三喜这狗东西早不想赶车了，一心想出外驻庄学生意。想学生意，你明说呀！这偷跑出去，谁家敢收你？老夫人，他是不是跟你提过，你不想叫他走？”

老夫人连连否认。老夏安慰几句，退出来。

这样张罗了几天，老夫人似乎也安静下来了。其时，也正是五娘被绑了票，合家上下的心都给揪到了天津卫。老夏的遮掩暂时算得逞了。

其后，这妇人竟还亲自往三喜家跑了几趟。每次去了，都要责问他：“他家怎么说三喜外出学了生意？”老夏忙解释：“只能先这么糊弄他家吧，一个大活人寻不见了，总得有个交代。”

老夏糊弄这妇人，也算从容多了。

但他知道，自己的生死关口还没到呢！老太爷南巡归来，那才要决定他的生死。你以为遮掩得差不多了，可老太爷是谁？老院那些仆佣，谁多一句嘴，就塌了天了。那些仆佣，谁不想巴结老太爷！还有这个妇人，她要再疯说几句，也得坏事。

打发了三喜，怎么向老太爷交代，老夏可是很费了心思。对老太爷，自然不能说三喜是自己跑了。堂堂康家，哪能如此没规矩！一个下人，他能跑哪？活见人，死见尸，你们给我追回来！老太爷这样动怒，那就什么也遮掩不住了。老夏想来想去，觉得只能给老太爷说“实话”：三喜也早该外放了,只是老夫人使唤惯了,一直不叫换。三喜因此也一天比一天骄横,惹人讨厌,尽来告状的。再这么着,三喜还不惯成恶奴一个,坏康家的脸面?我只好暗暗外放了他。怕老夫人跟前不好交代,才故意对外张扬,说三喜自家跑了,追回来轻饶不了他!反了他呢,敢自家跑?只是,没叫几个人知道事情就是了。

入冬后,老太爷终于回来了。照此说了一遍,老太爷也没多问。他提心吊胆过了一冬天,竟然平安无事。

年关将尽时,老夏收到一封肃州来信。那位老帮回话说:所托之事已办,举荐来的后生还蛮精干的,已入一间茶庄学徒了。见了这信,老夏先冷笑了几声:狗东西,还是没死呀?后来才一惊:茶庄?举荐那狗东西入了康家茶庄,会不会坏事?留心问了问,才知道康家的茶庄在肃州没有庄口,三喜进的是别家的字号。

于是才放心了。

6

进入庚子年,渐渐就时局大乱。朝廷的天,眼看也塌下来了。老太爷本来早已冷淡了杜氏,在这种多事之秋更顾不及理她。从南边带回的女厨宋玉,也正伺候得老太爷舒心。但老夏还是不敢太大意了。

拳乱正闹得厉害的时候,给老夫人赶车的车倌福贵,有一天回来禀报说,老夫人在福音堂见杀了教鬼,当场给吓晕了。醒来,一路只说胡话。一会说,她也是二毛子,谁来杀我?一会又说,三喜最知道疼我,你们要杀,就杀我,不能杀他!真给吓得不轻。

老夏一听,心里就一紧:这妇人,怎么又来了?

但他没动声色,只是责问为什么叫老夫人看那种血腥事?她想看,你们也得拦着!要不,叫你们跟了做甚!当时还跟着谁?杜牧,还有个武师?老夫人那是给吓着了,她能是二毛子?念叨三喜,是嫌你伺候得不好！

老夏给老夫人挑的这个新车倌，虽也英俊，但胆子很小，话也不多。就是这样，老夏还是不断叫来训话，说老夫人对他如何如何不满，你还得如何如何小心。三天两头这样敲打，为的就是不要跟那妇人太近，再出什么事。

老夏将老夫人的胡话化解开，又严责了几句，才打发走富贵。

跟着，赶紧进了老院见杜牧，也是先狠狠训斥了一通，再于不经意间化解开杜氏的胡话。尤其渲染了老夫人没亲生儿女，不疼三喜疼谁？可那狗东西太忘恩负义！

对跟着的武师，也同样张罗了一遍，就像灭火似的，不敢有一处大意。

后来，果然也没起什么风波。

尽管这样，老夏也还是暗暗盼着：什么时候才能彻底不操这份心？也就是到哪一天，杜氏才不再做老夫人？

康笏南在外面久负一种美名美德：从不纳妾，从不使唤年少的女佣，当然也从未休妻另娶。这份美名美德，就是在康家上下，那也是深信不疑的。这中间，只有两人例外：老夏和老亭。

只有他俩知道，康老太爷的这份美名美德中深含了什么，又如何播扬不败。

也正因为这样，老夏才心存了那一份念想：杜氏何日才不做老夫人，或者是她这第五任老夫人何日做到头？

老夏知道有这一天可盼，也才敢冒了如此大的风险，将杜氏的丑事遮掩下来吧。

至少在三四年前，老夏和老亭就看出了：老太爷已经彻底冷淡了杜氏。那时他们就估计，这位老夫人在老院的冷宫里怕也住不了多久了。但一年又一年过去，老太爷那里一点动静也没有。

难道就这样了，就把杜氏放在冷宫里，留一个厮守到老的名义？老太爷毕竟年纪大了。但这不合老太爷一向的脾气和做派。

到底会怎样？老夏和老亭没计议过。这种事，他们也从来不用言语计议的，全靠心照不宣。

遇了今年这样的乱世，老夏以为更没戏了。哪想老太爷从徐沟回来，一个接一个的暗示就由老院传出来了。先是忽然对杜氏敬重起来，不久就发了话：给老夫人画像！

老夏得到这些暗示，自然是兴奋的，又不大相信。他特别问了一次老太爷："老夫人的画像平常尺寸就成吧？"

老太爷很清楚地说："再画张大的。"

亲听了这样的暗示，老夏不再有任何疑心。大幅画像，就是暗示遗像！前任老夫人退位时，就是从画大幅遗像开始的。遗像一画就，离退位也就不远了。

老太爷见了当今圣颜，引发了豪情，才下了这样的决心吧？

老夫人既已做下那种事，也早该退位。她退了位，老夏也就不用再提心吊胆。所以，对临近末日的老夫人，他自然得格外殷勤，格外巴结。

就在杜氏的大幅画像即将收笔之际，守在客房院的仆佣慌张来见老夏：他们拦挡不住，三爷跟前的汝梅小姐硬是闯了进去，扰乱陈画师作画，怎么劝，也不走。

老夏一听是汝梅，就知道麻烦又来了。汝梅也是一个太任性的小女子！

慌忙来到客房院，还没进画室，老夏就听见汝梅叫唤："谁定的规矩，不能给别人画？"

老夏进来，笑着说："梅梅，有什么吩咐，跟我说！陈画师是咱们请来的，不敢跟人家吵。"

汝梅冷笑了一声，说："夏大爷，跟你说，你敢答应？"

老夏说："小姐的吩咐，我什么时候没照办？"

"那也给我画张像！"

“那有什么难的？等明年春暖花开了，就给你画！”

“明年？哼，知道你也不会答应我！”

“梅梅，老太爷也是等明年天缓和了才画呢。”

“给老夫人画了小的画大的，画了一张又一张，连老太爷都轮不上，哪能轮上别人！”

“梅梅，你问陈画师，那是这么回事？你也看见了，西洋画带油性，天冷了油性不畅快，太费工。再说，西洋画必须照了真人下笔打底稿。大冬天的，整天呆坐着，不能动，不光老太爷受不了，别人也受不了。给老夫人画时，天刚迎冷时候，倒把老夫人冻病了。”

“我不怕冻！”

“你不怕冻，油性颜料也怕冻。”

“给老夫人画这么大的画，就不怕冻了？”

“你问陈画师，日夜赶趁也还是不灵了。可画半拉停了，陈画师说再续，就成两张皮了。只好赶趁着将就画完。”

“油性不灵了，还画这么大？跟前头供着的那些遗像似的，画这大做什么？”

这个任性的小女子，居然说出了这样的话！老夏顿时变了脸，厉声说：“梅梅，你说的是什么话！叫老太爷知道了，看你如何担待！给老夫人画这张大像，是老太爷吩咐的。他见那张小的画得好，就吩咐照着画张大幅的。老太爷听了你这话，得生多大气！他白疼你了？”

“夏大爷，我只说画幅的大小尺寸，可没扯死人活人！”

“你还胡说！”

“我看这画中的老夫人，心里也不大高兴。”梅梅望着老夫人的画像，居然这样说。

老夏这才意识到，一向给老太爷惯坏了的汝梅，怕是吓唬不住的。再这么跟她斗嘴，不定还要冒出什么话来！他便换了口气说：“梅梅，你也不用成心气我了。我到老太爷那里给你求个情，就叫陈画师给你画张像。只是，冻着你，不能怨我。油性不灵，画出来不像你，更不能怨我。成不成？”

汝梅这才笑了笑，说：“那也得问问陈画师吧，看给不给我画？”

陈画师回过头来，笑了笑说：“东家出钱，我能不画？”

老夏这才把汝梅这小女子哄了出来。但答应她的事，可不能说了不算。

这个小祖宗，就她眼尖，竟然看出老夫人的画像与前头供着的遗像尺寸一样大！前头供着的遗像，不就是几位前任老夫人？祖宗爷们的画像，是供在祠堂里。汝梅也许是无意间看破了这层秘密，但绝不能叫她意识到这中间有秘密。所以，得哄着她，不能跟她较着劲。

但老夏跟老太爷一说，老太爷竟断然回绝：“说好了不给别人画，怎么又多出她来？不能再娇惯这丫头！越惯，她越长不大了！”

老太爷一向偏爱汝梅，对她如此不留情，真还少见！这是怎么了？老夏才忽然想起，秋天时候，汝梅在凤山乱跑乱说，就曾引起老太爷动怒。真也是，这个小女子，怎么尽往不该撞的地界撞！只是，眼下真还不能跟她较着劲。再较劲，她偏朝这些不该撞的地界狠撞，撞塌了底，怎么收拾？

老夏就说：“老太爷自小娇惯她，忽然要严束，她还不觉受了天大委屈？我就怕她想不开，胡乱猜疑，再捅出意想不到的乱子。”

“那你把三娘给我叫来，我问她：还管不管你家这个丫头？”

老夏忙笑了笑，说：“你惯成这样了，才叫三娘管？老太爷你就交给我得了！我给她画张像，把她招安了，成不成？”

“那你也得把我的话传到：就说我问呢，她今年多大了？”

“老太爷这句话可问得厉害！我一定给你传到。”

老夏出来见着汝梅，真照老太爷的意思，说：“老太爷先给你捎来一句话。”

汝梅忙问：“什么话？”

“老太爷叫问你：你今年多大了？”

“就这句话呀？老太爷能不知道我多大？”

“我是给你传话。老太爷捎出来的,就这句话。”

“问我多大,什么意思?”

“我看也是藏着什么意思。”

“什么意思?”

“是不是说:梅梅,你也不小了?”

“我知道我不小了。”

“知道就好。我给你求了半天情,老太爷算是答应了。只是,叫给你捎出这么句话来。”

“问我多大了?”

“在一般大户人家,你这么大,早该藏进绣楼了,哪还能绕世界跑?”

“夏大爷,说了半天,还是不想给我画像?”

“我看老天爷的意思是,画,倒是答应给你画一张,但得以稳重入画。以后,更得以此画为志,知书识礼,稳重处世。”

叫老夏这样一说,汝梅几乎不再想画像了。

不过,一旦开始画像,她还是深深入了迷。长这么大,还没有一个男子这样牢牢盯着自己,反反复复看了一整天。这番入迷,真叫汝梅淡忘了此外的一切。

第九章　十月奇寒

1

这年冬天异常寒冷。六爷已无法在学馆苦读，就是在自家的书房也很难久坐的。但他还是不肯虚度一日，坐不住，就捧了书卷，在屋里一边踱步，一边用功。

奶妈看着就十分心疼。天下兵荒马乱的，也不见多大起色，到明年春三月，真就能开考呀？别再白用了功！趁科举延期，还不如张罗着娶房媳妇，办了终身大事。她拿这话劝六爷，六爷当然不爱听。

谁想，奶妈的话还真应验了。

快进三九的时候，老太爷忽然把六爷召去。老太爷召他不是常有的事，但六爷也没盼有什么好事。进去叩见过，发现老太爷有些兴奋。

“老六，叫你来，是有个不好的消息。”

不好的消息，还那样兴奋？六爷就问：“什么消息？”

老太爷从案头摸过几页信报，说：“这是戴掌柜从上海新发来的信报，孙大掌柜派人刚送来。前些天，你三哥从西安写来信，也提过这个不好的消息。”

六爷又问了一句：“什么消息？”

老太爷依旧照着自己的思路说：“你三哥和邱掌柜，是从陕西藩台端方大人那里得到的消息。戴老帮在上海，是从新闻纸《申报》上读到的消息。两相对照，相差不多，可见确有其事。”

六爷想再问一句：什么消息？但咽下去了，静候着，听老太爷往下说。

“老六，你没听说过吧？”

“没有。”也不明白问的是什么事，谁知听说过没有？

“洋人占了京城，可是得了理了。朝廷想赎回京城，人家给开了一张赎票，共十二款，真能吓死人！洋人欺负起咱们这无能的朝廷，越来越狠心。”

六爷听见是说这事，知道老太爷又要劝他弃儒入商，就忍不住慨然而说：“当今之危，不止亡国之危，更有亡天下之危！顾亭林有言：易姓改号，谓之亡国；仁义充塞，谓之亡天下。保国者，其君其臣，肉食者谋之；保天下者，匹夫之贱，与有责焉。”

老太爷听得哈哈大笑，说：“你倒是心怀大志，要拯救天下。可那些西洋列强也不傻！赎票中开列的十二款，有一款就是专治你这等人的。”

“治我？我又没惹他们！”六爷以为老太爷不过是借个由头，嘲笑他吧。

“你听听，就明白了。赎票中的第四款：诸国公民遇害被虐之境，五年内不得举行文武各等考试。”

老天爷，停考五年？这哪是坏消息，简直就是晴天霹雳！六爷愣了半天，才问：“真有这样的条款？”

“你不会看看这些信报？”

六爷没看，只是失神地说：“太谷也算停考之境？”

“杀了福音堂六位美国教士能轻饶了太谷？”

“那京师也在禁考之列！京城禁考，岂不是将京中会试禁了吗？明年的乡试会试，本是推延了的万寿恩科，又岂能被禁？”

“老六，你真是刁儒刁迂了！洋人欺负你，当然要拣你的要命处出招。叫人家欺负多年，人家也越来越摸着我们的要命处了。开科取士，历来为中国朝廷治理天下的一支命脉。现在给你掐住，你还不得赶紧求饶！我看这一条，比以往的赔款割地还要毒辣！”

“朝廷也肯答应？”

“朝廷想议和，不答应，人家能给你和局？听说正派了李鸿章跟各国交涉呢。叫我看，这十二款中，朝廷最在乎的是头一款：严惩祸首。这场塌天之祸，谁是祸首？还不是当朝的那个女人？自戊戌新政被废后，外国列强就讨厌这个女人了。这次叫她出了塌天之丑，还不加了价码要挟她？她把持朝政，当然不会答应严惩自家。你等着瞧吧，交涉的结果无非是：洋人答应不追究这个妇人，这个妇人呢，一准把其余各款都答应下来！”

六爷不说话了。还说什么呢？停考五年！这等于将他的前程堵死了。这一来，算称了老太爷的心。可天下将亡，谁又能称心得了！

“老六，这可是天不佐你！不过叫我看，停考就停了吧。朝廷如此无能，官场如此败落，中举了又能如何？”

“天下将亡，停考又能如何？”

老太爷又笑了：“老六，你这样有大志，无论做什么，都会有出息。你不想弃儒，那就缓几年再说。可你今年已满十七，眼看就跌进十八了，婚娶之事已不能再延缓。一向来提亲的很不少，只是不知你想娶一个什么样的女人？”

六爷没料到父亲会这样问他，一时不知该如何回答。娶什么样的女人？他现在不想娶女人！

“我知道你心强眼高，娶回一个你不入眼的，终生不痛快，谁忍心？也对不住你早去的先母。所以，你先说说想娶一个什么样的女人，再叫他们满世界给你找去！”

“我现在还不想娶女人。”

“多大了，还不婚娶？这不能由你！娶什么样的女人由你；再拒婚，不能由你。”

六爷不说话了。

“一时说不准，回去多想想。想好了，报一个准主意来，我好叫他们赶紧满世界给你找去。”

六爷从老院出来，眼中的世界好像都变了。一直等待着的乡试会试，忽然遥遥无期，不愿多想的婚事，却逼到了眼前！这遂了奶奶的心愿了，但她哪能知道他的心思？

六爷没回去先见奶奶，却到了学馆。

何老爷正围炉坐了，捧读一本什么书。见六爷进来，抬手便把书卷扔到书案上了。站起来一看，六爷似乎不大对劲，就问：“六爷，我看你无精打采的，又怎么了？天也太冷，笔墨都冻了，苦读太熬煎，就歇了吧。朝廷偏安西安，明年还不知能不能开考呢。”

六爷就冷冷哼了一声，说：“开考不开考，与我无关了！”

何老爷还从未听六爷说过这种话，赶紧问：“六爷，受什么委屈了？”

“天下将亡，也不止委屈我一人！”

“你这是说什么呢？”

六爷这才将停考五年的消息说了出来。

何老爷听了，倒也没吃惊，只是长叹一声，说：“叫我看，索性将科举废去得了！洋人毕竟是外人，以为科举真能选出天下良才，哪知道选出的尽是些庸才、奴才、蠢材？六爷，我早跟你说过，像你这样的可造之才，人家才不会叫你中举呢！唯我这等蠢材，反倒一试便中。所以，停考就停了吧！”

“但这停的是朝廷的体统呀！”

“朝廷把京师都丢了，还有什么体统可言？罢了，罢了，你我替它操心有何用？叫我说，科举之路这一断绝，六爷你的活路才有了！此谓天助你也，怎么还无精打采的？”

“我死路一条了，哪来活路！”

“六爷，你再往前迈几步，就踏进年轻有为的门槛了，哪来死路？你要真痴迷了科举不悟，那才是死路一条！卸去备考重负，六爷，我来教授你一些为商之道，保你的理商之才高过三爷。你信不信？”

“何老爷，天下将亡，商事岂可独存？”

“天下不兴，商事自然也受累。可商事不兴，天下更难兴。今大清被西洋列强如此欺辱，全在洋强我弱。大清弱在何处？叫我看，就弱在轻工轻商！士农工商，士农工商，工商居于末位数千年，真是千古不易，你不贫不弱还想有什么结果！六爷，你说西洋列强，不远万里，屡屡派遣坚船利炮来欺负我们，为了什么？”

“能为什么？因为你天下将亡，不堪一击，好欺负呀！”

“非也！以我冷眼看，西洋列强结伙远来，不为别的，只为一字：商！”

“何老爷，你又说疯话了吧？”

“六爷你睁大眼看，自海禁开放以来，跟在西洋列强那些坚船利炮后头潮水般涌入我邦的是什么？是西洋的道统吗？非也，只是洋货、洋商、洋行、洋银行！”

“何老爷，你丢了一样：洋教。洋教，不就是洋道统吗？”

“洋教不足畏！洋教传进来，那比坚船利炮还要早。可它水土不服，一直未成气候。叫我看，酿成今年如此塌天之祸，就在朝廷太高看了洋教！当朝的太后也好，朝中那班昏庸的王公大臣也好，面对列强咄咄逼人之势，都有一大心病：唯恐西洋道统动摇了中华道统！所以洋货汹涌倒不怕，洋教一蔓延，便以为洋道统要落地生根了。其实，哪有那回事？山东直隶教民众多，可这些民众又有几人是舍利求义？他们多为潦倒不得温饱者，入洋教，不过是为谋得一点实惠近利而已！”

“天下仁义充塞，道统毕竟已经式微。洋教乘虚而入，正其时也！”

“六爷，你也太高看了洋教！你看太谷的基督教公理会，传教十多年，俘虏去的教徒仅百十人，与汹涌太谷的洋货相比，实在微不足道！”

“太谷为西帮老窝，市间哪有多少洋货？公理会再不济，也紧挨了城中名塔，立起一座福音堂。”

“福音堂哪能与汹涌太谷的一样洋货相比？”

“什么洋货？”

“大烟土。”

六爷不说话了。

六爷虽年轻，又一心于圣贤儒业，可对太谷烟毒之盛，也早有所闻的。城里大街小巷，哪里见不着烟馆！贩卖大烟土的凉州庄，外面不起眼，里面做得都是大生意。还有烟具中闻名天下的“太谷灯”，六爷真还寻着见识了见识。那烧烟的“太谷灯”，不光是做工精美，样式排场，要紧的是火力足，光头大，烟泡烧得“黄、松、高”。所以，要与烟毒比盛，那公理会基督教实在就微不足道了。

康家家规严厉，无论主仆，都不许染烟瘾的。但六爷也曾听底下传言，说何老爷就早染了此嗜好。何老爷中举后，颇感失意，时常疯癫无常，烦心时抽几口烟，解解忧，也不便太挑剔。今日六爷心里也大不痛快，说起大烟，便不遮拦了，就问了一句：

“何老爷，你见过这一样洋货没有？”

“哪能没见过！六爷，今日也不瞒你了，本老爷也是常买这一样洋货的。”

“常买了，做甚？”

“本老爷享用呀，还能做甚！”

六爷没想到何老爷会做如此坦白，只好敷衍说：“难怪何老爷不很仇洋呢，原来是离不开这一样洋货！”

“六爷，我可是不仇洋教仇洋货！鸦片大烟土，这件洋货太不得了。以前，中国卖一件货物给西洋，他们也是一用就离不了，这件货物就是茶叶。所以，我们能用茶货源源不断换回银子来。你们康家还不是靠走茶货发的家？人家鸦片这一件东西，不但也是沾上就离不开，更比茶叶值钱得多！走一箱茶叶能换回多少银子？走一箱鸦片又能换回多少银子？简直不能比。就凭这一着，西洋人就比我们西帮善商！”

“茶叶是养人的，鸦片是毒人的，又怎样能比？”

“要不说洋商比我们毒辣，人家才不管有道无道！”

“何老爷，你既然仇恨洋货洋商，还抽人家的洋烟？”

“上当了，沾上就离不开了。六爷，我若能重归商界，立马戒烟！”

六爷冷笑着，不搭话。

“六爷不信，可以试呀！当今要御洋，必先兴商。六爷既退身科举，何不另辟天地，成就一番新商事？若有此志，我也不想在贵府家馆误人子弟了，甘愿扔去这顶举人帽子，给你去做领东掌柜！”

何老爷又来疯癫劲了。师从多年，你想跟他说句知心话，总是很难。六爷深感自家满腹心事，竟无人可以倾诉，便愤然道：“何老爷，我是宁可出家，也不为商的！”

2

回来，奶妈问起老太爷叫去说了什么事，六爷只说：也没说什么事，不过问了问为何不去学馆。他真不想提婚娶之事。

六爷不想婚娶，是因为心底藏有一个私念：成人后一定要离开这个太大又太空的家。他早厌倦了这个家！母亲只是一种思念，父亲虽近犹远，永远遥不可及。兄长们各有自家天地，唯独将你隔离在外。常年跟着一位塾师，偏又叫你亲近不得。唯有奶妈无私向着他，可这点暖意，实在填充不了这个太大太空的家。发奋读书入仕，然后去过一种宦游四海的生活，那正是他一心想争取的。

现在，这一条路忽然就断了。

母亲，你是无力保佑我，还是没耐心保佑了？

不过，六爷也没烦恼几天，似乎就静下心来了。科举也不过是暂停，趁此间歇娶妻成家,也可取吧。终身大事,总是躲不过的。一旦有了家室,他或许还能多些自主自立?若能自主,他就去游历天下!

六爷这样快就顺从了老太爷的意愿,倒也不是无奈的选择,实在是因为老太爷的一句话,叫他动了心:你想要什么样的女人,叫他们满世界给你找去!

找一个自己想要的女人?

自己喜欢的女人是什么样,六爷真还没有认真想过。因为那时代的婚娶都是遵父母之命。他从来不曾料到,老太爷还会允许他挑选女人。冷眼看去,前头的几位嫂子,似乎都不是兄长们特别喜爱的,但她们都出身富商大户。她们或许只是老太爷的选择,并不是兄长们心仪的人。以前幼小,他也看不懂这些。去年五娘遇害、五爷失疯后,他回头看去,才忽有所悟。前面几位兄长,有谁像五爷那样深爱自己的女人?五娘,那才是五哥最想要的女人吧!

所以,六爷听老太爷说出那句话,就先想到了五哥五娘,跟着也动了心。可他哪有自己看中的女人?

自小圈在这个太大太空的家庭中,长年能见着的不过是同宗的族人而已。出外有些应酬,又哪里能见着女人!

然而,六爷在做此种思想时,却有一个女人在他面前挥之不去。她是谁?只怕六爷永远都不敢说出:她就是现在的老夫人杜筠青。

六爷不敢承认自己最喜欢的就是继母那样的女人,但除此之外,他实在没有更喜欢的女人了。

受奶妈的影响,他从小对这位继母就怀有敌意。而且,她又一直离他很远。一年之中,偶尔见到,也不过远远地一望。这位老夫人是什么模样,他也实在没有多留意。但是,近两年却发生了一种莫名的变化:六爷似乎是突然间发现,老夫人原来是这样与众不同!她不像别人那样俗气,更不像别人那样得意。她既有种出世般的超脱,不睬家中俗务,但她似乎又深藏太多了的忧伤。这常叫六爷暗中莫名地动情:她也有忧伤?又为何忧伤？尤其是，她仿佛全忘了自己是身居高位的老夫人，放任随意得叫人意外，也叫人喜欢。她的神韵实在叫人说不清的。

可她决不像奶妈常说的那样，是一个毒辣的女人。

六爷深信自己的眼力，老夫人不是毒辣的女人。

六爷深藏在心底的，还有一点永不能说出：老夫人也是太美艳了。能得妇如此，他也会像五哥的，为她而疯，为她而死吧。

六爷明白了自己喜欢什么样的女人，可这样的心思，又如何能说得出口？老太爷要知道了他喜欢的女人，居然是继母，那还不杀了他！无私向着他的奶妈，也绝不会容忍他有这样的心思。

但是，在老太爷限令婚娶的关口，他还是想把自己的心愿设法表达出来。他并不是想夺娶继母，只是想娶一位像继母那样的女人。官宦出身，通文墨，有洋风，开通开明，不畏交游，未缠足，喜洗浴，当然还要够美貌。这样的女人，不一定就只似老夫人吧？

六爷思之再三，觉得自己想要的女人就此一种，别的，他决不要。可谁能将自己的这个心愿转达老太爷呢？想来想去，也只有一个人了，那就是何老爷。

何老爷疯癫是疯癫，但他毕竟粗心，不会疑心这样的女人就是比照了老夫人吧？师如父，有何老爷出面说，也很合于礼。万一引起老太爷疑心，也能以何老爷的疯癫来开脱的。

于是，六爷就去求何老爷了。

那天，六爷以敬师为名，到大膳房传唤了几道小菜，一个海菜火锅，一壶花雕，叫摆到学馆。

何老爷觉得意外，就问："六爷，今日是什么日子？"

"什么日子也不是，只略表敬师的意思吧。"六爷尽量平静地说。

"还敬什么！六爷既无望求功名，我也不想留在学馆了。"

"以后如何，也无妨今日敬师。一日为师，终生是师，何老爷师吾多年，学生当永不忘师恩的！”

“六爷，又遇什么事了？”

“没有呀？”

“不对吧？我看你说话又不大对劲！”

“恭敬招待何老爷，哪就不对劲了？”

“你什么时候说过这样好听的话？”

“以前不周的，就请何老爷多宽恕吧。今时局突变，学生想跳龙门也跳不成了，真对不住何老爷多年的心血。所以才想略表一点敬意，只是太寒酸了。”

“六爷还真有这样的心思？”

“那我以前是太不尊师了？”

“是本老爷太不敬业，没有为师的样子，哪里配六爷这样恭维？”

“何老爷今日也不大对劲，请你喝点酒，也值得说这么多话？来，我先敬何老爷一盅！”

“那好，我就领六爷这份盛情了！”

一口饮下，何老爷快意地感叹道：“与六爷这样围炉小酌，倒也是一件美事。可惜，外间没有雪景帮衬。若雪花在窗外洒落，你我围炉把盏，那就更入佳境了！”

“天景这样旱，哪来雪景！”

六爷尽量顺着何老爷的心思，说些叫他高兴的闲话。甚至表示，真要停考五年，他也只好听从何老爷的开导，弃儒入商了。只是，他不想坐享其成，做无所事事的少东家。但另创一间自己的商号，也不容易吧？

何老爷一听，兴致果然昂奋起来，慨然说：“那还不容易！六爷，我给你做领东，新字号还愁立起来？我早想过了，开新字号，总号一定要移往京师，不能窝在祁太平！”

六爷就笑了，只给了他一句话，倒要选新号的开张地界了！

“何老爷，你忘了，京师还在洋人手里呢！”

“京师不成,我们到上海,总之得选那种能雄视天下的大码头!”

“好像我说开字号,就能开似的?这是大事,为首得老太爷点头,三爷赞同才成。”

“老太爷知道你弃儒入商,立此大志,一准比谁都高兴!看人家祁县乔家,票号比你们康家开得晚,可人家不开则已,一开就是两大连号:大德通,大德恒。两号互为呼应,联手兜揽,才几年就成了大势!”

六爷见何老爷越说越来了劲,赶紧拦住说:“何老爷,眼下老太爷逼着我办的,可不是这件事!”

“那是什么事?”

“婚娶。老太爷见科举无望,就逼我成婚。”

何老爷一听,情绪更加昂奋了!他知道康家有一条重要的家规:康家子弟一旦婚娶成家,“老伙”,即康老太爷执掌的这个大家,除了按月发给例定的日用银钱,还要发给一笔不菲的资金,令其做本银,开设一间自己的商号。商号的盈利,归各家所有,不入老伙。获利多,各家的私房财力也多。获利少,也只能少花销。不获利,就干吃老伙那点例钱。立此家规,是为鼓励子弟自创家业,也防止因分家析产而削弱财力。可康家前头五位爷,各家的商号都不甚发达,只是三爷名下的那间绸缎庄稍为强些。三爷有大志,心思不在自家的小字号上。可何老爷困厄多年,已不嫌这种私房性质的商号小。六爷要叫他领东,发达成一间大号也不是不可能。

所以,何老爷更来了劲,大声说:“六爷,你也该成婚了!成婚之后,正可另立一间你自家的字号!你要叫我领东……”

“我还不想婚娶。”

“婚配是终身大事,谁也躲不过。再说,那也是美事,不是苦役。不知老太爷给六爷定下了谁家的佳丽?不称心吗?”

“亲事倒还没定。老太爷也放了话:想要什么样的女人,你说出来,叫他们满世界给你找去!”

“老太爷这么开明,六爷你还发什么愁!”

“何老爷，我埋身学馆，日夜苦读，哪里知道要什么样的女人？”

“大富如贵府，当然得讲一个门当户对。”

“我就怕这门当户对！”

“门当户对，再加一个两相愉悦。”

“何老爷只会纸上谈兵，人还不知在哪呢，谈何两相愉悦！”

“六爷！”何老爷忽然添了精神似的，话音也高了，“当今世事正日新月异，娶妇亦不宜太守旧了。治国难维新，婚娶总还容易些吧？我给你提几样维新条件，你看如何？”

婚娶维新？何老爷又要说什么疯话？六爷便说：“愿听教诲。”

“第一样，要不缠足。第二样，要通诗书。第三样，开明大度，不避新风，不畏交游。还有一样，当然得有上等女貌。”

六爷越听，越如自己所想！何老爷竟猜出了他的心思？

“怎么，不想娶这样的新式佳丽？看看你家老太爷，十多年前就有此维新之举了，你反倒想守旧？”

何老爷提的这新式佳丽，居然也是比照了老夫人？这令六爷惊讶不已。不过，他也不再那样羞愧了，继母一定是令众人倾慕的，并不是他一人独生邪念。连何老爷也举荐老夫人那样的新式佳丽，叫他既意外，更高兴！他有了堂皇的遮掩：不是自己想要继母那样的女人，是师命不好违啊。

“何老爷，我怎能与老太爷比？”

“老太爷开了头，你不正好跟了维新吗？”

六爷故意推托一番，才答应下来，只是装着不经意地加了一句：出身书香门第、官宦人家，就更好了。何老爷居然也很赞成。稍后，六爷又故作担忧，怕老太爷已有打算，婉转请何老爷到老太爷跟前，巧作试探。何老爷不知六爷的心思，却也一口承诺：他去说服老太爷。

六爷心里暗暗高兴，也就陪何老爷喝了不少酒。

何老爷酒多之后，居然就大赞起老夫人的丰采来，六爷才有些慌了。

不过,何老爷倒始终未说什么出格的话。

3

只隔了一天,六爷就被老太爷叫去。

礼还没行毕,老太爷就发问了:"听何老爷说,你要来一个婚娶维新,娶位新式女人?"

六爷慌忙说:"是何老爷力主如此的,说天下日新月异,婚娶也不能守旧。"

"我是问你的意思!"

"何老爷师我多年,也不好太违逆的。"

"我还不想勉强你,叫他勉强你?你自家是什么意思?"

"我本也没有定见,就那样吧。"

"就那样?"

"就那样吧。"

"那好,就照何老爷说的,叫他们满世界给你找去!"

六爷不知何老爷到底怎样说的,有关出身书香门第、有关美貌是否提到?但当着老太爷的面,他实在不便再提及。

从老太爷那里出来,就赶去问何老爷。何老爷一再肯定,什么都说了,没漏一样。六爷才放心了。

终于将自己的心愿传达出去了,六爷却又有了新的忧虑:世间真有这样一位现成的新式佳丽在等着叫他挑选呀?老太爷说的满世界是指哪儿?无非是太谷,至多也只限于祁太平吧。太谷,乃至祁太平,能寻出这样一位新式佳丽来?他早就听说了,继母是在京师长大的。老太爷不会到京师给他寻找佳丽,何况京师已经沦陷了。

然而,半月不到,就传来消息说,六爷想要的女人已经物色到,双方的生辰八字也交给一位河图大家测算去了。

这样快就找到了?

六爷真想知道是在哪找到的,样样都合他的所愿吗?

但他到哪去打听!

那时代的婚娶过程,虽然也有“相亲”一道程序,可参加相看的却不是男女双方。尤其大户人家,更不能随便露出真容。亮出真容,你却看不上,那岂不是奇耻大辱?所以参与相看的,多是居中的媒人。六爷连媒人是谁也不知道,从何打听?

在这个时候,他更感到母亲的重要。若母亲在,准会为他去打听的,或者,她随时都知道一切吧。现在,一切都在父亲手中握着,老太爷真会一切都为你着想吗?他总是放心不下。奶妈倒是不停地打听了,可谁又把她当回事?她几乎什么也打听不到。

让何老爷给他去打听这种事,也不合适。

六爷也只好等着。

好在没等几天,老太爷就又召见了他,把一切都说明了:已经按他的心愿,选下一门亲事。女方即城里的孙家,也是太谷数得着的大户。孙家这位千金,是孙四爷跟前的二小姐。这女子也有些像三爷跟前的汝梅,自小带侠气,拒缠足,喜外出,跟着男童一搭发蒙识字,对洋物洋风也不讨厌。总之,各样条件都合你的心思。你们两人的八字,也甚契合,能互为辅佐。这门亲事,就这样定了吧?

“老六,我知道你的脾气。本来想小施伎俩,张罗个机会,叫你在暗处亲眼一睹孙二小姐的芳容。只是,孙家是大户,叫人家知道了,会笑话我们的!”

六爷先听说是孙家,就有些失望:还是门当户对啊。城里孙家,那亦是以商立家的大财主,只是更喜欢捐官,听说给夫人们也捐有“宜人”一类的封赐。这也算官宦人家?六爷一心想以正途入仕,所以对花钱捐到的官爵就颇为不屑。又听说这位孙家小姐像汝梅,就更有些不悦了。汝梅倒是天足，可几乎跟男娃差不多了，没有一点佳人韵味！汝梅不丑，但也说不上美艳。若真像汝梅那样，他可不想要！

但他又不便对父亲直说出来。八字都看了，老太爷一准已同意了这门亲事！他可怎么办？

一着急，有了一个主意。

“有父亲大人做主，我还能不放心？只是彼女如真像汝梅那样泼辣，我也很害怕的。她秉性到底如何？想请母亲大人设法见一见，为我把握一个究竟。”

六爷本是大了胆，才提出这样的请求，没想老太爷听后倒哈哈笑了：

“老六，实话给你说，这位孙二小姐就是老夫人相看过的！”

这可叫六爷大感意外了！继母已经为他相看过了？他所以大胆提出请继母去见见孙家小姐，就是想请继母为他把关。继母能看上的女子，他一定会喜欢的。他就是以继母为异性偶像。但他无论如何，也没想到继母已经为他相看了彼女子！继母也会关心他的婚事？

这个意外，令他特别高兴。

“既然母亲大人已相过亲，我就更放心了。”他尽量平静地说。

“老六，你心里有老夫人，她一定很高兴！你过去见一见老夫人吧。”

老太爷的这句话，越发叫他兴奋了。

这年冬天，老太爷已经常住在老院这座宽敞的七间正房里了。他是在东头自己的书房里召见的六爷。所以，六爷去见老夫人，只不过穿堂过厅，到西头的书房就是了。不过，六爷今天却是有些紧张，甚至有些羞怯。

自从确认了自己在心底里是喜爱继母，又表达出想娶继母这样的女人以后，他还没见过她。

你必须平静如常！

但在行拜见礼时，他还是没法平静，不大敢正眼看她。好在老夫人平静如常，她听了杜牧传达老太爷的意思，只是随意地笑了笑。

“六爷，你心里有我，倒叫我更不踏实了。这个孙二小姐，可不是我给你挑的！听说六爷也想娶位不缠足的开通女人，我不过顺嘴给老太爷提了几位。都是常去华清池女部洗浴的大家闺秀，内中即有孙二小姐。她们说，当年就是为了学我，才都没有缠足。我才不信她们的话！好在，一个个都还活泼，开通。至于后来怎么就挑上孙家小姐，我可不敢贪功！”

“既是母亲大人推荐的，我总可以放心的。”

“六爷，快不敢这样说！娶回来，你不待见，我可担待不起。”

“这事，总得父母做主。”

“六爷，我给你出个主意吧！改日进城洗浴，等洗毕出来时，我设法与孙家小姐同行，走出华清池后门，拉她多说一会话，再登车。六爷你呢，可预先坐到一辆马车内，停在附近。等我拉着孙小姐说话时，你尽可藏身车轿内隔窗看个够！愿意不愿意？”

六爷没想到老夫人会给他出这种主意，可这主意倒是很吸引人：这不是淘气、捣鬼吗？而且是与老夫人一起捣鬼！

他带出几分羞涩，说：“愿听母亲大人安排。”

“那好。改日进城洗浴时，我告六爷。”

“只是，大冷天的，劳动母亲大人……”

“我不怕冻，别把六爷冻着就成！”

“我也不怕冻。”

这次从老院出来，六爷简直有了种心花怒放的感觉。

给他选下的这位女子，原来是老夫人最先举荐的！她活泼，开通，未缠足，喜洗浴，也识字，样样都如老夫人，也就样样如他所愿。想什么，就有了什么，这不是天佑你吗！这些天，心里想得最多的，只是老夫人，老夫人居然就在帮你选佳人！老夫人没说这位孙二小姐是否美艳，想来是不会差的。女貌差的，老夫人会给自家举荐？

总之，六爷本来已经放心了这门亲事。但老夫人又出了那样一个暗访的主意，他能不答应吗？早一天看看那女子的真容，他当然愿意了！老夫人这样做，一定成竹在胸了，想叫他早一天惊喜。

所以，六爷回来不由得就把这一切告诉了奶妈，只是没说孙家小姐是天足。他不想听奶妈多唠叨。

他还想找何老爷倾诉一下，终于还是忍耐住了。

只隔了一天，老夫人跟前的杜牧就跑来说："明儿老夫人进城洗浴，六爷赶午时三刻进了城就得。天这么冷，不用去早了受冻。"

六爷尽量平静地应承下来，因为心里很激动。

可杜牧一走，奶妈就追问不止：进城做甚去？为何还要同老夫人一道去？

六爷当然不能说实话，只好编了瞎话应付："老夫人洗浴毕，要往东寺进香，老太爷叫我陪一趟。"

"以前，也没过这种事呀？"

"以前，我不是小吗？"

六爷不再多说，就出去见管家老夏，叫明天给他套车。

午时三刻到达，午时初走也赶趟，可这天离午时还差半个时辰，六爷就登车启程了。天气倒是不错，太阳很鲜艳，也没风。但毕竟是隆冬，没走多远，寒气早穿透了车轿的毡罩，只觉越来越冷。六爷也没多在乎这些，一心想着即将到来的那一刻。

那女子如果叫人一见倾心，他就真去东寺进一次香，以谢天赐良缘。

也许是天冷，车倌紧吆喝，牲灵也跑得欢，刚过午时就进城了。还有三刻时间，干冻着也不是回事。去自家的字号暖一暖，又太兴师动众。六爷便决定先去东寺进香许愿：如彼女真如他所愿，定给寺院捐一笔不菲的香火钱。

寺院也不暖和，只是忙碌着进完香、许下愿，真也费去了时间。等再赶到华清池后门，正其时也。

杜牧已等候在那里，见六爷的车到了，便过来隔着车帘说："老夫人很快就出来，请六爷留心。"

说是很快，六爷还是觉着很等了一阵。终于盼出来了：老夫人与一个年少女子相携着走了出来。这女子就是孙二小姐？显然是天足，因为她走路与老夫人一样，轻盈，快捷，自如。可穿得太厚实了，除了华贵，能看出什么来？尤其是头脸，几乎被一条雪狐围脖给遮严了。

六爷紧贴了轿侧那个太小的窗口，努力去看，越看心里似乎越平静。老夫人为了叫他看得更清楚，引导孙小姐脸朝向他这边，还逗她说笑。平心而论，孙小姐可不丑，说美貌，也不算勉强。说笑的样子，也活泼。她也不像汝梅，有太重的假小子气。可六爷总是觉得，她分明少了什么，少了那种能打动人的要紧东西。

到底少了什么，他也说不清。只是与继母一比，就能分明感觉出来。浴后的继母，那是更动人了！所以，他不敢多看继母，一看，就叫人不安。可同样是浴后的孙小姐，却为何不动人？再仔细看，也激动不起来。

继母和孙家女子都登车而去了。稍后，六爷的车马也启动了。可他坐在寒冷的车轿里，怅然若失：已经没有什么可企盼的了！动心地盼了许久的，原来这样平淡无奇。

现在，六爷有些明白了：继母坚持叫他来亲自相看，就怕他看不上吧？可是，这位孙小姐样样都符合他提出的条件，又怎么向老太爷拒婚？她要生得丑些，他还有个理由，可她居然不丑。不丑，又不动人，叫人怎么办？

老天爷，你总是不叫人如愿！

4

在回去的半路上，老夫人还停了车，问了问六爷："看上了没有？"

这叫他怎么说呢？只好说："也没看得很清。"

老夫人一笑，就不问了。看他无精打采的样子，她能不明白？她回去见了老太爷，能把他的失望说明了，局面会改变吗？

然而，没过几天，老太爷召他过去，兴致很好，开口就说："跟孙家这门亲事就定了吧。人是按你的心思挑的,模样你也亲眼见了,定了吧。我已经跟他们说了,挑个吉日,先把定亲的酒席吃了。到腊月,就把媳妇娶过来。老六,你看成吧?”

这不是已经定了吗?六爷一脸无奈,还能说什么!

老太爷似乎没看见他的无奈,依然兴致很好:“听说老夫人安排你见了见孙小姐?哈哈,没被人家发现吧?”

“藏在车轿里,也没看清什么。”

“也行了,大冬天的,站当街,能站多久?我跟老夫人说了,哪如安排在戏园子里?虽坐得远些,也能看得从容。老夫人说,孙小姐还未出阁,哪能挤到戏园子看戏?倒也是,我真老糊涂了。婚事上,老夫人很为你操心。走时,过去谢一声。”

还能说什么?什么都不能说了。

六爷退出来,进了老夫人这厢。老夫人一见他,就说:“六爷,看你像霜打了的样子,我就心里不安。那天从城里回来,我就跟老太爷说了:看来六爷不很中意。老太爷听了,只是笑话我安排得太笨,费了大劲私访一回,也没看出个究竟。那天,你真没看清?”

“母亲大人,看清了。”

“那你是不中意吧?”

“就那样吧,母亲大人。”

“我看你是不如意。”

“就那样吧。”

还能怎样呢?六爷知道,在这件事上老夫人做不了什么主,一切都由父亲决定。父亲已经给了他很大的仁慈,事先叫他提条件,而且样样条件都答应。样样条件都符合,挑出来了,却不是你想要的人!这能怨谁?

你做了按图索骥的傻事吧?

继母也是太独特了,独一无二。你比照了她,到哪再找出一个来?

罢了,罢了,这就是你的命吧。世间唯一疼你的人,早早就弃你而去。

一心想博取的功名，眼看临近了，科考却是先延后停。那就娶一个心爱的女人相守吧，却又是这样一个结局！你不认命，又能怎样？

六爷毕竟年轻，心灰意懒几天后，忽然想起一个人来：那就是天成元京号的戴掌柜。

那次，何老爷带他去拜访戴掌柜，有几句话叫他一直难忘：到了残局，才更需要大才大智；临危出智，本来也是西帮的看家功夫。他现在已到残局时候了，真有大才大智能挽救他的败势吗？

所以，他特别想再见一见戴掌柜。

跑去问何老爷，才知道戴掌柜早到上海去了。刚要失望，忽然就跳出一个念头来：他去上海找戴掌柜，不正可以逃婚吗？

这是不是临危出智？

平白无故的老太爷不会允许他去上海。他就说，决心弃儒习商了，跟了戴掌柜这样的高手，才能习得真本事；上海呢，已成国中第一商埠，想到沪上开开眼界。婚事，既已定亲，也不必着急了，在这兵荒马乱的时候完婚，怕不吉利。

这样说，不知能否说动老太爷？

六爷就将这个心思先给何老爷说了说，当然没说是逃婚。

何老爷听了很高兴，说："六爷，你算是改邪归正了！去趟上海，你也就知道什么叫经商，什么叫商界，什么叫大码头。"

"老太爷会不会答应我？"

"哪能不答应？老太爷看你终于弃儒归商，只会高兴，哪能拦你！"

"可老太爷说了，腊月就叫我成婚。"

"那你就成了婚再走！离腊月也没多远了。"

"腊月一过，就到年下。戴掌柜在上海能停留多久？"

"京城收不回，戴掌柜也没地界去的。"

"满街都说议和已成定局，十二款都答应了人家，就差画押了。和局一成，朝廷还不收回京城？”

“谁知……”

何老爷忽然打起哈欠来，而且是连连不断。刚才还好好的，这是怎么了？六爷正想问，忽然悟到：何老爷是烟瘾犯了吧？于是，故意逗他：

“何老爷是怎么了，忽然犯起困来？夜间没睡，又读什么野史了？”

“睡了，睡……”

哈欠分明打得更厉害。

六爷才笑了，说：“何老爷，你既已不瞒我，就烧一锅洋烟，抽几口吧？”

“太不雅……六爷请便吧……”

“今儿，我才不走，得见识见识。”

六爷真稳坐不动。何老爷又忍了片刻，再忍不住，终于从柜底摸出一个漆匣来。不用说，里面装着烟具烟土。

何老爷在炕桌上点灯、烧烟时，手直发抖，嘴角都流出口水来了。抖抖晃晃地烧了一锅，贪婪地吸下肚后，才像泄了气，不抖不晃了，缓缓地躺在炕上。片刻之后，简直跟换了个人似的，一个精神焕发的何老爷坐了起来。

“六爷！”何老爷叫得斩钉截铁，“见笑了。你看我哪还配在贵府家馆为授业为师呀？你快跟老太爷说一声，另请高明吧。我就伺候六爷你一人了，你当东家，我给你领东，咱们成就一番大业！”

六爷以前也常听何老爷说这类疯话，原来是跟他的烟瘾有关？吸了洋烟，就敢说憋在心底的话了？六爷忽然就产生一种强烈的冲动：也吸口洋烟试试！他心底也憋了太多不如意。

“六爷，你去上海，我跟你去！上海我去过，我跟了伺候你。”

“何老爷，你再烧一锅烟，叫我尝几口，成吧？”

“你说什么？”

“我看你吸了洋演，跟换了个人似的，也想吸几口，尝尝。”

何老爷立马瞪了眼：“六爷，你要成大事，可不敢沾这种嗜好！我是太没出息了。六爷你要叫我做领东,我立马戒烟!"

"何老爷,我早听你说过:太谷的领东大掌柜,没有一个不抽大烟的。孙大掌柜也抽?"

"要不他越抽越没本事!林大掌柜可不抽。"

"何老爷,你只要有领东的本事,我不怕抽大烟。"

"那六爷你也不能抽!你们家老太爷待我不薄,我能教你做这种事?"

"我也不修儒业了,要那么干净何用?再说,我也只是尝尝而已。"

何老爷盯着他看了片刻,好像忽然想通了,就真烧了一锅。跟着,将烟枪递过来,教给他怎么吸。

六爷照着吸了,老天爷,那真不是什么好味道!但渐渐的就有异样感觉升上来了,真是说不出的一种感觉。跟着,整个人也升起来了,身子变轻了往上升……说不出的感觉!

"六爷,没事吧?"

"没事!只是觉着身子变轻了。"

"六爷,我把你拉下水了!"

"何老爷,不怨你,是我愿意!科举停了,老太爷定的那门亲事,我也不中意,样样都不如意,我还那么规矩,有何用?我倒想做圣人,谁叫你做?老太爷他要怪罪下来,我就远离康庄,浪迹天涯去!"

"六爷,你要这样,就把我害了。你知道我拉你下水为了什么?为了叫你铁了心投身商界!有此嗜好,无伤商家大雅的。你要一味败落,那我罪过就大了!"

"何老爷,那我就铁了心,弃儒习商!做商家,不正可浪迹天涯吗?"

"六爷说得对!"

两人慷慨激昂地很说了一阵,心里都觉异常痛快。尤其是六爷,全把忧伤与不快忘记了,只觉着自家雄心万丈,与平时特别不一样。

乘着感觉好,六爷回去了。见着奶妈,他也是很昂扬地说话。提起自己的亲事,居然也夸赞起孙家来了,已没有一点苦恼。

事后，何老爷惊恐万状地跑来见六爷，直说自己造了孽了，居然教学生抽大烟！六爷也有些醒悟了，表示再不深涉。就那样吸了一两口，也不至成瘾难回头吧。

不过，后来六爷终于还是忍不住，暗自上了几趟城里的烟馆。哪想到，太谷最大的凉州庄谦和玉，很快就发现了这个不寻常的新主顾。康家在太谷是什么人家？赶紧伺候好康六爷吧！于是派出精干伙友，扮作儒生，到康庄拜访六爷。如何拜访呢，不过是奉赠一个精美的推光漆匣：不用问，里面装了全套烟具和少量烟土。

就这样，在什么企盼都失去以后，六爷有了这新的念想。这一日也断不了的念想，叫他平静下来了，不再想去上海，更不想浪迹天涯。

只是，六爷一直深瞒着，不叫别人知道，更不敢叫老太爷知道。

5

汝梅一看见自己的画像，就要想起那个画匠来。可这个拘谨的画匠，已经无影无踪了。她暗自托下人打听过，这个画洋画的画匠，已经不在太谷了，有的说去了平遥，也有的说去了西安。

总之，无影无踪了。

画像中的汝梅，灿烂明媚，连老太爷看了，都说把梅梅画成小美人了。可画匠本人居然那样木，什么都看不出来？汝梅常常凝视着画像，不能确定自己到底是不是美人。

画像那两天，她真是用尽心机讨好画匠。可那个木头人，始终是那样拘谨，客气。他或许是见的美人太多了？她问过：你是专给女人画像？他说：还是给做官的老爷们画像多。他可能没说实话。

汝梅亲眼看见，画匠在给她画像时，常常会眯起眼睛来，去凝视老夫人的那幅大画像这种时候，她说话，他也听不见了。

老夫人是个美人。到现在了，还那么能迷住男人？你一定是没有老夫人美貌吧？其实，汝梅一直就不想做女人！

情窦初开的汝梅，无论心头怎样翻江倒海，也没法改变什么。画像那几天，很快就过去了。除了留下一张灿烂明媚的洋式画像，继续散发着不大好闻的松节油气味，什么都无影无踪了。她想再看一看老夫人的画像，看究竟美在何处，管家老夏也不肯答应了，总是说去做画框，还没送回来。

就在这几分恼人，几分无奈中，汝梅又想出游去。可大冬天的，又能去哪？父亲去了西安，又是遥无归期。父亲这次去西安，是以时局不靖，兵荒马乱为由，不肯带她同行。反正他总是有理由，反正他永远也不会带她出门的。

而今年冬天，连一片雪花也没见过。

下了雪，或许还好些？总可以外出赏雪。

这种无聊，使汝梅忽然又想起了那次异常的凤山之游。那次，她一定是犯了什么忌。犯了什么忌呢，竟惹了那么多麻烦？莫名的好奇又涌上来了。

大冬天的，上凤山是不可能了。汝梅忽然有了探寻的目标：那些已故的老夫人的画像。那次，她发觉有几分眼熟的画像，到底是哪一位老夫人？是不是六爷的生母？

只是这样一想，汝梅就觉有几分害怕。可此时的她，似乎又想去触动这种害怕，以排解莫名的烦恼。

在一个寂静的午后，汝梅果真悄然溜进了前院那间厅堂。这间过节时庄严无比的地界，现在是既寒冷，又有几分阴森。她努力挺着胆，去找她的目标：挂在一侧的那四幅已故老夫人的画像。现在看去，老式笔墨画出的人像，毕竟难现真容。可这四幅遗像要都用洋笔法画出，一个个似活人般逼视着你，那更要吓死人了。

寻见了那一幅：嘴角斜上方点了一颗很好看的痣，但定神细看，已没有多少眼熟的感觉。凤山见过的那个老尼，记忆也模糊了，只是那颗美人痣还分明记得。痣生的地方，也很相符。

汝梅看了看这位生痣的老夫人的牌位，写明是孟氏。她没敢再抬头看遗像，慌慌跑了出来。

孟氏。六爷的生母姓什么呢？六爷的生母真要是孟氏，那凤山的老尼打听六爷就有文章了……汝梅不敢细想了，但又被更强烈吸引住。

她不动声色地问母亲，母亲居然想了半天也没想起来："真还记不得了！以前也是老夫人老夫人地叫，老夫人娘家姓什么，真还一时记不起来了。梅梅，你问这做甚？"

"也不做甚，我跟她们打赌呢！"

"拿这打赌？没听说过。"

"女人嫁到婆家，就没名没姓了。贵为老夫人尚如此，别人更不用说！"

"梅梅，你又疯说什么！去问问六爷，他该记得外爷家的姓吧？"

"也难说。我就记不得外爷姓什么了……"

"你又作孽吧！"

汝梅跑出来了。除了失望，她还替这位早逝的老夫人难受：母亲记不得她的尊姓，大概也没多少人记得了。去问六爷！正是不想直接问六爷，才问你们的。

汝梅又问了几位上年纪的老嬷，也没问出来。她们都是前头这位老夫人去世后才进康家的。

真是得直接问六爷？问六爷奶妈，就成。汝梅忽然想起，在六爷的屋里仿佛就供有先母的牌位吧？

好了，去拜见一趟六爷，不就什么都明白了！

汝梅去见六爷时，他不在，只奶妈在。奶妈对汝梅倒是很殷勤，让到正屋里，问长问短的。汝梅却早已心不在焉：一进正屋，她就看见了那尊牌位：先妣孟氏……

真是孟氏？

汝梅不知自己当时说了什么，又怎样离开的。

真是孟氏！

无聊的汝梅，起初也只是想往深里打探一下，能打探出什么，打听出来又该如何，实在也没多想。现在，一个离奇又可怕的疑象叫她打探出来了，除了惊骇，真不知该如何是好！

凤山那个老尼，长着一颗美人痣，她问起了六爷，满脸的憔悴和忧伤。这位同样长着美人痣的孟氏，她是六爷的生母，可她故去已经十多年了！她们是两个人，还是一个人？

活人和故人，怎么能是一个人？

那老尼会是孟氏的姐妹吗？有这样一位出家的姨母，六爷他能不知道？

汝梅想不下去了，可又不能不想。跟谁商量一下就好了，可这事能跟谁商量！谁一沾边，就得倒霉吧。秋天，就是因为她见了那位老尼，叫好几个下人受了连累。老太爷也很久拒不见她。

一定捅着什么要紧的隐秘了。

汝梅真是越想越害怕，也越想越兴奋。她当然不肯住手罢休的，至少也得把这一切告诉一个人：那就是六爷。

六爷要愿意同她一道，秘密去趟凤山，那就更好了。

这一次，汝梅是在学馆把六爷拦住了。当时，六爷正在何老爷的屋里高谈阔论。

她对何老爷说，有件要紧的事得跟六爷说，能暂借何老爷的雅室一用吗？何老爷当然答应了，起身回避而去。

六爷刚烧过几个烟泡，精神正昂扬呢，见汝梅来见他，很有些扫兴。由汝梅，又想到自己那门不称心的亲事，心里更起了厌烦。

“梅梅，有什么要紧事，值得这样惊天动地！”

“六爷，说不定真是一件惊天动地的事！”

“快说吧，就真是惊天动地，跟我也沾不上边了！”

“你还记得我说过的那件事吗？秋天，我去凤山，遇见一个老尼姑，她问起六爷你……”

“梅梅,你又说这没情由的话！那是你梦见的没影踪的事吧?”

“六爷,亲眼见的,哪会是做梦！我记得特别清楚,老尼嘴边生着一颗很好看的痣。近来,我往前头上香,见一位先老夫人的遗像上,也点着这样一颗痣!”

“你是说什么呢？老尼姑扯到老夫人,胡说什么呢?”

“六爷,听说你的先母就长着这样一颗痣,对吧?”

“越说你越来了,又扯我的先母,快住嘴吧!”

“我见着的那个老尼,生着痣,又打听六爷你,她会不会是……”

“会是什么？梅梅,是不是奶妈撺掇你来的？又编了一个先母显灵的故事来规劝我?”

“哪有这回事呀?”

“肯定就是!”

“我规劝什么?”

六爷正要说“别娶大脚媳妇”,才想起汝梅也是大脚,改嘴说:“你知道!”

“哪有这回事!”

“就是!”

近来,奶妈终于听说给六爷定的亲也是大脚女人,很不满意。以为一准是现在的老夫人拿的主意,心里正怄气呢。奶妈对杜老夫人一直怀着很深的成见,现在更疑心是歧视六爷。可六爷竟然总为老夫人辩解,奶妈哪能受得了？近日正没完没了的数落六爷忘记了自家命苦的先母。六爷里外不如愿,心绪更不好。这时,刚抽过洋烟,精神正亢奋,哪有心思听汝梅小女子的奇谈怪论！一味认定她就是奶妈抓来的说客,任怎么辩解,他根本不听。

汝梅也没有办法,只好离去了。

路上,汝梅忽然想到了六爷的奶妈:跟她说说不也成吗？这位奶妈伺候过孟氏，她或许也知道些底细。

于是，汝梅就直奔六爷住的庭院。

她给奶妈说了在凤山的奇遇，起先奶妈还听得目瞪口呆。慢慢地，又起了疑心："梅梅，是六爷叫你编了这种瞎话，来吓唬我吧？"

汝梅真是气恼不已！本想告诉他们一件要紧事，哪想倒陷进这种麻烦中，两头受怀疑，谁也不肯细听你说什么。六爷跟他奶妈是怎么了？

汝梅赌气走了。她心里想，以后再说吧。

然而，刚隔了一天，母亲就忽然跑进她房里，失神地瞅着她，不说话。

"妈，怎么了？"

"梅梅！你是往哪儿乱跑来？"

"大冬天，我能去哪儿？哪儿也没去！"

"还嘴硬呢，我看也是有不干净的东西跟上你了！没事，你怎么老瞪着眼睛发愣？你自家知道不知道？"

不干净的东西，就是指妖鬼一类。汝梅一听，就疑心有人告发了她了：不是六爷，就是他奶妈！实在说，六爷和他奶妈都给冤枉了，他们并没把她的胡言乱语当回事。发现汝梅异常的，其实是老夏暗中吩咐过的一个仆佣，她就在六爷屋里做粗活。汝梅她哪里能知道！

"谁说我跟上不干净的东西了？尽胡说！"

"那你成天发什么愣？我看见你也不大对劲！"

"我才没有发愣！"

"听听你这口气，哪像平常说话？梅梅你也不用怕！老夏已经派人去请法师了。"

"请法师做什么？"

"做法，做道场，驱赶不干净的东西。老太爷吩咐了，法师请到以前，不许你再乱跑！"

"老太爷也知道了？"

"老太爷最疼你，能不操心？"

老太爷又惊动了。秋天，因为上凤山，也惊动了老太爷。

6

每年十月十三，城里的资福寺，也就是东寺，有一个很大的庙会。这个庙会除了唱戏酬神，一向是古董珍玩，裘绮估衣，新旧家具的交易盛会。因为太谷富商财主多，古玩就既有市场，也有蕴藏。发了家的要收藏，败了家要变卖，生意相当隆盛。各地的古董商云集太谷，会期前后延绵一个月。

康笏南嗜好金石，每逢此会，都少不得逛几趟，希图淘点宝。他是本邑大财主，亮出身份，谁还不想着法儿多捞他一把？他越是喜爱的东西，人家越会抬价。所以，每年逛会，他都要精细化装，微服出行。长此以往，这种伪装能管多少用，倒在其次了，只是这伪装出行却成了一件乐事。东寺庙会一到，康笏南就来了跃跃欲试的兴奋。

也不独是康笏南一人爱化装出行，来淘宝的大多这样诡秘不露真相。与此成为对照的，倒是富家的女眷要盛装出行，赴会看戏游逛，展露丰姿。那时的风气，冬装才见富贵。这冬日的盛会，正给她们一个披挂裘皮呢料的机会。所以除了古董珍玩，还有仕女如云，难怪会期能延绵那么长。

今年天下不靖，兵荒马乱，正是古玩金石跌价的年份。入冬以来，又不断有消息说，洋人一边议和，一边图谋西进夺晋，紫荆关、大同等几处入晋的孔道，尤其是东天门固关，军情一再危急。闹得人心浮动，大户富室更有些恐慌。惊慌过度的，或许会将什么宝物甩了出来？所以，康笏南觉得今年的东寺庙会还是有赶头的。自然了，他仍有淘宝的兴致，是看出洋人西进是假，威逼朝廷答应那十二款是真，无非再多讹些银子，多占些便宜吧。

城里孙家的府第，就在东寺附近。既与孙家定了亲，康笏南今年就想叫六爷一道去赶会淘宝。六爷似乎有些不大情愿,康笏南就把何老爷也请出来了。三人同行,寻觅古雅,又不与商沾边,还有什么不愿意!

那今年装扮什么行头?

管家老夏建议,还像前年似的,戴副茶色石头眼镜,罩一件布袍,装作一位家馆塾师就成。六爷是跟着的书童,何老爷是跟着伺候的老家人。

何老爷一听就火了:"我出门,什么时候有过这种排场?书童,老家人,何不再跟一个管家?要跟个老家人,老夏你去才合适,名副其实,也不用装扮!"

康笏南笑了,说:"哪能叫何老爷给我扮下人!今年我不听老夏的,只听何老爷的高见!"

何老爷说:"我一个老家人,能有什么高见!"

康笏南就说:"老夏,看看你,看看你!好不容易请何老爷陪我一回,你倒先给得罪了。我看,你就当着我们的面,给何老爷磕个头,以为赔礼。"

老夏忙说:"我只是建议,又未实行。"

何老爷说:"叫他这么赔礼,我可不稀罕。拉倒吧,不叫我扮下人就成了。"

康笏南说:"看看,还是何老爷有君子气度。那就听听何老爷高见,我们三人怎么出行?"

何老爷说:"要我说,今年老太爷就什么也别扮了,到东寺会上显一次真身!"

老夏笑了:"何老爷的高见倒真高!"

康笏南说:"我看何老爷这主意不俗,一反常态。"

何老爷说:"今年时局不靖,人心浮动。老太爷坦然往东寺赶会,能淘到东西淘不到东西,我看都在其次了,稳稳人心,也是积德呀。"

康笏南一听,才真觉何老爷说到要紧处了:"何老爷,就照你的,咱们什么也不扮了。你说得很对,时局往坏里走,再值钱的古物吧,谁还能顾上疼它!"

何老爷这才痛快出了一口气。

十月十六进城，康笏南有意节俭，只叫套了两辆车，吩咐何老爷坐一辆，六爷跟他坐一辆。六爷惮于跟老太爷挤一处，何老爷也不便比老东家还排场，六爷就跟何老爷挤了一辆。一路上，师生二人倒是说说笑笑，并不枯索。

车先到天成元，进铺子里略暖和了一阵，康笏南就坐不住了，执意要动身。孙北溟见老东台既不伪装，也没带多少下人，就要派柜上几位伙友跟了伺候。康笏南坚决不许。

六爷跟了兴致很高的老太爷往东寺走，实在提不起多少精神。老太爷却不管他，只管说："东寺以南那大片宅第，就是孙家了。孙家比我们康家发家早，富名也大。咸丰初年，为了捐输军饷，有一位叫章嗣衡的广西道监察御史给朝廷上折，列举天下富户，内中就有太谷孙家，言'富约两千余万'。哈哈，他哪能知道孙家底细！"

何老爷就问："老东台一定知道了？"

"我也不知。所以才笑那位监察御史！"

"六爷做了孙家东床快婿，终会知底。"

六爷冷冷地说："我才不管那种闲事！"

东寺西侧有一颇大的空场，俗称东寺园。庙会即展布在这里。刚入东寺园，倒也觉得盛况似往年，人潮涌动，市声喧嚣。

但往里走不多远，康笏南就发现今年不似往年：卖寻常旧物的多，卖古玩字画的少。越往里走，越不成阵势，像样的古董商一家都没碰上。满眼都是日用旧物，卖家比买家多，生意冷清得很。生意稍好些的，大多是卖吃喝的。往年的盛装仕女，更见不着了。人潮涌动中，一种可怕的荒凉已分明浮现上来。化装不化装吧，谁还来注意你！

康笏南心里已吃惊起来：时局已颓败成这样了？早知如此，还出来做甚！但大面儿上他还是努力显得从容，继续游逛。

何老爷倒一味东钻西串的，兴致不减。忽然跑来对康笏南说：他发现了一帧明人沈周的册页！

康笏南一听沈周册页，心里就一笑。跟过去一看，果然又是赝品。册页上那一方沈周的钤印倒是真的，但此外的所有笔墨都系伪作。沈周是明代书画大家，画作在当时就值钱。只是，此公太忠厚了，常为那些困顿潦倒的作伪者，慷慨钤自己的印。所以此类伪作流传下来的也多。这类赝品康笏南早遇见了多次。不过看这帧伪作，笔墨倒也不是太拙劣。即使赝品，也是明朝遗物，存世数百年了。

康笏南就说："报个价吧。"

卖家立刻就诉苦说："作孽呀！不是遇了这样的年景，哪舍得将这家传宝物易手？实在是镇家之宝……"

何老爷说："你先报个价，别的少说！"

卖家说："我看几位也是识货的，你们给多少？"

康笏南就说："五两银子。"

"五两？"卖家惊叫起来，"识不识货呀？听说过沈周是谁吗？你们就是给五十两，也免谈！五两，买草纸呢？"

康笏南一听卖家至多只要五十两，就知道自己的判断不错。于是说："五十两银子倒是有，可还得留着全家度春荒呢。就富裕这五两银子，不稀罕，拉倒。"

卖家说："银子不富裕，也敢问价？"

何老爷瞪了眼说："你既摆出来卖，还不兴问价了？"

康笏南忙说："我们是买了巴结人的，仅能出五两银子。不卖，掌柜的你就留着吧。"

"五两？这不是辱没人吗！"

"走了，走了，寻件别的雅物去。"

说时，康笏南起身离去，何老爷和六爷也跟着走了。还没走几步呢，卖家就招呼：

"几位，能添点不能？这是什么货！孝敬好此道的，保你们吓他一跳！

回来再看看是什么货!”

康笏南站住说:“真是件正经东西?”

“不是正经东西,我早卖给你了!”

“太值钱了,我们也不要。自家不好此道,只是一时孝敬别人,略尽礼数,也无须太值钱了。”

“东西是正经东西,可惜今年行市太不强。能添多少?”

“仅做一般礼品,真添不了多少。”

还了几次价,终以十两银子成交。

离开卖主后,何老爷惊叹道:“老太爷真是杀价高手!”

康笏南说:“太贵了,我怕你不敢收!”

“替我买的?”

“送何老爷的。”

“平白无故的,送礼给我?”

“权作冬日炭敬吧。”

“绝不敢当!”

“何老爷,这帧册页实在也值不了多少银子。值钱的就上头钤的那方篆印,那确是沈周的真迹。画是不是沈的笔墨,不敢定。但画品也不算劣,又是前朝旧物,卖得好,倒也真值几十两银子。”

“原来是赝品才赏给我呀?”

“何老爷最先发现,当然得归你。留作一般应酬送礼,真也不能算俗。”

两人正说呢,六爷指了指前面,说:“那么热闹,卖什么的?”

康笏南抬头一看,吃了一惊:“哪是做买卖?是舍粥的!快去问问,那是官家舍粥,还是谁家舍粥?”

六爷走进那热气腾腾的人堆里,一问,竟是孙家在舍粥。

回来一说,老太爷就招呼道:“快回,快回,不逛了。”

何老爷问怎么了,他也不说明,只是匆匆径直往回走,跟随伺候的下人还得赶趁了才能跟上。

回到天成元,康笏南就问:孙家舍粥,柜上知道不?

孙北溟说:“听说了。近日城里已有冻死的。一些外来流民和本地败家的生计已难维系。”

康笏南厉声问:“怎么不告我?”

孙北溟说:“我们也有难处了。”

“康家也到东寺会上支棚舍粥!花销不用你们柜上出,只借你们几位心善的伙友,到粥棚张罗张罗,成不成?”

“老东台尽管吩咐。”

第十章　战祸将至

1

秦腔名伶响九霄突然登门来访，把邱泰基吓了一跳。

那时代，伶人是不便这样走动的。邱泰基虽与响九霄有交情，可也从未在字号见过面。而现在，响九霄又忽然成为西安红人，常入行在禁中供奉，为西太后唱戏，邱泰基就是想见他，也不像以前那么容易了。今天不速而至，准有不寻常的缘由。

虽是微服来访，响九霄的排场也大了，光是跟着伺候的就有十来位。西号的程老帮见了这种阵势，就有些发怵，直把邱泰基往前推。响九霄也只是跟邱泰基说话，不理别人。邱泰基只好出面，把响九霄让进后头的账房。这时，三爷不在柜上，想吩咐人赶紧去叫，又怕响九霄不给三爷面子，弄下尴尬，作罢了。看响九霄现在的神气，眼里没几个人。

“郭老板有什么吩咐，派人来说一声，不就得了！是信不过我们吧，还亲自跑来？”

"邱掌柜,我是来给你赔不是的,不能不来。"

赔不是?这可叫邱泰基更感意外了:话里藏着的,不会是小事。他故作惊慌样,说:"郭掌柜不敢吓唬人!我们哪有得罪,该骂就骂……"

"哈哈,邱掌柜,你也跟我见外了?"

"哪是见外!郭老板现在是贵人了,听说那些随驾的王公大臣都很给你面子呢!我们还跟以前似的,就太不懂事了……"

说时,邱泰基正经施起礼来。

"邱掌柜,越说你见外,你越来了。我一个唱戏的,能成了贵人?我是偷偷给你说,禁中供奉,谁知将来能落个什么结果!"

毕竟是伶人,还有闲杂人等在跟前呢,就说这种话。邱泰基真担心他说出"伴君如伴虎"来,赶紧接住说:

"郭老板的本事,我还不知道?托了皇太后的圣恩,你已经一步登天,名扬天下了,还想怎么着呢?听说在京师供奉禁中的汪桂芬、谭鑫培几位,都封了五品爵位。不定哪天太后高兴了,也要封你!"

"邱掌柜,你是不知道,进去供奉,哪那么容易?时刻提着脑袋呢!"

越怕他说这种话,偏说,真是个唱戏的,心眼不够。邱泰基忙岔开说:"郭老板,你说来赔不是,是吓唬人吧?"

"真是赔不是来了。我一时多嘴,给贵号惹了麻烦!"

邱泰基听出真有事,就不动声色吩咐跟前的伙友:还不快请郭老板底下的二爷们出去喝茶,有好抽一口的,赶紧点灯烧烟泡伺候。一听这话,跟进来的几位随从都高高兴兴地出去了:看来都好抽一口。

下人都走了,就剩了主客两位,邱泰基才说:

"郭老板,不会见怪吧?你我多年交情,斗胆说几句知心话,不知爱听不爱听?"

"怎能不爱听?我今日来,就想跟郭掌柜说说知心话!"

邱泰基以往跟响九霄交往,也不是一味捧他,时不时地爱教导他几句。响九霄倒也爱听,因为邱掌柜的教导大多在情在理,也愣管用。伶人本没多少处世谋略，有人给你往要紧处指点，当然高兴听了。所以，他把邱掌柜当军师看呢，交情不一般。正是有这一层关系，邱泰基才想再提醒他几句。现在，人家大红大紫了，你也跟着一味巴结，恐怕反叫人家看不起。

"郭老板，你能喜获今日圣眷，怕也是祖上积了大德，你就不珍惜?"

"邱掌柜是话里有话呀！我整天提心吊胆的，咋就不珍惜了?"

"以前，我跟官场打交道比你深，宦海险恶也比你深看几分。你能出入禁中，常见圣颜，一面是无比荣耀，一面也真是提着脑袋！"

"这我比你清楚，刚才不说了吗?"

"你不知珍惜，就在这个'说'字上！这种话，你怎么能轻易说出口?"

"邱掌柜，我不是不把你当外人吗?"

"咱们是多年交情，可跟前还有一堆下人呢！"

"下人们，他谁敢！"

"郭老板，你这哪像提着脑袋说的话？不说有人想害你，就是无意间将你这类话张扬出去，那也了不得呀！你说话这样不爱把门，手底下的人也跟你学，说话没遮拦，哪天惹出祸来，怕你还不知怎么漏了气呢！"

"邱掌柜，你这一说，还真叫我害怕了！"

"郭老板，伴君如伴虎，这几个字你得时时装在心头，可绝不能挂在嘴头！伴君头一条，就得嘴严，什么都得藏着，不能说。唱戏是吃开口饭，嘴闲不惯，可你就是说废话、傻话、孙子话，也不敢说真话！不光是心里想说的不能说，就是眼见着的，也万万不能轻易说！宫中禁中见着的那些事，不能说；王公大臣跟前经见的事，也不能说。祸从口出，在官场尤其要紧。"

"邱掌柜，你真算跟我知心！这么多巴结我的人，都是跟我打听宫中禁中的事，唱了哪一出，太后喜欢不喜欢，她真能听懂秦腔，太后是什么打扮，皇上是什么打扮，没完没了！连哪些王公大臣，也爱打听。就没人跟我提个醒，祸从口出！"

“郭老板飞黄腾达，我们也能跟着沾光。谁不想常靠着你这么一个贵人！你能长久，我们沾的光不更多？”

“可除了邱掌柜你，他们谁肯为我长久做想？都是图一时沾光！”

“谁不想知道宫中禁中情形呢？你多留个心眼就是了。尤其那班王公大臣，跟他们说话既得有把门的，又不能得罪人，心眼更得活。”

“邱掌柜，你可说得太对了，这班大人真不好缠！我来赔罪，也是因这班大人给闹的。”

“老说赔不是，到底什么事？”

“我能常见着的这几位王公大臣，都是戏瘾特大的。随驾来西安后，也没啥正经事，闲着又没啥解闷的，就剩下过戏瘾了。人家在京师是听徽班戏，咱西安就张乐领的那么个不起山的徽戏班。叫去听了两出，就给撵出来了。有位大人跟我说：‘张乐也算你们西安的角儿？那也叫京戏？还没我唱得地道呢！’我跟他们说：张乐本来也不起山，西安人也没几个爱听徽班戏的。”

这是又扯到哪了？到底出了什么事，扯半天了，还是一头雾水！但响九霄以前就有这毛病，现在成了贵人了，你能叫他别啰唆？邱泰基只好插了一句：

“那他们能爱听你的秦腔？”

“他们才听了几天秦腔，能给你爱听？可太后喜爱呀，他们不得跟着喜爱？太后召我们进宫，那是真唱戏。这些大人召我们进府，那可不叫唱堂会！”

“那叫唱什么？”

“唱什么，陪他们玩票！有几位真还特别好这一口，每次都要打脸扮相，披挂行头，上场跟我们搅。那哪是唱戏，乱乱哄哄，尽陪了人家玩闹！”

“这么快，他们就学会吼秦腔了？”

“哪儿呀，人家用京腔，我们用秦腔，真是各唱各的调！邱掌柜你是没见那场面，能笑死人了。”

“那些人，不就图个乐儿吗？只是，郭老板，你说惹了个什么事……”

“这就说到了。皇太后的万寿就在十月，邱掌柜不知道吧？”

“我一个小买卖人，哪能知道这种事？”

“太后的寿辰就在十月。以往在京师，太后过寿辰那是什么排场？今年避难西安，再怎么着，也不能与京师相比。太后跟前的李总管早就对我说了，你卖些力气，预备几出新戏，到万寿那天，讨老佛爷一个喜欢。我说，那得拣老佛爷喜欢的预备，也不知该预备哪几出？李总管就不高兴了，瞪了眼说：‘什么也得教你？’我哪还敢再出声！出来，我跟一位王爷说起这事，王爷说：‘李总管他也是受了为难了。这一向，谁在太后跟前提起过万寿，太后都是良久不语，黯然伤神，脸色不好看。’我问：‘太后那是有什么心思？’王爷说：‘连李总管都猜不透，谁还能知道！’”

这又是扯到哪了！叫他多长心眼少说话，看看吧，越说越来劲，越说越详细。小人得志，真没治了。

“郭老板，宫中那些事，你还是少说些吧，就不怕隔墙有耳？”

“这都跟你们有关，不能不说。这位王爷，我就不跟你说是谁了。反正就在他府上，玩票玩罢了，正卸妆呢，他忽然问我：‘你跟山西票庄那些掌柜熟不熟？’邱掌柜，我真是嘴上没遮拦，张口就说了：‘倒还有几位，交情不一般！’人家跟着就问了：‘太谷有家姓康的财主，也是开票号的，在西安有没有字号？’我说：‘有呀！字号叫天成元，掌柜的跟我交情也不浅。’看看我，张嘴把什么都说了！”

邱泰基忙问：“这位王爷打听敝号做甚？”

“当时我也问了，王爷说：‘是太后跟前的崔总管跟我打听，我哪儿知道？’前两天，我才明白了：崔总管打听贵号，是想为太后借钱办万寿。”

“跟我们借钱办万寿？”

“邱掌柜，我实话跟你说了吧。”响九霄就放低声音说，“崔总管跟你们借钱，办万寿只是一个名义，其实是给太后多敛些私房，讨她高兴。多说经历了这一回逃难，太后是特别迷上私房钱了！”

“要跟我们借钱攒私房？”

“要不我一听就慌了。早知这样，我也不多嘴了。多了几句嘴，给你们惹了大麻烦。崔总管寻上门来，你们不敢不借，借了，哪还能指望还账？惹了这么大祸，我哪能对得住邱掌柜！”

听了这消息，邱泰基知道要倒霉：遇上天字第一号的打劫了！可这也怨不着响九霄，他就是不多嘴，人家也能打听到天成元。不看这是谁打劫呢！响九霄能先来送个讯，也该感激的。就说：

“郭老板，你心思太多了。能孝敬皇太后，是我们一份天大的荣耀，哪能说是麻烦？”

“贵号不怕太后借钱？那我就心安多了。”

“遇上今年这种行市，天灾战乱交加，哪还能做成生意？敝号也空虚困顿，今非昔比了。可孝敬皇太后，我们就是砸锅卖铁，也不敢含糊！”

响九霄很啰唆了一阵，才起身告辞，邱泰基却早已心急如焚。

2

邱泰基已听同业说过：西太后到西安后变得很贪财。加上祁帮乔家大德恒那样一露富，很叫太后记住了西帮。来西安这才多少天，已跟西帮借过好几回钱。可那都是户部出面借钱，账由朝廷背着，这回轮到跟天成元借钱了，却成了宫监出面，太后记账！太后张了口，谁敢驳呀？可放了这种御账，以后跟谁要钱去？

太后张口借钱，那也不会是小数目！

所以，响九霄一走，邱泰基就赶紧去见三爷。

三爷是财东，来西安后自然不便住在字号内。但在外面想赁一处排场些的住宅已很不容易。两宫避难长安，等于把京都迁来了，随扈大员浩荡一片，稍微排场些的宅第还不够他们争抢呢。幸好邱泰基在西安经营多年，门路多，居然在拥挤的城内，为三爷赁到一处还算讲究的小院，只是离字号远些。三爷已十分满意,常邀邱泰基到那里畅谈。

这天邱泰基赶到时,三爷正在围炉小酌。

邱泰基就说:“三爷,这都什么时候了,才吃饭?”

三爷见邱泰基意外而至,很高兴,说:“你是闻见酒香才来的吧？后晌又冷又闷,也没人来!”

“这屋里够暖和了。这么嫌冷,那你在口外怎么过冬?”

“在口外天天吃羊肉,喝烧酒,身上热呀！这不,我叫他们炖了个羊肉砂锅。邱掌柜,我看你是闻见酒香肉香才来的,赶紧坐下喝两口!”

“我可是有件急事,来见三爷!”

“再急吧,能耽误你喝两口酒?”

“三爷,真是一件天大的急事!”

“邱掌柜,你说西安的天能有多大？京师丢了,都挤到西安,西安能有多大的天？先喝口酒再说!”

看看三爷,也不像醉了。邱泰基只好先喝了一盅烫热的烧酒,真似吞火一样。他倒也能喝烧酒,只是平日应酬爱喝黄酒,米酒。在口外这一年,应酬离不了烧酒,但也没能上瘾。烧酒喝多了,也易误事。三爷常隐身口外,喝烧酒跟蒙人似的,海量,他可陪不起。

三爷见他跟喝药似的,不高兴了,说:“邱掌柜是不想陪我喝,对吧?”

邱泰基赶紧说:“真是有一件很急的事跟三爷商量!”

“京师都丢了,还能有什么急事？除非是洋人打进到西安了,别的事,都没喝酒要紧!”

“三爷,是关乎咱们天成元的急事!”

“咱自家的事,更无须着急了。先喝酒,邱掌柜,你再喝一盅!”

看三爷不像醉了,怎么尽说醉话？遇了火上房的急事,三爷偏这样,好像是故意作对似的。邱泰基也只好忍耐着,又喝了一盅。

“邱掌柜,你吃口羊肉！喝烧酒,你得搭着吃肉,大口吃肉。不吃肉,烧酒就把你放倒了。”

“吃羊肉,我不怕,喝烧酒可真怕!”

“那你还是在口外历练得少！多住两年,保你也离不开烧酒。”

“三爷,这么快就重返西安,可不是我想这样。”

“邱掌柜,快不用说了！早知时局如此急转直下,一路败落,我宁肯留在口外,图一个清静!”

“这一向,口外也不清静。”

“再怎么不清静,洋人也没打到归化、包头！邱掌柜,你老是劝我出山,劝我到大码头走走,这倒好,正赶了一场好戏,整个朝廷败走京师!”

三爷真是喝多了,怎么尽说这样的醉话？三爷是海量,难得一醉。是心里有什么不痛快？到西安后,三爷一直兴冲冲的,并不见怎么忧虑丧气。前几天,又听说西太后很想迁都长安,就窝在这里长治久安,不走了。三爷对此甚不满意,还关住门骂了几声。这点不痛快,还能老装在三爷心里,化不开？遇到了这么个朝廷,你化不开吧,又能怎样!

趁三爷提到朝廷,邱泰基赶紧接住说:“三爷,我说的这件急事,也是由朝廷引起……”

“朝廷？朝廷又要怎样？”

邱泰基就把响九霄透露的消息简略说了说。

三爷没听完,就有些忍不住了,很不屑地哼了一声,说:“位居至尊,也能拉下脸来讨吃？”

邱泰基说:“太后讨吃,给少了哪能打发得了？”

“八月路过山西时,咱们西帮刚刚打发过他们,这才几天,怎么又来了？西帮成了你们的摇钱树了？”

“我看就怨那次露了富。尤其祁县乔家,一出手就三十万！你们这么有钱,朝廷能忘了你？”

“我家老太爷也不甘落后呀！为看一眼圣颜,也甩出几万……”

看来,三爷真是有些醉了,居然数落起老太爷来。邱泰基忙拉回话头,说:“三爷,太后跟前的崔总管真要来借钱,我们借不借？”

“不借！不管谁来了，你就跟他说：我们也讨吃要饭了，哪还有银钱借给你们！”

“三爷，这么说，怕打发不了吧？”

“打发不了，他要咋，要抢？”

三爷今天是怎么了？说话这么火暴，好像又退回一年前在口外时的那种样子，专寻着跟你争强斗胜。他跑西安来，兴冲冲想张罗点事，露一手给老太爷看，可遇了这种残败局面，处处窝火，终于忍耐不下了？可你再火暴，又能如何！毕竟是初当家，毕竟是在口外隐身得太久了。

邱泰基冷静下来，说：“那就听三爷的，不借。皇太后亲自来，咱也不借！来，咱们喝酒！”

三爷见邱泰基这样说，口气倒软了，问：“邱掌柜，你说，我们要是不借，他们会怎样？”

“管它呢，反正三爷你也不怕。喝酒！”

“我想听听你的高见，我们不借，太后会怎样？”

“会怎样？想杀想剐，那还不是一句话！可要杀要剐，我们也不怕！”

“邱掌柜，我的命太不济！熬了多少年，刚接手主事，就遇了这样一个千载难遇的年景。年初还好好的，一片喜气洋洋，才几天，大局就呼啦啦倒塌下来，至今没有止住。祖上留下的生意倒了一半！老太爷主事四十多年，啥事没有，我刚主事才几天，呼啦啦就倒了一半！我是败家的命吧？”

三爷心里果然窝着气。可这样窝气，还是显出嫩相来了。出了这样的塌天之祸，能怨着你什么事！

“三爷，你哪是命不济？是命太强！你一出山，就把大清的江山震塌一半！干脆，你再抖擞精神发发威，把留下的这一半也给它震塌算了，省得太后来跟我们讨吃打劫。”

“邱掌柜，你还有心思说笑话！”

“三爷，我可不是说笑话！今年出了这么大的塌天之祸，正经主事的西太后还不觉咋呢，该看戏看戏，该过寿过寿，该打劫打劫。三爷你倒仁义，也太自命不凡，愣想把这塌天之祸揽到自家头上，好像谁也不该怨，就怨你命硬，给妨的！八国联军正想惩办祸首呢，太后、载漪、刚毅、董祥福都不想当祸首。只有三爷你想揽过来当这祸首，可洋人认不认你？惩办了你，能不能解了洋人的气？”

三爷不说话了，愣了半天，才问：“邱掌柜，你这是笑话我吧？”

邱泰基说：“我这是给你醒酒！”

“我没喝醉，醒什么酒？你是笑话我。”

“我只是笑话三爷说的醉话。”

“我说什么醉话了？我只说时局，说祖宗的大业，谁喝醉了还扯这种正经事？”

“我说也是，管它塌天不塌天呢！就真是大清江山全倒塌了，我们也得做自家的生意。”

“我忧心如焚的，也是咱们的生意呀！”

“那就水来土掩，兵来将挡吧。三爷，你不敢太着急，更不能先灭了自家威风，刚出点事，就埋怨自家命不济！”

“你倒说得轻巧，刚出点事！京师失守，朝廷逃难，天塌了一半，谁遇见过？”

“三爷，叫我说，你刚出山，就遇此大难，正给你一个显露大智大勇的良机！要是平平安安，哪能显出你来？”

三爷这才像来了精神，击案道：“邱掌柜，这才像你说的话！那你说吧，我们如何一显大智大勇？”

“三爷，你又着急了吧！眼下，咱们先说放不放这笔御债？”

“明里不借给，当然不成。能不能想一个不借的妙着？”

“叫我看，不用费这种心思了。这件事，明摆着就一条路：借。要多少，得借给人家多少。户部跟我们借钱，还能寻个借口，推脱一下。太后她私下来打劫，我们哪还能推脱！连太后的面子都敢驳，不想活了？”

“那还有什么商量的！”

"借,是非借不成。怎么借,也有文章可做。太后过万寿,我们孝敬了,也不能白孝敬吧?总得赏给我们些好生意做吧?再则,我们以现银短缺为由,也可将孝敬的数目往下压:先写张大额银票,看他要不要;不要银票,那就太对不住了,敝号现银实在有限!近来西安银根奇缺,没人想要银票,太后圣明着呢,她能想要银票?"

"邱掌柜,你心中既有了谱,就放心张罗你的吧。"

"三爷,你得定个大盘:最多,我们孝敬她一个什么数?"

"你看多少合适?"

"叫我看,要借现银,少于一万两,怕打发不了;写银票,倒可多些,至五万。估计他们不收银票,不妨大方些。"

"还大方呢,太寒碜了吧?毕竟是御债。"

"咱就为落这么个寒碜的名儿,再一甩几十万,以后更不能活了。再说,柜上的现银也实在紧巴。"

那时的西安,也算是个大码头。可朝廷行在浩荡一片,忽然涌来,光是那庞大的花费,西安就难以容纳。物价飞涨,银根奇缺,那是必然的。西帮各大号虽在西安都开有分号,可原先那点规模,哪能支应了这样的场面?加上拳乱蜂起时,为安全计,不少票庄匆匆将存银运回了祁太平老号。现在,朝廷驻銮西安,各路京饷都往这里解送,眼看大宗大宗的生意涌过来,却不敢很兜揽。朝廷这头,是紧等着用现银,你接了汇票,兑不出银子,那不是找倒霉吗?所以,虽承陕西抚台岑春煊的关照,江南米饷可先紧着大德通、天成元等几家大号兜揽,也没敢承揽多少。揽多了,西安这头没法兑现。

邱泰基动员程老帮,一再致电致信老号,正有大宗生意待做,望能紧急调运些现银过来,也不知怎么了,孙大掌柜只是按兵不动。理由是路途不靖,运现太危险。这明显是托词:据走票的信局说,太原来西安这一路,眼下算是好走的。邱泰基以为自己和程老帮位卑言轻,就请三爷出面催问,居然也没有结果。三爷就有些上火,又给老太爷去信诉苦,老太爷回信说：你少干涉号事吧。

三爷心里郁闷，与此也大有关系。他听了邱泰基的寒酸之论，就以为邱掌柜想以此笔御债，逼老号运现。既想如此，何不多放御债？就说：

“就怕太寒酸了，得罪太后。虽尊为太后，我看她也是小心眼。我们想省钱，反落一个触犯天颜，太不合算吧？”

“三爷，你现在又大方了！柜上的底子，你也不是不知道，都来借钱，没人存钱，只进汇票，不进银子，我们拿什么装大方？”

三爷也只好长叹一声，说：“由你张罗吧，喝酒！”

没过几天，西太后跟前的宫监二总管崔玉桂，果然亲自光临了天成元的西安分庄。按事先的计议，三爷与邱泰基出面支应，没让程老帮露面。

崔总管嗓音尖利粗糙，说话也不客气，进来就问：“这是太谷康财主家的字号吗？”

邱泰基忙指着三爷说：“小号正是。这就是小号的少东家……”

崔总管扫了三爷一眼，打断邱泰基的话，说：“那在徐沟觐见太后的，是谁？”

三爷忙说：“是家父。”

崔总管依然扬着脸说：“当时，就是我带他进去见的太后！”

三爷说：“我们一直牢记着呢。”

崔总管说：“记的就成。眼看就是太后的万寿了，可西安这地界要嘛没嘛！我来跟你们借俩钱，回去给太后办寿辰。听明白了吧？”

三爷说：“听明白了。”

邱泰基也赶紧说：“皇太后万寿，我们也该孝敬的！崔公公说借，我们可就罪过大了。”

崔玉桂就瞪了邱泰基一眼，说：“我不说借，说抢？太后有交代，跟字号借钱，记她账上，回京后还人家。听明白没有？”

邱泰基说：“明白了。”

崔总管眼瞪得更大了,喝道:“那还愣着干吗?”

邱泰基故作惊慌状,说:“不知崔公公今日驾到,也没准备……”

崔总管脸上怒色毕现,厉声斥问:“怎么,响九霄没来跟你们说?”

响九霄来送讯,原来是跟崔总管通了气的?还以为他不忘旧谊,偷偷给送讯来了。这个戏子,倒真会演戏!明明是入伙打劫,还装着是行善!邱泰基只顾了惊讶,一时竟没答上话来。

三爷这才赶紧说:“响九霄来过,可他也没告我们一个准日子。”

崔总管厉声喝道:“少废话!哪位是掌柜?快替爷爷写张借条!”

邱泰基忙问:“不知要借多少?”

崔总管反问:“你们能借给多少?”

邱泰基说:“西安码头不大,敝号原本也做不了多大的生意,加上拳乱的祸害,更……”

崔总管又喝住,说:“尽说废话!到底能借多少?”

邱泰基说:“要借现银,柜上仅有存底一万两;要写银票,也只能有五万的余地。”

“那好,就借你们一万两现银,再写五万两的汇票,算六万两,凑个吉数!”

真没想到,这位凶眉恶眼的大宫监,居然来了个一网打尽,现银汇票全收了!邱泰基原本是拿五万汇票虚晃一枪,只想借出一万了事,哪想竟赔了夫人又折兵?

崔总管此话一出口,邱泰基和三爷都目瞪口呆了。

3

遭了这样一次打劫,邱泰基真是沮丧之极:遇了大场面,自家的手段竟如此不济!走了这样一步臭棋,把三爷也连累了。

三爷倒是极力宽慰他:遇上顶天的太后打劫,谁也得倒霉。还是想想办法，多做些生意吧。

与邱泰基及程老帮一道计议后，三爷决定返回太谷，亲自去说服孙大掌柜。西安银根奇缺，正是做银钱生意的好时候。赶紧调些现银来，就能占一个先手。近来西安城外，到处可见各地奔来的运银橇车。内中，虽然官兵解押的官银橇居多，但镖局押送的商家银橇也有一些了。再不行动，将坐失多大的一份良机！现在，全国的银钱都在往西安调动，眼看着生意滚滚，却不能放手兜揽！这不是作孽吗？

阴历十月正是天寒地冻的时候，三爷要跋涉返晋，邱泰基有些于心不忍，想替代，自家又没有这样的自由身。所以，他一再表示，回去务必给孙大掌柜交代清楚，西号损失的这六万两银子，不干程老帮什么事，更不干你三爷的事，全赖他邱泰基一人。

另外，邱泰基还托三爷带了一封家信回去。

在三爷回来前，天成元老号的孙大掌柜已经收到西号的一封信报，报的就是被西太后打劫的事。放了这样一大笔债出去，按规矩也得及时报告老号，何况还是一笔几乎有借无还的御债。信报中，邱泰基独揽了责任，特别言明与程老帮无关。

孙北溟看过信报就大不高兴。遇了皇太后来打劫，不破财当然不成，可也不能给劫去六万呀？在今年这年头，六万是个什么数目！就是在好年景，你西安庄口几年才能净挣到六万？要知这样，何必调你邱泰基赶赴西安！你那本事都哪去了？

在孙北溟想来，这个邱泰基一定是有些好了伤疤忘了疼。见这么快就调他重返西安，一准又得意忘形了。巴结官场，一向就出手大方，现在巴结朝廷，那还不得更张狂！

可你也不看看今年是什么年景！

要在平时，拿这点钱巴结朝廷，真也不算多。可在庚子年遭遇了塌天之祸后，对天成元这样的大字号，也不是小钱了。

自京津失守后，除了京津两号全毁，直隶、山东、关外、口外的庄口，也几近被毁。不是遭抢劫，就是关门歇业，勉强开业的，也没什么生意可做。兵祸不断，匪盗蜂起，邮路受阻，汇路自然也断了。在此危困中，这些庄口的大部分伙友，辗转跋涉，逃回山西避难。天成元一家，就陆续有近百名伙友回来避难。康笏南发了话：不可开缺了这些伙友，也不可断了这些伙友的辛金。老太爷他倒仁义之至了，可孙北溟就发了愁。这么多人，不挣钱，只花钱，字号哪能受得了！

今年虽是天成元新账期的头一年，生意还没有铺开大做，但损失也意外的惨重。近几个月来，老号账房一直在估算京津等歇业分号的损失。仅被抢劫的现银，加上各庄口欠外及外欠的账目，总数只怕几十万两银子也挡不住！因为不少庄口的账目，乱中被毁，人家的存款，即欠外的，你赖不掉；可你放贷出去的款项，也即外欠的，却无从追讨了。所以，欠外，外欠，都得算损失。这样庞大的一笔损失，将来怎么兑付？逼着东家倾家荡产？

这么多庄口关门歇业，等于塌了半壁江山，余下一半，也难有作为。戴膺到了上海，也没有什么喜讯传来。上海生意的大宗，在洋货的集散。遇了今年这种洋祸，南方虽未波及，各码头进洋货也暂避风头，没有多大劲了。货流少，银钱流动也少，票庄也就没有多少汇兑可做。所以，沪号及汉号的生意，也甚清淡。

孙北溟正因此日夜发愁呢，忽然接到西安那样一封信报，他能高兴了？

只是，现在还能再怎么处罚邱泰基？他已经减了股，降了职，再罚，就罚他去做跑街？老太爷未必同意，三爷只怕更不愿意。孙北溟已经看出来，三爷是很赏识邱泰基的。邱泰基巴结朝廷这样没谱，三爷就在跟前。

但就这样不吭一声，放过此事？在此危难之际，老号的威严不能稍损！

孙北溟想了想，决定去康庄走一趟，见见康笏南。太后借御债，这是顶了天的事，也该给老东台说一声吧。

冒着寒风，跑到康庄，给东家细说了邱泰基的新作为，老太爷居然听得津津有味，一点都没生气！

老太爷也糊涂了，忘了今年的年景？孙北溟忍不住又诉起苦来，说字号这么紧巴，邱泰基依然这样手大，岂不是雪上加霜，要陷字号于绝境？

老太爷居然说："遇了皇太后打劫，只给劫去六万，张罗得很出色了！倒过来说，皇太后跟我们讨吃，不给六万，怕也打发不了吧？我看，邱掌柜张罗得不赖。"

孙北溟还能再说什么？什么也不想说了。

老太爷一向临危不乱，有高人做派。可今年这等危局，他似乎太轻看了。孙北溟早就觉得，在今年的劫难中，康老太爷有些失态。最失态的，就是到徐沟觐见太后。这犯了西帮大忌：露富，尤其是在朝廷跟前露富，更是大忌中的大忌！祁县乔家沉不住气，一出手就借给朝廷三十万，又将大德通做了一回太后的行宫，出尽风头。其实是有些昏了头！乔家经营票号晚，大富没有多少年，在朝廷跟前沉不住气，倒也罢了。康老太爷他是成了精的人物，成天教导别人，要善藏，忌露，不与官家争锋。怎么到了这紧要关头，也昏了头，愣是要跟乔家比赛，为看一眼圣颜，几万甩出去了！

这就好了，叫太后记住了康家，指着名来打劫你！

邱泰基的毛病，就是不善藏，太爱露！老太爷现在也纵容起他来。

时局这样危厄，老太爷又这样失态，天成元这副担子，实在也不好挑了。孙北溟再次萌生退意。

从康庄回到老号，他给西号的程老帮写了一封措辞严厉的复信：这么大一笔放债，竟不请示老号，真是太胆大了！

三爷回到太谷，已进十一月。

到家后，自然是先见老太爷。不过，他只是大略说了说西安的情形，对太后借御债也是略提了提，不敢详说。

哪想，老太爷居然已经知道此事，六万的数目也知晓了。三爷忙着解释说："邱掌柜本来是使了手段，想少出借些，谁想那位崔公公竟如此下作，捞了干的，汤水也不留一滴！"

老太爷笑了，说：“你们也是太小气！太后张一回御口，你们就给六万？”

三爷这才放心了，说：“他们说是借，我们哪还能指望还？能小气，还是小气些吧。”

老太爷说：“就是不还，也不能白借！邱掌柜他很谙此道的。”

三爷说：“朝廷到了西安，满眼都是生意，只是我们无力兜揽。”

“不用跟我说生意，生意你们张罗。朝廷想迁都西安，真有这一说吗？”

“西安上下都在说这件事。听说刘坤一、张之洞、袁世凯这些疆臣重镇，也曾合疏上奏朝廷，主张迁都西安。太后也有此意，尤觉西安的古名‘长安’甚好。可洋人哪肯答应？李鸿章每次由京电奏朝廷，都是催请回銮京师，说朝廷不回銮，洋人不撤兵。所以，一听说有李鸿章的电奏来了，太后就不高兴。看过电奏，更是好几天圣颜不悦！”

“这个女人，就是圣颜大悦时，那张脸能有什么看头！这么无能无耻，偏安西安就能长治久安了？妇人之见！你忙你的去吧。走时，过去问候一声老夫人。”

三爷听了老太爷的这声吩咐，不免有几分诧异：以往，老太爷可没有这样吩咐过。

走进老夫人这厢，她已经在外间迎候了。三爷行过礼，见老夫人精神似乎要比往常好些。她问了一些外间的情形，也不过是随意问问吧。她还说了些夸奖的话，如：“全家就数三爷你辛苦！”这也不过是客气吧。

三爷应付了几句，就告辞出来。他不能在那里多停留：这么多年了，她依然没有老去，还是那样风韵独具，丽质难掩……三爷当然不能多想这些。

全家就数三爷你辛苦。这种话，谁说过！

4

第二天，三爷赶紧进城去见孙大掌柜。

孙大掌柜一开始就情绪不好，还没听三爷说几句，就追问邱泰基到西安后的所作所为：是不是又旧病复发？

三爷忙做解释，说现在的邱掌柜跟以前相比，真是判若两人了。连侍奉西号的程老帮，也不敢含糊，凡事程老帮不点头，他不敢行动。

孙大掌柜冷笑了一声，说："我才不信！一出手就是六万，程老帮他哪有这样的气魄？"

三爷忙说："应付这笔御债，是程老帮、邱掌柜和我一道计议的。又不能得罪太后，又不想多损失，真是煞费苦心。总算谋了个手段：银票写得多些，虚晃一番，现银则死守一万的盘子，一两也不能再多。朝廷驻銮后，西安银根奇缺，银票兑现不了，没人想要。所以就以为太后不会要银票，哪能想到，人家干的稀的都要！"

"别人想不到，他邱泰基也想不到？太后拿了我们天成元的银票，想要兑现，我们敢不给兑？"

"当时情势紧急，我们实在是乱中出错了。"

"我看还是邱泰基的老毛病犯了，只图在太后面前出手大方！"

三爷见孙大掌柜揪住邱泰基，不依不饶，什么事也说不成，就说："孙大掌柜，这步臭棋实在不能怨邱掌柜，是我对他们说：'太后落了难，来跟我们借钱，不能太小气了。'邱掌柜倒是一再提醒：'这种御债，名为借，实在跟抢也差不多。她不还，怎么讨要？门也寻不见！'我说：'至尊至圣的皇太后，哪能言而无信？'力主他们出借了这笔御债。所有不是，全在我。"

孙大掌柜居然又冷笑了："三爷初出山，不大知商海深浅，邱泰基他驻外多少年了，也不知道审时度势，替东家着想？"

已经将罪过全揽下了，孙大掌柜还是满脸难看，不依不饶，三爷心里窝的火就有些按捺不下。但他极力忍着，说：

"不拘怨谁吧，反正柜上有规矩。这笔御债真要瞎了，该罚谁，尽可罚谁。眼下当紧的，还是张罗生意。我这次回来，就是想把西安的行市，告知老号。朝廷驻銮西安成了定局，还盛传太后有意迁都过来，所以国中各路京饷协饷正源源往西安流动。这不正是我们票家揽汇的大好时机吗？岑春煊就曾想将江南米饷的汇务，拨一大宗给我天成元承揽。可我们不敢多接：西号存银太少了。老号若能速调现银过去，正有好生意可做！"

孙北溟冷冷地说："西号的信报我早看了。现在兵荒马乱，哪敢解押大宗现银上路？"

三爷就说："我这一路归来，并没有遇着什么不测。出西安后，沿途见到最多的，正是运银的橇车。四面八方，都是往西安运银。"

"就是路上不出事，老号也实在没有多少存银可调度。"

孙北溟这话，更给三爷添了火！今年是新账期起始，前四年各地庄口的盈余汇总到老号，还没怎么往外调度呢，就存银告罄了？分明是不想调银给西号！三爷咬牙忍住，说：

"遇了这样的良机，就是拆借些现银，急调西安，也是值得的。"

"这头借了钱，那头由邱泰基糟蹋？"

这一下，算把三爷的火气引爆了，他拉下脸来，也冷冷地说："孙大掌柜，西安庄口借给西太后的这笔御债，算到我的名下，与你天成元无关，成不成？这六万银子，就算我暂借你天成元的，利息照付。你天成元真要倒塌到底了，替我支垫不起，我明儿就送六万两现银，交到柜上。只听孙大掌柜你一句话了！"

哪料，孙大掌柜并不把三爷的发作放在眼里，居然说："三爷，话不能这样说吧？西号的信报并没有言明，这六万债务系三爷自家出借，与字号无关。我是领东，过问一声，也在分内！"

"我现在特地言明了，不算晚吧？"

"按规矩，那得由西号报来！"

"我就去发电报，叫西号报来！"

说毕，三爷愤然离去。

走出天成元的那一刻，三爷真想策马而去，飞至口外，再不回来！

他是早已经体味到了：什么接手主理外间商务，不过是一个空名儿罢了！这个孙大掌柜哪把他这个主事的少东家放在眼里？自担了这个主理外务的名儿，他真没敢清闲一天，东奔西跑，冲锋陷阵，求这个，哄那个，可谁又在乎你！老太爷说他多管闲事，孙大掌柜嫌他不知深浅，言外之意，他也早听出来了：你担个名儿就得了，还真想张罗事儿呀！

老天也不遂人意，他刚担了这样一个空名儿，就遇了个倒运的年景，时局大乱，塌了半片天！

罢了，罢了，还是回口外去了，这头就是天全塌下，也与他无干！

盛怒的三爷，当然不能直奔口外，只是奔进一家酒馆，喝了个酩酊大醉。

跟着伺候的家仆及车倌，哪里能劝得下，也只能眼看着三爷醉得不省人事，干着急，不顶事。还是酒家有经验，说这大冷天的，可不敢把人扔到车轿里，往康庄拉。人喝醉怕冷，大野地里风头硬，可不敢大意。

仆人们听了，慌忙向酒家借了床铺盖，把三爷裹严了，抬上马车，拉到天盛川茶庄。他们当然不能把三爷拉回天成元。

天盛川的林大掌柜见三爷成了这样，一边招呼伙友把三爷安顿到暖炕上，一边就问这是在哪应酬，竟醉成这样？仆人知道实情不能随便说出，只含糊应付几句，就求大掌柜代为照看一时，他们得赶紧回康庄送讯。

回来见了三娘，仆人不能不说出实情。三娘没听完就忍不住了，立马跑去见老太爷。可老太爷也没听她哭诉完，就说：

“不就是喝醉了吗？醒过来，叫他以后少喝，不就得了！”

三娘不敢再说什么了，很明显，老太爷不想得罪孙大掌柜。她只好领了一帮仆佣，往城里赶去。

三娘到达前，林大掌柜已经打听出，三爷是在孙北溟那里怄了气。所以一见三娘，林大掌柜就说：

“三爷也是太能委屈自己了。领东不把东家放在眼里，康家还没这种规矩吧？天成元是康家第一大号，先染上这等恶习，我们也跟上学？”

三娘听得心里酸酸的，可还努力平静地说："林大掌柜你也知道，三爷他脾气不好，哪能怨别人？再说，他在口外惯下了喝烧酒的嗜好，太贪杯！"

林大掌柜说："三娘你是不知道，孙大掌柜眼里有谁？我倒不是跟他过不去，是怕坏了你们康家的规矩！康家理商有两大过人之处，一是东家不干涉号事，一是领东不功高欺主。天成元功高，也不能欺负三爷吧！三娘，你们该给老太爷提个醒。"

"外间大事，我们妇道人家可不便插嘴。我看，也不怨谁。三爷脾气不好，办事也毛糙，以后有得罪林大掌柜的，还请多包涵。"

林大掌柜也看出来了，他说的意思，三娘都记下了，只是嘴上点水不漏吧。他不再多说，忙引三娘去看三爷。

三爷依然醉得不省人事。三娘虽心疼不已，面儿上却没有露出多少来，只是说："他贪杯，罪也只能自家受，谁能替他！"

三娘只略坐了坐，安顿仆佣小心伺候三爷，就离开天盛川，返回康庄。她是个精明的女人，见老太爷不想得罪孙大掌柜，也就不敢将事情太张扬了。

三爷醉卧天盛川的事，孙大掌柜自然很快听说了，但他也不后悔。反正干到头了，得罪了三爷就得罪了吧。这辈子，伺候好老东家也就够了，少东家以后有人伺候呢。一把老骨头了，伺候完老的，再伺候小的，实在力所不逮。

其实在孙大掌柜心底，他哪能看得起三爷四爷这些少东家！

三爷这样跟他怄气，也好，他正可借此提出告老归乡的请求。所以，只隔了一天，孙北溟就又往康庄跑了一趟。

见了康笏南，孙北溟也没提三爷的事，只是说："人老了真不经冻。今年也不知是天冷，还是更不经冻了，成天都暖和不过来，光想烤火，不想理事。"

哪想，他没说完，康笏南竟说："你是想说，人老了，料理不动号事了，该歇了，对吧？"

"老东台真是眼毒！既看出来，那就成全了我吧，我实在是老得给你守不住天成元了。遇了今年这样的危难，更该启用年富力强的高手！"

康笏南居然说："我也早有此意，新的大掌柜我也物色好了。只是，孙大掌柜你弄下的这个残局，人家不愿接手呀？"

孙北溟可没想到老东台会这样回答他，几乎语塞，半天才说："老东台，眼下这残局也不是我一人弄下的吧？"

"不是你弄下的，是我弄下的？"

"今年年景不好，连朝廷也扛不住，失了京城。西帮同业中，又有谁家保全了，未受祸害？"

"我也想怨朝廷呢，可人家能理我？你是领东，也只好怨你。反正天成元有一小半的庄口关门歇业了，原本全活的一个大字号，给你弄得残缺不全，人家谁愿意接手？新做领东的，谁不想接过一个囫囵的字号？就像娶新媳妇，谁不想娶个全活的黄花闺女？"

"字号没有难处，我这老朽也能张罗得了，还请高手做甚？"

"孙大掌柜，咱们闲话少说，你想告老退位也不难，只要把天成元复原了，有新手愿意接，就成。"

"老东台，你这不是难为人吗？朝廷乱局未定，我一人岂可回天！"

"几十年了，孙大掌柜的本事，我还不知道？"

孙北溟终于听出来，康笏南是在跟他戏说。眼前，老家伙不会答应他退位的。于是，他想就轻慢了三爷，赔两句不是。但刚张口，就被康笏南岔开了：

"闲话少说，我问你个正经事。孙大掌柜，依你看，朝廷会不会迁都西安？"

"迁都西安？谁说的？"

"我猜的。"

"我看不会吧？迁都那么容易？再说，朝廷也穷得很，它哪有钱迁都？"

"没钱，可以满天下搜刮。我看西太后是叫洋人吓怕了，她很想偏安西安。可洋人哪能答应她？这头一旦定都西安，洋人握在手里的京师就不值钱了，还怎么讹诈你？这就像绑票，事主要是不在乎撕票，那绑匪不是瞎忙乎了？"

"老东台看得毒辣。"

康笏南当然也看出来了，孙北溟对眼前时局真是糊里糊涂，难怪老三窝了那么大的火。可在眼前这样的乱局中，也真不能换马。换大掌柜是件大事，弄不好，就成了外乱加内乱了。而三爷的表现，也很令康笏南不满。即便是孙大掌柜糊涂，你也不能这样针尖对麦芒吧？再没有别的本事了，只会拿烧酒往死里灌自家？还是这样嫩！

这天，康笏南留孙北溟吃饭，把二爷、四爷、六爷、何举人都叫出来作陪。席间，谈笑风生，好像什么事也没有发生。

三爷恢复过来后，也没有再提旧事。他只是向老太爷提出，想去江南走走，眼下生意全靠南边了。老太爷欣然同意，别的也没多说。

听说父亲要往江南，汝梅执意要跟了去。三爷居然也爽快答应了。

三娘说，眼看进腊月了，等过罢年再走吧。三爷没有答应。

父女俩启程那一天，天阴着，似乎会下雪。不过，一路走去，终于也未遇到一场雪。

三爷走后，康笏南就给全家发了一道训示：时事艰难，生意不振，全家需勤俭度日。往后，只初一、十五吃肉食，平日一律吃素。过年，无论老少都不再添置新衣。年下，除祭祖、开市之外，不能多摆酒席。原定腊月要办的两件喜事：六爷婚娶，汝梅出嫁，也推后再说吧。

5

三爷临走时,才想起邱泰基托他带回的那封家信,忙打发一个下人,送往水秀村。

姚夫人读到男人写来的新家信,心里自然又是翻江倒海。男人很诉说了一番思子之情,并为未见面的儿子起了个乳名:复生。寓意是,去年他失足受贬,几乎轻生,幸获夫人搭救,死而复生,才得此子。故以"复生"记夫人大恩,也记邱家新生。孩儿的大名,等下班回去时,再郑重起吧。

男人有这一份情义,姚夫人当然是感动不已。自去年受贬后,男人写回来的家信也变了,变得谦和向善,多情多义。只是,这个"复生",很叫姚夫人听着刺耳:云生,复生,偏偏都带一个生!也许该复一信给男人,就说乳名已经起下了,还是请高人按八字起的。但想了想,还是作罢了。为了不叫男人扫兴,复生就复生吧。

离男人下班归来,还有一年半吧。这一届班期,真是过得异常快,也异常的惊心动魄。外间不平静,她自己的生活更不平静。

但她喜欢这样!她已经无法再回到以前那种死水一般的平静中了。

在这个寒冷而又纷乱的冬天,姚夫人却正暗暗享受着一种温暖和甜蜜。

她对新招来的温雨田,疼爱无比,温情有加,虽然时时就在眼前,却依然有种惦念拂之不去。而这个英俊、腼腆的雨田,又是那样有情义,对她的每一份疼爱,分明都能感知!这就叫她更惦念他了。

云生当初,简直就像是木头!

雨田既然管账,姚夫人就叫他住进了那间男人在家时才启用的账房里。这间账房,就在她深居的里院。她住正房,账房在西厢房。她放出去的理由,是为了奶小娃方便,小娃一哭,她在账房也能听见。其实,她是为了叫雨田离她近些。

离这样近，也是她常到账房去。雨田到正房见她，还是不叫不到。她已经这样疼他了，雨田依然一点也不放肆。特别是有人在场，他更是规矩守礼。这也使姚夫人很满意：他真是懂事。

在没有别人在场的时候，雨田倒是很愿意跟姚夫人说话，他想说的话原来也很多。尤其外出办事回来，会把所见所闻很详细地说给姚夫人听。姚夫人又总是听得很有滋味，该夸的时候夸他，该逗的时候也逗他。这种时候，雨田会很快活，姚夫人当然也很快活。

有时候太快乐了，雨田总要问那句话："夫人，你为什么待我这样好？"

姚夫人听多了，总是嗔怪他："尽说傻话！想找个黑心的，你就走。"即使这样，他还是断不了问那句话。有一次他又这样问，姚夫人脱口说：

"你的先母托梦给我了，求我待你好些。我既答应了，就是想骂你两声，也不敢呀！"

本来不过是玩笑话，雨田却听得发了愣。

那天虽冷，太阳却好。姚夫人抱着小娃来到雨田住的厢房时，整个里院又是异常清静的。姚夫人十岁的女儿，由女仆兰妮伺候着，照常到本族学馆念书去了。近年族中学馆也学本邑富商巨室，准许自家女童入学馆发蒙识字。姚夫人早几年就教女儿识字，现在能入学馆，当然愿意送她去再图长进。再者，小姐渐大，留在眼前也有许多不便。她一去学馆，里院当然就安静了。

在这种清静的氛围中，姚夫人说话便很随意，也更尽兴。雨田呢，也就放松了来享受主家夫人的疼爱。于是，他忍不住又问了那样一句傻话，姚夫人也是兴之所至，脱口就回答那样一句。

不过，她倒是真梦见过雨田的母亲，其母也真求她来：望能善待苦命的田儿。那次的梦，曾使姚夫人惊醒过来，所以记得清楚。梦中自称雨田母亲的那个女人，样子很厉害，虽是跪了求她，神情也很严厉。惊醒后，她心跳得更厉害，猜疑雨田先母的在天之灵，一定看透了她的心思！所以，她也不敢把这个梦告诉雨田。只是在不经意间问过他几次:你母亲长得什么样,是怎样一个女人?雨田说出来的,与姚夫人梦见的那个女人,很不相同。但她还是没敢说出做过这样一个梦。想起这个梦,就不免有些惧怕。

现在,她无意间说出了这个梦,本来已经不在乎了,哪想雨田竟听得发了愣!他也害怕了?

“雨田,你又发什么愣?”

“夫人,你真梦见了先母?”

“跟你戏说呢,我连你母亲长什么样都不知道,到哪梦去?就是真梦见了,我也认不得呀!我是看你总不相信我真心待你好,才编了这样一个梦。”

姚夫人更没有想到,她这样刚说完,发愣的雨田竟突然给她跪下了:“夫人,我能当母亲来拜你吗?”

拜她做母亲?姚夫人虽感意外,但还是很受感动的,雨田他到底有情有义。只是,她当然不会答应做他的母亲!

姚夫人温暖地笑了笑,说:“雨田,快起来吧,我可不给你当干妈。”

“夫人,我是真心……”

姚夫人更温柔地说:“要是真心,你就先起来。”

雨田站起来,发现夫人异样地瞅着他。

姚夫人低声说:“雨田,世间亲近你的人,不只是母亲吧?”

雨田也低声说:“夫人待我,真像母亲似的。”

“雨田,你知道世间还有比母亲更亲的人吗?”

比母亲更亲的人?雨田不知该如何回答,他倒想说:夫人你就是这样的人,又觉不妥。他不能忘记自己的母亲。不过,他已经有些明白了姚夫人的暗示。

姚夫人轻柔地笑了笑,低声说:“有没有,想明白了再告我。”

说完,她抱着小娃走了。

过了些时候，天又骤然变阴，有些要下雪的阵势。可一白天就是憋着不肯下，只是天黑得更早。

天黑后，邱家也关门闭户，都早早歇了。

姚夫人住的五间正房，东西两头都生着炉火。照她的吩咐，这两头的炉火都由雨田照看。一来是就近，二来，也不想叫粗佣进她和小姐的房中来。这天临睡前，雨田照例进正房封火。先到小姐这头，小姐倒没有拦住他说长问短，只问了两句会不会下雪。也许是天太冷吧，想早些钻进热被窝。

到了姚夫人这头，夫人却拦住了，说："天怪冷的，先不要封火，多烘一烘屋子再说。"

雨田就说："天阴得重，可风早停了，也不算太冷吧。"

"你就想偷懒。大人不怕冻吧，小娃怕冻！"

"我是说天气呢，不封火，就多烘一会。"

"你看会下雪吗？"

"老天爷今年跟人怄气呢，你越盼下雨下雪，他偏不给你下。"

"我可没盼下雪。夜间下了雪，后半夜才要冷呢。"

"真要下了雪，我还不赶紧给夫人添一个木炭火盆？"

姚夫人异样地看着他，低声说："要这样，那就下场雪吧。"

雨田低下头，说："等一会，我再来封火。"

他给炉火里添了炭，出来了。

雨田是一个敏感、早慧的青年，他已经预感到要发生的事了。但他没有惧怕，在难以平静中似乎还有几分渴望。

这位美貌的主家夫人，对他这样好，他起初真是当母爱来享受的。十岁以后突然沦为孤儿，他是受尽了人间寒冷。那是一种不能诉说的寒冷，因为天下已经没有一个人愿意听他诉说了。叔父、亲戚听他诉说一两回，就不愿意再听，仿佛他是应该受尽寒冷的。慢慢熬着，熬到了什么都能承受，饥寒凌辱，什么都不在乎了，却更没有人愿意理他。他想说好听的话，想说说罕见的一点喜悦，也一样没有人愿意听。他成了与谁也不相干的人，那才是彻骨的寒冷！对父亲，他没有多少记忆，他天天回忆着的，就只是母亲重病时丢舍不下他的那双泪眼。只有母亲放心不下他，此外，普天下谁还在乎他！他已经快习惯了世间的寒冷，忽然就遇见这位主家夫人。本来已经沦为奴仆，忽然就像母亲再生了。

主家夫人当然不是他的母亲。她亲切似母，可又常常亲昵得不像母亲。但无论如何，她是天下最亲近的人。他已经离不开她。

这当然也是姚夫人所希望的。这一次，她以为自己可以从容来经营了。但自己还是很快陷了进去。她竟真心喜欢上了这个年少的男子。她甚至有些不想往前走了，不想拉了雨田走向罪孽。但这又怎么可能！

所以，在这天夜深人静后，雨田走进来封火时，姚夫人轻轻地说："不用封火，再添些炭，把火拢旺，我暖和不过来。"

雨田静静地添了火。

姚夫人更轻声说："你也不用走了，我暖和不过来。"

雨田听到了自己的心跳，也听清了夫人的话：事情终于要发生了。但此后一切，都是在静默中展开的。悲苦和幽怨，温暖和甜蜜，激动和哭泣，都几乎没有声响。

那一夜，也没有刮风，也没有下雪。

6

进入腊月，也没有下一场雪。这年的年景真是叫人害怕。

快到腊八的时候，康笏南忽然收到祁县乔家的一封拜帖，说乔致庸老太爷想到府上来拜访，也不为啥，说说闲话吧。乔老太爷也是七十多岁的人了，十冬腊月的，远路跑来，就为说闲话？

康笏南一见这架势，就知道要说正经事，便对乔家派来送帖的管家说："这天寒地冻的，哪敢劳动你们乔老太爷！他闷了，想寻个老汉说说话，那我去你们府上。我这个老不死的，爱走动。”

乔家的总管慌忙说：“我们老太爷说了，他就是想出来走动走动！只要贵府定个方便的日子，他一准过来。”

康笏南就说：“我这头随时恭候。”

乔家总管说：“那就腊八过来吧。”

送走乔家管家，康笏南就放不下这件事了。乔老太爷是西帮中有作为的财东，不为要紧事，不会亲自出动。眼下最要紧的，就是西帮的前程了。大清的天下还能不能坐住，只怕神仙也说不清。天下不稳，西帮就这样跟着倒塌？这种事也真该有个计议了。

要是计议这等事，还该再邀来几位吧？

康笏南在太谷的大财东中，挨个儿数过去，真还没有几位爱操这份心的。多的只是坐享其成的，不爱操心的，遇事不知所措的。想想这些财东，也不能不替西帮担忧！他想来想去，觉得适合邀来议事的，也就曹家的曹培德吧。

曹培德虽年轻，但有心劲，不想使兴旺数百年的曹家败落。曹家又是太谷首户，在此危难时候，也该出面张罗些事。

康笏南就写了一封信，只说想请曹培德来喝碗腊八粥，不知有无兴致？别的也没有多写。曹培德要是真操心，他就会来。

这封信，康笏南也派管家老夏亲自去送。老夏回来说，曹培德看过信，立马就答应前来，很痛快的。

康笏南会心一笑。

俗话说，腊七腊八，冻死王八。但到腊八那天，倒也不算特别冷。

按康笏南估计，当然是本邑的曹培德先到。哪想，居然是乔老太爷先到了！到时，康家才刚刚用过早饭：食八宝粥。由祁县来，几十里路呢，居然到得这样早，那是半夜就起身了？

康笏南慌忙迎到仪门时，乔老太爷已经下了马车。

“老神仙,你是登云驾雾来的吧,这么快?”

“我是笨鸟先飞,昨天就到太谷了。”

“昨天就到了?怎么也不说一声?”

“赶早了,不是能喝碗康家的腊八粥吗?”

“那你还是晚来一步!”

康笏南将乔致庸引进客房院一间暖和的客厅,还没寒暄两句呢,乔致庸就说:“春生,你知道我为何挑腊八这个日子来见你?”

春生是康笏南的乳名,乔致庸今天以乳名呼之,看来真是想说些心里话。乔致庸的小名叫亮儿,康笏南就说:“亮哥,我哪知道?你是显摆不怕冻吧?”

乔致庸竟有些急了,长叹一声,说:“都过成什么日子了,我还有心思显摆?眼下的日子真像过腊八,天寒地冻,又少吃没喝,翻箱倒柜,也就够熬锅粥喝!日子都过成这样了,春生,你也看不出来?”

康笏南说:“我们早就是这种日子了。可你们乔家正旺呢,秋天朝廷路过时,你们一出手,就放了三十万的御债!”

“你也这样刻薄我们?你不也抢在我们前头,跑到徐沟一亲天颜?”

“我那是为了省钱。”

“春生,我是说西帮的生意,不是说谁家穷,谁家富!你说,西帮的日子过成什么样了?”

“天下局面大坏,我们岂可超然于外?”

“你看大局到底有救没救?”

“亮哥,我哪有你那毒辣的眼睛?”

“我是老眼昏花,越看越糊涂。战又战不过,和也和不成,不死不活要耗到什么时候?洋人干的不过是绑票的营生,扣了京城,开出票来,你想法赎票就得了。无非是赔款割地,这也不会?”

“两宫在你家大德通住过,亮哥你也亲见圣颜了,你看太后、皇上,哪位是有圣相的?哪位像是有本事的?”

"反正是人家的手下败将,画押投降,还要什么大本事?早就听说写好了和约,总共十二款,怎么还不见画押?"

"想争回点面子吧。叫我看,骑在皇上头上的那个妇人,太不明事理,哪能治国?"

"春生,要不我来见你呢!要是没指望了,我们西帮真得另做计议。"

就在这时,曹培德也到了。他不知道乔致庸会在场,有几分惊异。康笏南忙说:"乔老太爷是老神仙了,听说我们凑一堆过腊八,他倒先降到了。"

曹培德客气了两句,就说:"我也正想见见乔老太爷呢!"

乔致庸笑问:"我不该你们曹家的钱吧?"

曹培德就说:"快了,我们也快跟你们乔家借钱了。"

乔致庸还是笑着说:"想借,就来借。御债我们都放过了,还怕你们曹家借钱?"

曹培德说:"你们乔家放了这笔御债,自家得光耀,倒叫我们得祸害!"

乔致庸说:"看看,曹家也这样刻薄我们!"

曹培德说:"你们乔家在朝廷跟前露了富,算是惹得朝廷眼红上西帮了,以为家家都跟你们乔家似的,几十万都算小钱!这不,前些时收到西安账庄的信报,说太后过万寿,来跟我们借钱,张口也是几十万!"

康笏南一听,先笑了,说:"太后也打劫你们曹家了?我还以往只打劫了我们一家,拣软的欺负呢。"

曹培德忙问:"也跟你们康家借钱了?"

康笏南说:"可不!我们的掌柜哭了半天穷,还是给打劫走六万!六万两银子,在你们两家是小钱,我可是心疼死了。"

乔致庸说:"你们还用在我跟前哭穷?我知道,祁太平的富商大户都埋怨乔家呢,嫌我们露了西帮的富!可西帮雄踞商界数百年,装穷岂能装得下?乔家历数代经营,终也稍积家资,衣食无忧了,可在西帮中能算老几?秋天放御债之举,实在有曲意在其中。两位是西帮中贤者,我不信,也看不出来?”

康笏南说:“亮哥,你大面上出了风头,底下还有深意?”

曹培德说:“我也只觉贵府出手反常,真还没看出另有深意。”

乔致庸说:“你们曹家最该有所体察呀!”

曹培德说:“为何这样说?”

乔致庸说:“两宫驻跸太原时,谁家先遭了绑票?”

康笏南说:“兵痞绑票,与你们出风头有何关系?”

乔致庸说:“二位设想一下,西帮富名久传天下,朝廷逃难过来了,我们倒一味哭穷,一毛不拔,那将招来何种祸害?尤其军机大臣、户部尚书王文韶亲自出面,几近乞求,我们仍不给面子,后果真不敢想!朝廷打不过洋人,还打不过我们?不要说龙廷震怒,找碴儿杀一儆百,就是放任了兵痞,由他们四出洗劫,我们也受不了呀!从京师逃难出来,随扈的各路官兵,还不是走一路,抢一路吗?”

康笏南说:“我们也有此担忧。要不赶紧拉拢马玉昆、岑春煊呢。”

乔致庸说:“不拉拢住朝廷,哪能管事!”

曹培德说:“当时我也曾想过,西帮大户该公议一次,共图良策,该出钱出钱,该出人出人。可我是晚辈,出面张罗,谁理你呀!”

乔致庸说:“我倒是出面跟平帮的几家大号游说过,可人家似有成竹在胸,只让一味哭穷,不许露富。没有办法了,只好我们出风头吧!”

康笏南说:“早年间,西帮遇事,尚能公议。这些年,祁太平各划畛域,自成小帮,公议公决越来越难了。今年出了这样的塌天之祸,竟未公议一次,实在叫人不安!”

乔致庸拍案说:“我也为此担忧呀!老了,夜里本来就觉少,一想及此,更是长夜难眠。”

曹培德就说:“两位前辈出面张罗一次祁太平三帮公议,亦正其时也!”

康笏南说:“我看,还是由祁太平三帮的首户,一道出面张罗,才可玉成此举的。”

乔致庸说:“叫我看,张罗一次西帮公议,真也不容易了。就是真把各帮的财主请出来,只怕也尿不到一起。那些庸碌糊涂的,请出来吧,又能怎样!倒不如像我们这样,私下联络些志同道合的,先行集议几件火烧眉毛的急务。眼下,我看祁太平的富商大户,都快大难临头了!”

曹培德慌忙问:“乔老太爷,你不是吓唬人吧?”

康笏南忙也问:“听到什么消息了?”

乔致庸说:“大难就在眼前了,还要什么消息!为了逼朝廷画押受降,德法联军及追随其后的众多教民,一直陈兵山西东天门、紫荆关,随时可能破关入晋。朝廷为御洋寇,不断调重兵驻晋。与洋人一天议和不成,大难就离我们近了一步!”

曹培德说:“东天门、紫荆关都是易守难攻的天险,洋人真能破关入晋?”

康笏南说:“与洋人交手,朝廷的官兵真也不敢指望。再说,毓贤被革职后,接任抚台的锡良大人,我看是给吓怕了,只想与洋人求和,哪有心思守关抗洋?听说这位抚台总想打开东天门,迎洋人入晋?”

乔致庸说:“他哪有这么大的胆量?他是接了爵相李鸿章的檄文,才预备开关迎寇。不是马军门奏了一本,只怕德法洋军早入晋了。西安行在接到马玉昆的奏报,立马发来上谕:‘山西失守,大小臣工全行正法!’山西一失,陕西也难保了,朝廷当然不敢含糊。”

曹培德说:“只是与洋人议和是早晚的事。锡良抚台岂能看不出?我看他守关御敌也不会太卖力的。”

康笏南说:“他就是卖力,只怕也统领不起守晋的各路官兵。”

乔致庸说:“西帮大户遭难,第一水,只怕也是驻晋的官兵!洋人破关,先一步溃逃过来的,就是官兵。一路溃逃,一路洗劫,也是他们的惯习。所以不等洋人犯来,我们各家多半已一片狼藉,不用说祖业祖产,连祖宗牌位怕也保不全了。洋人攻不进来,这样对峙久了,官兵也难免不会生乱。现在驻晋官兵,也似八国联军,除了原驻晋官兵和马军门的兵马,陆续调来的尚有川军、湘军、鄂军。他们远路而来，兵饷不足，辛苦万状，再一看晋省富室遍地，哪能保住不生乱？”

曹培德说：“驻晋的重兵，还是马玉昆统领的京营大军吧。马军门与我们西帮还是有交情的。”

乔致庸说：“京师失守时，马军门仓皇护驾，统领的兵马系一路收编，也是杂牌军。一旦乱起，他能否震慑得住，也难说了！”

康笏南说：“亮哥，你真说得我直出冷汗！”

曹培德也说：“大难临头了，我还迷糊着！”

康笏南说：“都迷糊着呢！”

曹培德说：“可我们的祖业祖产都在这里，也不是说藏起来，就能藏起来，说带走，就能带走！”

康笏南说：“靠形意拳，靠镖局，怕也是鸡蛋对石头。”

乔致庸说：“要不我着急呢！”

曹培德说：“我看，当紧还得张罗一次公议，就是议不出良策，也得叫大家知道，大难将临头！”

——中卷完